LA CHORALE DES DAMES DE CHILBURY

JENNIFER RYAN

LA CHORALE DES DAMES DE CHILBURY

roman

Traduit de l'anglais
par Françoise du Sorbier

ALBIN MICHEL

Ce livre est un ouvrage de fiction. Les noms, personnages, lieux et événements sont le produit de l'imagination de l'auteur ou sont utilisés à des fins de fiction. Toute ressemblance avec des faits réels, des lieux existants ou des personnes réelles, vivantes ou décédées, serait purement fortuite.

Édition originale anglaise parue sous le titre :
THE CHILBURY LADIES' CHOIR

À ma grand-mère,
Mrs. Eileen Beckley,
et aux femmes du Front intérieur.

Notice accrochée sur le tableau d'affichage de la mairie du village de Chilbury, dimanche 24 mars 1940.

Suite au départ à la guerre de nos voix masculines,
la chorale du village cessera son activité
après les obsèques du Commandant Edmund Winthrop
mardi prochain.

LE PASTEUR

Journal de Mrs. Tilling

Mardi 26 mars 1940

Premier enterrement de la guerre, et la chorale de notre petit village n'a même pas été capable de chanter juste. Les mots « Saint, saint, saint » se sont envolés comme s'ils étaient pépiés par une volée de moineaux poussifs. La faute n'en était pas à la guerre, ni à ce jeune chenapan d'Edmund Winthrop, coulé par une torpille dans son sous-marin, ni même à la direction désastreuse du pasteur. Non : nous donnions là l'ultime prestation de la chorale de Chilbury. Notre chant du cygne.

« Je ne vois pas pourquoi on devrait arrêter », a lancé sèchement Mrs. B. quand nous nous sommes assemblées ensuite dans le cimetière brumeux. « Ce n'est pas comme si nous étions une menace pour la sécurité nationale.

– Tous les hommes sont partis », ai-je soufflé en retour, consciente que nos voix portaient de façon gênante dans la foule réunie pour l'enterrement. « Le pasteur dit qu'il ne peut pas y avoir de chœur sans hommes.

– Et pourquoi, sous prétexte que les hommes sont partis à la guerre, devrions-nous dissoudre la chorale ? Au moment précis où nous en avons le plus besoin ! Non mais, qu'est-ce qu'il va supprimer ensuite ? Ses carillonneurs bien-aimés ? Le culte du dimanche ? Noël ? Il y a des limites ! » Elle a croisé les bras, exaspérée. « D'abord, on nous confisque nos hommes pour les envoyer combattre, ensuite on nous force à travailler, nous autres femmes, puis on rationne la nourriture et maintenant, on dissout notre chorale. D'ici à ce que les nazis arrivent, il ne restera plus rien, sauf une poignée de malheureuses prêtes à se rendre.

– Mais c'est la guerre, ai-je répliqué, essayant de tempérer ses récriminations. Nous autres femmes devons assumer une charge de travail supplémentaire pour la bonne cause. Cela ne me dérange pas de faire l'infirmière à l'hôpital, même si c'est assez lourd, en plus de mes tâches au dispensaire du village qu'il faut maintenir ouvert.

– La chorale fait partie de la vie de Chilbury depuis l'aube des temps. Il y a quelque chose de réconfortant à chanter ensemble. » Elle a bombé le torse, sa haute silhouette carrée évoquant celle d'un maréchal corpulent.

Le cortège a pris la direction du manoir de Chilbury pour le verre de sherry et le sandwich au concombre de rigueur.

J'ai soupiré : « Edmund Winthrop. À vingt ans seulement, sauter en mer du Nord…

– C'était une brute et un salaud, a aboyé Mrs. B. Vous vous souvenez de la fois où il a essayé de noyer votre David dans l'étang du village ?

– Oui, mais c'était il y a longtemps, ai-je chuchoté. De toute façon, comment vouliez-vous qu'il soit stable avec un père qui le rouait de coups ? Je suis sûre que le général Winthrop doit avoir assez mauvaise conscience maintenant qu'Edmund est mort. »

Nous avons tourné les yeux vers lui. Pas si sûr, ai-je rectifié in petto en le voyant faire claquer sa badine contre sa botte militaire, les veines du cou et du front gonflées par la rage.

« Il est furieux parce qu'il a perdu son héritier, a glissé Mrs. B. d'un ton incisif. Chez les Winthrop, la transmission du patrimoine passe par les héritiers mâles, faute de quoi la propriété familiale leur échappe. Le général se moque éperdument de ses filles. » Nous avons jeté un coup d'œil en direction de la petite Kitty et de la belle Venetia. « Le standing passe avant tout. Heureusement, Mrs. Winthrop est encore enceinte. Espérons que ce sera un garçon cette fois-ci. »

Mrs. Winthrop se recroquevillait comme un moineau écrasé par le poids du deuil d'Edmund. *Ce pourrait être moi la prochaine fois*, me suis-je dit en voyant s'approcher mon David, l'air très adulte dans son uniforme neuf. Ses épaules se sont étoffées depuis son entraînement, mais son sourire et sa tendresse sont restés les mêmes. Je savais qu'il s'engagerait à dix-huit ans, mais pourquoi est-ce arrivé si vite ? Il sera envoyé en France le mois prochain, et je ne peux m'empêcher de me demander comment je pourrai survivre s'il lui arrive quelque chose. Il est tout ce qui me reste depuis que Harold est mort. Edmund et David ont souvent joué ensemble quand ils étaient petits, aux soldats ou aux pirates, ou à quelque autre bataille qu'Edmund était sûr de gagner. Je peux seulement prier pour que les combats de David ne se terminent pas ainsi.

La guerre a été jusqu'ici d'une discrétion inquiétante, car Hitler est très occupé à s'emparer du reste de l'Europe. Mais je sais que l'ennemi arrive et que nous serons bientôt cernés par la mort. Cette guerre va être comme la précédente, où une génération entière a été anéantie, dont mon propre père. Je me souviens du jour où le télégramme est arrivé. Nous étions à table pour le déjeuner, le soleil inondait le salon et un disque de Vivaldi tournait sur le gramophone. J'ai entendu la porte s'ouvrir et vu le corps de ma mère s'affaisser avant de heurter le sol tandis que le soleil entrait à flots, indifférent.

Et voilà que nos vies sont à nouveau sens dessus dessous : des morts en plus, du travail en plus, et davantage d'accommodements avec le sort. Quant à notre merveilleuse chorale, la voilà supprimée. J'ai bien envie d'écrire au pasteur pour protester. Mais là encore, je ne passerai sans doute pas à l'acte. Je n'ai jamais été du genre à faire des histoires. Ma mère me disait que les femmes ont tout intérêt à sourire et à être d'accord. Pourtant, il m'arrive d'être si frustrée à tous égards que j'ai envie de hurler pour me défouler.

Sans doute est-ce pour cela que j'ai commencé à écrire un journal, pour pouvoir dire ce que je ne peux exprimer à haute voix. J'ai entendu à la radio un programme où l'on affirmait que tenir un journal peut vous aider à vous sentir mieux si des êtres chers sont loin de vous, aussi suis-je sortie hier pour en acheter un. Je suis sûre qu'il sera bientôt rempli, surtout une fois David parti, quand je me retrouverai seule avec des pensées qui tourbillonnent dans ma tête sans aucun moyen d'en sortir. J'ai toujours rêvé d'être écrivain, alors je suppose que c'est ce qui s'en rapprochera le plus.

J'ai pris le bras de David pour suivre la foule vers le manoir, et me suis retournée pour regarder la vieille église qui tombait en ruine. « La chorale me manquera. »

À quoi Mrs. B. a rétorqué carrément : « Je ne vous ai pas vue essayer de convaincre le pasteur de revenir sur sa décision.

– Mais, Mrs. B., a dit David avec un petit sourire entendu, nous comptons toujours sur vous pour monter au créneau pour un oui, pour un non. Ce que vous faites en général. »

J'ai été obligée de cacher mon sourire derrière ma main en attendant que Mrs. B. explose. Mais juste à ce moment-là, le pasteur est passé devant nous au trot pour essayer de rejoindre le général qui regagnait le manoir à grandes enjambées.

Mrs. B. l'a repéré, a saisi son parapluie avec une détermination farouche et s'est mise à le suivre au pas de charge en criant : « J'ai à vous parler, monsieur le pasteur », son cri de guerre habituel et sans détour.

Le pasteur s'est retourné et, la voyant gagner du terrain, a accéléré tant qu'il a pu.

Lettre de miss Edwina Paltry
à sa sœur, Clara

3 Church Row
Chilbury, Kent

Mardi 26 mars 1940

Prépare-toi, Clara, parce qu'on va être riches ! On m'a proposé le marché le plus malhonnête qui soit. Je savais que cette fichue guerre nous réserverait quelques aubaines, mais qui aurait pu croire que le métier de sage-femme puisse être aussi lucratif ! Jamais je ne me serais figuré qu'une combine aussi sordide puisse venir du général Winthrop, ce type de la haute qui se donne de grands airs, ce tyran qui se prend pour le seigneur de ce petit village coincé. Je sais que tu trouveras ça immoral, même pour quelqu'un qui a aussi peu de principes que moi, mais il faut que je puisse échapper à cette vie de sage-femme cloîtrée et mal considérée. J'ai besoin de retrouver la maison d'autrefois où je pourrai être libre et vivre comme je l'entends.

Ce qu'il faut voir, Clara, c'est que bientôt, je pourrai rembourser mes dettes, comme promis, et tu comprendras enfin que j'ai été maligne et que je vais rattraper les erreurs du passé. On pourra tourner la page et ne plus jamais faire allusion à ce qui est arrivé avec Bill (même si je dis toujours que je t'ai évité le pire avec lui). Je rachèterai notre maison d'enfance à Birnham Wood, entre bois et falaises à côté de la mer, et nous pourrons vivre tranquilles et heureuses comme avant la mort de maman. Finis, les accouchements, les bébés et les vilaines éruptions que les gens ont dans leurs bas-fonds ; finis, ceux qui me donnent des ordres en ricanant dans mon dos. Je me retrouverai enfin telle que je suis, sans personne pour me surveiller.

Mais il faut que je te raconte tout depuis le début, parce que je sais que tu es friande de détails. Ça s'est passé à l'enterrement d'Edmund Winthrop, le petit con de fils du général qui a sauté dans un sous-marin la semaine dernière. Vingt ans seulement : un reptile répugnant, et hop ! l'instant d'après, un festin pour les poissons.

Le matin de l'enterrement, il faisait froid et humide : comme si on avait été giflés par de la morue fraîchement pêchée. On aurait pu se trouver en pleine mer du Nord tant le vent était féroce et les nuages sinistres ; en plus il y avait un énorme faucon qui tournait au-dessus de nous, cherchant une victime. « C'est de circonstance », ai-je entendu quelqu'un murmurer tandis que nous traversions, parapluies déployés, le cimetière mal entretenu et plongions dans l'église sombre qui sentait le renfermé.

Elle était bourrée à craquer de curieux et bourdonnait de commérages. Au premier rang étaient assis les Winthrop et leurs amis de la haute, emplumés et sur leur trente et un. On aurait dit une rangée de cygnes noirs. Quelques capotes kaki et bleu-gris sont apparues comme d'habitude par petites touches : des hommes en uniforme se croyant exceptionnels alors que ce sont des crétins, voilà tout. Uniformément crétins, oui, comme je le dis toujours.

La plupart d'entre nous, les gens du coin (il ne reste plus

guère que des femmes en manteau de laine), ont dû se tasser derrière eux et écouter un chœur minable où quelques voix de fausset se risquaient à chanter « Saint, saint, saint ». Ces dames du village sont désolées que la chorale s'arrête, mais après une prestation comme celle-ci, je préférerais écouter un chœur de chats.

Pendant toute la cérémonie – une vraie purge –, la mère du soldat mort a pleurniché dans ses mains, tremblant sous son costume noir. Elle est encore enceinte, sur le tard – bien qu'elle n'ait pas encore quarante ans. Il paraît que son salaud de père l'a forcée à épouser le général alors qu'elle avait seize ans à peine, et depuis, elle vit dans la terreur de son mari.

Elle était la seule à pleurer, cependant. Nous autres, nous n'étions pas aussi aveugles à la brutalité et à l'arrogance d'Edmund, qui tenait de son père. Je suis sûre que certains dans l'assistance trouvaient que sa mort prématurée était un juste châtiment.

Les deux sœurs, dix-huit et treize ans, étaient assises près de leur mère dévastée sans même faire l'effort de paraître tristes. L'aînée, Venetia, avec ses cheveux dorés et ses airs de coquette, semblait plus intéressée par notre nouvel artiste – qu'elle regardait en battant des cils – que par l'enterrement. La jeune Kitty, dégingandée comme un faon en pleine croissance, regardait autour d'elle avec l'air d'avoir vu un fantôme ; sous la lumière violacée du vitrail qui dominait l'autel, son visage pointu ressemblait à celui d'un lutin. À côté d'elle, la petite réfugiée étrangère semblait pétrifiée, comme si elle avait déjà vu la mort et bien d'autres horreurs.

Le général regardait devant lui d'un air furibond, tel un vautour impérieux. Avec ses décorations étincelantes et son allure aristocratique, il tranchait sur le reste de l'assemblée. Il faisait claquer sa cravache à pointe d'argent contre sa botte d'un geste régulier. Son caractère violent est légendaire, et personne n'allait le contrarier aujourd'hui. Tu comprends, il n'avait pas seulement perdu son fils unique, mais aussi la fortune de la famille. Le manoir de Chilbury ne peut être transmis qu'à un héritier mâle, et la mort d'Edmund a plongé la famille dans le désarroi. Le général allait être la risée de tout le monde si la fortune familiale était perdue pendant qu'il en avait la garde. Mais je connais ce genre d'homme. Il ne se laissera pas faire.

Après le pensum de la cérémonie, nous avons pris nos boîtes contenant les masques à gaz et, sous une pluie horizontale dont les gouttes glacées nous transperçaient comme des poignards, nous nous sommes propulsés tant bien que mal vers le manoir, une monstruosité agressive édifiée par un ancêtre des Winthrop au début du dix-huitième siècle.

J'étais hors d'haleine après avoir monté le perron et franchi la grande porte d'entrée, et j'espérais trouver un verre quelconque et un grand canapé confortable, mais l'endroit était déjà bondé d'endeuillés qui sentaient le chien mouillé et de parapluies trempés. On se serait cru à King's Cross avec le bruit qui régnait dans le hall en marbre entouré de galeries où résonnaient les conversations et le bruit des talons. Les Winthrop sont une vieille famille fortunée et les autochtones, des charognards qui tournent autour dans l'espoir de mettre leurs pattes sales sur des miettes du gâteau.

Et moi ? J'ai déjà la main dans leur poche, et c'est pour ça que je garde un œil vigilant sur ce qui se passe chez eux. Tu comprends, le général me paie déjà pour que je ferme ma gueule sur ses liaisons, y compris sur certaine grossesse non désirée de l'an dernier, et sur le fait que son salaud de fils a contaminé ce village en moins de temps qu'il n'en faut pour dire « vérole ». Cette guerre est pour moi une occasion rêvée. Une sage-femme digne de ce nom ne peut pas ne pas voir le potentiel que représente une situation pareille, surtout avec des gens comme tous ces prout-ma-chère qui se croient au-dessus des reproches. Des proies rêvées pour l'extorsion – vingt livres ici, quarante là. Les petits ruisseaux...

Quand je suis entrée, mes yeux sont tombés sur une soubrette, une fille bien roulée au long cou élégant mais à la moue aigre comme du lait caillé, debout sur les escaliers pour éviter la foule, un plateau de verres de sherry en équilibre sur une main. Elle était venue me voir avec une gonorrhée que lui avait filée le capitaine Edmund l'an dernier, comme à la moitié de ce foutu village. Elle m'a raconté qu'il lui avait promis le mariage, l'argent, la liberté, l'amour, et puis s'était volatilisé dans la marine dès que la guerre avait éclaté. J'avais eu pitié d'elle, alors je lui avais parlé des autres filles qu'il avait séduites – la bonne d'avant, la femme du jardinier, la fille du pasteur – qui avaient toutes récolté la même chose. Je les avais soignées, et Edmund aussi, le vilain dégueulasse. Elsie, elle s'appelait. Je crois qu'elle était un peu gênée que je lui raconte les secrets de tout le monde, et se faisait sans doute du souci pour le sien. Mais je lui ai dit que je lui en avais parlé parce que nous étions amies, elle et moi.

Je lui ai adressé un sourire complice en prenant un verre de sherry sur son plateau. On ne sait jamais, ces gens-là peuvent vous être utiles un jour.

Je me suis mise dans la queue des condoléances, derrière cette lugubre Mrs. Tilling, infirmière de son état, membre de la chorale et bonne âme indécrottable. « On se souviendra toujours de lui comme d'un héros », disait-elle avec conviction. Elle est si pleine de bons sentiments que c'en est insupportable : ça me donne des envies de lui plonger la figure – qu'elle a longue – dans un tonneau de bière pour la requinquer.

« Ça n'aurait jamais dû arriver », a lancé Mrs. B., autre membre de la chorale, raidie dans sa ferveur de grande bourge, l'insupportable rivalisant avec l'intolérable. Son nom complet, c'est Mrs. Brampton-Boyd, et ça l'exaspère que tout le monde l'appelle Mrs. B.

Quand je suis arrivée près de la famille, Mrs. Tilling a avalé ses joues, réprobatrice. Elle a toujours été très critique à mon égard. J'empiète sur son territoire d'infirmière et suis devenue trop proche de la communauté de son village. Peut-être a-t-elle aussi entendu parler de mes pratiques peu orthodoxes. Ou des pots-de-vin que j'encaisse.

« Quelle tragédie ! » ai-je dit en y mettant le ton. « Être emporté si jeune. » Et en plantant un sourire lèvres fermées sur mon visage, je me suis rapidement écartée pour me mettre sur le côté où je suis restée debout, seule ; les gens me jetaient des coups d'œil de temps à autre, se demandant ce que je faisais là.

Juste au moment où je songeais à aller ouvrir quelques portes, histoire de fouiner un peu, un gnome bossu remplissant l'office de maître d'hôtel m'a conduite au salon. Du coup, j'ai espéré être conviée à déguster quelque élégante collation d'après obsèques, mais je me suis retrouvée seule dans la grande pièce silencieuse.

Les accords lointains d'un piano sur lequel on massacrait la *Sonate au clair de lune* se réverbéraient péniblement sous les plafonds surchargés. J'ai passé la main sur le brocart doré et rugueux du canapé. Puis j'ai soulevé une sculpture en bronze représentant un Grec nu, dont le poids m'a donné l'impression d'avoir une arme mortelle au poing. L'opulence de la pièce sautait aux yeux : draperies en soie bleue traînant sur le sol, portraits majestueux d'ancêtres hideux, figurines de porcelaine, antiquités, iniquités.

Je n'ai pas pu m'empêcher de penser que si j'avais autant de fric, je ferais beaucoup mieux et que je saurais égayer la pièce. Ça puait la mort, c'était vieux comme les défunts accrochés aux murs, moisi comme les yeux des cerfs empaillés qui observaient les lieux du haut de leur cloison lambrissée de chêne, couverte d'une couche de poussière et de cendre. Ça m'a rappelé la dernière guerre, la Grande, où tout l'argent du monde ne pouvait vous permettre d'échapper à la mort. Devant elle, nous sommes tous égaux.

C'est drôle, la façon dont les choses sont rentrées dans l'ordre si rapidement, les riches aux commandes et nous en bas, à nous tuer à la tâche.

J'ai sorti mon paquet de clopes et en ai allumé une. La fumée s'est élevée en volutes, s'enroulant autour des draperies comme si elle était chez elle.

Une voix bourrue a retenti dans mon dos. « Je peux vous dire deux mots ? » Une main m'a saisi le coude et avant que j'aie eu le temps de dire « ouf », j'ai été entraînée vers une porte au fond de la pièce. Je me suis retournée et ai vu le général, dont les veines violettes saillaient sur les tempes – il avait dû tutoyer le scotch jusque tard la veille. Il m'a poussée dans un bureau, une pièce très virile, des tas de chaises en cuir, des piles de papiers et de dossiers. L'odeur forte du cigare se mêlait de façon déplaisante à celle de rat crevé de sa mauvaise haleine.

Quand il a tourné la clé dans la serrure derrière lui, j'ai compris qu'il y avait de l'argent en perspective.

« Je vous présente mes condoléances », ai-je dit en regardant autour de moi et m'efforçant de masquer tout signe d'appréhension. Le général est une pointure, une personnalité dominatrice, autoritaire, désagréable et antipathique, mais malgré tout puissante et impitoyable. C'est un type à l'ancienne, un de ceux qui croient encore que les gens de la haute peuvent tout se permettre en y allant à l'esbroufe. Nous mener tous à la baguette et se comporter comme si le pays leur appartenait.

« Je savais que vous viendriez », a-t-il marmonné d'une voix irritée que l'alcool rendait pâteuse. « C'est pour ça que j'ai demandé à Proggett de vous conduire au salon. Je voudrais vous demander un service. Il est essentiel de faire vite. » Il s'est assis derrière son vaste bureau, très professionnel, me laissant debout en face de lui comme une domestique attendant ses instructions. J'ai hésité à tirer une chaise, mais me suis dit que ce geste de rébellion risquait de me coûter quelques shillings, alors je me suis contentée de poser mon sac noir par terre et d'attendre.

« Avant de commencer, je veux pouvoir être assuré de votre discrétion. » Il a plissé les yeux comme s'il concluait un traité de guerre officiel, alors que je n'étais pas dupe.

« Bien entendu, comme toujours », ai-je menti, l'air offusquée qu'il ose douter de mon intégrité. Il ne me faisait pas peur, avec ses manières de militaire et d'aristo. « Je suis une professionnelle, général. Si c'est de cela qu'il s'agit. Rien de ce qu'on me demande ne me surprend jamais. Et je sais me taire.

– J'ai une affaire à vous confier, a-t-il annoncé d'un ton brusque. J'ai entendu dire que vous étiez disposée à rendre des services qui sortent un peu de l'ordinaire ?

– Cela dépend du service en question. Et de combien je serai payée. »

J'ai vu une lueur s'allumer dans son œil et il s'est redressé dans son fauteuil. Voilà la langue qu'il voulait entendre – je me montrais plus intéressée par l'argent que par l'affaire proprement dite. « Vous pourriez gagner une somme importante.

– À combien pensiez-vous au juste ? »

Je commençais à me dire qu'il allait me proposer quelque chose de pas banal, quelque chose de bien juteux pour moi. Je penchais pour une autre liaison qui avait dégénéré (peut-être une femme connue, ou quelqu'un du village), alors

« choquée » n'est pas le bon mot pour décrire ce que j'ai ressenti quand il a craché le morceau.

« Il faut que notre bébé soit un garçon. »

Il y a eu une pause avant que je comprenne ce qu'il voulait dire. Il a vu ma réaction et ne m'a pas quittée des yeux, se demandant si j'avais le culot, la duplicité et la cupidité nécessaires.

« Nous ne sommes pas les seuls dans ce village à attendre un enfant pour le printemps », a-t-il poursuivi, comme s'il donnait des instructions complexes sur le front. « Et le nôtre doit impérativement être un garçon. S'il y a une façon de faire en sorte que ce soit le cas. »

Ça a fait « tilt ». C'était bougrement culotté ! Il voulait que j'échange son bébé contre un petit garçon du village si le sien était une fille. J'ai rentré les lèvres, en m'efforçant de ne pas laisser s'afficher sur mon visage le sourire épanoui qui montait. Pour ça, il allait falloir qu'il allonge ! Mais je devais rester calme. Et la jouer finement, parce que je pouvais gagner gros.

« Je crois que ce serait prendre un risque énorme, sans compter que ça va à l'encontre de mes principes », ai-je dit, la bouche en cul-de-poule.

Il s'est penché en avant, laissant un moment tomber le masque, les yeux exorbités, globuleux et injectés. « Mais c'est faisable ?

– Peut-être », ai-je répondu, évasive. Mais je savais que c'était dans mes cordes. J'ai une méchante potion à base de plantes qui accélère la naissance des bébés, et le village est si petit qu'on peut aller d'une maison à l'autre en quelques minutes.

« La personne qui pourrait rendre cela possible y trouverait assurément son compte. » Il parlait d'un ton uni en jouant avec sa moustache comme s'il évoquait un casse-tête militaire.

« À quelle hauteur ? »

Un bruit de bousculade devant sa porte l'a fait reculer.

« Nous discuterons de ceci ailleurs une autre fois. » Il s'est levé pour aller regarder dehors. De la porte-fenêtre, on voyait un mélange de champs et de vallées s'étendant jusqu'à la Manche qui, grise et agitée, ressemblait à de l'eau de vaisselle sale.

« Rendez-vous jeudi en huit à dix heures dans la grange du bois de Peasepotter, a-t-il dit à mi-voix.

– J'y serai.

– Maintenant, partez. » Sa tête a brusquement pivoté et son regard plein de mépris et de menaces s'est planté dans le mien. « Et pas un mot à qui que ce soit. »

Trop heureuse de sortir de là, j'ai pivoté sur mes talons et me suis précipitée vers la porte, dont j'ai dû tourner la clé dans tous les sens pour l'ouvrir. Je l'ai refermée sans bruit derrière moi avant de retourner dans le hall bondé. Pressant le pas, j'ai fendu la foule des endeuillés, des hommes en uniforme et des voisins curieux pour regagner la porte d'entrée, et j'ai filé sans dire au revoir à personne ni demander mon reste. Des gens arrivaient encore dans la grande allée, et j'ai regagné le village à vive allure en me retenant pour ne pas gambader de joie.

Une fois revenue dans ma petite maison miteuse, j'ai lancé un cri de triomphe bien mérité, levant les bras en l'air et riant de bonheur. Voilà une affaire qui roule.

Je vais te prouver que tu peux me pardonner pour ce qui s'est passé avec Bill et pour avoir pris l'argent quand je suis partie avec lui. Comment pouvais-je deviner qu'il allait faire main basse sur le fric et disparaître ?

On sera de nouveau heureuses, toi et moi, comme quand nous étions jeunes. C'est drôle, qu'on ne se rende compte de la chance qu'on a qu'après coup, quand tout vous est enlevé :

d'abord quand maman est morte, ensuite quand on a vécu chez ce vicelard d'oncle Cyril, enfermées dans son grenier comme des esclaves pendant que papa était en prison. Mais n'en parlons plus. On va tourner la page sur le passé, Clara.

L'heure est venue de se préparer au combat. Il y a dans le village deux autres femmes qui doivent accoucher à peu près en même temps que Mrs. Winthrop. D'abord cette mollassonne de Mrs. Dawkins, la fermière, qui en est à son quatrième, donc le bébé devrait venir comme une lettre à la poste. La seconde risque de donner un peu plus de fil à retordre : c'est Hattie Lovell, la maîtresse d'école, une petite sainte dont le mari est toujours en mer. Hattie est copine avec cette infirmière tatillonne, Mrs. Tilling, qui a suivi des cours pour devenir sage-femme et qui fourre son nez dans mes accouchements. Chaque fois que je vais voir Hattie, elle est là qui tournicote comme une surveillante d'hôpital et dit que c'est elle qui va se charger de la naissance. Elle ne comprend pas. Dans ce village, il n'y a de place que pour une seule sage-femme.

Je t'écrirai encore après ma deuxième entrevue avec le général. Qui aurait cru qu'un gentleman si distingué puisse s'abaisser à ce point ? Je vais lui extorquer la plus grosse somme qu'il ait jamais versée. Je ne te laisserai pas tomber cette fois, Clara. Tu auras l'argent que je te dois, je te le jure.

Edwina

Journal de Kitty Winthrop

Samedi 30 mars 1940

On a annoncé à la radio que tenir un journal en ces temps difficiles est excellent pour garder le moral, alors j'ai décidé d'écrire toutes mes pensées, tous mes rêves dans mon vieux cahier d'écolière. J'interdis à quiconque de le lire, sauf peut-être quand je serai vieille ou morte ; alors, on devrait en faire un livre et le publier, je trouve.

Choses importantes me concernant

J'ai treize ans et je veux devenir chanteuse quand je serai grande, porter des robes somptueuses et me produire devant des salles remplies d'adorateurs à Londres et à Paris, et peut-être même à New York. Je crois que je m'accommoderai très bien de la gloire et que je serai réputée pour avoir la tête sur les épaules.

J'habite dans un très vieux village empli de bâtiments anciens qui sentent toujours l'humidité et l'antimite. Il y a une esplanade – l'ancien pré communal avec une mare aux canards –, un magasin qui fait poste et épicerie-bazar, une mairie et une église médiévale avec un cimetière envahi de mauvaises herbes. C'est à l'église que nous nous entraînions pour la chorale jusqu'à ce que le pasteur décide que nous ne pouvions pas continuer sans hommes. Je l'ai harcelé pour qu'il revienne sur sa décision, mais il ne veut rien savoir. Entre-temps, j'ai essayé de former une chorale dans l'école où j'étais pensionnaire, mais elle a été évacuée au pays de Galles, et Maman ne voulait pas que je parte là-bas. Alors maintenant, notre majordome, Proggett, est obligé de me conduire tous les jours en voiture à Litchfield, à huit kilomètres. Ce n'est pas un endroit désagréable, à ceci près que personne ne veut s'inscrire à la chorale.

J'ai une sœur infecte, Venetia, et j'avais un frère mais il vient de sauter sur une bombe en mer du Nord. Nous habitons dans la grande demeure du village, le manoir de Chilbury, qui est très imposant, mais où on gèle en hiver. Il n'est pas en aussi parfait état que Brampton Hall, où habitait Henry Brampton-Boyd avant de s'engager dans la Royal Air Force pour combattre les nazis dans son Spitfire. Quand j'aurai l'âge requis, nous devons nous marier, et nous aurons quatre enfants, trois chats et un gros chien nommé Mozart. Nous vivrons dans le luxe, même s'il nous faut attendre que le vieux Mr. Brampton-Boyd décède pour hériter de Brampton Hall. Et comme il préfère passer son temps en Inde, Dieu sait quand cela pourra se produire. Venetia s'amuse à dire qu'il ne reste là-bas que pour éviter sa femme, cette mère-j'ordonne de Mrs. B., et si j'étais lui, je serais tentée d'en faire autant.

À propos de la guerre

Cette guerre dure depuis beaucoup trop longtemps – bien plus de six mois maintenant. La vie est devenue insupportable. Tout le monde s'active, il n'y a rien à manger, pas de nouveaux vêtements, pas de domestiques, pas de lumière après la tombée de la nuit et pas d'hommes. Il faut traîner partout son masque à gaz et filer aux abris antiaériens chaque fois qu'on entend les sirènes (bien qu'elles ne se soient pas déclenchées souvent jusqu'ici). Tous les soirs, on est obligés de tirer d'épais rideaux noirs pour occulter toutes les fenêtres afin qu'il ne filtre aucune lumière susceptible d'attirer l'œil des nazis sur l'endroit où nous habitons. On entend les nouvelles à la radio sur fond d'interminable friture, et tout le monde passe son temps à dire « chut » et à m'empêcher de jouer du piano.

Papa est général de brigade, mais je ne comprends pas comment ça se fait, vu qu'il ne se bat jamais. Il va seulement à Londres de temps en temps pour ce qu'il appelle ses « affaires concernant la guerre ». Je crois qu'il essaie de participer aux réunions du ministère de la Défense, mais qu'ils trouvent des prétextes pour l'en éloigner. Il est d'une humeur particulièrement massacrante, la cravache toujours prête à l'emploi pour nous rappeler à l'ordre. Venetia et moi essayons d'être à la maison le moins possible. Quant à maman, elle est terrorisée devant lui, mais aussi extrêmement enceinte, alors il n'y a personne pour nous surveiller, sauf la vieille nounou Godwin, qui est beaucoup trop âgée, et qui n'a jamais réussi à nous empêcher de faire quoi que ce soit de toute façon.

Certains journaux prétendent que la guerre va bientôt finir puisqu'il n'y a pas de combats et que les nazis semblent se contenter d'occuper l'Europe de l'Est. Mais papa dit que ça ne tient pas debout et qu'elle ne fait que commencer.

« Les journaux sont écrits par des crétins. » Il aime bien prendre l'un des quotidiens incriminés et l'abattre sur une table ou un bureau. « Hitler prend son temps en Pologne, et ensuite, c'est vers nous qu'il tournera son attention. Souvenez-vous de ce que je vous dis, au train où va cette guerre, la France va tomber avant la fin de l'année. Et après, ce sera notre tour.

– Mais tout est si calme, si normal, ai-je objecté. Mon professeur appelle ça "la drôle de guerre", parce qu'il ne se passe pas grand-chose. La moitié des enfants évacués de Londres y sont déjà rentrés. D'après lui, nos troupes seront de retour d'ici Noël.

– Ton professeur est un imbécile qui ne voit pas plus loin que les murs de sa classe », a aboyé papa. « Regarde donc la Pologne, la Tchécoslovaquie et la Finlande. Regarde tous les bateaux coulés, les sous-marins et notre Edmund. »

Il a fallu mettre fin à cette conversation car maman s'était mise à pleurer une fois de plus.

La mort de mon frère Edmund

Il faut que je vous dise encore quelque chose à propos d'Edmund, mon frère, qui a sauté dans un sous-marin. Nous sommes censés être en deuil, alors je me sens franchement mal en avouant qu'il ne me manque pas du tout. C'était une brute et un salaud et je le détestais. Je ne lui ai jamais pardonné de m'avoir enfermée dans le puits, où je suis restée avec de l'eau glacée qui montait à hauteur de ma bouche jusqu'à ce que nounou Godwin me trouve. Ni de m'avoir prise comme cible une autre fois pour s'exercer au tir à l'arc.

Même s'il m'avait promis de m'apprendre à conduire quand je serais grande, ce qui était gentil, je suppose.

Maman est folle de chagrin et elle souhaite éperdument que le futur bébé soit un garçon. Comme papa, qui trouve que les filles n'ont aucun intérêt. Il met un bémol à cette opinion pour Venetia, à cause de ses cheveux blonds. Quant à moi, j'ai si peu d'intérêt que je crois qu'il ne se souvient de mon existence que lorsqu'il a besoin d'un bouc émissaire. Parfois, je vais voir maman pour lui demander si elle peut l'empêcher d'être aussi épouvantable, mais elle n'y peut rien. Elle me conseille seulement de veiller à épouser un homme bien sous tous rapports. Je me demande si elle n'est pas affreusement malheureuse.

Tous les soirs, maman demande à la bonne de mettre le couvert d'Edmund pour le dîner, comme s'il allait arriver à tout instant, s'asseoir en allongeant les jambes avec son arrogance habituelle, et faire une plaisanterie cruelle aux dépens de quelqu'un, généralement Venetia ou moi. Après quoi il avait l'habitude de s'esclaffer à plusieurs reprises et de lisser en arrière ses cheveux noirs comme si c'était super d'être lui.

Parfois, j'ai du mal à croire qu'il est vraiment parti. On a célébré ses obsèques la semaine dernière, sans qu'il y ait de corps à enterrer. Cela paraît bizarre. Où est-il allé ?

La mort occupe le premier rang dans mon esprit cette semaine encore, car David Tilling est envoyé en France, et peut-être qu'il ne reviendra jamais, d'autant qu'il est vraiment peu doué pour réussir quoi que ce soit. J'ai entendu Mrs. B. dire hier qu'il était le type de garçon à récolter une balle avant les autres, et je me demande si elle n'a pas raison, ce qui m'inquiète.

Je n'arrive pas à croire que notre groupe, nous, les enfants qui avons grandi ici à Chilbury, soit soudain dispersé – Edmund tué, David en route pour la guerre, Henry pilotant des Spitfire au-dessus de l'Allemagne, Victor Lovell sur un bateau quelque part, Angela Quail à Londres. Il ne reste que Hattie et l'infecte Venetia. C'est surtout David qui va me manquer. Il m'attendait toujours quand j'essayais de rattraper les autres, un peu comme un frère, mais en plus gentil. D'ici quelques semaines, il rentrera chez lui après son entraînement, et tout le monde est invité chez les Tilling pour une fête-surprise en son honneur avant son départ pour le front. Je sais bien que nous sommes censés faire contre mauvaise fortune bon cœur en ce moment, même quand on sait que quelqu'un peut mourir, mais c'est dur d'oublier que ça pourrait être la dernière fois que je le vois.

Liste des choses à bien retenir
avant que quelqu'un parte à la guerre

La forme de son corps, le morceau de vide qui restera une fois qu'il sera parti.

La façon dont il bouge, son allure quand il marche, la vitesse à laquelle il se retourne pour regarder.

Le mélange d'odeurs et de parfums qui ne subsiste qu'un temps.

Sa couleur, son éclat qui fait passer au second plan tout ce qu'il fait, y compris sa mort.

Les couleurs des gens

J'aime voir les gens comme des couleurs, avec une sorte de halo ou d'aura autour d'eux qui ombre leurs contours des nuances de leur couleur intérieure.

Moi – violet, vif et foncé comme le ciel un soir d'orage.

Maman – rose très pâle, comme une souris qui vient de naître.

Papa – noir de suie (Edmund était noir, lui aussi, mais noir comme un ciel sans étoiles).

Mrs. Tilling – vert clair, comme une pousse qui essaie de sortir à travers la neige.

Mrs. B. – bleu marine (correct et classique).

Henry est bleu azur profond, comme ses yeux. Je me souviens toujours de ce jour parfait de juillet pendant nos vacances scolaires, où il a parlé de mariage, il y a un an. Le ciel était d'un bleu sans nuages et la rivière près de laquelle nous nous étions arrêtés pour pique-niquer coulait au compte-gouttes, comme si la fin de l'après-midi la rendait paresseuse. Henry s'était joint à Edmund, Venetia et moi, et nous courions la campagne sans que maman sache où nous étions. Bien entendu, comme tout était arrivé à l'improviste, Henry n'avait pas de bague et nous n'avons jamais annoncé officiellement la chose. Mais je sais qu'il n'a pas oublié, au fond de son cœur.

Je sais qu'il se souvient.

Mon abominable sœur Venetia

Contrairement à nous tous, Venetia trouve à l'évidence largement son compte à cette guerre, et pas seulement parce qu'il n'y a personne pour surveiller ses faits et gestes. La guerre a modifié la donne, renforcé l'adoration qu'elle suscite, et la mort d'Edmund l'a propulsée au premier rang de la famille. La couleur de Venetia, c'est un vert jaunâtre, comme la mer un jour de tempête, qui dévore tout ce qu'il y a de bon autour d'elle et attire les jeunes gens dans ses profondeurs glauques pour les recracher inconscients sur de lointains rivages.

Je trouve follement drôle qu'elle ait du mal à attirer l'attention de ce séduisant nouveau venu, Mr. Alastair Slater. C'est un peintre qui a fui Londres et la menace des bombardements, comme tous les écrivains et artistes qui n'ont qu'une envie : sauver leur peau. Papa dit que ce sont tous des lâches qui se dérobent à leur devoir. Mr. Slater ressemble à Cary Grant – soigné, sophistiqué, très différent des garçons du coin. Sa couleur à lui, c'est gris foncé, un gris assorti à ses élégants costumes et à sa courtoisie distante. Il ne paraît pas s'intéresser du tout à Venetia, bien qu'elle se pavane et lui tourne autour jour et nuit. Je l'ai entendue raconter à Hattie qu'elle avait parié avec son amie Angela Quail qu'avant le milieu de l'été, il lui mangerait dans la main, mais à ce que je vois, elle devra se donner un peu plus de mal.

Angela Quail est une coquette finie et la fille la plus méprisable que je connaisse – impossible de croire qu'elle est la fille du pasteur. Sa couleur à elle, c'est rouge pétasse ; elle est tout en lèvres et robes moulantes, et n'a pas de principes. Elle travaillait avec Venetia au nouveau Centre de commandement militaire de Litchfield Park, un magnifique vieux manoir en bordure de Litchfield, avec des colonnes et de vastes jardins vallonnés. Il a été réquisitionné par le gouvernement pour la guerre il y a quelques mois, et lady Worthing est obligée de loger chez sa sœur au château de Cheswick, la pauvre. C'est maintenant un endroit très important et comme il n'est qu'à huit kilomètres de Chilbury, nous sommes en état d'alerte au cas où les nazis essaieraient de le bombarder. Venetia fait du secrétariat et croit qu'elle a un rôle déterminant alors que son travail se borne à taper des notes et transmettre des messages téléphoniques à Londres.

Le mois dernier, Angela a été mutée à Londres, au ministère de la Guerre proprement dit, où elle doit certainement flirter avec tout ce qui bouge. C'est sans aucun doute la pire allumeuse de ce côté-ci de la Manche. Venetia est désespérée qu'Angela soit partie à Londres, car c'est sa meilleure amie, et avec qui d'autre peut-elle partager ses conquêtes ? J'avais l'espoir que Venetia serait un peu plus gentille sans la mauvaise influence d'Angela, mais elle ne semble pas s'améliorer, loin de là.

Notre réfugiée tchèque, Silvie

Maintenant, il faut que je dise deux mots de Silvie, notre réfugiée juive de dix ans. Les nazis ont envahi sa région en Tchécoslovaquie, mais ses parents ont réussi à l'envoyer ici avant que la guerre éclate. Ils sont censés la suivre dès qu'ils pourront partir. L'oncle Nicky, le plus jeune frère de maman et mon préféré dans la famille, organisait l'évacuation des enfants et il nous a demandé de prendre Silvie l'été dernier, avant le début de la guerre.

« Nous avons été obligés de suspendre l'évacuation parce que les frontières ont été fermées, ce qui est très regrettable pour les enfants restés là-bas », nous a-t-il dit. « Les nazis contrôlent la moitié de l'Europe de l'Est à présent. Ce qui s'y passe est abominable. Ce sont des brutes et ils arrêtent les gens qui n'obéissent pas à leurs règles. Ils peuvent faire ce qu'ils veulent. Tout le monde est tétanisé. »

Papa n'était pas content du tout d'avoir Silvie. Mais quelques mois plus tard, quand la guerre a été déclarée et que des centaines d'évacués londoniens pouilleux sont arrivés, cherchant à se loger, il a été soudain très content que grâce à la gentille Silvie, bien propre et bien tranquille, nous n'ayons plus de place pour personne. Le pasteur et Mrs. Quail ont accueilli chez eux une femme épouvantable avec quatre enfants braillards pleins de poux et de puces, et qui ne savaient pas se tenir à table. La femme se disputait sans arrêt avec Mrs. Quail et elle a fichu le camp brusquement pour retourner à Londres parce que la guerre n'éclatait pas. Elle n'a même pas dit merci.

Je n'ai pas encore décidé quelle est la couleur de Silvie. Elle ne parle pas beaucoup et ne sourit guère non plus. Nous avons essayé de l'égayer un peu et de lui faire faire des progrès en anglais. Et elle m'a dit qu'elle avait un secret qu'elle ne pouvait révéler à personne.

Je l'ai rassurée en lui disant : « Tu peux avoir confiance en moi » mais elle a refusé de rien dire, et a gardé ses petites lèvres serrées pour me dissuader d'insister.

Elle est arrivée sans même une valise, perdue en chemin. Il y avait eu des difficultés pour entrer en Hollande, et les réfugiés ont été obligés de passer la frontière en catastrophe. Le groupe se composait d'une centaine d'enfants, certains très jeunes – cinq ou six ans. Elle dit qu'ils ont pleuré en appelant leur mère pendant tout le voyage, trois jours entiers. La perte des valises a été particulièrement traumatisante, car dedans, il y avait leurs jouets préférés, des photographies de chez eux, de leur monde familier. Nous avons donné une poupée à Silvie quand elle est arrivée, mais elle l'a posée sur une chaise dans un coin de sa chambre, le visage tourné vers l'armoire, comme si celle-ci ouvrait sur un monde meilleur.

Le nouveau professeur de musique, Prim

Mais j'allais oublier : il y a une excellente nouvelle ! Un professeur de musique est arrivé à Chilbury. Elle est venue de Londres pour enseigner à l'université de Litchfield. Elle s'appelle miss Primrose Trent, mais elle nous a dit de l'appeler Prim. Elle n'a vraiment rien d'une fleur ! Elle est complètement débraillée et, avec sa crinière grisonnante et frisée, son long manteau noir, et sa pile de partitions sous le bras, elle ressemble plutôt à une sorcière ratatinée. Sa couleur à elle, c'est vert foncé, comme un bois ombreux un soir de plein été.

Mrs. Tilling m'a présentée à elle hier dans la boutique du village et j'ai osé lui dire que je rêvais de devenir une chanteuse célèbre.

« Travaillez, ma chère enfant ! » a-t-elle déclaré d'une voix de stentor qui a fait vibrer les boîtes de conserve sur les étagères. « Il faut avoir le courage de vos convictions. » Elle a fait un grand geste du bras, comme sur une scène. « Je peux vous donner des cours particuliers si vous avez le temps. »

Chic alors ! « Je demanderai à maman d'en retenir un tout de suite. C'est que nous venons d'apprendre une nouvelle désastreuse ; le pasteur a dissous la chorale du village, alors nous nous retrouvons coincées, sans pouvoir chanter.

– Ah, mais c'est très dommage, enfin ! Dissoudre une chorale ! Dans un moment pareil ! »

J'espère de tout mon cœur qu'elle persuadera le pasteur de reconstituer la chorale, tout en me demandant ce qu'ils peuvent faire l'un ou l'autre. Sans présence masculine, que pouvons-nous espérer ? Mais entre-temps, j'ai la perspective de mes leçons de chant, car maman a donné son accord. Voilà qui va me propulser sous les feux de la rampe, si j'en juge par la façon dont les yeux de Prim ont pétillé.

Lettre de Venetia Winthrop à Angela Quail

Manoir de Chilbury
Chilbury, Kent

Mercredi 3 avril 1940

Chère Angela,

Le pari tient toujours ! Mr. Slater repousse mes avances et c'en est agaçant. J'ai déployé des trésors d'inventivité et suis même allée frapper à sa porte pour lui demander s'il pouvait me prêter de la peinture car j'attaquais « un paysage horriblement difficile », mais il s'est contenté de me passer des tubes et m'a poliment congédiée. J'avais passé la journée à me pomponner, j'avais mis ma robe verte et m'étais fait une mise en plis parfaite. J'en reste perplexe, ma petite Angela – encore que « perplexe » ne soit pas vraiment le mot !

Mais ne crie pas victoire, car je l'aurai bientôt. Il est vraiment séduisant, Angie, et c'est un artiste romantique par-dessus le marché. Un de ceux que j'ai toujours imaginés comme de grands types minces et bohèmes ; mais lui, il est musclé, du genre escrimeur – *en garde*, etc. Sous ses costumes impeccables, je devine ses bras puissants, et même ses cuisses. Comme j'ai envie de le sentir sous mes doigts. Mais c'est plus que ça, Angie. Il y a chez lui quelque chose qui me donne l'impression que nous sommes faits l'un pour l'autre : cette façon qu'il a de me regarder, comme s'il voyait au-delà de la surface une autre personne en moi.

Tu me manques, même si la situation s'améliore ici. Tout le monde commence à se calmer après la mort d'Edmund, bien que maman continue à pleurer et que papa ne décolère pas. Je regrette aussi mon frère, à ma façon, et toutes les bêtises qu'on trouvait le moyen de faire. C'est drôle comme on oublie combien quelqu'un peut être épouvantable quand il est mort. Je suppose que la menace qu'il représente est abolie.

J'ai renoué avec Hattie, bien qu'elle soit aussi ennuyeuse qu'un chou bouilli depuis qu'elle est enceinte. Je suis passée la voir pour le thé hier après-midi. Elle a repeint la chambre du bébé en vert, une teinte horrible, mais elle n'a rien pu trouver d'autre. Sa petite maison, dans la rangée mitoyenne de Church Row, est effroyablement exiguë. Je me demande comment elle peut vivre là-dedans.

« Mais c'est juste à côté de chez miss Paltry, la sage-femme », s'est-elle exclamée. Son joli visage, rayonnant d'une joie inexplicable, était encadré par ses longs cheveux bruns, très rebelles depuis le début de sa grossesse. « Tu vois comme ça va être commode ? Note que c'est Mrs. Tilling qui s'occupera de moi en priorité à la naissance. C'est comme si elle faisait partie de ma famille maintenant que mes parents ne sont plus là.

– Et tu as Mr. Slater comme voisin de l'autre côté. Beaucoup plus excitant ! » ai-je dit en riant, me demandant si à force de masquer ainsi mon ennui, je ne faisais pas baver mon rouge à lèvres : je ne voulais pas tomber sur Mr. Slater avec un maquillage qui n'était pas parfait.

« Et ton pari ? a-t-elle demandé.

– Il n'est pas gagné. J'avoue que je ne sais pas quoi penser de lui.

– Je vois ce que tu veux dire. Je me demande ce qu'il fabrique. Je le vois toujours en train de sortir, en voiture ou à pied, sans le moindre pinceau, et il s'absente pendant des heures. » Hattie joue toujours à l'aînée raisonnable. Elle croit que parce qu'elle a deux ans de plus que moi, elle est beaucoup plus sage. Et maintenant qu'elle va avoir un bébé, elle est insupportable.

« Peut-être qu'en vrai, c'est une vedette de cinéma, me suis-je esclaffée. En tout cas, il en a le physique. »

Cela ne l'a pas fait rire. « Tu ferais peut-être mieux de courir après quelqu'un d'autre. »

Je l'ai regardée, avec sa robe de grossesse affreuse, dans cette maison minuscule et morne, mais débordante d'un ennuyeux bonheur, je le savais. Je dois avouer qu'une pointe d'envie m'a traversé l'esprit. Mais ne t'inquiète pas, ça n'a pas duré. Qui voudrait de Victor Lovell, hein ? Qui a envie d'être enceinte avec toute l'excitation qu'engendre cette guerre, toutes les choses nouvelles que peuvent faire les filles ? Jamais nous n'aurions pu travailler dans l'administration du ministère de la Guerre, et toi, on ne t'aurait jamais envoyée vivre seule à Londres. Toutes ces soirées, toute cette liberté. Figure-toi que Constance Worthing convoie même des avions dans le cadre de l'effort de guerre.

Je suppose que Hattie a toujours été la plus raisonnable de nous toutes, mais elle semble si rangée que c'en est barbant. Je me souviens de nous trois, quand nous étions jeunes, dans le rond de sorcières en train de crier *On est fortes comme les serpents, féroces comme les loups et libres comme les étoiles.*

Elle a semblé lire dans mes pensées – c'est une drôle d'habitude qu'elle a –, car elle a dit soudain : « Je suis toujours la même. » Et j'ai compris alors qu'elle n'avait pas changé du tout.

En revenant chez moi à pied, j'ai pensé à sa grossesse. Je ne suis pas sûre que j'aimerais être mère, mais peut-être que ce n'est pas si mal après tout.

Silvie est venue dans ma chambre quand je suis rentrée et s'est approchée à petits pas silencieux et précautionneux de la coiffeuse. Elle a cherché partout des trésors et m'a demandé ce qu'étaient plusieurs objets. Parfois, j'ai inventé des histoires à leur sujet : un collier sauvé d'un naufrage, un rouge à lèvres perdu par une princesse.

« Il te plaît, Mr. Slater ?

– Comment le sais-tu ?

– Kitty me l'a dit, a-t-elle répondu avec simplicité. J'espère qu'il est gentil. Comme toi. »

J'ai souri et l'ai prise dans mes bras. Je dois m'arranger pour que Kitty regrette d'avoir divulgué mes secrets, et qu'elle n'en apprenne plus aucun.

Écris-moi vite, Angie, car ton mauvais esprit me manque. J'aimerais bien qu'on m'envoie à Londres avec toi. Encore que, maintenant que j'ai Mr. Slater pour me tenter, je sois moins pressée.

Je t'embrasse,

Venetia

Lettre de miss Edwina Paltry à sa sœur, Clara

3 Church Row
Chilbury, Kent

Jeudi 4 avril 1940

Chère Clara,

Marché conclu. Nous serons plus riches que nous ne l'espérions dans nos rêves les plus fous, ma chère sœur. Je suis allée au rendez-vous du général, comme convenu, dans la vieille grange de pierre déserte du bois de Peasepotter.

Il y était déjà, et a sorti sa montre de gousset en argent d'un geste furieux : « Vous êtes en retard.

– Ah oui ? ai-je répondu avec un sourire poli. Quel dommage ! »

Il a grogné en entendant l'ironie manifeste dans ma voix. « Alors ? Vous pensez pouvoir vous charger de l'affaire ?

– Échanger les bébés, vous voulez dire ? » J'ai pris soin de ne pas sourire, tout en trouvant hilarant qu'il suggère une chose pareille. « Que je me pointe entre les deux naissances et que je fasse croire aux deux femmes qu'elles ont donné le jour à un autre bébé ?

– Oui, et que le diable vous emporte ! a-t-il hurlé. Ou faut-il que je trouve quelqu'un d'autre ?

– Je doute que vous trouviez quelqu'un en qui vous pourrez avoir toute confiance. » Puis, avec un petit rire, j'ai ajouté : « Encore que Mrs. Tilling ait une formation de sage-femme, si vous voulez vous adresser à elle.

– Ne dites donc pas de bêtises, a-t-il glapi. Répondez-moi. Vous vous en chargez ?

– Tout dépend de la somme. »

Il a grogné comme un taureau en colère. « Je vous donnerai cinq mille livres. »

Pendant une fraction de seconde, j'ai été estomaquée. Cinq mille livres, c'est une somme conséquente – dix fois ce que je gagne par an. Mais je n'allais pas me contenter de ça. Le vieux scélérat a les moyens. J'ai vu les vêtements, les lustres en cristal, les bijoux de la couronne de mes deux.

« Après ça, je risque de ne plus pouvoir travailler et de devoir quitter le village, ai-je dit en prenant mon air le plus contrarié. À moins de vingt mille, je ne veux même pas l'envisager. »

Il était furieux. « Alors, huit mille. Pour une femme comme vous, ça devrait représenter beaucoup d'argent.

– Une femme comme moi ? » J'ai relevé la tête et plongé mes yeux dans les siens, un sourcil levé. « Une femme comme moi peut faire un joli scandale, vous savez.

– Des menaces ? Auquel cas, je nierai tout. C'est votre parole contre la mienne, et la vôtre ne pèsera pas lourd.

– N'en soyez pas si sûr, général. Les jours où c'étaient les aristos qui faisaient la loi sont passés depuis longtemps.

– Je trouverai le moyen de vous faire pendre, je vous le garantis.

– Pour dix mille, c'est d'accord, ai-je dit avec fermeté. À condition que je touche l'argent, que ça marche ou pas.

– Vous ferez exactement ce que je vous dis de faire, miss Paltry, sinon vous ne retravaillerez jamais ici. Vous m'entendez ? » Il s'est approché. « Vous aurez l'argent quand j'aurai mon fils.

– Vous me donnez l'argent avant, et si ce ne sont pas des garçons qui viennent au monde, je ne peux rien y faire. Mais s'il y a un garçon – et là, je lui ai adressé un sourire enjôleur –, alors je ferai en sorte qu'il soit pour vous. »

Il a serré les poings. Il ne s'attendait pas à ça. Depuis mon arrivée au village il y a cinq ans, j'ai pris soin de me construire une réputation d'honnêteté en affaires, surtout après mes erreurs dans ce village du Somerset (tu te souviens comme ils se sont acharnés contre moi ? Juste parce que je m'étais trompée de pommade pour des patients souffrant de verrues, et que leurs parties intimes avaient viré au rouge violacé. Bilan : trois couples se sont séparés, il y a eu une grosse bagarre, une jeune femme a disparu et je me suis retrouvée avec au moins deux hommes furieux à mes trousses). Non, Clara. J'ai abattu mes cartes avec prudence à Chilbury, caché mon passé et joué selon leurs règles.

L'heure est venue de tirer les marrons du feu.

« Très bien, vous aurez vos dix mille livres. Mais ça sera une moitié avant et une moitié après, a-t-il rugi. Et si Mrs. Winthrop accouche d'un fils, vous vous contenterez de cette moitié. » Il m'a regardée de la tête aux pieds, sourcils froncés. « Comment voulez-vous que j'aie confiance dans une femme capable de faire une chose pareille ?

– Les femmes sont capables de beaucoup de choses, général. Simplement, jusqu'à présent, vous ne l'avez pas remarqué, ai-je dit avec une ébauche de sourire. J'aurai besoin de la première moitié en liquide, dans quinze jours à compter d'aujourd'hui. »

Il s'est mis à fulminer et à tourner en rond, et je me suis

soudain rendu compte de l'importance qu'avait cette affaire pour lui. J'aurais dû lui dire que je voulais cinquante mille. Il aurait marché. Il était quasiment prêt à tout.

« Vous l'aurez, votre argent, a-t-il grondé dans sa barbe. Revenez ici dans quinze jours à dix heures et la somme sera prête. » Il s'est approché de moi, les yeux injectés comme ceux d'Ebenezer Scrooge. « Et surtout, tenez votre langue, sinon le marché est annulé. Pas un mot à ma femme non plus. Elle ne doit pas savoir. Vous m'entendez ?

– Je vous entends, général. Vous avez été on ne peut plus clair. »

Là-dessus, j'ai tourné les talons et l'ai laissé faire les cent pas dans la grange et pousser des jurons tout bas.

J'ai inspiré profondément l'air frais, suis sortie des fourrés en gambadant et ai repris le chemin. Ça va marcher, Clara. Par précaution, j'ai décidé de faire amie-amie avec l'autre enquiquineuse, la Tilling. Je vais ouvrir l'œil, et le bon. C'est une somme qui est en jeu, et je ne laisserai passer aucun détail.

Je t'écrirai de façon plus précise pour te donner davantage d'informations, comme tu m'as dit que tu le souhaitais dans ta lettre. Je sais que tu penses que je vais tout foirer comme d'habitude, mais cette fois-ci, je ne te décevrai pas. Tu seras riche avant la fin du printemps, je te le jure.

Edwina

Notice accrochée au tableau d'affichage de la mairie du village de Chilbury, lundi 15 avril 1940.

Les répétitions de la nouvelle Chorale
des dames de Chilbury commenceront
dans l'église mercredi soir, à sept heures précises.

MISS PRIMROSE TRENT, Professeur de musique,
Université de Litchfield

Journal de Mrs. Tilling

Mercredi 17 avril 1940

La notice accrochée par Prim dans la salle paroissiale et annonçant une nouvelle chorale des dames a fait sensation dans notre petite communauté. Hier soir, avant la réunion du Service volontaire féminin (ou SVF, comme on dit maintenant), Mrs. B. est allée tout droit chez le pasteur pour en avoir le cœur net et m'a raconté la scène :

« "Vous avez autorisé cette femme – cette nouvelle venue – à reprendre la chorale et la dénaturer complètement ?" ai-je demandé. Et vous savez ce qu'il a répondu ? Le pasteur, qui est censé être un homme de Dieu ? Il a dit : "Ah, mais elle a tellement insisté que je n'ai pas pu refuser." J'en suis restée pantoise !

– Par exemple ! » ai-je répondu à Mrs. B. Je trouvais toute cette aventure assez excitante : au moins nous recommencerions à chanter, ce qui me manquait. « Je sais que c'est contraire aux habitudes, mais si nous allions voir Prim pour lui demander de plus amples informations ? Il n'y a pas de mal à ça, après tout.

– Pas de mal à ça ! a-t-elle mugi. Pas de mal à ruiner la réputation de notre village ? Je préfère ne pas penser à ce que m'en dira lady Worthing. Elle qui tient tant à ce qu'on fasse les choses comme on les a toujours faites. »

Quelques autres des dames du SVF se sont jointes à nous : celles de l'équipe couture y allaient de leurs commentaires réprobateurs en confectionnant les pyjamas de leurs troupes et celles de l'équipe cantine se demandaient comment cela pourrait marcher. Ma curiosité était donc à son comble ce soir-là quand je me suis pointée discrètement à l'église, où je suis bien vite entrée pour échapper à la pluie.

J'étais l'une des premières, et j'ai eu l'impression de pénétrer dans un lieu enchanté. Les cierges de l'autel projetaient des ombres denses dans toute la nef. Une par une, les dames sont arrivées : Mrs. Gibbs, qui tient l'épicerie du village, Mrs. B., Mrs. Quail, l'organiste, et même Hattie, qui est en fin de grossesse à présent, mais qui a dit qu'elle ne raterait l'événement pour rien au monde. Miss Paltry a fait son apparition – on dirait qu'elle s'est acheté une conduite, et elle a même fini par me parler, me disant qu'elle envisageait de s'enrôler dans le SVF ; Kitty et Mrs. Winthrop sont arrivées, tout feu tout flamme, en amenant leur réfugiée, Silvie, qui, pour une fois, était presque souriante. Venetia a fait son entrée avec nonchalance, habillée comme une gravure de mode au cas où elle rencontrerait Mr. Slater. Elle est devenue incroyablement déplaisante. Mais peut-être peut-on espérer une amélioration, maintenant qu'Angela Quail n'est plus dans les parages.

À sept heures, l'église était bondée, malgré la pluie battante, et un bourdonnement de conversations impatientes faisait vibrer l'air froid. Même Notre Dame de Grâce paraissait nous regarder d'en haut avec bienveillance. Entre-temps, un solide contingent d'opposantes piaillait comme une troupe de volailles contrariées devant le banc des contraltos, sous la houlette de Mrs. B.

Soudain la porte massive à double battant s'est ouverte et

Prim, majestueuse dans sa cape noire qui bruissait derrière elle, a remonté l'allée centrale pour nous rejoindre. Ses pas rapides se réverbéraient sous la charpente de bois, délogeant quelques chauves-souris apeurées dans le beffroi. Elle a ôté sa cape dans un grand geste et l'a secouée pour en faire tomber les gouttes de pluie. Ses cheveux semblaient plus rebelles que jamais. Avec une expression très cérémonieuse et formelle, elle a laissé tomber une pile de partitions sur une chaise et gravi les marches de la chaire en ménageant ses effets.

« Puis-je avoir votre attention à toutes, s'il vous plaît ? a-t-elle lancé d'une voix richement modulée qui a résonné dans toutes les niches de l'église. Je suis fière d'annoncer la création de la Chorale des dames de Chilbury. »

Une salve d'applaudissements de la moitié de l'assistance a salué ces paroles. Une bouffée d'enthousiasme m'a réchauffé le cœur. Voilà qui pouvait devenir réalité.

Mais de l'autre côté, Mrs. B., les mains sur les hanches, se tenait dans une posture de défi, telle une sentinelle inflexible et résolue montant la garde devant son territoire et ses partisans.

Prim a poursuivi avec une détermination si forte que ses yeux gris lui sortaient presque de la tête : « Je sais que tout le monde a été abattu par la disparition de la chorale, et c'est la raison pour laquelle j'ai proposé à monsieur le pasteur que la chorale du village devienne exclusivement féminine, a-t-elle annoncé d'un ton jubilatoire en faisant tournoyer sa baguette.

– Et comment vous y êtes-vous prise au juste ? a demandé Mrs. B. d'un ton condescendant, comme toujours.

– Je lui expliqué que maintenant que nous sommes en guerre, une chorale est plus nécessaire que jamais. Nous avons besoin de nous retrouver ensemble, de chanter, de faire une musique superbe qui nous aidera à traverser cette période horrible. » Elle a marqué une pause et s'est tournée vers un grand cierge à côté d'elle de telle façon que la flamme s'est reflétée dans ses yeux à point nommé. « Certaines d'entre nous se rappellent la dernière guerre, les souffrances et les morts innombrables qu'elle a provoquées. C'est une époque où nous autres femmes devons faire tout notre possible pour nous soutenir les unes les autres, être solidaires et garder le moral. Ce n'est pas parce qu'il n'y a pas d'hommes avec nous que nous ne pouvons pas y arriver par nous-mêmes.

– Ne soyez pas ridicule », l'a coupée Mrs. B. en s'approchant de la chaire, pompeuse et hérissée. Elle était vêtue de son éternel ensemble de chasse en tweed – veste et jupe – et gonflait son jabot, ce que ses voisins et amis reconnaissaient comme le signe qu'elle montait au créneau. « Que ferons-nous sans les basses et les ténors ?

– Nous chanterons des arrangements pour voix féminines, ou je ferai ces adaptations moi-même. Nous n'avons pas besoin des hommes ! Nous sommes une chorale complète sans eux !

– Et de toute façon, a lancé Mrs. Quail en riant depuis l'orgue, la seule basse que nous avions était le vieux Mr. Dawkins. Et cela faisait au moins deux ans qu'il chantait faux. »

On a entendu quelques gloussements chez les plus jeunes, mais Mrs. B. ne s'est pas laissé démonter et a regardé ses partisans pour les engager à prendre la parole.

« Que pensera le bon Dieu ? a dit l'une des dames couture d'une voix flûtée. Il ne peut pas avoir eu l'intention de laisser les femmes chanter seules. Pensez à l'"Alléluia" de Haendel. Qu'est-ce que ça donnerait sans les hommes ?

– Il y a beaucoup de chœurs de voix d'hommes, non ? a répliqué Prim en riant. Songez aux chœurs prestigieux de Cambridge, sans compter celui de la cathédrale St. Paul. Je ne pense pas qu'il puisse déplaire à un Dieu quelconque d'entendre chanter.

– Mais cela va à l'encontre de l'ordre naturel des choses », a objecté Mrs. B.

J'ai eu envie de m'éclaircir la voix et de lui dire qu'elle se trompait, et avant même de m'en rendre compte, j'ai prononcé tout haut : « Peut-être qu'à force d'entendre dire et répéter que les femmes ne peuvent pas faire certaines choses, nous avons fini par le croire. En tout cas, l'ordre naturel des choses a été momentanément changé puisqu'il n'y a plus d'hommes disponibles. » J'ai regardé autour de moi, en quête d'inspiration. « C'est Mrs. Gibbs qui livre le lait à présent, Mrs. Quail qui se charge de conduire l'autobus, et beaucoup d'entre nous s'acquittent de nouvelles tâches. La guerre a tout bouleversé. Pourquoi ne changerait-elle pas la chorale aussi ? »

Quelques applaudissements se sont élevés. Et une ou deux exclamations ont retenti : « Bravo ! », « Elle a raison ! » Je n'en revenais toujours pas de m'être levée pour dire ma façon de penser, et qui plus est à Mrs. B. Elle me regardait d'ailleurs d'un air extrêmement réprobateur.

« Eh bien, Mrs. Tilling, je ne sais pas ce qui me choque le plus dans votre réponse ! a-t-elle déclaré d'un ton tranchant. L'idée que nous devons revoir nos principes moraux à la baisse ou constater que vous, ma chère, êtes entrée dans ce camp. » Elle s'est tournée vers le groupe rassemblé sur l'autel entre les deux stalles du chœur. « Qu'on en finisse une fois pour toutes par un vote à main levée. Celles qui sont d'accord avec cette idée ridicule, levez la main. »

Il faut savoir que Mrs. B. n'est pas bonne perdante. Pendant qu'elle comptait et recomptait les mains levées, un froncement de sourcils indigné se formait sur son front. Elle nous a regardées d'un air furibond comme si nous avions passé les bornes. « N'imaginez pas que ceci n'aura pas de conséquences. J'observe. Et avec beaucoup d'attention. » Sur ce, elle a tourné les talons avec humeur mais, répugnant à quitter les lieux, s'est laissée tomber sur le dernier banc au fond. À l'évidence, elle pensait pouvoir nous culpabiliser assez pour nous faire changer d'avis, mais à mesure que les voix autour de moi se faisaient plus fortes, j'ai eu la certitude qu'elle n'avait aucune chance.

« Quelle bonne idée ! a dit Hattie. Comment se fait-il qu'on n'y ait pas pensé plus tôt ?

– Oui. Et quel nom magnifique, a déclaré Venetia. La Chorale des dames de Chilbury. Ça sonne bien. »

Je n'y avais pas réfléchi avant, mais je me demandais maintenant pourquoi la chorale avait été dissoute pour commencer, pourquoi l'avis du pasteur avait prévalu sur le nôtre. Et, surtout, pourquoi nous l'avions laissé faire.

Prim a distribué des partitions de « Be Thou my Vision[1] ». « Allez, on se dispose ! Mettez-vous à vos places habituelles devant les stalles, ou là où vous voulez, et essayez de chanter chacune à votre pupitre. »

Nous nous sommes installées tant bien que mal et Mrs. B. est venue se mettre dans les altos à côté de moi en maugréant : « Elle va faire un beau gâchis, et il faut bien que je voie comment ça se passe.

– Ça va aller », ai-je dit, mais je retenais mon souffle et priais pour que nous nous en tirions bien. Je ne voulais pas que ce soit un échec dès le début, ni que Prim soit découragée par nos voix consternantes. Il fallait lui montrer que son pari pouvait être gagné.

L'air assuré, Prim a levé sa baguette, a regardé Mrs. Quail pour lui faire signe d'attaquer le prélude, puis elle nous a donné le signal du départ. Le son de nos voix qui emplis-

1. Littéralement « Que ta vision soit la mienne ». Très ancien cantique traditionnel irlandais.

saient l'espace et se réverbéraient dans la petite église de pierre m'a inondée de joie : l'émotion de chanter à nouveau ensemble, la musique suave des voix qui se mêlaient et, pour une fois, restaient justes. Je me suis demandé si tout le monde faisait un effort. Essayait de faire en sorte que ça marche.

« Magnifique ! » a dit Prim avec enthousiasme quand les dernières notes se sont tues progressivement dans l'air immobile. « Il y a parmi vous des voix talentueuses. »

Nous avons souri, espérant toutes être de celles que louait Prim. Même le petit groupe de Mrs. B semblait sous le charme de la musique, toutes objections oubliées.

Mais celle-ci n'était pas disposée pour autant à abandonner la lutte. « Il faudra que je parle de ça au pasteur », a-t-elle annoncé avant de descendre de l'autel à pas furieux et de sortir par la grande porte. Je ne vais pas tarder à avoir des échos.

Après quoi, je suis rentrée à la maison dans un état second, partagée entre l'euphorie du chant et les coups d'épingle de l'inquiétude me rappelant que David doit partir bientôt. Les nazis ont envahi la Norvège la semaine dernière et nous envoyons des forces pour essayer de les repousser. J'espère que David ne va pas être expédié là-bas.

Doucement, très doucement, j'ai commencé à fredonner « Be Thou My Vision ». Tout était noir en cette nuit sans lune, les consignes du black-out bannissaient toute lumière de l'univers. Mais avec un sourire prudent, j'ai pris conscience qu'aucune loi n'interdisait de chanter et je me suis rendu compte que ma voix s'est faite plus forte, défiant la guerre. Affirmant mon droit à être entendue.

Journal de Kitty Winthrop

Jeudi 18 avril 1940

Quelle journée époustouflante ! Ma première leçon de chant avec la sublime, la magistrale Prim, a eu lieu chez elle, à Church Row, à cinq heures. Jamais je n'avais été aussi émue et impatiente de ma vie. Je suis arrivée avec dix bonnes minutes d'avance et ai attendu qu'elle rentre de l'université.

Enroulée dans sa cape volumineuse, Prim a surgi sur sa bicyclette, en équilibre précaire sur le cadre étroit. Elle a gloussé : « Tu es là de bonne heure. Comme je le dis toujours, l'enthousiasme ouvre toutes les voies, car il les éclaire d'une lumière vive. » Elle a mis pied à terre et a appuyé sa bicyclette contre la façade de la maison. « Entre. On va faire du thé avant de commencer. »

La petite maison est en tout point identique à celle de Hattie, à ceci près qu'elle est emplie d'objets extraordinaires et qu'elle a la même odeur de renfermé qu'un magasin d'antiquités. Dans un coin, un éléphant doré se dresse sur ses pattes de derrière. Sur le mur au-dessus sont accrochés des tableaux représentant des sommets lointains, dans les oranges et les rouges rabattus d'un coucher de soleil dans le désert. Sur une petite table s'entassent des boîtes décorées, de toutes les formes et de toutes les tailles, couvertes de coquillages ou de soies aux couleurs vives – bleu paon, vert émeraude, cerise.

« Tu peux en ouvrir une », a-t-elle dit quand elle a vu mes yeux se poser partout.

J'ai pris une boîte émeraude ornée de soutache dorée. Elle s'ouvrait avec un petit loquet. L'intérieur, tapissé de noir, recélait une toute petite bague en argent, une bague d'enfant ornée d'un saint Christophe. J'ai demandé d'un ton hésitant : « C'était à vous ?

– Oui. On me l'a donnée quand j'étais petite. Elle vient d'Inde, où j'ai grandi. L'Inde a toujours été mon lieu de prédilection – les couleurs, le bruit, l'intensité, les gens. » Elle a désigné la photo d'un magnifique temple tout blanc sur le mur près d'elle. « Nous habitions à côté de cet édifice majestueux, le Taj Mahal. Un mausolée construit par un empereur pour sa femme morte en couches. Il y venait chaque jour, paraît-il, pour la pleurer.

– Vous imaginez ça, vous, aimer quelqu'un au point de créer un bâtiment aussi magnifique ?

– Ma foi, cela dépend de la richesse et du pouvoir qu'on a, je suppose. La plupart des gens ne pourraient pas se le permettre. Mais ça ne veut pas dire que leur amour est moins grand. On peut montrer son chagrin plus simplement. La beauté et le pouvoir d'un chant funèbre ne sont-ils pas aussi grandioses que ce palais ? »

J'ai hoché la tête et jeté un coup d'œil vers le salon où les antiquités resplendissaient joyeusement. « Ils viennent d'Inde, tous ces objets ?

– Pas du tout. J'ai voyagé dans l'Asie entière. Un monde fascinant, où les gens vivent d'une façon très différente de la nôtre. » Elle m'a conduite dans la pièce pour illustrer ce qu'elle venait de dire. L'or rayonnait dans tous les coins :

urnes dorées, statues dorées, draperies de soie dorée aux fenêtres, miniatures dorées aussi petites que mon pouce – un éléphant, une vieille femme, un faucon.

« Les autres cultures sont plutôt bizarres, vous ne trouvez pas ? ai-je dit.

– Non, au contraire. Les autres cultures me font souvent penser que c'est nous qui sommes bizarres. » Elle a ri à sa propre remarque, puis s'est dirigée vers la cuisine. « Allons faire du thé. »

Pendant que l'eau chauffait dans la bouilloire, j'ai regardé autour de moi. Une série de vieilles cruches décorées était posée sur le rebord de la fenêtre et des bouquets d'herbes séchées décoraient le mur du fond, dégageant des parfums de romarin, thym et lavande. Un goéland d'un mètre de haut nous observait du coin de la pièce.

« Oh, ça, c'est Ernest. Il est en papier mâché, a-t-elle gazouillé. C'est un accessoire d'une pièce que nous avons montée à Londres il y a des années. Il est toujours là le matin, l'air affamé. »

J'ai ri et ai tapoté la tête de l'oiseau.

Autour de l'évier se trouvaient un certain nombre de flacons emplis de liquides, de poudres et de potions, et j'ai fait un bond en arrière. Prim était-elle une sorcière ?

Elle a vu mon regard et a souri. « Ce sont mes médicaments a-t-elle dit. J'ai été très malade et j'ai besoin de ces remèdes pour m'empêcher de rechuter. »

Je l'ai regardée. Elle semblait tout à fait normale – enfin, normale à la façon d'une sorcière. « Ce n'est pas contagieux, au moins ?

– Non. C'est un méchant moustique qui m'a transmis ça en Inde. Mais on n'a pas ces moustiques ici. » Elle a remis de l'ordre dans ses flacons, puis a fait du thé. « Cette maladie s'appelle la malaria.

– Vous avez été très malade ?

– J'ai failli y passer. J'avais à peu près le même âge que ta sœur, la vie devant moi, pleine de musique, de rire, et d'amour aussi. Il y avait un garçon que je devais épouser. » Elle a souri à cette évocation lointaine. « C'était un être magnifique, d'une intelligence brillante. Un collectionneur de papillons.

– Pourquoi ne vous êtes-vous pas mariés ?

– Il est mort, a-t-elle répondu simplement. Il a contracté la malaria en même temps que moi, et n'a pas survécu. Nous avions grandi ensemble, en voisins, puis nous sommes tombés amoureux. Nous avons eu la malaria en même temps. Mais la maladie a suivi son cours et m'a quittée. Me laissant vivante.

– Mais le cœur brisé !

– Exactement, et depuis, je me suis sentie vouée à vivre ma vie doublement, pour moi et pour mon collectionneur de papillons, en étant seule sans l'être. » Elle a sorti un sucrier et un pot à lait en porcelaine à fleurs. « Cela m'a appris qu'il faut vivre sa vie. Ne laisse personne t'en empêcher. »

C'est sorti je ne sais comment : « Je voudrais être chanteuse, ai-je dit. Mais papa ne veut rien savoir. Il tient à ce que je fasse un bon mariage, à ce que je sois une bonne épouse. Mais maman m'a avertie que je devais faire attention en choisissant un mari, parce que sinon, ma vie sera malheureuse.

– Tu as besoin de suivre ta propre voie, a-t-elle dit en passant devant moi pour me conduire à la pièce de derrière. Décide ce que tu veux faire, et après ça, il te suffira de trouver comment y parvenir. »

La pièce était pleine d'instruments de musique. Il y avait une énorme harpe, un piano droit, un clavecin, un pupitre avec une clarinette, et un petit piccolo en argent posé sur une table comme si une fée venait juste de s'envoler après avoir fait ses gammes.

Prim a perché le plateau sur une minuscule table ronde et tiré à elle le tabouret du piano, me faisant signe d'en faire autant avec celui du clavecin.

« C'est pour ça que vous ne vous êtes jamais mariée ? Vous l'aimez toujours, votre collectionneur de papillons ?

– Je ne sais pas. » Elle a souri en versant le thé. « Parfois, on fait les choses sans les comprendre complètement. Il ne faut pas essayer de tout savoir, Kitty. Souvent, ce qui arrive est au-delà de notre compréhension. » Elle a reposé la théière sur le plateau. « Maintenant, avant de commencer, je voudrais que tu me chantes une note aussi claire que possible. »

J'ai chanté un long « laaaa » haut perché.

« Magnifique », a-t-elle dit en prenant la tasse et la soucoupe et en me les passant. « Est-ce que tu y as beaucoup pensé avant de chanter ?

– Non, ai-je répondu en buvant une gorgée du thé brûlant.

– Parfois, la magie de la vie est inconcevable. Ce qui compte, c'est l'étincelle de l'intuition, l'énergie personnelle que tu mets dans ta musique.

– Mais je n'ai pas à me soucier d'accorder les bons mots aux notes qui vont avec ?

– Le plus important quand on chante, c'est l'émotion. » Elle s'est penchée vers moi. « Souviens-toi, Kitty, je crois en toi. »

Cet après-midi-là, nous avons chanté l'« Ave verum corpus », de Mozart, mon compositeur favori. J'ai chanté mieux et plus fort que jamais encore.

« Une histoire tragique circule à propos de Mozart, m'a-t-elle dit. Il a composé son *Requiem*, l'un des morceaux funèbres les plus tristes qui soient, alors qu'il était lui-même mourant ; et il a dit à sa femme "J'ai peur d'être en train d'écrire un requiem pour moi". La veille de sa mort, il l'a chanté avec quelques amis, et c'est lorsqu'il est arrivé au passage le plus poignant de son *Requiem*, le "Lacrimosa", qu'il a laissé tomber ses partitions et commencé à pleurer sur sa propre mort. Il a rendu l'âme au petit matin. Tu peux imaginer ça, écrire la musique de ta propre mort ? »

J'en ai eu le souffle coupé. « C'est horrible. Vous croyez que la musique a précipité sa mort ?

– Peut-être qu'au fond de lui, il savait qu'il était en train de mourir et qu'il a mis cette peur dans sa musique. » Elle a reposé les yeux sur l'« Ave verum corpus ». « Et si tu reprenais ce morceau, comme tout à l'heure, mais cette fois-ci, pense à Mozart qui écrivait pour sa propre mort. Mets-y tout ton cœur. »

Elle a attaqué l'introduction et j'ai senti que ma voix venait du plus profond de moi-même. Et j'ai pensé à la peur qu'on doit éprouver avant de mourir.

Une curieuse allégresse m'a envahie quand j'ai terminé, comme si j'étais une plume blanche, une plume de colombe poussée en l'air par une brise légère. Et plus tard, sur le chemin du retour, j'ai aspiré une grande bouffée de l'air vif du printemps, et me suis sentie soudain débordante de la joie d'être en vie.

Lettre de miss Edwina Paltry à sa sœur, Clara

3 Church Row
Chilbury, Kent

Vendredi 19 avril 1940

Chère Clara,

Une grosse liasse de billets neufs de cent livres est maintenant cachée au fond d'un trou secret sous mon plancher, dans une vieille enveloppe soigneusement fermée à l'aide d'un morceau de ficelle noué deux fois. Dans moins d'un mois, j'aurai fait ce qu'il y a à faire, la seconde moitié de la somme sera versée, et nous pourrons partir, toi et moi, entamer notre nouvelle vie à Birnham Wood.

Hier, j'ai rencontré le général au sujet de l'échange. Il tenait le paquet serré fermement entre ses doigts vigoureux, ce vieux rat. Il était réticent à s'en séparer, c'est le moins qu'on puisse dire. Mais je le lui ai finalement arraché et ai filé : mon butin était en sûreté, entre mes mains.

Ça, c'était la partie facile.

Maintenant, il faut que je mette le petit garçon au monde.

Ce qui m'a bien contrariée, c'est que Mrs. Dawkins, la fermière, a accouché vendredi dernier. J'aurais voulu faire remonter dans son ventre la tête chétive du bébé, mais quand j'ai vu que c'était une fille, je me suis dit que de toute façon, elle n'aurait pas fait l'affaire.

Maintenant, j'ai reporté tous mes espoirs sur la petite sainte-nitouche, Hattie. Son accouchement est prévu une semaine après celui de Mrs. Winthrop, donc je n'aurai pas à me préoccuper de naissances prématurées. L'ennui, c'est que la Tilling rôde autour de Hattie comme une marraine fée. Figure-toi qu'elle a promis d'accoucher Hattie, malgré tout ce que j'ai pu faire pour dissuader celle-ci. Enfin, qui voudrait d'une minable comme Mrs. Tilling au lieu d'une professionnelle expérimentée et bien équipée comme moi ? Mais elle est restée inébranlable, me répétant d'une voix gnangnan que Mrs. Tilling était comme une parente pour elle qui n'a plus personne, envoyez les violons. Au diable cette fille !

Malgré toute ma répugnance, j'ai décidé de me mettre dans les bonnes grâces de l'exécrable Tilling. Dans le but de la persuader de lâcher l'affaire, ou de trouver quand elle s'absentera. En dernier ressort, je pourrais provoquer un accident sérieux, comme la pousser dans les escaliers ou la renverser avec mon vélo. Je ne tiens pas à en arriver là, franchement. Il y a une marge étroite entre un bras cassé et un homicide par imprudence, après tout.

Pour commencer, j'ai rejoint la nouvelle chorale afin de faire amie-amie avec elle, et je n'en ai pas cru ma veine quand, en entrant, j'ai repéré une place libre auprès d'elle.

« Quelle surprise de vous trouver ici, miss Paltry, a-t-elle dit d'un ton pincé, se dandinant d'un pied sur l'autre. Ce n'est pas souvent qu'on vous voit à l'église.

– Je viens tous les dimanches », ai-je répondu avec mon plus beau sourire. Mais je parie qu'elle est du genre à compter les fidèles et à repérer les absents.

On a beaucoup tergiversé pour savoir si on allait créer une

chorale féminine, ce qui était du dernier grotesque. Bien sûr que les femmes peuvent chanter sans les hommes. Qu'est-ce que je fais dans ma baignoire toutes les semaines ?

Après quoi, on a chanté des cantiques plutôt ennuyeux et une fois la séance terminée, l'occasion que j'attendais s'est présentée.

« Je me sens obligée de vous soulager, Mrs. Tilling, et de me charger de l'accouchement de Hattie, ai-je attaqué. J'habite la maison d'à côté, après tout, et vous, vous êtes surchargée de travail en ce moment. J'ai tout l'équipement et les médicaments chez moi si besoin était. J'ai même un respirateur artificiel, ai-je menti.

– Quoi ? Chez vous ? » Incrédule, Mrs. Tilling a froncé les sourcils. « C'est l'hôpital qui vous l'a prêté ?

– C'est ça, ai-je répliqué, preste comme le renard, espérant qu'elle ne viendrait pas vérifier. Vous seriez surprise de savoir le nombre de fois où j'en ai besoin pour permettre au bébé de respirer comme il faut. Un premier accouchement peut être à risque, vous savez.

– Mais vous aussi, vous êtes très prise, et Hattie souhaite m'avoir près d'elle.

– Je suis peut-être très prise, mais le devoir passe avant tout ! » Je me suis frappé le cœur avec mon poing à ce stade, et j'ai pris l'air patriotique. « Et s'il se passait quoi que ce soit, je ne me le pardonnerais jamais. » J'aurais bien voulu y aller de ma larme, mais à l'impossible nul n'est tenu.

« Certainement », a dit Mrs. Tilling en reculant d'un pas avec une moue hostile. J'ai senti qu'elle soupçonnait quelque chose de louche. J'avais dû pousser le bouchon un peu loin. Alors j'ai vite changé mon fusil d'épaule.

« Mais vous vous dépensez sans compter pour notre petite communauté ! Entre le SVF, l'aide que vous apportez en permanence aux gens, en plus de votre travail d'infirmière, ça fait lourd.

– Oui, le SVF est une organisation exceptionnelle. Vous devriez en faire partie. Il y a une réunion à Litchfield dans quinze jours, pour distribuer les colis de guerre expédiés d'Amérique. Pourquoi ne viendriez-vous pas, histoire de voir comment ça se passe ? »

Je lui ai adressé un sourire jubilatoire, car elle m'offrait l'occasion rêvée ! Une date où elle ne serait pas là. Et qui tombait on ne peut mieux, car c'était la veille du terme prévu pour Mrs. Winthrop, et une semaine avant celui de Hattie.

« Ça prend toute la journée ?

– Oui, le vendredi 3 mai, toute la journée. »

Elle a eu l'air un peu surprise de mon enthousiasme. Aussi ai-je cessé de sourire et repris mon flegme habituel pour dire : « Il faut que je vérifie mes rendez-vous, mais j'essaierai de venir. »

Heureusement, Kitty lui est tombée dessus, ridiculement surexcitée par la création de la nouvelle chorale, et j'en ai profité pour reprendre mon sac et filer avant que mon euphorie ne se remarque.

Quel coup de pot ! Maintenant, tout ce que j'ai à faire, c'est m'assurer qu'elle va bien à sa réunion du SVF, et peaufiner mon plan pour les naissances.

Je suis devenue très pointue dans mon métier, tu le sais, Clara. Ma potion à base de plantes fait venir le bébé à une vitesse impressionnante. Convaincre Mrs. Winthrop, qui est une femme timide et obéissante, de l'avaler ne posera aucun problème. C'est son quatrième enfant, alors je pense qu'il se pointera dans l'heure. Après avoir annoncé que c'est un garçon, je prétendrai qu'il ne respire pas bien, que je dois filer chez moi pour le réanimer avec le respirateur. (Qui peut savoir que je n'en ai pas ?)

Mais avec Hattie, ce sera une autre affaire. Non seulement ce ne sera pas commode de lui faire prendre la potion, car elle est si à cheval sur ses principes que c'en est pénible, mais ensuite, il faudra bien compter quatre ou cinq heures pour que le bébé naisse, car c'est son premier. Entre-temps, il me faudra quelqu'un pour s'occuper du petit Winthrop.

C'est pourquoi j'ai décidé de mettre la bonne des Winthrop, Elsie, dans le coup. Non seulement elle pourrait me protéger contre le qu'en-dira-t-on en m'accompagnant quand j'emmènerai le bébé Winthrop, mais elle pourrait aussi veiller sur le gamin pendant que je m'occuperai de Hattie. Alors quand je l'ai croisée à l'épicerie hier, je l'ai invitée à prendre le thé et lui ai glissé que je risquais d'avoir besoin de son aide à la naissance.

« Si je comprends bien, vous voulez que je vous aide pour l'accouchement de Mrs. Winthrop, et que je vienne chez vous si jamais vous devez emmener le bébé en cas d'urgence ? » Cela ne lui a pas plu et elle a plissé les yeux, soupçonneuse. Mais elle n'a rien dit, vu que dans son milieu, c'est la règle : on ne pose pas de questions, on prend le fric et on se tire.

« C'est ça, ma petite fille, ai-je dit en lui offrant un autre biscuit. J'ai besoin de quelqu'un pour surveiller le bébé un petit moment. »

Elle a pris deux biscuits et j'ai vu qu'elle réfléchissait ; son joli visage était songeur, comme celui d'une biche aux aguets. « Pourquoi pas ? » a-t-elle dit enfin. « Mais combien vous me donnerez ?

– Dix shillings pour le dérangement, pourvu que vous teniez votre langue.

– Dix shillings ? Plutôt dix livres, oui.

– Alors mettons cinq », ai-je dit. Tu parles d'une enquiquineuse !

« D'accord, a-t-elle répondu en se levant. J'aimerais bien

me venger de ce petit fumier, même si c'est un membre de sa famille qui trinque.

– Vous en valez mille comme lui, Elsie, ai-je renchéri en la raccompagnant à la porte. Il faut que vous vous trouviez un homme comme il faut.

– Oui, c'est une idée. » Elle a passé la tête dehors et regardé les nuages gris et cotonneux. « Attendez et vous verrez que je trouverai quelqu'un de bien mieux que ce vaurien. »

Là-dessus, elle a filé. J'ai vu sa longue silhouette mince fendre avec grâce les petites gouttes de pluie, et je me suis remise à peaufiner mon plan avec délectation.

Ça va marcher, ma vieille ! Arrête de me harceler avec tes doutes. Je n'ai pas le temps de réfléchir à ce qui est bien ou mal, et de toute façon, qui s'en soucie ? Comment veux-tu que je pense à toutes ces foutaises sur la morale quand on a une chance de retrouver notre rang, la liberté et la sécurité ? Je te préviendrai quand ce sera fait. Motus, comme d'habitude.

Edwina

Journal de Silvie

Samedi 20 avril 1940

Kitty m'a conseillé d'écrire un journal. C'est bon pour m'exercer à la langue. Il faut que j'écrive sur notre maison. Elle est grande et imposante. Godwin la nounou est vieille. Kitty est gentille, mais un peu autoritaire. Venetia est mon amie. Le général Winthrop est très en colère. Il y a une bonne désagréable et un drôle de majordome avec une bosse. Le nouveau bébé va naître bientôt. J'espère qu'on voudra encore que je reste après.

Il y a une nouvelle chorale et je suis soprano. C'est agréable de chanter. Kitty m'aide avec les paroles. J'aime aussi les chevaux. Amadeus est celui que je préfère. La semaine dernière, je suis tombée à côté de la rivière. Mr. Slater m'a aidée à marcher jusqu'à la maison. C'est l'homme que Venetia aime bien. Il m'a un peu parlé en tchèque. Il parle très mal. Mon anglais est bien meilleur.

Journal de Kitty Winthrop

Mardi 23 avril 1940

La fête pour le départ de David Tilling

Ce soir, Mrs. Tilling recevait avant le départ de David. Il revient de son entraînement et part sur le front en France demain.

Mais toute mon attention était concentrée sur Henry, qui avait quitté sa base aérienne pour une permission de quarante-huit heures. Il faut profiter de ces moments-là si l'idée c'est de se marier et d'avoir beaucoup d'enfants. J'ai passé l'après-midi à me faire belle. En évoluant vêtue de la robe en mousseline mauve de Venetia, je savais que j'attirerais tous les regards. Les gens diraient : « C'est Kitty ? Qui aurait cru qu'elle était si belle ? » et « Elle éclipse Venetia ». Henry me repérerait de loin, incapable de détacher les yeux de moi. Puis, quand la musique commencerait, il me prendrait dans ses bras et exprimerait la profondeur infinie de son amour.

Peut-être cela ne se passerait-il pas tout à fait comme cela. Peut-être ne danserait-on pas, finalement. Mais j'étais résolue à ce que notre avenir ensemble soit scellé lors de cette soirée.

« La robe est trop grande », a marmonné Silvie quand je lui ai demandé comment elle me trouvait.

J'avais déjà un peu rembourré le corsage, mais j'ai décidé de mettre un bas de plus dans chaque bonnet de mon soutien-gorge, histoire de faire bonne mesure.

« C'est mieux, ai-je dit en lissant la robe devant la glace. Il me trouvera irrésistible. Qu'est-ce que tu en dis ? »

Silvie a soupiré. « Je crois que c'est Venetia qui lui plaît. »

J'ai ri. À l'évidence, Silvie sort un peu de sa coquille, mais je ne sais pas où elle va chercher certaines de ses idées. Ce qui m'intéresserait beaucoup plus, ce serait d'apprendre son secret, et je la tanne pour qu'elle me le dise. Mais elle se tait et s'enfuit.

Venetia voulait faire une entrée tardive, et elle n'est pas venue avec nous, pas plus que papa, qui était pris par son travail. Ça se passe très mal en Norvège, d'après lui. Les nazis sont en train de nous battre à plates coutures, et à ce qu'il semble, nous allons devoir battre en retraite à la hâte. Tout le monde a peur qu'ils envahissent la Belgique, puis la France. Apparemment, tous les itinéraires menant chez nous sont couverts, donc nous devrions être à l'abri.

Aussi, nous n'avons été que trois à plonger dans l'air frais du soir, maman, Silvie et moi. Nous avions des lampes de poche pour éclairer notre chemin, car le sentier qui longe le bois de Peasepotter a de quoi donner la chair de poule. Juste au moment où nous disions qu'on ne sait jamais qui peut rôder dans le coin, nous avons entendu un craquement dans les fougères : et qui est apparu ? Proggett. Il s'est ébroué, nous a souhaité le bonsoir et a regagné la maison. Bizarre !

Nous avons pressé le pas. Comme maman est enceinte jusqu'aux yeux à présent, Silvie et moi lui avons pris chacune un bras pour l'aider à marcher, ce qui a rendu le trajet plutôt joyeux.

Des touches de crépuscule se figeaient dans le ciel où le jour s'éteignait, et à l'exception de quelques cris de chats-huants isolés, il n'y avait aucun bruit. On avait l'impression d'avancer dans un monde enchanté. De menus filaments de pollen flottaient dans l'air comme de la poudre, et ces petites particules jaunes me rappelaient l'été d'avant le début de cette horrible guerre, quand tout était normal, comme cela devrait l'être.

La maison des Tilling, Ivy House, est l'une de mes préférées dans le village. Moins imposante que le manoir de Chilbury, moins ornée que Brampton Hall, elle respire une sérénité paisible, et la gentillesse foncière de Mrs. Tilling s'exprime dans son merveilleux jardin, où de petits boutons de roses recouvrent une série d'abris et mangeoires pour les oiseaux ainsi qu'une vasque, car la maîtresse des lieux aime toutes les créatures vivantes. Elle a maintenant six poules pour les œufs, et un jardin potager bien approvisionné pour contribuer à l'effort de guerre. Ivy House était le cabinet du vétérinaire, le Dr. Tilling, jusqu'à sa mort il y a dix ans, et on y sent encore quelque chose de sa vocation première, comme si, au fond, l'endroit continuait à être un havre pour les créatures blessées ou perdues.

Quand nous avons ouvert la porte, une foule animée est sortie dans le jardin, et nous nous sommes hâtées d'entrer afin d'éviter une amende pour entorse au black-out. (Mrs. B. les distribue avec générosité, comme une maîtresse d'école sévère – si un minuscule rai de lumière a le malheur de filtrer pendant une fraction de seconde, elle vous colle une contravention dans la main et beugle : « Vous voulez que les Boches nous repèrent, hein ? »)

À l'intérieur, l'ambiance était gaie, entre la lumière vacillante des bougies et une musique enjouée, ce qui contrastait curieusement avec la crainte de ne pas voir revenir David. De l'étamine rouge, blanche et bleue était drapée sur les murs, probablement empruntée à Mrs. B., après la fête extravagante qu'elle avait donnée pour le départ de Henry. Des groupes de villageois bavardaient à qui mieux mieux, chacun un verre de sherry rationné à la main.

Venetia a fait une entrée remarquée peu après notre arrivée, et tout le monde s'est figé lorsqu'elle a lancé à la cantonade : « J'espère que je ne suis pas en retard. » Elle se distinguait du reste d'entre nous, car elle portait une robe scintillante, vert et or, dont les paillettes attrapaient la lumière ; le tissu suivait ses mouvements, flottant autour de ses jambes avec une fluidité qui attirait l'œil. Instantanément, elle a été entourée d'un essaim de garçons, en majorité des amis de David en partance pour la guerre. Elle a gratifié chacun d'un moment d'attention coquette, et leur a chuchoté de petits secrets à l'oreille avec une jolie moue. J'ai eu envie de lui faire un discret croc-en-jambe.

Mrs. Tilling n'a pas tardé à réclamer le silence, et on a entendu des « chut » dans la pièce pendant qu'elle allait chercher David dans sa chambre au premier. Nous l'avons acclamé quand il est apparu, vêtu de son uniforme kaki bien repassé, l'air terriblement adulte. J'ai eu une brutale illumination où se mêlaient soulagement et inquiétude en constatant qu'il était toujours le même David. Soulagement parce qu'un uniforme ne change pas la personne, et inquiétude parce que ce garçon empoté partait au front. Il était toujours ce benêt de neuf ans resté coincé dans le cerisier du pré communal, le même échalas de douze ans à qui j'avais donné des coups de poing parce qu'il m'avait tiré les nattes, le même imbécile de quatorze ans qui avait fait verser le tracteur des Dawkins dans une haie qui n'avait rien demandé. Sa couleur à lui, c'est le jaune, non pas celui de la lâcheté, mais celui qui traduit un certain aveuglement devant la réalité, et je ne pouvais m'empêcher de m'inquiéter pour lui. Aujourd'hui encore, son regard à la fois enthousiaste et ahuri révèle l'inépuisable naïveté avec laquelle il aborde tous les défis de la vie, comme un renard qui déboule dans une chasse à courre, sachant qu'il risque de se faire prendre mais sans penser à la façon dont ça se terminera.

« Oh là là ! s'est-il exclamé en entrant dans le salon illuminé par les bougies. Tu n'aurais pas dû te donner tant de mal. » Il a passé un bras autour de Mrs. Tilling avec sa gentillesse et sa gaucherie habituelles. « Merci à tous d'être venus ! » a-t-il dit en s'avançant vers nous. « Ça me fait plaisir de vous voir, Mrs. B. Je croyais que vous seriez bien trop occupée à passer des savons aux gens. Est-ce que vous avez réussi à persuader Mr. Churchill de venir faire un discours au SVF de Chilbury ? Je parie qu'il ne sait pas que c'est ici qu'il a son plus grand fan-club ! »

Tout le monde a ri et une voix a lancé : « On l'attend ! »

David s'est ensuite tourné vers Venetia et lui a pris la main, qu'il a baisée. « Et la belle Venetia ! Une dernière vision de toi que je chérirai pendant mon voyage. » Ses yeux se sont attardés sur elle quelques instants et son sourire mouillé a vacillé.

Venetia a fait sa mijaurée, levant vers lui ses paupières palpitantes et sa bouche peinte, et elle a articulé d'une voix brisée : « David, tu me reviendras en héros. » J'ai eu du mal à ne pas pouffer, mais j'ai alors croisé le regard exaspéré de Mrs. Tilling, de l'autre côté de la pièce. Nous savons tous que Venetia se moque éperdument de David. Je me demande pourquoi elle s'acharne à jouer ce jeu stupide avec lui.

Mrs. Tilling m'a demandé de passer une assiette d'allumettes au fromage plutôt caoutchouteuses (en ces temps de rationnement sévère, on ne sait jamais ce que les gens mettent dans leurs recettes). Alors, j'ai parlé aux uns et aux autres, en observant Henry qui bavardait avec une Hattie enceinte jusqu'aux yeux. Il était beau à tomber avec ses cheveux blond-roux coupés très court et son uniforme impeccable de la RAF. Comme les meilleurs pilotes de chasse, il s'est laissé pousser une moustache que je trouve des plus séduisantes. Elle fait paraître son nez un peu moins busqué. Et lui donne l'air plus adulte aussi. C'est vrai qu'il a déjà dix-neuf ans – un homme, un vrai, qui saura prendre soin de moi.

Il n'a pas semblé remarquer que je le regardais jusqu'à ce que Hattie me tire par le bras pour que je me joigne à eux.

« Quelle jolie robe, Kitty, a-t-elle dit en tâtant le tissu. Tu ne trouves pas, Henry ?

– Absolument. Tu es très mignonne, Kitty », a-t-il déclaré en souriant, et en le regardant, je me suis sentie fondre. Mais il a ajouté : « Tu vas bientôt suivre l'exemple de ta sœur et tu deviendras une beauté. » Ses yeux ont glissé vers Venetia, qui discutait avec tout un groupe d'hommes près du piano. Pourquoi faut-il qu'elle se croie obligée d'attirer l'attention de tous les hommes présents, y compris Henry, alors qu'elle ne s'intéresse à aucun d'entre eux ?

« Je n'ai pas envie de lui ressembler, ai-je dit, agacée, ce qui a forcé Henry à reporter son regard sur moi. Je veux avoir ma beauté à moi. » J'ai entendu Hattie soupirer, mais n'ai pas compris pourquoi.

« Bien sûr que tu as une beauté à toi », a dit Henry d'un ton cordial en posant la main sur le haut de mon bras et en m'adressant un sourire choisi. J'ai senti la chaleur inonder l'endroit où il me touchait, comme une flamme embrasant mon corps. J'attendais qu'il me prenne dans ses bras.

Mais soudain, j'ai senti son attention refluer : Venetia s'approchait. Elle se tournait d'un homme vers l'autre et faisait onduler sa robe. On aurait dit une libellule éblouissante en train de prendre de la hauteur pour repérer sa proie. Ses cheveux blonds balayaient ses épaules nacrées, et son cou blanc et délicat laissait derrière lui les effluves d'un parfum épicé. La main de Henry a lâché mon bras, qui a soudain eu froid et s'est senti abandonné. Quand j'ai levé les yeux vers lui, il s'était tourné pour lui faire face.

« Viens t'asseoir avec moi, Henry chéri, et raconte-moi tout sur tes bombardements », a-t-elle psalmodié haut et fort. Elle a passé le bout des doigts sous le menton de Henry et a guidé doucement sa bouche vers ses lèvres soigneusement peintes. « J'ai appris que tu as combattu au-dessus de la Norvège.

– Je croyais que tu discutais avec les autres types, a-t-il chuchoté.

– Je me fiche complètement d'eux », a-t-elle dit avec une moue. Puis elle a penché la tête sur le côté, faisant ainsi glisser vers l'avant ses épais cheveux blonds qui l'ont dérobée aux regards du reste de la pièce comme un rideau chatoyant, et elle lui a murmuré quelques mots à l'oreille, tandis que ses longs ongles rouges effleuraient légèrement son cou.

Il lui a chuchoté autre chose à son tour, repoussant les cheveux blonds pour approcher ses lèvres de l'oreille de ma sœur.

De l'autre côté de la pièce, une voix d'homme a hélé celle-ci, et elle s'est écartée.

« Il faudra que je réfléchisse », a-t-elle répondu avec dans le regard une lueur qui n'augurait rien de bon, et elle a tourné les talons pour s'éloigner dans la foule. Henry l'a suivie aussitôt en criant : « Venetia ! »

Et moi, alors ? Seule, abandonnée au milieu de la pièce, muette, une assiette d'allumettes au fromage à la main. Comment avait-elle pu me faire ça à moi ? Et pourquoi l'avait-il suivie ? Il ne sait donc pas qu'elle le manipule, qu'elle dit qu'il est ennuyeux et que son nez ressemble à une verrue géante ? Il ne sait donc pas qu'elle se moque éperdument de tout le monde, sauf d'elle-même, et qu'elle aligne les conquêtes pour se prouver son pouvoir ? Et surtout que, sachant que je l'aime, elle prend plaisir à l'éloigner de moi. Encore un de ses petits trucs pour rabaisser tout le monde et se rengorger à nos dépens comme une sorte de reine maléfique. Ce n'est pas juste.

Elle s'est faufilée dans la foule et a ondulé jusqu'à Mr. Slater, impeccable comme toujours, les cheveux noirs bien lissés, l'air viril et détaché. Comparés à lui, David et ses compagnons faisaient figure d'écoliers attardés. Venetia essaie frénétiquement d'attirer son attention, mais il semble insensible à ses charmes – le premier homme dans ce cas, peut-être. Elle met le paquet, sinon elle perdra son pari avec Angela. Or Venetia ne supporte pas de perdre. Elle s'est proclamée reine de notre petit monde et elle est bien décidée à garder son rang.

Je me suis approchée de papa, qui s'était arraché à son bureau et suivait Venetia avec des yeux furibonds tandis que Mrs. B. pérorait à son côté. Il veut que Venetia épouse Henry et hérite de Brampton Hall, ce qui est tout à fait ridicule. Je ne peux tout simplement pas les imaginer ensemble ; et songer que Henry puisse devenir mon beau-frère est plus horrible encore. Toutes les fois que nous nous verrions, la tension serait insupportable. Mais nous ne révélerions jamais nos passions secrètes et les refoulerions comme des amants maudits. Nous nous rencontrerions peut-être parfois dans la véranda. Surpris de me voir, il s'exclamerait : « Oh, Kitty ! » Les yeux baissés, je répondrais : « Henry, je ne pensais pas te trouver ici ! » Puis je me dirigerais vers la porte-fenêtre ouverte, dont le rideau blanc flotterait au-dehors, gonflé par la douce brise d'été. « Moi non plus. Il faut que je te dise… »

« Non, Henry, ne rends pas les choses plus pénibles. » « Mais, Kitty chérie..., etc. », jusqu'à ce que la mort nous sépare.

Papa marmonnait encore des remarques désobligeantes à propos de Mr. Slater. « Ce Slater est un minable, un planqué qui reste sur la touche pour ne pas faire la guerre.

– Mr. Slater est réformé parce qu'il a les pieds plats », a dit Mrs. B. d'un ton sans réplique. Elle s'est entichée de Mr. Slater, et s'imagine qu'il est un grand peintre, qu'elle entend faire découvrir. Comme elle veut prouver qu'elle est terriblement cultivée, elle cherche à le prendre sous son aile. Le pauvre. En fait, je ne sais pas ce qu'il vaut. Et je crois que Mrs. B. est incapable de distinguer un chef-d'œuvre d'une étude d'un élève des Beaux-Arts.

« Slater est un planqué, ni plus ni moins, et un tire-au-flanc. » Papa a avalé son sherry d'un trait. « Il a la paresse des poltrons, voilà son problème. Il n'a pas compris que c'est en combattant qu'on devient un homme digne de ce nom. »

J'ai pensé à Edmund, en miettes dans la mer du Nord. Au pauvre David, menacé par les balles en France, et me suis demandé si tout ça n'avait pas plus de rapport avec le bon sens qu'avec le courage. Envoyer les gens à la mort semble complètement grotesque. J'ai commencé à m'imaginer ce que ça pouvait être de recevoir un obus dans un sous-marin, quand le radar envoie des signaux sonores pour indiquer l'approche de la mort, et que tout le monde se met au garde-à-vous en chantant l'hymne national. « God save our gracious King ». Et puis boum. Plus rien. Seulement des fragments de doigts et d'oreilles venant s'échouer sur des plages où l'on ne se doute de rien.

En regardant Mr. Slater, je me suis dit qu'il ne pouvait pas être entièrement méchant. La semaine dernière, il a aidé Silvie à rentrer à la maison quand elle est tombée d'Amadeus. Jamais elle n'aurait dû essayer de sauter la rivière à Bullsend

Brook. Cela dit, je me demande ce qu'il faisait là. C'est de l'autre côté du bois de Peasepotter – en pleine campagne.

Les yeux de papa se sont plissés en regardant Venetia, très occupée à répondre avec esprit à Mr. Slater tout en feignant de s'ennuyer. Même si papa lui passe un savon plus tard, il ne peut pas la contrôler du tout. Chaque fois qu'il lui dit de laisser Slater tranquille, elle se contente de hausser les épaules et de sourire en disant qu'elle est « le petit chou à son papa », et elle continue comme si de rien n'était. Ça me dégoûte.

Henry était debout derrière l'épaule de Venetia, comme pour la protéger, et il a essayé d'entrer dans la conversation. Il n'a pas eu grand mal, car Mr. Slater a paru content de l'inclure et s'est adressé directement à lui ; ils ont plaisanté et ri tous les deux. On aurait dit que Mr. Slater tentait de fuir l'attention que lui témoignait Venetia. Henry a posé la main sur le bras de ma sœur et j'ai vu ses yeux effleurer son visage, sa gorge et la naissance de ses seins dévoilée par le décolleté de sa robe. Elle s'est dégagée, mais il est resté près d'elle, et je me suis demandé pourquoi il la laissait jouer ainsi avec lui. Et puis je me suis souvenue qu'il était extrêmement intelligent : il doit lui aussi avoir une stratégie.

Je me suis aperçue alors que je n'étais pas la seule à observer Venetia. David Tilling la regardait depuis la fenêtre, appuyé contre le mur, fasciné par sa présence. Il est amoureux d'elle depuis qu'il est en culottes courtes. Je ne pensais pas que c'était si sérieux : il avait les yeux d'un gros poisson en train de faire des bulles, et il la gobait du regard. Il faut que Venetia fasse attention, parce que David est devenu beaucoup plus direct depuis son entraînement militaire.

« Place au piano ! a crié Mrs. Tilling. Allez, Kitty, tu es chiche de chanter un ou deux morceaux ? » Mrs. Quail (sa couleur, c'est un orange gai) a déposé son ample postérieur sur le tabouret du piano, pendant que Mrs. B. me prenait le coude et me propulsait manu militari à son côté. Tout le monde sait que je veux être chanteuse plus tard, alors c'est toujours à moi qu'on fait appel. Dans la foule, Prim m'a gratifiée de son sourire le plus chaleureux et je me suis sentie décidée à faire bonne impression.

Des « Vas-y, Kitty » se sont élevés partout et je dois avouer que j'ai été touchée. J'ai pris la partition. Mrs. Quail m'avait préparé « Greensleeves », ce magnifique morceau qui est censé avoir été écrit par Henry VIII. Moi, je suis convaincue qu'il a demandé à quelqu'un de l'aider, parce qu'on ne peut pas être roi et écrire une belle musique en même temps. Surtout quand on est très occupé à décapiter ses épouses.

Mrs. Quail a joué la mélodie et j'ai attaqué cette superbe chanson. Elle était parfaite pour mettre en valeur ma voix dans les aigus. Quand j'ai fini, Prim m'a adressé un petit signe de tête comme pour me dire « Bravo », et j'ai éprouvé une bouffée de bonheur. Enfin, mes talents ont été remarqués !

J'ai levé les yeux et vu qu'Henry m'observait. J'ai eu l'impression que le monde s'arrêtait de tourner quand nos regards se sont croisés dans cette pièce bondée. Il a souri et son visage s'est illuminé de joie et d'amour, et puis Venetia lui a donné un coup de coude pour lui faire une remarque quelconque. On peut compter sur elle pour arriver comme un cheveu sur la soupe.

Pendant le morceau suivant, un extrait d'une opérette de Gilbert et Sullivan, Mrs. Quail s'est mise à jouer de plus en plus vite, exprès pour me faire bafouiller. C'était tordant.

« Tu devrais monter sur les planches comme comédienne, Kitty, pas comme chanteuse », a plaisanté Hattie. Elle, sa couleur, c'est le mauve, une jolie nuance qui réchauffe le cœur. Je ne comprends pas pourquoi elle est si amie avec l'infâme Venetia et l'abominable Angela Quail. Peut-être essaie-t-elle de les empêcher de sombrer dans la plus totale ignominie.

La grossesse la fatigue – je voyais ses grands yeux bruns se cerner au fil de la soirée – et pourtant, elle continue à être très vive, à nous remonter le moral avec ses plaisanteries et ses sourires. Ça ne doit pas être facile pour elle, avec son Victor qui est coincé sur un navire dans l'Atlantique. Je ne me fais pas encore à l'idée qu'ils sont mariés. Ils ont été amis pendant des années et puis, comme si quelqu'un avait allumé un projecteur géant, on a annoncé que la guerre était imminente ; alors ils sont tombés amoureux et se sont mariés dans la semaine. Il semble que ce n'est pas un fait isolé. À l'évidence, ça a un rapport avec la mort. C'est vraiment étrange que l'amour et la mort s'entremêlent soudain si intimement en temps de guerre.

Pourquoi tout le monde se marie si vite

Si on est amoureux, pourquoi attendre un lendemain qui n'arrivera peut-être jamais ?

Les gens sont déplacés, alors si on veut rester avec quelqu'un, mieux vaut l'épouser.

Voulez-vous avoir des enfants avant qu'il ne soit beaucoup trop tard ?

Voulez-vous être prévenue quand votre cher et tendre est tué ?

Voulez-vous toucher une somme s'il est tué au champ d'honneur ?

Voulez-vous avoir un être cher pour qui prier, vivre ?

Qui restera-t-il à la fin, après tout ?

Quand nous sommes partis, j'ai embrassé David sur la joue. « Ne te laisse pas démoraliser par Venetia », lui ai-je chuchoté, éprouvant le besoin de lui dire un ou deux mots de réconfort : « Oublie-la et trouve-toi quelqu'un qui te traitera bien. »

Il m'a regardée, sourcils froncés. « Qu'est-ce que tu racontes, Kitty ? a-t-il fait avec un sourire canaille. Ce n'est pas parce que tu cours après une cause perdue que tu dois croire que tout le monde en fait autant. » Je suis restée interloquée. Jamais l'ancien David – celui d'avant l'entraînement – n'aurait dit une chose pareille. Je n'étais pas tout à fait sûre de comprendre ce qu'il avait voulu dire. À qui faisait-il allusion avec sa « cause perdue » ?

Henry partait, alors il fallait que j'oublie tout ça et que je me précipite pour voler un dernier moment avec lui. Il était dans l'entrée en train de chercher sa veste, le blouson spécial des pilotes, en cuir doublé de fourrure.

« Quand te reverrai-je ? » ai-je demandé en me mettant sur la pointe des pieds devant lui, de façon à ce que mes yeux arrivent à la hauteur de ses lèvres, douces et attirantes sous la moustache bien coupée.

« Tu me reverras quand on aura chassé ces nazis, ma petite demoiselle », a-t-il dit en me prenant le menton entre les doigts. J'ai penché la tête en arrière, attendant que nos lèvres se touchent – mais maman est arrivée sur ces entrefaites et a dit qu'il fallait que nous partions, et nous avons bien été obligés de nous séparer. Il souriait quand j'ai enfilé les manches de ma veste et suivi maman et Silvie dehors, dans la nuit noire et froide. Mais quand je me suis retournée pour le regarder, il m'a adressé un clin d'œil, et mon cœur a explosé de joie, alors que je me rendais à l'évidence : il m'aime et nous serons bientôt ensemble.

Journal de Mrs. Tilling

Mercredi 24 avril 1940

Aujourd'hui, mon fils est parti à la guerre, et j'essaie de faire bonne figure – mais j'ai l'air fragile et un sourire mou qui oscille comme une mélodie diffusée par saccades sur une radio en bout de course. Je tremble en permanence au souvenir de la dernière guerre, tous ces soldats qui ne sont jamais revenus, le fils des voisins, parti un mois seulement avant que le télégramme n'arrive.

Il paraît que cette guerre-ci est différente, mais l'horreur me submerge quand j'ose penser à David là-bas, tentant de conserver sa santé mentale au milieu du carnage. Il paraît que nous avons des tanks et des bombardiers, et qu'il n'y aura pas de tranchées comme la fois dernière. Cela dit, quand je ferme les yeux, tout ce que j'entends, ce sont les hurlements insupportables d'hommes qui souffrent, écrasés par le théâtre colossal des opérations.

C'est que je les ai vus revenir après la dernière, les estropiés, les amputés, ceux qui étaient si perturbés que jamais ils ne pourraient retrouver le sommeil, hantés par leurs amis morts, rongés par la culpabilité d'être en quelque sorte autorisés à vivre. Jamais ils n'ont été les mêmes après ça.

Cette matinée a été une cavalcade ininterrompue dans l'escalier, dominée par les odeurs fraîches du shampooing, de la brillantine et du linge propre flottant dans l'atmosphère tendue. J'ai guetté la camionnette à la fenêtre de l'entrée tandis que des nuages gris marbraient le ciel. Ralph Gibbs, du magasin, partait lui aussi, et Mrs. Gibbs les conduisait tous les deux à Litchfield dans la camionnette de l'épicerie.

« Tu es superbe », ai-je dit quand David a descendu l'escalier une dernière fois. Il portait son uniforme et avait l'air très adulte et très net. J'ai rectifié son col qui n'en avait pas besoin. Je voulais juste le toucher, sentir sa masse sous la pulpe de mes doigts. Il a baissé les yeux vers moi et a souri gaiement.

« Eh bien, il faut que j'y aille, maman, sinon je vais avoir des ennuis avant même d'avoir commencé. » Il a eu un petit rire et j'ai réussi un sourire crispé, serrant les dents pour ne pas pleurer.

Quand il a ouvert la porte, les nuages se sont écartés, laissant apparaître le soleil qui a fait étinceler quelques instants en silence les arbres et l'herbe mouillés. Puis une pluie fine s'est mise à tomber, saupoudrant tout d'une rosée étincelante qui donnait au paysage une apparence irréelle, comme si nous avions fait un saut dans le temps.

Nous nous sommes dit au revoir à la grille, dans ce crachin aérien. Il a regardé la maison, son foyer pendant toutes ces années, et m'a prise dans ses bras.

Je me suis agrippée à lui.

« Tu sais que tu n'es pas obligé de partir », ai-je gémi, priant l'espace d'un fol instant pour qu'il change d'avis.

Il a souri en essuyant une larme sur ma joue. « Courage, maman ! Il faut bien que quelqu'un leur donne une leçon, à ces Boches, hein ? »

Il s'est dégagé de mon étreinte et s'est dirigé à grands pas vers la camionnette. J'ai regardé le dos large, la démarche chaloupée et paresseuse de cet être qu'il ne m'appartiendrait plus de regarder, de comprendre. J'ai eu alors une vision de lui petit garçon, descendant ce même chemin au galop, en retard pour l'école, et se retournant pour me sourire, de guingois à cause de son lourd cartable.

Et exactement comme dans mon souvenir, il s'est retourné vers moi avec cette même expression, comme si le monde était une grande aventure qui s'offrait à lui et dont il allait se délecter. J'ai senti la pluie entraîner vers mon menton les larmes que je versais sur toutes nos précieuses années ensemble.

Il est monté dans la camionnette, a ouvert la fenêtre pour y passer le bras, et quand elle a accéléré et s'est éloignée, il a porté la paume de sa main à ses lèvres et m'a envoyé un baiser, un geste qu'il n'avait pas eu depuis son enfance. On aurait dit qu'au seuil de l'âge adulte, lui aussi se souvenait de tout ce que nous avions partagé, qu'il était encore dans son cœur mon petit garçon, en retard pour l'école.

Là-dessus, il a disparu.

Je suis rentrée dans la maison et suis allée me morfondre dans la cuisine. La tête me cognait comme elle le fait si souvent ces temps-ci. J'ai regardé par la fenêtre la pluie qui tombait toujours, l'herbe qui poussait toujours, les oiseaux qui chantaient toujours.

Mais maintenant, j'étais seule.

Après quelques minutes horribles, je me suis levée, incapable de résister à l'envie de me glisser dans sa petite chambre spartiate, encore chaude de sa présence. En passant la main sur son dessus-de-lit bleu et doux, je me suis souvenue du nombre de fois où je l'avais remonté sur son petit corps à l'heure du coucher, et je me suis agenouillée près du lit. J'ai pris une grande inspiration, emplissant mes poumons de son essence, de cette odeur reconnaissable entre mille qu'il avait depuis qu'il était bébé, mélange de sel et de miel chaud.

Ce soir-là, quand j'ai cessé de pleurer, j'ai compris que cet état-là, j'allais devoir m'y habituer. Rester occupée, interdire à mon cerveau d'abriter des pensées effroyables, sans jamais savoir où il est, ni s'il est toujours en vie.

David est tout ce que j'ai. Je sais qu'il doit aller faire son devoir, même si je regrette de tout mon être qu'on ne lui ait pas donné un travail de bureau ou qu'il ne soit pas resté chez nous, au sol, à réapprovisionner des avions. Je peux seulement prier Dieu de le protéger. Je suppose que je fais partie des millions de mères dans le monde qui, debout dans une embrasure de porte, regardent leur enfant s'éloigner sur la route, paquetage au dos, sans savoir si elles le verront revenir un jour. Il y a en nous assez de prières pour éclairer tout l'univers, comme un millier d'étoiles dissipant les ténèbres de nos peurs les plus profondes.

Il a fallu que je me ressaisisse pour aller à la répétition de la chorale de ce soir, partagée entre l'espoir de laisser libre cours à des sentiments refoulés et la crainte de m'effondrer, brisant ainsi la promesse silencieuse de museler soigneusement mes émotions et de garder le moral.

Je suis arrivée à l'église en avance, et me suis approchée de l'autel en réfléchissant à l'irréversibilité de la mort. Au contact d'une main sur mon bras, je me suis retournée et ai vu Prim qui hochait la tête, pleine de sympathie. Comme si elle savait tout, elle a décelé en moi le vide et la peur.

« Comment vous sentez-vous ?

– La solitude semble me coller aux trousses, ai-je répondu avec un sourire triste.

– Ce n'est jamais la fin, a-t-elle dit à mi-voix. L'amour est toujours là. Il faut seulement l'accueillir.

– Mais – je n'étais pas sûre d'avoir compris. Où est l'amour quand ma famille est partie ?

– Il faut chérir vos souvenirs des êtres. Vous ne pouvez plus rien leur demander d'autre à présent. »

La porte s'est ouverte en grinçant sur Kitty et Silvie, qui sont entrées en trombe, interrompant notre conversation avec leurs commentaires volubiles.

« Est-ce que David est parti aujourd'hui ? a demandé Kitty, hors d'haleine d'avoir couru.

– Oui, ai-je répondu. Ce matin.

– Il a bien pensé à tout prendre ?

– Je suppose », ai-je répondu d'un ton un peu sec, n'ayant pas envie de parler de ça.

La petite main de Silvie s'est glissée dans la mienne, et quand je l'ai regardée, ses grands yeux bruns et inquiets étaient levés vers moi. La pauvre petite a vu cette guerre de beaucoup trop près. Je peux seulement prier pour que la tourmente n'arrive jamais jusqu'ici.

Bientôt, les stalles du chœur ont été pleines, et chacune réclamait dans le brouhaha général des nouvelles de la guerre à celles qui savaient quelque chose. Quelques-unes d'entre nous se taisaient, écoutant d'une oreille assez distraite, comme si nos pensées étaient attirées ailleurs. Certaines de celles qui avaient des proches à la guerre sont venues me témoigner leur sympathie ; leur regard habité par la peur m'accueillait dans leur monde hanté.

Prim s'est tournée vers le chœur et nous a demandé de chanter « Love Divine » pour le dimanche suivant. Elle a remonté les manches de son manteau excentrique en damas, elle a levé sa baguette très haut, prête à attaquer, et nous avons plongé, nous immergeant dans la chaude lumière du cantique. À la fin, Mrs. Quail s'est avancée, a dit quelques mots à Prim, qui a acquiescé et lui a fait signe de retourner à l'orgue.

« Sur demande spéciale, nous allons vous interpréter le bon vieux cantique "The Lord is my Shepherd[1]". » Nous avons pris nos partitions et l'avons regardée, attendant son signal pour commencer. Je savais que l'initiative de Mrs. Quail m'était destinée. Elle savait que c'était l'un de mes cantiques favoris. Je lui ai lancé un regard reconnaissant, et quand l'introduction lente et méthodique a résonné, j'ai senti le sang courir plus vite dans mes veines.

Un son merveilleux s'est élevé, celui de la chorale chantant à pleine voix, un peu hésitant d'abord, puis nos voix se sont ouvertes comme si elles jaillissaient de nos cœurs.

Le Seigneur est mon berger,
Rien ne saurait me manquer
Sur des prés d'herbe fraîche
Il me fait reposer

Le volume a augmenté, passionné et mesuré à la fois, et le flot de nos émotions a déferlé jusque dans les recoins les plus obscurs de l'église. Chaque niche, chaque creux poussiéreux renvoyait le son, et le crescendo a été atteint dans le chœur final, où chantaient à l'unisson nos treize voix de villageoises en cette nuit froide et calme, déversant nos attentes, nos angoisses, nos peurs les plus secrètes.

---

1. Cantique tiré du psaume 23 : « Le Seigneur est mon berger ».

Lettre du capitaine de l'armée de l'air Henry Brampton-Boyd à Venetia Winthrop

Base aérienne 9463
Daws Hill, Buckinghamshire

Jeudi 25 avril 1940

Ma Venetia chérie,

Je n'ai guère senti que les battements fous de mon cœur depuis que nous nous sommes quittés mardi dernier. Ton allure, la façon dont ton corps bougeait dans cette robe… J'étais hypnotisé, sous le charme magique de ton élégance et de ta beauté. Quand tu m'as dit que tu réfléchirais à ma demande en mariage, j'ai éprouvé une joie sans mélange à l'idée qu'un jour tu serais à moi. J'espère seulement que je survivrai assez longtemps à cette guerre pour te connaître vraiment comme épouse.

Je ne dois pas revenir à Chilbury avant juillet, et d'ici là, j'espère que tu auras eu le temps de réfléchir à ma proposition. J'ai beaucoup de choses à t'offrir, après tout, ma chérie. Brampton Hall sera à toi, avec notre illustre nom de famille, et ma passion et mon attachement éternels. Les mariages rapides sont fréquents par les temps qui courent, et j'ai hâte de t'épouser dès que tu me donneras le feu vert.

On accorde aux jeunes mariés quelques jours de permission supplémentaires. J'ai une idée de l'endroit idéal pour notre lune de miel, où nous nous découvririons d'une façon nouvelle, complète et merveilleuse. Je brûle d'impatience !

Je t'envoie mes vœux les plus tendres, ma chérie, et j'espère que pendant mon absence, tu resteras mienne comme je reste tout à toi.

Ton Henry qui t'aime

Lettre de Venetia Winthrop à Angela Quail

Manoir de Chilbury
Chilbury, Kent

Vendredi 26 avril 1940

Chère Angela,

Tant de choses à te raconter ! D'abord, tu as raté la fête d'adieu spectaculaire de David Tilling mardi soir. Enfin, peut-être plus agréable et prévisible que spectaculaire. Tu sais comment ça se passe toujours à Chilbury dans ces cas-là. Tout le monde était là, y compris Hattie et maman, qui prennent chacune leur grossesse d'une manière si différente. Hattie avec une joie et une excitation sans mélange, maman avec l'espoir larmoyant qu'elle donnera un garçon à papa.

Mr. Slater refuse obstinément de succomber à mes charmes. Il élude systématiquement toutes les questions et ignore de façon vexante toute tentative de flirt. Ton idée de lui montrer des paysages choisis pour l'occasion offrira peut-être quelques ouvertures. Je suis en train de mettre au point un plan imparable.

Henry m'a encore demandé de l'épouser. Je suis bien entendu restée dans le vague. Je ne peux pas repousser ce pauvre garçon tous les six mois. Quand va-t-il comprendre ? En attendant, Kitty est suspendue à ses lèvres de façon grotesque. Il esquive poliment, ce qui est plutôt cruel, tu ne trouves pas ?

Hattie prépare les enfants de l'école à son départ quand le bébé naîtra. Elle culpabilise affreusement et pense qu'avoir un bébé est d'un égoïsme épouvantable – c'est bien elle.

Je lui dis : « Ne sois pas ridicule, Hattie, tu es faite pour être maman. Tu ne vas pas laisser passer ça rien que pour faire la classe à quelques gamins. »

Mais elle se borne à répondre : « Tu ne sais pas à quel point ils comptent sur moi, Venetia. Tu ne comprends pas. »

À l'évidence, non.

La nouvelle chef de chœur, Prim, a fait une annonce extraordinaire à la répétition de mercredi, suscitant une nouvelle passe d'armes. Elle a fait son entrée en trombe, avec son habituel sens du théâtre, mais au lieu de nous distribuer nos partitions, elle est montée en chaire d'emblée, et nous avons compris qu'il se préparait quelque chose de singulier.

« J'ai inscrit la Chorale des dames de Chilbury à un concours public de chorales qui aura lieu à Litchfield dans trois semaines à compter de samedi.

– Mais où avez-vous la tête, enfin ! » s'est écriée Mrs. B. qui s'est levée et dirigée vers elle avec la détermination d'un tank. « On ne va pas aller s'exhiber dans un concours public. Un chœur de femmes ! On serait la risée de tous !

– Le concours est donné pour soutenir la production d'armes et est considéré comme un moyen privilégié pour regonfler le moral du Front de l'intérieur », a dit Prim, qui jubilait. « L'annonce sera dans tous les journaux, et diffusera un message de réconfort dans tout le pays. Je ne vois pas comment on pourrait avoir mauvaise opinion de nous.

– Dans tout le pays ? a tonné Mrs. B., faisant trembler les

vitraux. Notre village respectable et historique traîné jusque dans la presse nationale ? » Elle a brandi un index comminatoire qu'elle s'est mise à agiter farouchement : « Allons-nous nous faire mettre au ban de la bonne société ? »

Je me suis avancée d'un pas avec mon sourire le plus suave : « Allons, ne jouez pas les rabat-joie, Mrs. B. Tout le monde va nous trouver merveilleusement modernes.

– Et ça serait très amusant de chanter sur une scène, non ? a renchéri Kitty.

– Jamais entendu des bêtises pareilles, a grincé Mrs. B. Nous aurons l'air ridicules. Un groupe de femmes qui se dépatouillent comme elles peuvent sans hommes ! Où est passé votre amour-propre ? »

Il s'est alors produit une chose inattendue. Hattie a mis son grain de sel.

« Je sais que vous aimeriez que tout reste toujours pareil, Mrs. B., mais nous sommes en guerre, et nous essayons de faire de notre mieux. Il n'y a aucune règle interdisant de chanter sans les hommes. En fait, il n'y a plus aucune règle. Alors soyons les premières à accueillir cette nouvelle ouverture. Cela fait partie des tâches du Front de l'intérieur, après tout, de soutenir le moral de nos concitoyens. Alors, a-t-elle poursuivi, en participant à ce concours nous contribuons à l'effort de guerre.

– Je suis partante ! a lancé Mrs. Quail, à l'orgue.

– Moi aussi », a dit Mrs. Gibbs, et une autre voix a crié : « On tente le coup !

– Oui, et mettons toutes les chances de notre côté ! a ajouté Mrs. Tilling avec pondération. Ce n'est pas parce qu'on n'a jamais fait quelque chose qu'on ne doit pas essayer. »

Mrs. B. affichait la mine boudeuse d'un enfant contrarié, et n'était pas prête à céder.

« Tout le monde a perdu l'esprit ici ?

– Pas du tout, a rétorqué Prim, écartant les bras avec fierté. Nous nous inscrivons peut-être tard, mais je sais que nous sommes à la hauteur. Il y a parmi nous des voix superbes – Kitty et Venetia sont déjà des sopranos de première classe, et Mrs. Tilling est le pilier des altos. Chacune d'entre vous a une belle voix, mais pour rivaliser avec les grandes chorales, nous devrons utiliser notre principal atout, celui qui fait de nous un ensemble exceptionnel. »

Elle nous a toutes regardées les unes après les autres. « La musique a trait à la passion. À l'humanité. Nous avons besoin de laisser s'exprimer nos passions dans nos voix. » Elle a agité pensivement sa baguette en l'air. « Nous devons imprégner chaque note, chaque mot de notre propre histoire. Pensez à ce que nos membres peuvent apporter : l'exubérance de Kitty, le courage de Silvie, la jovialité de Mrs. Quail, la douceur de Hattie, la diligence de Mrs. Tilling. Vous-même, Mrs. B., apportez une énergie et une virtuosité certaines à nos performances. Chaque joie, chaque peine que nous éprouvons à cause de cette guerre, nous l'exploiterons dans notre musique. » Elle s'est interrompue un instant. « Et en plus, il y aura une répétition supplémentaire le vendredi. »

Mrs. B. semblait contrariée : « Où le concours doit-il avoir lieu ? »

Prim s'est penchée en avant, ménageant ses effets, et a chuchoté non sans emphase : « Dans la cathédrale de Litchfield, qui est sans doute l'édifice religieux le plus susceptible entre tous d'exalter les esprits. Son acoustique est l'une des meilleures du pays. Et si nous gagnons, nous disputerons la finale dans la cathédrale St. Paul à Londres, s'il vous plaît !

– Formidable ! a dit Kitty, radieuse. On va tout faire pour gagner, alors ! » Elle s'est approchée de Mrs. B. « Allons, Mrs. B., vous allez nous aider, n'est-ce pas ?

– Autant vous donner mon appui, je suppose, a-t-elle dit

avec un reniflement rageur. Mais seulement parce que c'est pour la guerre. » Elle a eu beau se retourner avec une mine hautaine vers les stalles, comme si elles sentaient le crottin, je savais qu'elle ne supporterait pas de ne pas participer. Elle a jeté à Mrs. Tilling un regard écœuré.

Prim a feuilleté une pile de partitions et les a distribuées. « Parfait. Nous allons commencer à étudier un nouveau morceau pour le concours. »

Les feuilles ont circulé et tout le monde a frémi.

« L'"Ave Maria", a-t-elle expliqué, est une prière à la Vierge Marie, implorant son aide divine en temps de guerre. J'ai arrangé ce morceau spécialement pour notre chœur. Sommes-nous prêtes à essayer ? »

Nous avons fait de notre mieux. Après quoi, elle a demandé à chaque pupitre de reprendre : d'abord les sopranos, puis les altos. J'ai bien vu qu'elle était enchantée.

« Vous savez, le son d'ensemble est absolument superbe. Je suis maintenant persuadée qu'avec un peu plus de travail, nous donnerons toute notre mesure, et magnifiquement. Nous sommes unies et fortes, et il faudra compter avec nous. »

À la fin, Prim a annoncé que si l'une d'entre nous voulait s'essayer à chanter un solo, elle devrait demander à être auditionnée.

« Il y a deux versets dans l'arrangement, donc il faut deux voix différentes. Il y a des amateurs ? »

Kitty a réagi instantanément : « Moi ! »

Je ne pouvais pas laisser Kitty avoir seule son heure de gloire, et je me suis avancée aussi.

« Bon, eh bien, je vais tenter le coup. »

Prim a attendu quelques minutes, puis elle a élevé la voix pour dominer le brouhaha.

« Et vous, Mrs. Tilling ? Vous ne croyez pas que vous avez assez de voix pour la partager avec le public ? »

Mrs. Tilling a rougi, ramassé son sac à main et s'est avancée. « Vous croyez vraiment que j'en suis capable ?

– Ah, ça dépend de vous, a répondu Prim. Vous avez la voix. Aurez-vous le courage d'oser ? » Les joues maigres de Mrs. Tilling se sont empourprées.

Prim est allée vers l'orgue et a échangé quelques mots avec Mrs. Quail, puis elle est revenue vers nous.

« Nous allons vous écouter chanter le premier verset chacune à votre tour. » Mrs. Tilling semblait sur le point de se trouver mal, tandis que Kitty bouillait d'impatience.

« Si tu commençais, Kitty ? » a proposé Prim. Et elle a fait signe à Mrs. Quail de se mettre à jouer.

Kitty a chanté comme si elle était sur scène devant plusieurs milliers de spectateurs d'opéra conquis. Elle a levé les yeux au plafond en atteignant les notes les plus aiguës et les plus difficiles, et elle a aussi fait son affreux vibrato. Une horreur.

« Bravo ! » s'est écriée Prim à la fin.

Je me suis demandé si elle disait ça par politesse jusqu'à ce que Mrs. Tilling y aille aussi de son compliment : « Quelle jolie voix tu as, Kitty ! »

Celle-ci a eu son sourire de tête à claques.

J'ai été tentée de renoncer, mais Prim m'a prise de vitesse et a fait signe à Mrs. Quail d'attaquer l'introduction.

J'ai chanté du mieux que j'ai pu, écorchant quelques mots au passage, et je n'ai pas réussi les aigus aussi bien que Kitty. Mais vraiment, ma voix est beaucoup plus belle que la sienne. Beaucoup plus naturelle.

À la fin, Prim et Mrs. Tilling m'ont applaudie, et ont dit que j'avais une jolie voix veloutée. Kitty a gardé son air suffisant, pensant avoir gagné.

Puis est venu le tour de Mrs. Tilling. On sait qu'elle chante à la perfection, et ce, du plus loin qu'on s'en souvienne. Sans elle, la chorale aurait été vraiment mal partie. Elle a chanté avec une justesse absolue, sans jamais trébucher sur un mot ni dévier un instant de sa superbe tonalité d'alto.

« Magnifique, Mrs. Tilling, a dit Prim. Vous avez la voix parfaite pour l'un de nos solos. » Puis elle m'a regardée et j'ai vu venir l'inévitable. « Et je regrette, Venetia, mais cette fois-ci, je vais choisir Kitty. Nous allons devoir prévoir des répétitions supplémentaires, et j'imagine qu'elle a beaucoup plus de temps que toi, avec ton travail au ministère de la Guerre.

– Oui, vous avez complètement raison, ai-je répondu. Je n'aurais pas dû auditionner, en fait, parce que je n'ai guère de loisirs en ce moment. La prochaine fois, peut-être. »

Et sur ce, voyant du coin de l'œil Kitty qui sautait de joie sur place, j'ai mis mon manteau et suis sortie majestueusement de l'église.

Depuis lors, Kitty la ramène tant qu'elle m'écœure. Silvie et moi avons dû aller nous réfugier dans ma chambre. Je lui ai fait une coiffure ravissante en lui relevant les cheveux pendant qu'elle essayait mon rouge à lèvres. C'est une gamine adorable.

Sur ce, je dois aller me coucher si je veux avoir une mine convenable. Je te tiens au courant de la suite des opérations que j'ai lancées pour séduire Mr. Slater. Je gagnerai mon pari !

Journal de Kitty Winthrop

Samedi 27 avril 1940

La question de la virginité de Venetia

Comment se fait-il que juste au moment où vous croyez savoir comment tout marche, quelque chose vous explose à la figure, qui remet le reste en question ? J'étais là, à vivre ma vie joyeusement, persuadée que personne ne faisait rien sauf peut-être échanger un ou deux baisers avant de se marier, et puis boum : je vois tout se dérouler intégralement sous mon nez.

Ce que j'aimerais bien savoir

Venetia était-elle pure comme la blanche colombe, comme on nous a toujours donné la consigne de le rester ?
Va-t-elle devoir épouser Mr. Slater à présent ?
Cela veut-il dire qu'elle va cesser de jouer à ses petits jeux pervers avec Henry ?
Est-ce que les autres filles font aussi ça avant de se marier ?
Et moi, j'y serai obligée ?

D'abord, je tiens à dire que pour moi, avant de voir ce que j'ai vu, Venetia était toujours vierge. Maman nous avait prévenues toutes les deux qu'il fallait rester pures jusqu'au mariage et je dois dire qu'il ne m'était jamais venu à l'idée de remettre ce principe en question. J'ai déjà vu souvent des copulations, donc il ne faut pas me croire naïve – des taureaux qui montaient des vaches dans les champs ; et la fois où Mr. Dawkins a amené sa jument pour qu'Amadeus la féconde ; sans compter les chiens qui n'arrêtent pas dans l'écurie. Et je sais à quoi ça mène : à des bébés. Alors pourquoi Venetia l'a-t-elle fait ? Elle n'est pas mariée, et pour autant que je le sache elle ne veut pas de bébé. C'était répugnant.

Du coup, je me suis demandé si elle avait fait ça avec d'autres, et une nuée de souvenirs se sont déployés dans ma mémoire – comme un album photo de tous les garçons avec qui elle a jamais flirté. Maintenant que j'y pense, elle peut l'avoir fait avec chacun d'entre eux : Cecil Worthing, David Tilling, et même Victor Lovell, ou – ne parlons pas de malheur – Henry. Ils se connaissent depuis l'enfance, sont restés amis en grandissant et ont passé de nombreuses soirées ensemble à des fêtes ; peut-être sont-ils sortis discrètement dans le noir pour s'embrasser en douce, ce qui, de fil en aiguille, a pu les mener plus loin. Peut-être est-ce pour cela qu'elle avait une telle emprise sur eux.

Venetia peut-elle être une traînée ?

Angela Quail en est une sans l'ombre d'un doute. Je suis sûre qu'elle l'a fait avec Edmund, parce qu'ils se tripotaient toujours d'une façon vraiment gênante. Je crois qu'elle avait des vues sur Henry parce qu'elle était toujours bizarre en sa présence, tout énervée. Je me demande s'il l'a repoussée et m'a choisie à sa place parce qu'il préfère les filles bien et qu'Angela porte le vice sur elle comme une médaille.

J'imagine qu'étant la fille du pasteur, elle n'est que plus dévergondée.

Mais si papa savait pour Venetia, il piquerait une crise.

Tout a commencé après ma leçon de chant de cet après-midi avec Prim. Elle s'est particulièrement bien passée, car Prim m'a dit que j'avais l'oreille absolue. J'avais hâte de le dire à Silvie, et comme elle n'était pas à la maison, j'ai trotté jusqu'à l'écurie pour voir si je l'y trouvais. C'était une journée délicieuse, dorée comme du miel, et j'avais l'impression que tout n'était qu'harmonie dans le monde. Les fleurs des cerisiers commençaient juste à se faner et, en traversant le verger, j'ai reçu une averse de pétales roses et blancs. C'était merveilleux, comme s'il pleuvait de minuscules coussins blancs et doux.

Quand j'ai traversé la cour puante de l'écurie, j'ai cru entendre des voix près de la porte d'Amadeus. L'espace d'un instant, je me suis demandé s'il avait pris à Venetia l'idée subite de s'occuper de son ancien cheval, elle qui l'avait totalement négligé depuis qu'elle avait fini son dressage.

Hélas.

C'était bien la voix de Venetia, mais elle ne parlait pas à Amadeus. Je me suis mise sur la pointe des pieds et j'ai regardé par un interstice de la porte en bois : j'ai eu une vue parfaite de Mr. Slater, impeccable comme toujours avec son costume gris et sa cravate. Il semblait complètement incongru dans cette écurie qui sentait l'écume et le cuir des selles. J'aurais été très surprise de le voir là s'il n'y avait eu le fameux pari entre Venetia et Angela.

À ceci près que ça ne ressemblait pas du tout à un pari.

Elle se tenait tout près de lui, levant les yeux pour le regarder d'une manière ridicule, ses cheveux blonds ramassés d'un seul côté et sur une épaule. Même d'où je me tenais, je sentais son parfum à la pêche, qui dominait l'odeur vigoureuse du crottin. Elle portait une robe que je n'avais jamais vue avant, jaune tournesol, dans un tissu brillant comme de la soie, avec une jupe ample et un corsage très décolleté qui laissait voir la naissance de ses seins et les mettait en valeur de façon saisissante. Un cardigan blanc était drapé autour de ses épaules lisses, ce qui soulignait sa jeunesse – tantôt celle d'un chaton joueur, tantôt celle d'une sacrée coquine.

« Vous avez quelque chose pour moi ? » a-t-elle demandé. Elle était si près de lui qu'ils se touchaient presque.

« Est-ce que vous le méritez ? » a-t-il répondu avec une curieuse ébauche de sourire sur sa belle bouche, un sourcil levé.

« Peut-être », a-t-elle gloussé en ondulant des hanches, si bien que l'étoffe brillante de la jupe s'est enroulée autour des jambes de Mr. Slater, puis est retombée autour des siennes.

Il a glissé une main dans la poche intérieur de sa veste et en a sorti un paquet. Elle l'a pris, a reculé en riant et commencé à le déballer. J'aurais voulu qu'elle aille plus vite et déchire l'emballage de papier kraft, mais elle a paru irrésolue, hésitante, ouvrant et refermant le rabat, passant son index dessus puis dessous d'une façon ridicule.

Elle a fini par sortir une paire de bas et les a exhibés dans la pénombre : deux minces voiles bruns ondulant mollement dans l'air immobile, brillant à la faible lumière de la fenêtre poussiéreuse.

Debout dans cette petite écurie, elle a ôté une chaussure d'un geste soigneusement étudié, et a balancé l'un des bas à Mr. Slater ; puis elle a enfilé l'autre sur son pied, l'a fait glisser sur sa cheville. Je me suis sentie aussitôt très gênée, comme Mr. Slater, qui s'est détourné et s'est mis à plier le bas qu'il avait attrapé.

« Qu'est-ce que vous pensez de ça ? » Elle l'a poussé à regarder tandis qu'elle faisait glisser le bas sur son genou et retroussait sa jupe pour le tirer plus haut.

Il a baissé les yeux, et j'ai vu son regard se river sur la longue cuisse lisse, à moitié couverte par le bas beige doré, jusqu'au revers qui tranchait sur la peau laiteuse au-dessus.

« Ils vont très bien », a-t-il dit en détournant les yeux. Mais son regard est revenu vers elle quand elle a quitté sa chaussure gauche.

« Donnez-moi l'autre », a-t-elle soufflé. Et il lui a tendu le second bas.

Elle l'a saisi et l'a laissé se dérouler devant elle, puis a enfilé le voile brillant sur son autre jambe d'un geste langoureux. À nouveau, elle a retroussé sa jupe, cette fois-ci pour dévoiler une jarretière en dentelle blanche, à laquelle elle a attaché soigneusement le haut du bas. On apercevait même un pan de sa culotte tandis qu'elle s'exhibait effrontément devant lui.

« Ce ne sont pas des choses à faire », a-t-il dit. Cette fois, il ne s'était pas détourné. Il se tenait devant elle et regardait, fasciné.

« Je voulais vous montrer l'effet produit. Pour vous remercier, en quelque sorte. » Elle s'est redressée, la jupe toujours relevée, pour qu'il puisse voir ce qu'il avait offert dans toute sa splendeur. Vous voyez ce que je veux dire quand je parle de son culot, comme si elle avait déjà joué cette partition. Après quoi, elle a remis ses chaussures et soulevé sa robe un peu plus haut, mettant un pied devant l'autre, un peu comme une meneuse de revue ou une actrice.

« Je vous le répète, vous devriez me laisser tranquille », a-t-il dit d'une voix qui avait perdu son habituel détachement ironique et bien éduqué, et il a passé une main dans ses cheveux pour les rejeter en arrière. Puis il s'est ressaisi et a ajouté avec un demi-sourire : « Sinon, je risque de ne plus me conduire en gentleman. »

Elle a eu un petit sourire narquois et une lueur décidée est apparue dans ses yeux. C'est le hic avec Venetia : jamais elle ne s'avoue vaincue. Elle voulait Slater, quel qu'en soit le prix. Elle a fait un pas vers lui et lui a pris la main. Je n'ai pas pu voir ce qui s'est passé ensuite car elle me tournait le dos, mais elle a dû poser cette main sur sa cuisse nue.

« Venetia, a-t-il soufflé, est-ce que vous savez ce que vous faites ?

– Oui, a-t-elle répliqué d'une voix aussi assurée que veloutée. Je sais parfaitement ce que je fais.

– Je ne pense pas. »

Il a baissé le visage et l'a embrassée brutalement, tandis que son autre main entourait l'arrière de ses épaules blanches, l'attirant vers lui. Ils sont restés ainsi soudés, se contorsionnant l'un contre l'autre pendant quelques instants, puis, je ne sais comment, ils se sont laissés glisser sur le foin sans cesser de s'embrasser. Je ne les voyais plus, car le trou dans la porte était trop étroit, mais je savais ce qu'ils faisaient. Comme les animaux dans une étable.

Je suis sortie en trombe de la cour et ai décidé de rentrer à la maison et de réfléchir à ce que je venais de voir. Et c'est ce que je suis en train de faire. Aucune de mes questions n'a trouvé de réponse, mais maintenant, je suis certaine de plusieurs choses.

Ce dont je suis certaine

Venetia a presque certainement fait ça avant.

Elle l'a peut-être fait plus d'une fois (bien qu'elle n'ait pas de bébé).

Elle l'a peut-être fait avec Henry, ce qui explique pourquoi il la suit comme un petit chien.

Angela Quail l'a évidemment fait, fille de pasteur ou pas.

Maintenant que j'y réfléchis, il se passe beaucoup plus de choses de ce genre que je ne le croyais.

Je ne le ferai toujours pas avant de me marier.

Mr. Slater compte plus pour Venetia que je ne l'imaginais (ou que papa ne l'imaginait, d'ailleurs).
Papa sera furieux si jamais il apprend ça.
Cette information pourrait être très utile.

Sur ce, j'ai décidé de clore cette rubrique, même si l'image de ma sœur debout dans cette écurie reste gravée dans mon esprit. Comment se fait-il qu'elle ait décidé de faire ça alors qu'on nous a dit que c'était interdit ?

Et puis j'ai compris. C'est la guerre. Personne ne se soucie plus de se garder pour le mariage. On ne pense plus qu'à l'instant présent, à lâcher prise, à profiter de la vie tant qu'on peut. La virginité est dépassée parce que demain, on sera peut-être morts ou pire, sous occupation nazie.

Cela dit, je ne suis pas sûre d'avoir très envie de faire ça, alors je garderai ma virginité pour l'instant. Il faut que je perfectionne mes solos pour pouvoir réussir et devenir tellement célèbre que je n'aurai plus jamais à repenser à Venetia et à ses répugnantes petites affaires.

Lettre de miss Edwina Paltry à sa sœur, Clara

3 Church Row
Chilbury, Kent

Vendredi 3 mai 1940

Chère Clara,

Ta sœur est une championne ! Je suis fière de moi, d'autant que ça n'a pas été commode – un exploit digne d'Hercule et de ses douze fichus travaux. À ceci près qu'il s'agissait seulement d'échanger deux bébés braillards. Mais je n'allais pas laisser ma récompense m'échapper. Pas cette fois-ci, Clara. Laisse-moi te raconter.

Après un bon petit déjeuner passé à regarder Mrs. Tilling, qui se croyait élégante dans son horrible uniforme vert du SVF, arriver chez Hattie et en repartir après son habituelle visite de contrôle du matin, j'ai pris mon sac noir et suis passée à l'exécution de la première partie de mon plan : faire boire la potion à Hattie.

« Il y a quelqu'un ? » ai-je crié en frappant à la porte. Je l'ai entrouverte et ai pris mon ton le plus suave. « Hattie ? C'est moi, miss Paltry. Vous êtes au premier ?

– Dans la cuisine », a-t-elle répondu d'une voix chantante.

Je l'y ai rejointe et l'ai trouvée en train de s'activer dans la petite pièce, un énorme poireau à la main, entourée de légumes boueux qu'elle venait d'arracher au jardin.

« Je suis contente de vous trouver chez vous, ai-je dit en souriant. Figurez-vous qu'hier à Faversham, j'ai vu une de mes amies sage-femme. Je lui parlais de votre fatigue, du fait que vous ne pouviez rien prendre pour vous soigner, et – coïncidence incroyable – elle m'a parlé d'un nouveau remède. Elle m'a dit qu'elle le distribuait depuis un mois et que ça avait eu un tel succès qu'elle n'en avait presque plus !

– Je peux m'en procurer quelque part ? » Hattie s'est retournée et a posé le poireau. « Ça fait des jours que je n'ai pas eu la force de sortir, et il faut que j'aille voir les enfants malades à l'hôpital de Litchfield. Je leur donne des cours supplémentaires pendant mon temps libre et...

– Il se trouve qu'elle en a reçu une nouvelle boîte pendant que j'étais là-bas, et je lui ai demandé si elle voulait bien m'en vendre une dose pour vous.

– Oh, vraiment ? Quelle chance ! » Elle a fait quelques pas vers moi, tout excitée, rajustant une mèche de cheveux bruns qui s'était échappée de ses épingles. « Combien je vous dois ?

– Ça n'était pas donné, ma petite, parce que c'est très demandé comme produit », ai-je dit en penchant la tête de côté pour ajouter une touche de bonne humeur à la conversation. « Mais je vais vous faire un prix : trois pence et un demi-penny la dose. »

Elle a cherché la monnaie dans son porte-monnaie (il manquait un demi-penny, mais j'ai préféré laisser couler), et j'ai sorti le flacon brun de mon sac ainsi qu'une cuillère.

« Quelle dose dois-je prendre ? » Elle a saisi la bouteille, l'a examinée et, alarmée, a pincé sa bouche rose.

« Une cuillerée à café suffira. Je m'en occupe. » J'ai pris

le flacon et lui ai empli un verre d'eau. « Rien de tel qu'une vraie sage-femme pour résoudre ces problèmes. »

J'ai reculé pour ouvrir le flacon, car l'odeur peut incommoder. En respirant par la bouche, j'ai versé le liquide grumeleux et vert-de-gris à la surface duquel sont montées quelques bulles tandis qu'une odeur de pâtée pour chiens et d'huile de moteur assaillait mes narines, me prenant au dépourvu. Je lui ai tendu la cuillère.

« Vous êtes sûre ? » a-t-elle tergiversé avec une grimace devant l'odeur puissante de la mixture.

« C'est vrai que ce n'est pas appétissant. Mais si les médicaments avaient bon goût, ça se saurait, hein ? » J'ai poussé son coude vers le haut pour faire avancer la cuillère vers sa bouche, et elle a bel et bien avalé.

Elle a verdi et j'ai eu peur qu'elle ne vomisse, ou pire, qu'elle ne s'évanouisse. Ce n'est pas un médicament officiel, en fait, et j'ai entendu parler de quelques effets secondaires – hémorragies internes, convulsions, coma – et pendant quelques instants, elle a cherché sa respiration et ses yeux se sont révulsés. Je l'ai assise avant qu'elle ne tombe et lui ai administré des tapes vigoureuses dans le dos. Elle a fini par s'étouffer violemment et a paru revenir à elle, serrant le flacon comme s'il allait lui sauver la vie. Je suis restée quelques minutes avec elle, essayant de le récupérer. Je n'allais pas laisser d'indice sur lequel la mère Tilling, toujours prête à se mêler de ce qui ne la regarde pas, pourrait mettre la main. J'ai finalement dû le lui arracher et filer, car l'heure tournait.

« Oh, miss Paltry, je sens qu'il se passe quelque chose, a-t-elle hoqueté en se cramponnant à ma main.

– Il est trop tôt, allons », ai-je dit gentiment en me dégageant et en courant vers la porte. Tu comprends, il fallait que je mette au monde le bébé Winthrop avant que Hattie n'accouche. Mon temps était minuté, alors je n'allais pas m'encombrer de politesses superflues.

Je suis sortie en vitesse et me suis dirigée à grands pas vers la maison des Winthrop. Pour arriver au manoir de Chilbury, il suffit de traverser la pelouse de l'esplanade, la place, et de monter le chemin jusqu'à l'allée menant à la maison. Ça prend dix minutes un jour ordinaire, cinq si on fait vite et moins si on court. Avec un peu de chance, j'éviterais cette dernière option.

Elsie m'attendait à la porte sur le côté, et son allure débraillée, avec ses cheveux qui s'échappaient de son bonnet, n'augurait rien de bon.

« Je ne sais pas si je pourrai surveiller le bébé pour vous, a-t-elle annoncé. Au cas où vous en auriez besoin, je veux dire. Le matin, Godwin, la nounou, ne bouge pas de sa chambre et je suis toute seule pour le service. Pas sûr que je puisse m'esquiver.

– Débrouillez-vous », ai-je insisté en prenant son mince poignet et en enfonçant mes ongles sales dans la chair tendre du dessous.

Elle a poussé un petit cri de douleur. « Je ferai ce que je peux.

– Vous expliquerez que c'est pour le bébé, et que vous faites votre devoir de domestique. »

Elle a eu l'air perplexe et, en la suivant à l'étage, j'ai soupiré en me disant : *Pourvu que cette imbécile ne fasse pas tout capoter !*

Mrs. Winthrop, docile comme pas deux, a avalé le médicament sans broncher, très reconnaissante que je me sois seulement souciée d'elle. Comme c'était son quatrième, le travail a commencé presque aussitôt, et la tête du bébé apparaissait déjà quand Elsie est arrivée avec l'eau chaude. Il y a eu un moment, je me le rappelle, où je me suis demandé si la chance serait avec moi et si ce serait un garçon. Mais avant que j'aie eu le temps de dire « ouf », le bébé est arrivé et quand il est sorti sous mon nez, j'ai constaté l'absence manifeste d'organes masculins.

« C'est un garçon ! » ai-je annoncé, refoulant ma déception tout en coupant le cordon et enveloppant prestement l'enfant dans une couverture. Je me suis dépêchée pour qu'Elsie n'y voie que du feu, mais quand je me suis retournée, je l'ai vue plantée là, l'air inquiet. À mi-voix, elle a dit :

« Mais c'est une fille !

– Non, Elsie, ai-je articulé entre mes dents serrées. C'est un garçon. » Je l'ai regardée en fronçant les sourcils et lui ai fait signe de sortir. J'ai vu ses yeux se plisser lorsqu'elle a compris.

Heureusement, Mrs. Winthrop n'a pas entendu Elsie. Elle s'est écriée docilement : « C'est un garçon ! Dieu soit loué, c'est un garçon !

– Mais il a du mal à respirer, ai-je haleté, m'efforçant de ne pas avoir l'air de réciter un texte. Je vais devoir le mettre sous respirateur artificiel : j'en ai un à la maison, il faut que j'emmène le bébé au plus vite. La bonne viendra avec moi. Est-ce que la nounou sera capable de s'occuper du placenta ? »

Elsie s'est précipitée pour aller chercher la nounou et je suis restée seule avec Mrs. Winthrop qui me suppliait de la laisser voir l'enfant.

« Oh, je vous en prie, je veux voir mon bébé !

– Non, non, non, Mrs. Winthrop. Il y a urgence. »

Elle a continué à insister. Heureusement, elle n'avait pas la force de s'extraire du lit, sinon, j'aurais été dans le pétrin.

Elsie est vite revenue avec la vieille nounou, qui avait l'air à la fois fatiguée et désorientée. Je lui ai dit de s'occuper du placenta, ai plaqué le bébé contre ma poitrine et ai dévalé l'escalier puis suis sortie. Tandis que je descendais vers le village, Elsie trottait à côté de moi. Redoutant d'être découverte, elle posait des questions stupides. Je regrettais d'avoir mis cette idiote dans le coup.

Dans ma cuisine, j'avais préparé une petite boîte confortable pour le bébé et un biberon de lait en poudre. D'après mes prévisions, je ne devais m'absenter que quelques minutes, et l'enfant serait en sécurité avec Elsie pendant ce court laps de temps. Quand je l'ai déposée dans la boîte, la petite m'a regardée avec ses grands yeux d'un bleu porcelaine, exactement comme ceux de sa sœur Venetia. Je me suis demandé un bref instant ce que ça ferait d'être mère et d'avoir un petit poussin comme ça. J'aurais pu l'être si cette imbécile d'Ida ne s'était pas retrouvée enceinte, forçant Geoffrey à l'épouser au lieu de m'épouser moi. Il n'avait même pas la preuve que l'enfant était de lui, ce crétin. Il aurait pu me demander mon aide, je me serais occupée d'elle comme elle le méritait.

« Je sais ce que vous manigancez et je ne veux pas de ça, moi », a soudain déclaré Elsie en soulevant le bébé. « Je la ramène à sa maman.

– Hors de question ! » ai-je dit en lui arrachant la petite des mains et en la remettant dans la boîte. « Vous ne bougez pas et vous faites ce que je vous dis, sinon, je ne vous donne pas un penny.

– Je me fiche de l'argent. C'est une mauvaise action. » Elle a porté un mouchoir à son petit nez et s'est mouchée aussi fort qu'un bébé éléphant. Ses jolis yeux me suppliaient : « Vous ne le voyez donc pas ? Vous n'allez pas la rendre ?

– Il y a de très bonnes raisons à tout ça, et vous n'avez pas besoin d'en savoir davantage.

– Moi, je ne veux rien avoir à faire là-dedans, a-t-elle reniflé. Je rentre au manoir.

– Pas question. » Je lui ai barré le chemin de la porte. « Vous n'allez pas me saboter mon plan ! »

Elle a essayé de passer de force. J'entendais faiblement les plaintes de Hattie en plein travail dans la maison d'à côté, et j'ai paniqué à l'idée que tout était en train de foirer autour de moi. « Je vous laisse partir si vous promettez de ne rien dire à personne. »

Elle a réfléchi quelques instants. « Je me tairai si vous me donnez mes cinq livres. »

J'étais furieuse. C'est complètement immoral de demander de l'argent pour un service qu'on n'a pas fini de rendre. Mais comme Hercule surmontant un énième obstacle, j'ai plongé la main dans ma sacoche noire pour y prendre l'argent. « Vous la fermez, sinon vous êtes foutue. » Elle m'a arraché l'argent des mains et est sortie en trombe. Dehors, il faisait soleil. Je me suis fait du souci à propos de ce qu'elle dirait à Mrs. Winthrop, et puis j'ai imaginé son joli petit cou entre mes mains et me suis concentrée sur la tâche qui m'attendait. J'ai pris ma sacoche et suis partie en vitesse chez Hattie, laissant la petite toute seule dans sa boîte.

Après avoir frappé plusieurs fois, je suis entrée et j'ai trouvé Hattie effondrée près de la porte et gémissant très fort.

J'ai bondi à son chevet et ai vérifié où elle en était – Dieu merci, le bébé était encore à l'intérieur, et il bougeait. J'ai prié pour que ce soit le garçon dont j'avais besoin. Je l'ai aidée à regagner son lit, et elle a continué à gémir et à pousser, mais le bébé refusait de descendre.

C'est alors que j'ai commencé à paniquer en pensant à la petite fille couchée dans la boîte, dans ma cuisine. Mais je ne pouvais pas quitter Hattie, qui se cramponnait si fort à ma main que j'avais l'impression de l'avoir prise dans un étau. Dans quel état allais-je retrouver l'enfant ?

Les cris de Hattie sont devenus presque inhumains, et j'ai

senti l'angoisse me gagner. Et si elle n'avait pas un garçon ? Le général me ferait-il un sort ? J'étais pétrifiée comme un furet dans un piège lorsque le bébé a enfin déboulé à l'air libre.

Mais quelle bouffée de joie : c'était un garçon !

« C'est une fille ! ai-je annoncé.

– Je veux la voir ! Donnez-la-moi, a crié Hattie en se redressant et en essayant de m'arracher l'enfant des bras.

– Non, elle ne respire pas bien, il faut que je l'emmène chez moi pour la ranimer avec mon respirateur.

– Mon bébé ! » a braillé Hattie, qui a tendu les bras pour me l'arracher, et tiré de toutes ses forces sur le petit paquet de couvertures.

J'avais peur de faire du mal au bébé, mais je tenais par-dessus tout à exécuter mon plan, et j'ai tiré un coup sec, repris le bébé, et tourné les talons pour gagner la porte en vitesse. « Il faut que je file ! » ai-je hurlé en repoussant Hattie sur son lit d'une main ferme.

Ses « Non, non ! » ont résonné à travers la maison tandis que je dévalais l'escalier et sortais, ne sachant ce que j'allais trouver en rentrant chez moi. Le spectacle horrible du bébé mort, bleu et rigide, ses grands yeux vitreux comme ceux d'une poupée ? Ou alors toutes les dames du village réunies pour assister à ma déchéance parce que cette imbécile d'Elsie aurait prévenu la police ?

Mais non. Il régnait dans la maison un silence inquiétant. Mon cœur s'est mis à cogner. Je ne suis pas une sainte, je sais, mais je n'aurais pas supporté d'avoir causé la mort d'un nouveau-né. La vision de la petite, morte dans sa boîte, a surgi devant mes yeux et je me suis précipitée vers la cuisine.

J'avais la gorge nouée quand j'ai regardé dans la boîte. Elle était là, pâle et molle, les yeux fermés. Ce n'était pas possible ! Ma main s'est aussitôt portée à son cou pour vérifier si elle vivait, et j'ai senti un faible frémissement. Alors, elle a ouvert sa bouche édentée aussi grand qu'un bébé hippopotame et a lancé un cri à vous fracasser les oreilles.

Je l'ai sortie de la boîte et lui ai fourré la tétine dans le bec. « T'inquiète pas, ma puce, lui ai-je murmuré. Tu vas avoir la maman la plus aimante de ce coin d'Angleterre. »

J'ai placé le petit garçon dans la boîte, et je l'ai bien bordé dans une couverture, parce qu'il était plutôt malingre, le genre à attraper froid. Puis j'ai pris la fille dans mes bras et je suis repartie chez Hattie.

Elle était juste de l'autre côté de la porte d'entrée, attendant éperdument mon retour, toujours en chemise de nuit tachée de sang, ses cheveux noirs collés par la sueur. « Elle est tirée d'affaire ? a-t-elle crié, l'air paniquée. Elle va s'en sortir ?

– Oui, ai-je souri. Elle va beaucoup mieux. » J'ai déposé le bébé dans ses bras tendus et elle a contemplé la petite tête aux yeux très bleus, au petit menton pointu, au crâne couvert d'un duvet blond très clair. C'était un bébé exceptionnellement beau et, crois-moi, c'est plutôt rare.

Le placenta n'a pas tardé à venir, avec un peu d'aide, et après lui avoir promis de revenir bientôt, j'ai plié bagage pour aller m'occuper de l'autre bébé. J'avais à peine ouvert la porte que je l'ai entendu brailler, le petit têtard. Je l'ai pris dans mes bras, et je mettais un pied sur l'esplanade quand j'ai vu un groupe de femmes sur la place. C'étaient les membres du SVF qui venaient juste de descendre du bus de Litchfield. Mrs. B. était en grande conversation avec Mrs. Quail et la redoutable mère Tilling.

« Quel beau temps », m'a lancé celle-ci d'un ton cordial quand elle m'a repérée alors que je tentais de rentrer discrètement chez moi.

– Oui, magnifique, hein ! » ai-je répondu avec l'enthousiasme de rigueur, cachant le bébé sous mon manteau. « Ah, il faut que j'aille chercher mon chapeau ! » J'ai disparu, ai saisi celui-ci. Je n'avais pas le choix, j'allais devoir fourrer le bébé dans ma sacoche noire, en espérant qu'il ne gigoterait pas trop.

J'ai vidé le contenu de la sacoche, et les miettes au fond, ai placé le bébé dedans, et je me suis à nouveau glissée dehors. Ces dames étaient en grande discussion, et j'ai décidé de traverser aussi vite que je le pouvais.

« Coucou, miss Paltry ! a crié Mrs. Tilling alors que je cherchais à filer dans la ruelle. Vous auriez dû assister à la réunion.

– On disait justement que ça remonte vraiment le moral, a dit Mrs. Quail, dont le visage rond était violacé de plaisir.

– Ah, formidable ! » ai-je répondu sans m'approcher. Une foule de femmes en uniforme vert s'était assemblée près de l'épicerie. On aurait dit des perruches en train de picorer, et je me suis retrouvée coincée à les écouter débiter des niaiseries pendant quelques minutes. Ridicule ! Comment toutes ces femmes peuvent-elles s'imaginer sérieusement que la vente de gâteaux et de quelques malheureux ouvrages de couture peuvent gagner une guerre, ça, ça me dépasse.

« Lady Worthing était là, a minaudé Mrs. B. Nous avons eu la chance de l'avoir comme bienfaitrice. »

Le bébé dans la sacoche a commencé à pleurnicher, doucement d'abord, puis plus fort. J'ai compris qu'il fallait que je parte. Tout de suite.

« Il faut que je file, ai-je lancé en prenant la tangente.

– C'était quoi, ce bruit ? a demandé Mrs. Tilling en sursautant et en regardant tout autour de l'esplanade.

– Ah, les canards sont une vraie plaie à cette époque de l'année. » Et j'ai eu la présence d'esprit d'ajouter : « C'est la saison des amours et ils m'empêchent de dormir la moitié de la nuit.

– Oh », a-t-elle fait d'un ton pincé. Je suis sûre qu'elle considère que toute allusion à la reproduction est en soi grossière.

C'est à ce moment-là qu'un cri d'enfant distinct est sorti de ma sacoche. Qu'elle a fixée, bouche bée, sans savoir quoi dire.

Je suis partie plus vite que si j'avais le feu aux trousses, de peur qu'elle ne se mette à me poser des questions. Mais comme je montais la ruelle et que les cordes vocales du bébé donnaient à plein volume, j'ai compris comment je pourrais désamorcer n'importe quelle question grâce à des demi-mensonges. Je dirais que le bébé dans ma sacoche était celui de Mrs. Winthrop, que j'avais dû emmener en catastrophe chez moi pour le ranimer. Et qu'en le ramenant, j'avais préféré le cacher pour qu'elle soit la première à le voir, avant les gens du village. Oui, c'était une réponse imparable.

Personne ne soupçonnerait rien.

Quand je suis arrivée au manoir de Chilbury, j'ai sorti le bébé avant de frapper à la porte latérale – il serait mal vu qu'une sage-femme circule avec des nouveau-nés dans son sac.

La porte a été prestement ouverte par Kitty, je te demande un peu ! Et la petite réfugiée était sur ses talons à attendre.

« Où étiez-vous passée ? » Kitty m'a dit ça d'une telle façon que je me suis demandé si elle savait quelque chose. Avait-elle intuitivement compris la situation ? Connaissait-elle assez bien son père, et moi aussi, pour deviner toute la manœuvre ? Ses grands yeux sont allés de moi au bébé et à la sacoche, puis sont revenus se poser sur moi. Elle me regardait, le visage figé dans une expression hostile, comme si j'avais gâché sa vie.

J'ai secoué la tête brièvement pour me souvenir de la version officielle. « Le bébé est sauvé !

– Ça en a pris, du temps ! Comment se fait-il ? » a-t-elle marmonné en me faisant traverser l'entrée monumentale et monter l'escalier de marbre conduisant à la longue galerie. « Qu'est-ce que vous avez fabriqué ?

– Il faut ce qu'il faut », ai-je rétorqué, agacée. Tu comprends, Kitty ne me faisait pas vraiment peur. C'est son père qui m'employait, après tout. Il la forcerait à se taire le cas échéant. Je n'ai peut-être pas été aussi prudente que j'aurais dû l'être. Je me demande si je n'ai pas commis une erreur grossière. Kitty est cul et chemise avec la mère Tilling.

Mrs. Winthrop était toujours au lit, pleurnichant comme à son habitude. Je lui ai tendu le bébé qui geignait, ce minuscule garçon au fin duvet de cheveux bruns. La sainte famille.

« Oh, le petit chéri, a-t-elle roucoulé en le serrant contre sa poitrine. Comment pourrai-je jamais m'acquitter de ma dette envers vous, miss Paltry ? Vous lui avez sauvé la vie.

– Le général réglera mes honoraires », ai-je dit avec mon sourire le plus convaincant. J'ai entendu Kitty renifler avec mauvaise humeur à côté de moi, et vu l'autre petite fouineuse, la réfugiée, qui regardait la scène avec une curiosité non dissimulée. « Comment allez-vous l'appeler ?

– Lawrence Edmund. Edmund en mémoire de notre cher fils disparu. » Sur ce, elle a une fois de plus fondu en larmes.

Je ne voulais pas qu'il y ait le moindre accroc maintenant que je voyais le bout de cette affaire. Je me suis donc occupée du placenta et ai attendu avec une patience digne de la reine en personne. Quand tout s'est calmé, j'ai promis à Mrs. Winthrop de revenir la voir le lendemain matin et suis sortie à reculons.

J'ai descendu en courant l'escalier de service, et une fois arrivée dans la cuisine, je me dirigeais vers la porte – enfin libre ! – et là, devine qui je vois se pointer ? Je te le donne en mille : Elsie !

« J'ai compris votre combine », a-t-elle grincé.

Il n'y avait personne, et je l'ai prise par le col de son uniforme de bonne et l'ai attirée à moi. « Vous n'avez pas intérêt à vendre la mèche, sinon on vous retrouvera dans la rivière avant que vous ayez eu le temps de dire "ouf". »

Je l'ai lâchée et elle s'est effondrée sur le sol. Elle tremblait, alors je crois avoir fait du bon boulot. J'ai toujours été douée pour menacer les gens.

Je l'ai enjambée, lui donnant un coup de pied au passage pour faire bonne mesure, et me suis dirigée vers la porte. J'ai tiré un bon coup sur la poignée et me suis retrouvée dehors. Pas trop tôt ! J'ai descendu l'allée en gambadant, tenant d'une main ma sacoche noire maintenant vide, et faisant avec l'autre des moulinets de joie comme un cow-boy triomphant.

Ouf, une bonne chose de faite !

J'avais échappé aux embuscades, franchi les obstacles, évité les pièges, et j'étais sortie de l'affaire victorieuse : l'échange des bébés était accompli, les deux mères étaient heureuses et moi, riche. L'héroïne du jour.

Je te jure, Clara, qu'aucune femme au monde n'aurait pu se tirer d'affaire comme je l'ai fait, gardant son calme et utilisant sa présence d'esprit. D'ici une semaine, j'aurai récupéré le reste de mon argent bien gagné, et je serai en route pour te rejoindre et commencer notre nouvelle vie ensemble.

Edwina

Lettre de Venetia Winthrop à Angela Quail

Manoir de Chilbury
Chilbury, Kent

Vendredi 3 mai 1940

Chère Angela,

Tu me dois des cocktails au Ritz, ma chérie, parce que j'ai gagné notre petit pari. Mr. Slater, que j'appelle maintenant Alastair chéri, a rejoint la cohorte d'admirateurs qui baisent le sol que je foule. Je savais que j'y arriverais, pourvu que j'y consacre le temps voulu, mais j'avoue que cet homme-là m'a donné du fil à retordre. Il a fallu certains de mes stratagèmes les plus sophistiqués pour qu'il passe à l'acte, mais maintenant, il est à moi.

Et quel homme ! J'étais loin de me douter qu'il était si extraordinaire. Il a transformé son séjour en atelier – sa maison est mitoyenne de celle de Hattie à Church Row – bourré de toiles, d'huiles et de tableaux. Chaque soir, il allume des bougies et peint pendant que nous écoutons la radio. Un soir, elle a diffusé « All of me » et nous avons dansé dans la pièce comme si nous étions dans une minuscule salle de bal rien qu'à nous, ou dans un autre monde où nous tournoyions dans une brume de lumières tremblotantes.

Mais tu ne vas pas être déçue, la suite devient scabreuse ! J'ai fait très fort, même d'après tes critères ! Après l'avoir séduit le week-end dernier dans le plus simple appareil et dans le foin de l'écurie comme je l'avais prévu, je suis partie de bonne heure du travail hier et suis allée le surprendre dans son atelier. Heureusement, il n'était pas en train de travailler, juste de réparer une machine à écrire, alors j'ai commencé à regarder ses toiles. Je ne savais pas à quoi m'attendre, mais les yeux me sont presque sortis de la tête : des formes étranges aux couleurs criardes, des noirs, des gris et des jaunes, des violons coupés en deux et des silhouettes démentes, rendues monstrueuses à force de mutations et de déformations.

« Qu'est-ce que c'est censé représenter ? ai-je hasardé, me demandant s'il n'avait pas laissé ses toiles inachevées.

– C'est de l'art moderne, chérie, a-t-il répondu en riant. Ça s'arrache sur le continent, et à Londres aussi. »

En continuant, je suis arrivée à une petite esquisse, un nu, une silhouette quasi éphémère crayonnée au fusain qui s'envolait comme un fétu de paille en travers de la page. « Eh bien ! ai-je dit nonchalamment. Qui est-ce ? »

Il a réfléchi quelques instants. « Une fille que j'ai connue à Londres. »

Elle était souple et bien faite, mais on sentait comme une urgence chez elle : sa tête se retournait par-dessus son épaule comme si elle était poursuivie. Il la regardait fixement, tout à ses souvenirs. Qui était cette fille ?

Tu me connais, Angie. Je ne supporte pas qu'un homme m'en préfère une autre. J'ai donc vite remis le portrait dans sa collection et lui ai adressé un sourire canaille.

« Pourquoi ne me peins-tu pas sans rien moi aussi ? »

On commençait à étouffer dans la pièce, où le soleil entrait par les petites fenêtres, illuminant des particules de poussière qui tournoyaient sans fin. « Je veux que tu me peignes pour te souvenir toujours de quoi j'ai l'air maintenant, avant que je vieillisse. Allez. » J'ai pirouetté devant lui.

Il s'est mis à rire. « Venetia, je ne pense vraiment pas – une fille comme toi ne fait pas ça. Tu es la fille du général, quand même.

– Tu parles ! Si je dis que ça me va, c'est bon ! » Je me suis approchée de la glace de la cheminée et ai dénoué mes cheveux. « Cette fille l'a fait. Pourquoi pas moi ?

– Cette fille était… » Il s'est interrompu, cherchant le mot juste. « Elle n'était pas du tout comme toi, Venetia.

– Tu veux dire qu'elle n'était pas respectable ? » Je l'ai regardé par-dessus mon épaule et ai secoué mes cheveux pour les libérer.

« Je veux dire que c'était une fille de la bohème, elle évoluait dans plusieurs cercles. Et elle était plus âgée que toi.

– J'ai dix-huit ans, tu sais.

– Je sais.

– On n'a pas besoin de le dire, ni de le montrer. Ce sera notre petit secret.

– Tu as une lueur de folie dans l'œil, Venetia. » Il s'est approché de moi et a joué avec une mèche de cheveux dans mon cou.

« Comme toujours, ai-je dit avec un sourire narquois. C'est l'un de mes plus grands charmes. »

Tu sais comme je suis quand j'ai une idée en tête, et il y avait dans son refus quelque chose qui m'aiguillonnait, qui me poussait à faire et dire certaines choses. Il fallait que je lui montre que j'étais aussi audacieuse et sophistiquée que ses citadines. Et sur l'échelle du dévergondage, poser nue est beaucoup plus osé que faire l'amour, tu ne trouves pas ? Imagine ce que dirait mon père !

J'ai commencé à ôter mes vêtements lentement, dénudant d'abord une épaule, puis l'autre, et ma robe n'a pas tardé à tomber par terre. Ensuite, j'ai quitté mon jupon et retiré mes bas. Je savais que ça produisait son petit effet, parce qu'il a rangé sa collection de toiles et m'a regardée en souriant.

« Allez, ma petite coquine, tu l'auras, ton nu. » Il a placé une toile vierge sur son chevalet et a commencé à choisir ses peintures.

Je me suis installée sur le tapis rouge devant la cheminée, allongée sur le flanc, les jambes légèrement repliées, pudique et pourtant magnifiquement nue. C'était une telle liberté d'être ainsi couchée sans rien d'autre sur moi que ses yeux, qui allaient et venaient sans cesse, regardant mon corps avec une concentration que je ne lui avais encore jamais vue. Certaines parties de ma personne, d'habitude couvertes, sentaient la douceur du tapis, la fraîcheur de la brise venant de la fenêtre, le contact de l'air libre. C'était divin.

Et pourtant, à mesure qu'il peignait, j'ai senti son attention dériver, comme s'il était dans un monde différent, et ses sourcils se fronçaient tandis qu'il se concentrait sur les nouvelles que diffusait la radio. Pour un artiste et un pacifiste, il a un intérêt maladif pour la guerre. Ses oreilles semblent perpétuellement aux aguets, surtout maintenant que les nazis nous repoussent hors de Norvège.

Est-ce que je suis folle, Angie ? Est-ce que ce n'est pas totalement ridicule de ma part de tomber amoureuse d'un parfait inconnu ? De me faire peindre nue ? Je ris en pensant à ce que dirait papa s'il le découvrait, ce qui est bien entendu exclu. Je regrette que tu ne sois pas là pour voir par toi-même à quel point Alastair est exceptionnel. Je sais que ça a commencé comme un pari anodin, mais à aucun moment je ne me serais imaginé que ça se transformerait en – ah, mais on ne sait jamais comment ces choses-là tournent, pas vrai ? Tout ce que je sais, c'est qu'il m'a changée, Angie.

Comme s'il avait plongé très profond en moi et avait empoigné mon cœur.

Écris-moi vite et donne-moi d'autres conseils, Angie chérie. Oh, j'ai failli oublier ! Maman a accouché d'un petit garçon maigrichon aux cordes vocales très développées. Tout le monde est au septième ciel, comme tu t'en doutes, surtout papa, qui avait besoin d'un héritier mâle, et maman, qui avait besoin de faire plaisir à papa. Mais en fait, ce nourrisson est providentiel pour moi aussi car il les occupe tous tellement que personne ne sait où je suis ni ce que je fais. À partir de maintenant, Angie, je suis libre de vivre pleinement ma vie.

Je t'embrasse,

Venetia

Lettre de miss Edwina Paltry à sa sœur, Clara

3 Church Row
Chilbury, Kent

Samedi 4 mai 1940

Chère Clara,

Me voici aussi agitée qu'une mouche dans un bocal. Je n'arrive pas à croire que tout a dérapé de façon aussi catastrophique ! Figure-toi qu'hier soir tard, je me préparais à me reposer après une journée épuisante quand on a frappé sèchement à la porte.

« Dites-moi comment ça s'est passé. » C'était la mère Tilling qui arrivait de chez Hattie et voulait me parler. « Pourquoi le bébé s'est-il arrêté de respirer ? »

Je n'avais aucune envie de la faire entrer, des fois qu'elle demande à voir le respirateur artificiel qui n'était pas là. J'ai insisté pour que nous allions chez Hattie si elle tenait à ce que je lui raconte tout dans les détails. Elle semblait vouloir que nous fassions ça en privé – pour m'accuser, vraisemblablement !

« C'est la moindre des choses que Hattie soit présente si nous parlons d'elle », ai-je dit en la repoussant dans l'allée.

Hattie avait passé une chemise de nuit propre, rose, et partageait son attention entre notre conversation et le bébé, dont j'ai appris qu'elle s'appelait Rose.

« Je suis assez fatiguée, vous savez », ai-je dit d'un ton plutôt mécontent, restant près de la porte du petit salon de Hattie afin de pouvoir m'échapper facilement. « Deux accouchements en une journée, quand même. Enfin, le bébé de Mrs. Winthrop est venu plus facilement, vu que c'est son quatrième. »

Mrs. Tilling me fixait avec un intérêt marqué, absorbant chaque geste et à l'affût du moindre cafouillage. « Oui, a-t-elle lancé, réprobatrice, et le jour où j'étais à Litchfield, comme par hasard. » Puis elle s'est tournée vers Hattie. « Je suis désolée de n'avoir pas été là pour t'aider le moment venu. » J'ai vu qu'elle se sentait sincèrement coupable d'avoir pris sa journée pour aller à la réunion du SVF. « Je n'aurais pas dû te laisser. » Elle a reposé son regard sur moi et un nuage menaçant est passé sur son visage. « Mais je croyais que Hattie n'accoucherait pas avant une semaine au moins. »

La panique m'a étreint le cœur : et si Hattie lui avait parlé du flacon brun et de l'odeur de la mixture verdâtre et visqueuse ?

« Vous n'avez rien à vous reprocher. Le SVF a aussi besoin de vous, vous faites un travail merveilleux pour nous tous.

– Mais c'est quand je me suis absentée qu'il y a eu une urgence, a-t-elle bégayé. Et je n'étais pas là quand tu as eu besoin de moi, Hattie. » J'ai cru qu'elle allait fondre en larmes, ce qui aurait été le bouquet et aurait terminé ma journée en apothéose. « Dites-moi comment ça s'est passé, miss Paltry ? Comment avez-vous fait respirer le bébé ?

– Eh bien, quand les bébés naissent, je leur donne une petite tape et, en général, ils se mettent à crier. Mais ce bout de chou-là – je me suis penchée et ai caressé la joue douce du bébé au creux du bras de Hattie –, ce petit bébé n'a pas crié du tout. C'est vraiment un coup de chance extraordinaire que j'aie été là et su quoi faire. Et puis aussi, j'avais l'équipement voulu. » Et j'ai joint les mains, comme pour en conclure que mon expérience valait cent fois celle de Mrs. Tilling.

Il y a eu quelques instants de silence tendu, puis Hattie s'est mise à pleurer. Je sais que la grossesse et l'accouchement prédisposent les femmes aux larmes, mais j'avais envie de lui flanquer une bonne gifle pour lui faire reprendre ses esprits. Le bébé allait bien à présent. Elle devrait être contente d'avoir eu le plus joli des deux.

Là-dessus, Mrs. Tilling a insisté pour que je lui fasse un compte rendu détaillé de cet accouchement long et laborieux. Elle ne s'y connaissait guère en obstétrique et semblait très désireuse d'apprendre. Je me suis dit que sa curiosité venait plus de son envie de s'instruire que de l'intention de réunir des preuves contre moi.

Enfin, c'est ce que j'ai cru jusqu'au bout. Après avoir raconté la scène plusieurs fois, j'ai répété que ma journée avait été longue et que j'avais vraiment besoin de rentrer.

« Je vous raccompagne jusqu'à la porte », a dit Mrs. Tilling. Elle s'est levée et est passée devant moi dans l'entrée.

Elle a tenu la porte ouverte et je suis sortie dans l'air paisible de la nuit. L'espace d'un instant merveilleux, j'ai cru que l'épreuve était terminée. Il faisait sombre, les canards se mettaient à l'abri pour la nuit et cherchaient un refuge confortable au bord de la mare. Le souffle d'une brise fraîche qui sentait l'herbe m'a fait serrer mon cardigan autour de moi.

« J'ai juste une dernière question », a dit Mrs. Tilling, qui m'avait suivie dans l'allée devant chez Hattie. « J'aimerais savoir ce que c'est que ce médicament que vous avez donné à Hattie ce matin.

– Oh, ça ! C'est contre la fatigue, mais maintenant, je me dis qu'elle n'en avait pas besoin !

– Je pourrais y jeter un coup d'œil ?

– Ah, ce n'est pas possible », ai-je rétorqué sèchement. Puis je me suis reprise et j'ai ajouté : « Il était fini, alors j'ai jeté le flacon.

– Je peux voir le flacon vide ?

– Ma foi, non. J'ai dû le laisser au manoir. » J'ai repoussé l'angoisse qui s'enroulait autour de ma gorge comme un serpent venimeux.

Elle a réfléchi. « Vous ne croyez pas que ça a pu provoquer son accouchement ? Elle n'était pas censée accoucher avant une semaine.

– Je me demande. Elle a pu se tromper dans ses dates. La petite a une bonne taille pour sa charpente menue, et elle est parfaitement formée. À l'évidence, elle était prête à naître aujourd'hui, sinon plus tôt. J'ai vu ça se produire des dizaines de fois, les femmes qui se trompent dans leurs dates. » Je l'ai regardée en souriant comme pour lui faire comprendre que je m'y connaissais beaucoup mieux qu'elle. « Surtout dans le cas d'un premier enfant. »

J'ai regardé ma porte d'entrée. « Il faut vraiment que je rentre », ai-je dit en lui tapotant le bras pour prendre congé, et je me suis engagée dans mon allée.

Une fois chez moi, je me suis appuyée contre le chambranle et me suis laissée glisser jusqu'au sol, où je suis restée affalée quelques instants, repliée comme un fœtus, épuisée, désorientée, et, je dois l'avouer, très inquiète.

Il est clair que la mère Tilling soupçonne un micmac. Tout ce que j'espère, c'est qu'elle n'ira pas demander à Mrs. Winthrop comment ça s'est passé pour elle. Deux naissances le même jour avec la même urgence mineure, ça ferait à coup sûr naître des soupçons.

Pourquoi n'y ai-je pas pensé ?

Il y a tant de choses auxquelles je n'ai pas pensé. J'ai eu la sottise de croire que ce serait aussi simple que de tordre le cou à un poulet. J'aurais dû prévoir et réfléchir à la façon de ne pas laisser de traces. Je sais en tout cas qu'il sera pratiquement impossible de prouver quoi que ce soit – elle aura beaucoup trop de rapprochements à faire pour pouvoir reconstituer toute l'histoire. Mais je me sens paralysée à l'idée d'être à la merci de cette fichue bonne femme.

Ou du général ! Je sais qu'il faudrait qu'il intervienne en ma faveur si la mère Tilling voulait porter l'affaire devant la justice – après tout, son vieux cul bouffé aux mites serait en danger aussi. Mais s'il a vent des soupçons de Mrs. Tilling, je ne verrai jamais la deuxième moitié de mon argent et je l'aurai sur le poil lui aussi.

J'en avais ma dose de tout ça et j'ai essayé de mettre mon mouchoir par-dessus et d'aller me coucher. À ceci près que j'entendais toujours les cris de Hattie dans ma tête, quand elle me suppliait de ne pas emmener son bébé.

Je vais continuer comme si de rien n'était, garder profil bas et attendre que le général me donne mes sous. Mais toute cette affaire m'a fichu les jetons et je te demande de brûler cette lettre dès que tu l'auras lue. Les murs ont des oreilles en ce moment.

Je te tiens au courant de la suite,

Edwina

Journal de Mrs. Tilling

Vendredi 10 mai 1940

Aujourd'hui, l'Allemagne a envahi les Pays-Bas et la Belgique. Je suis pétrifiée d'horreur devant la brutalité et la cruauté de ces gens-là. Maintenant qu'ils se sont beaucoup rapprochés de chez nous, ils vont certainement utiliser les bases aériennes hollandaises et belges pour opérer des raids aériens au-dessus de l'Angleterre, surtout sur le sud-est du pays. Ce sera la France le prochain pays à être envahi. Et après ?

Notre Premier ministre, Mr. Chamberlain, a démissionné pour avoir sous-estimé Hitler, et il paraît qu'il sera remplacé par Mr. Churchill. Tout le monde sait que Churchill veut nous entraîner dans une guerre totale, sans tenir compte du fait que les ennemis sont plus nombreux et plus forts, et qu'ils ont des chances de gagner. Ne se souvient-il donc pas des millions de morts de la dernière guerre ? Et David ? Sa vie sera-t-elle sacrifiée sur un champ de bataille sous le prétexte absurde que nous devons essayer, quoi qu'il arrive ?

« Winston Churchill sera un bien meilleur guide pour cette guerre, a gloussé Mrs. B. quand nous nous sommes croisées à l'épicerie. C'est un vieux bulldog qui n'a peur de rien ! Les nazis le craignent comme la peste. Il est le seul à pouvoir nous mener à la victoire.

– Mais il ne peut pas les arrêter. Ils nous envahiront comme ils ont envahi tous les autres pays. Sûrement, mieux vaudrait négocier une paix maintenant ?

– Ce sont des propos comme ceux-là qui nous donnent l'air de lâches, a-t-elle répondu sèchement. Où est votre esprit combatif, Mrs. Tilling ? »

J'ai hoché la tête mollement, laissant mon regard s'attarder sur les étagères garnies de petits pois en conserve, et j'ai finalement préféré quitter le magasin les mains vides. C'est vrai, je n'ai pas l'esprit combatif. L'idée d'une guerre totale m'anéantit. J'ai l'impression que la Grande-Bretagne est un oiseau blessé depuis le dernier conflit et qu'un corbeau cruel nous guette, prêt à nous déloger de notre nid pour prendre la place.

Il fallait que je commence ma journée de travail. En plus de mes visites régulières, je devais aller voir Mrs. Winthrop et le petit Lawrence. Le général me tient à distance, prétextant que miss Paltry s'occupe de sa femme, ce qui est ridicule puisque je suis tout aussi qualifiée. Mais j'ai entendu dire qu'aujourd'hui, il doit aller à Londres, et cela me laisse le champ libre. J'avais hâte d'entendre la version de Mrs. Winthrop sur son accouchement et de savoir quand il a eu lieu par rapport à celui de Hattie. J'ai donc pris d'un pas décidé le chemin du manoir.

Mrs. Winthrop paraissait épuisée. « Il n'arrête pas de pleurer, le pauvre ange, a-t-elle reniflé. La nounou dit qu'elle n'a jamais vu ça.

– Ah, les bébés sont comme ça. Avec le temps, ça passera. » Je l'ai pris dans mes bras pour le calmer : ses rares cheveux bruns collaient à son crâne tant il avait pleuré et transpiré. « Racontez-moi l'accouchement. Miss Paltry vous a-t-elle donné un remède quelconque ?

– Oui, une horrible potion verte. J'ai cru que j'allais vomir, mais les contractions ont commencé. Je me demande si ça ne les a pas déclenchées, a-t-elle murmuré comme si elle se parlait à elle-même. Mais ce qui a été horrible, c'est que lorsque le bébé est né, il a fallu qu'elle l'emmène chez elle tout de suite à cause d'un problème respiratoire. »

Quoi ? Un second problème respiratoire ? ai-je pensé.

« Vous aviez constaté qu'il respirait mal ?

– Non, je l'ai à peine vu avant qu'elle l'emmène.

– Dites-moi exactement comment ça s'est passé. »

Elle s'est extasiée sur la façon dont miss Paltry avait sauvé la vie du petit Lawrence en l'emmenant chez elle d'urgence pour le mettre sous respirateur. Cela semble incroyable que deux bébés aient eu le même problème le même jour. Est-ce que ça a un lien avec le médicament ? Mais j'ai eu beau poser de multiples questions, je n'ai pas réussi à en avoir le cœur net.

Après avoir quitté le manoir, j'ai dû m'occuper du logement d'un militaire. Comme je suis chef de cantonnement à Chilbury, c'est à moi qu'il incombe de trouver des chambres pour les réfugiés ou les travailleurs de guerre, et comme Chilbury est à huit kilomètres des bureaux de l'antenne du ministère de la Guerre à Litchfield Park, on me sollicite sans arrêt afin que je trouve des lits pour les officiers qui y sont affectés. Maintenant, ils ont besoin de deux pièces pour des cadres supérieurs. J'ai cherché dans la moitié du village avant de renoncer.

« Et la chambre de votre David ? a lancé Mrs. B. dès que nous nous sommes retrouvées pour la répétition de la chorale. Il est en France, maintenant. Il n'y a pas de raison que vous laissiez cette pièce vide alors qu'on a tant besoin de place.

– Oui, est intervenue Mrs. Quail. Vous êtes là à imposer

la présence de Dieu sait qui à tout le monde et vous n'êtes même pas prête à prendre quelqu'un chez vous.

– David vient seulement de partir. Vous ne pouvez pas vous attendre à ce que je laisse sa chambre comme ça, quand même ? » J'ai cru que j'allais éclater en sanglots mais je me suis vite ressaisie. « Quoi qu'il en soit, je ne vous vois pas non plus en train de céder la chambre de Henry, ai-je rétorqué à Mrs. B.

– Il est pilote de la RAF et rentre en permission. » Elle s'est légèrement rengorgée. Je ne supporte pas la façon dont elle parle des pilotes de la RAF, comme s'ils étaient l'élite de l'armée et David un moins-que-rien tout juste bon à encaisser les balles.

« Ce n'est pas le sujet », est intervenue Mrs. Quail. Mais elle s'en est à nouveau prise à moi. « Enfin, Mrs. Tilling, vous ne pouvez pas être un chef de cantonnement digne de ce nom si vous ne logez personne chez vous. Ce n'est pas juste.

– Exactement, a renchéri Mrs. B. Vous avez dit que ces cantonnements étaient pour des gros bonnets de Litchfield Park. Ivy House est un logement idéal pour des gens qui se démènent afin de gagner cette guerre. En plus, vous avez le téléphone, ce qui est rare au village. C'est votre devoir de loger quelqu'un chez vous, Mrs. Tilling.

– Vous n'avez pas le téléphone, vous, Mrs. B. ? a glissé Mrs. Quail. Vous devez sûrement pouvoir trouver de la place pour un gros bonnet, non ? »

Comme par magie, Prim est apparue, descendant l'allée centrale.

« C'est l'heure de la répétition, mesdames ! »

Tout le monde s'est tu et a pris sa place, sauf Mrs. B. qui était encore en train d'encaisser le coup en silence.

« Ce soir, nous allons nous concentrer sur l'"Ave Maria"

pour le concours. Prenons au début et allons jusqu'à la fin du refrain. »

Mrs. Quail a plaqué les premiers accords, puis nous avons attaqué l'ouverture du morceau dans le désordre, en chantant faux et beaucoup trop fort.

« Quelle pagaille ! a dit Prim lorsque nous avons terminé. Vous n'êtes pas du tout ensemble. Allons, essayons quelques arpèges. »

Nous avons fait des arpèges et quelques gammes, et avons réussi à être un peu mieux coordonnées, mais la dispute nous avait déstabilisées. Pendant l'une des gammes, Mrs. B. a jeté sa partition par terre et a quitté l'église à grandes enjambées furieuses.

« Bien. Faisons un nouvel essai avec l'"Ave Maria" », a dit Prim, ignorant sa sortie.

C'était mieux, mais encore très médiocre.

« C'est trop difficile, tout simplement, a gémi Kitty.

– On devrait peut-être renoncer, ai-je dit à mi-voix.

– Il n'en est pas question, a répondu Prim avec énergie. On va tout simplement faire de notre mieux et y prendre plaisir, comme le fera notre public. Non, on ne gagnera peut-être pas, mais ce qui compte, c'est de participer. D'être présentes, d'être écoutées. D'être en vie. »

Elle a souri, et je me suis prise à en faire autant. Et quand j'ai regardé autour de moi, j'ai vu que tout le monde avait meilleur moral. Prim avait raison. Il ne s'agissait pas de gagner, mais d'affirmer notre humanité face à cette guerre. De trouver de l'espoir quand tout s'écroule autour de nous.

Y compris le précieux refuge de sa propre maison.

Lettre de Venetia Winthrop
à Angela Quail

Manoir de Chilbury
Chilbury, Kent

Mardi 14 mai 1940

Très chère Angela,

Je sais bien que tu m'as dit de ne pas tomber amoureuse de lui, mais je n'ai pas pu m'en empêcher. Cela ne fait que quelques semaines, et nous sommes pratiquement inséparables. J'ai pris l'habitude de m'éclipser chaque soir après dîner pour qu'Alastair puisse continuer à travailler sur mon portrait nu. Nous parlons beaucoup, mais il est toujours très secret, jamais sérieux, et il détourne la conversation chaque fois qu'elle s'oriente vers lui.

« Qu'est-ce qui t'a donné envie de devenir peintre ? lui ai-je demandé l'autre jour.

– C'est une longue histoire sans intérêt, et je ne veux pas t'ennuyer, ma douce. »

C'est ainsi qu'il m'appelle : ma douce. Je ne crois pas que quelqu'un m'ait qualifiée de « douce » jusqu'à présent. C'est plutôt mignon, tu ne trouves pas ? Mais quand même, ça m'inquiète, qu'il me trouve vraiment douce, jeune, naïve. Je lui répète que j'ai la réputation d'être plutôt dessalée, mais voilà, je ne le surprends pas comme je surprends les autres. Il a entendu toutes mes saillies, et j'ai l'impression qu'il connaît ce petit jeu par cœur. On dirait qu'il voit au fond de moi la vraie Venetia. Et tu sais quoi, Angie ? Je n'ai plus envie de faire mon numéro. Je veux être la vraie Venetia, pas juste une créature élégante et audacieuse, mais quelqu'un de complexe et de profond. Et c'est lui qui m'ouvre la voie.

Hier soir, nous avons parlé poésie, et il a composé un poème sur son amour pour moi, aussi beau qu'une brise d'été. Je ne vais pas t'ennuyer avec des détails, mais honnêtement, Angie, rien de tel que d'entendre l'homme que tu aimes exprimer son adoration pour toi avec une telle éloquence et une telle ferveur.

Il a toujours en tête des sujets plus intellectuels dont il me parle, tantôt la philosophie grecque ou la politique médiévale. La radio, branchée en permanence, crachote les dernières nouvelles de la guerre, et il m'a surprise l'autre jour en se mettant en colère après avoir entendu une information. Il s'agissait de l'invasion de la Belgique, qui avait pris nos responsables militaires par surprise. Les nazis avaient emprunté une voie indirecte, alors que nous étions postés sur le chemin classique, celui qu'ils avaient utilisé la fois précédente.

« Une catastrophe militaire ! a-t-il grommelé tout bas.

– Je te croyais pacifiste », ai-je lâché avec nonchalance.

Il a repris son pinceau, comme s'il se souvenait de ma présence. « C'est vrai. Mais sous-estimer les nazis à ce point, c'est d'une bêtise crasse, non ?

– Pourquoi ne t'engages-tu pas ? Pour voir si tu pourrais faire mieux ?

– Tu essaies de te débarrasser de moi, chérie ? a-t-il répliqué d'un ton chantant, sur le mode de la plaisanterie. De m'expulser de ta vie une bonne fois pour toutes ? »

Il a marqué une pause et m'a regardée, étendue devant lui. « Oh, Venetia, a-t-il dit avec un amusement tendre, sais-tu à quel point tu es belle ? »

La façon dont je l'ai regardé a paru le chavirer car il a posé son pinceau, contourné le chevalet et est venu s'allonger à côté de moi sur le grand tapis rouge pour attirer mon corps nu contre le sien, tout habillé, et me chuchoter à l'oreille :

« J'ai besoin de toi, Venetia. » C'était si direct et inopiné que j'en suis restée pantoise. « J'ai besoin toi et tu as besoin de moi. Il faut qu'on soit ensemble. » Je me suis reculée et ai plongé mes yeux dans les siens, sombres et profonds, où j'ai découvert une intensité désarmante mais terriblement impérieuse.

Tout cela était grisant, Angela, et curieusement, un peu effrayant. Lorsque je lui ai rendu son regard, j'ai senti quelque chose de nouveau exploser en moi, et tout a semblé se dissoudre dans le néant, toutes les bêtises et les intrigues, les garçons, toutes les petites manœuvres et les amourettes. J'ai compris soudain où tout cela me menait : j'ai finalement trouvé quelqu'un qui fait le poids.

Maintenant, tout ce qui me reste à faire, c'est voir ce qu'il a dans le ventre.

En attendant, voici d'autres nouvelles du village. Hattie a appelé son bébé Rose, comme sa pauvre mère. Elle a invité les dames de la chorale de Chilbury à fêter la naissance avec quelques verres de sherry et une ou deux chansons. Nous nous faisons un sang d'encre pour le concours de samedi, alors les chamailleries habituelles ont été remplacées par une impatience contenue. Sauf pour Mrs. B., qui continue à soutenir que participer à ce concours est une regrettable erreur. Kitty est gentille comme tout, pour changer. Sans doute parce qu'elle jubile encore d'avoir remporté la victoire comme soliste.

Hattie a sorti le ravissant bébé de son berceau et s'est assise à côté de moi sur le canapé.

« Elle est superbe », ai-je dit. Et pour une fois, c'était sincère. Rose est le plus joli bébé de la Terre. Même toi, tu t'extasierais devant elle, avec ses grands yeux bleus, son sourire et ses gazouillis. « Ça fait drôle de te voir adulte avec un bébé maintenant, ai-je dit à Hattie. J'ai l'impression que c'était hier que nous faisions toutes les trois notre pacte dans le rond de sorcières, promettant de rester amies quoi qu'il arrive. Comme cela paraît bizarre aujourd'hui.

– Oui, ça semble remonter à une éternité, hein ? » Elle a souri et soudain, je me suis sentie vraiment très proche d'elle. « Venetia, j'aimerais que tu sois la marraine de Rose. Victor et moi en avons discuté par lettres ces derniers mois et on trouve tous les deux que c'est le bon choix. Je sais qu'en grandissant, Rose va t'adorer, tout comme moi.

– Et comme moi aussi je t'aime », ai-je répondu aussitôt, touchée et bouleversée. « Merci, Hattie, j'en serais vraiment heureuse. Quelle idée merveilleuse. Je veillerai à ce qu'il ne lui arrive jamais aucun mal. »

J'ai regardé le beau bébé et je dois reconnaître, Angie, qu'en voyant une vieille amie comme Hattie devenue mère d'un ange tel que Rose, j'ai eu envie d'avoir un bébé moi-même. Je suis sûre que le superbe Mr. Slater ferait le meilleur des pères, tu ne crois pas ?

Hattie fait preuve d'un courage extraordinaire, mais je sais qu'elle se ronge les sangs pour Victor. Il est dans l'Atlantique jusqu'à l'année prochaine, paraît-il, et c'est à peine si elle a de ses nouvelles d'un mois sur l'autre. Comme on apprend chaque semaine que des navires ont été torpillés, je sais qu'elle se demande s'il reviendra un jour, si la petite Rose grandira sans père.

Oh, si seulement nous avions pu naître cinquante ans plus

tard, après la fin de tout ceci et le retour de la vie à la normale. Imagine à quoi ressemblera le monde alors ! Serons-nous mariées et heureuses, avec des enfants adultes qui auront eux aussi des enfants ? Serons-nous célèbres pour une raison quelconque, une action d'éclat ou une grande invention ? En supposant évidemment que nous soyons encore en vie et que notre cher pays sorte de tout ça en un seul morceau.

Je sais que tu me trouves idiote d'être tombée amoureuse, Angie, mais peut-être que je ne suis pas comme toi, qui séduis assidûment tous les hommes à Londres. Peut-être que j'ai besoin de tracer mon propre destin. Je t'écrirai sans tarder.

Venetia

Journal de Mrs. Tilling

Jeudi 16 mai 1940

Le gros bonnet de Litchfield qui est cantonné chez moi est arrivé cet après-midi dans la confusion la plus totale. Je ne l'attendais pas avant la semaine prochaine et, en entendant sonner, j'ai cru que c'était le facteur, ce qui m'a mise dans tous mes états (le pauvre homme étant le messager de mauvaises nouvelles par les temps qui courent). Mais quand j'ai ouvert la porte, j'ai découvert un homme d'un certain âge et de très haute taille sur le seuil, sous une pluie battante. Son imperméable havane, dégoulinant, lui collait au corps, et ses cheveux bruns étaient plaqués en mèches humides quand il a ôté son chapeau, dégageant un gros visage mou avec un nez qui semblait avoir été cassé au moins une fois.

« Oh, ai-je dit en le regardant d'un air accusateur. Vous n'êtes pas le facteur.

– Non. Je peux entrer ? » a-t-il grogné. Il est passé devant moi et a essayé de balayer de la main une partie de l'eau qui le trempait, avant de poser sa valise assez miteuse près de l'escalier.

« Puis-je vous demander qui vous êtes ? ai-je demandé d'un ton peu amène.

– Le colonel Mallard.

– Comme le canard colvert ? » ai-je demandé distraitement. Il n'avait pas l'air d'un colonel. Il était en civil et, franchement, c'est peu de dire qu'il ne payait pas de mine.

Il a hoché la tête tout en inspectant l'entrée défraîchie. La disparition progressive des domestiques a sérieusement affecté ma pauvre maison, même si j'ai été soulagée quand Mrs. Peck est partie, car je ne savais plus qui s'occupait de qui dans l'affaire.

« Vous savez, je suis assez pressé », a dit le colonel en se tournant vers l'escalier.

Je l'ai fusillé du regard, me demandant ce qui lui prenait. « Eh bien, je ne sais pas ce qui vous presse autant, ni en quoi cela me concerne, mais j'aimerais bien que vous m'expliquiez ce que vous faites chez moi.

– Je suis cantonné ici. » Après avoir farfouillé dans ses poches, il en a sorti une lettre froissée et trempée et me l'a tendue.

« Ah ! » J'y ai jeté un rapide coup d'œil. « On m'avait dit que vous arriveriez la semaine prochaine. Votre chambre n'est même pas encore prête.

– Eh bien, il faudra que je prenne les choses comme elles viennent, pas vrai ? » Et il a regardé l'escalier d'un œil impatient.

Je suis passée la première tandis qu'il me suivait d'un pas lourd. L'idée qu'il occuperait la chambre de David m'était intolérable. J'ai ouvert doucement la porte, y ai jeté un dernier coup d'œil et j'ai pris une dernière grande bouffée de son air paisible avant qu'elle ne devienne la chambre d'un autre.

Le colonel mesurait nettement plus d'un mètre quatre-vingts et la pièce a soudain semblé toute petite quand il y est entré. Je me suis dépêchée de ressortir, avec un brusque sentiment de claustrophobie. « Si vous avez besoin de quelque chose, vous me trouverez en bas », ai-je dit, et j'ai disparu avant que l'envie de pleurer ne me saisisse.

Quel malotru ! Enfin, je suppose que j'aurais pu encore plus mal tomber ; il pourrait sentir le fumier, ou siffler, ou pire encore, s'installer dans mon salon. Partager ma maison avec un étranger va me déranger, et me changer de la présence douce et chaleureuse de David. Je me suis demandé ce que le colonel Mallard fait à Litchfield, car j'ai peur que la guerre ne soit perdue si nos responsables sont du même acabit. Il n'a pas du tout l'aspect de ces « huiles importantes » dont parle Mrs. B. Il est trop mal fagoté et trop mal léché : on dirait un grand carton déglingué.

J'étais en train de peler des pommes de terre pour le dîner et songeais à aller voir Hattie dès que je pourrais partir quand j'ai entendu la porte s'ouvrir au premier, et l'espace d'un instant, j'ai cru que c'était David et que sa voix joyeuse allait s'élever dans l'entrée : « Je file, maman ! »

Le pas lourd dans l'escalier m'a fait revenir à la réalité.

« Mrs. Tilling, a-t-il crié depuis l'entrée.

– Colonel ? » Je suis sortie aussitôt de la cuisine, m'essuyant les mains sur mon tablier. « Vous dînerez ici ? Auquel cas, j'aurai besoin de vos tickets de rationnement.

– Non, je mangerai à la cantine », a-t-il répondu. Puis il a ajouté un « merci » de pure forme.

Il m'a ensuite tendu une sacoche tout abîmée que j'ai reconnue immédiatement comme étant celle de David : j'avais dû l'oublier dans sa chambre quand j'avais commencé à débarrasser toutes ses affaires. Je la lui ai prise d'un geste brusque, contrariée. Pourquoi ne peut-il pas laisser les choses comme elles sont ?

« C'est tout ? » ai-je demandé, pressée de le voir partir. Mais il est resté un moment à me regarder d'un air absent, comme s'il essayait de se rappeler s'il avait tout ce qu'il lui fallait ; puis il a tourné les talons et s'est dirigé vers la porte en marmonnant un « au revoir » maussade.

J'ai refermé derrière lui et suis retournée à la cuisine, sonnée. De la fenêtre au-dessus de l'évier, je vois le clocher délabré de l'église. Si l'on y monte par temps clair, on voit jusqu'aux tourelles et pinacles ocre de l'université de Litchfield. Je suis restée là, debout, à songer à quel point mes rêves s'étaient amenuisés au fil des ans. Quand j'étais jeune, j'aspirais à étudier, puis j'ai rencontré Harold et rêvé d'avoir ma famille puis, quand Harold est mort, mon monde a tourné autour de David, seule lumière de ma triste petite vie.

Et maintenant, je ne rêve qu'à une chose, qu'il ne se fasse pas tuer. Tout le reste, y compris cet intrus, est sans aucune importance.

Pour me calmer les nerfs, je suis allée marcher d'un bon pas et me suis retrouvée dans l'église où, assise sur le dernier banc au fond, sur la gauche, j'ai essayé de recoller les morceaux du nouveau monde qui m'entoure.

« Tout va bien ? » a demandé une voix derrière moi. J'ai instantanément reconnu celle de Prim.

« Oui, j'essaie de me faire à l'arrivée d'un colonel inconnu qui loge chez moi. Il est cantonné à la maison.

– Avant de venir habiter à Church Row, je logeais chez un charmant vieux monsieur. Il vient encore de temps en temps prendre le thé chez moi. Peut-être les choses s'arrangeront-elles quand vous vous connaîtrez mieux.

– Un grincheux pareil ! J'ai du mal à imaginer que je pourrai un jour m'entendre avec lui. Il faudra que je voie si je ne peux pas lui trouver une chambre ailleurs.

– Je suis sûre que si vous prenez le temps de lui parler, vous découvrirez qu'il est exactement comme vous ou votre fils ou n'importe qui d'autre. C'est la guerre. Pourquoi ne pas lui donner sa chance ? »

Elle avait son petit sourire pétillant et je n'ai pas pu m'empêcher de sourire moi aussi.

« Eh bien voilà ! a-t-elle dit, continuant à déambuler à pas pressés avec des pupitres et des partitions.

– Prim ! Depuis que vous êtes arrivée et que vous avez recréé la chorale, nous avons vraiment repris courage. Croyez-vous vraiment que chanter va nous aider à tenir pendant cette horrible guerre ?

– La musique nous force à sortir de nous-mêmes, de nos soucis, de nos tragédies ; elle nous aide à porter notre regard vers un monde différent, plus vaste.

– Je souhaiterais pouvoir être aussi enthousiaste que vous.

– Oh, mais vous l'avez, cet enthousiasme, Mrs. Tilling. Si, si. Pas pour la musique, mais pour autre chose. Prenez un peu de recul et vous verrez.

– Je ne sais pas comment faire, ai-je répondu avec abattement.

– Allons, on va commencer à vous remonter le moral en vous faisant chanter quelque chose. »

Elle m'a pris le bras, m'a conduite jusqu'en haut de l'allée et m'a installée juste devant l'autel. Puis elle m'a laissée là et s'est assise sur l'un des bancs du premier rang.

« Et maintenant, chantez, Mrs. Tilling. Ouvrez votre cœur et chantez. Prenez votre cantique favori.

« Alors, c'est "I Vow to Thee, My Country" », ai-je répondu. La perspective de chanter ce cantique magnifique m'a réconciliée avec sa suggestion. « Mais je ne peux pas chanter ici toute seule !

– Il n'y a personne d'autre que moi. Peu importe si vous n'y arrivez pas parfaitement. »

J'ai imaginé l'introduction à l'orgue et ai commencé à la fredonner doucement, puis j'ai ouvert la bouche pour en chanter les premières paroles, poignantes, qui ont résonné clairement dans l'abside.

Je jure, ô ma patrie, une, intacte et parfaite
Toi qui comptes ici-bas plus que tout,
De te servir avec amour

Ce cantique avait été chanté aux obsèques de mon père, ainsi qu'à celles d'innombrables autres morts de la Grande Guerre. Puis à nouveau à celles de ma mère, à celles de Harold. Là, tandis que je le chantais, seule dans l'église, il a revêtu une autre dimension, effrayante : j'ai compris que j'avais été prise au piège de ces disparitions, que je les avais laissées me dominer.

Maintenant, il est temps de m'en affranchir.

Journal de Kitty Winthrop

Samedi 18 mai 1940

Le concours de chorales

Quelle soirée extraordinaire ! Je suis lessivée, cher journal, mais je ne veux pas me coucher avant d'avoir tout noté depuis le début.

Nous étions sur des charbons ardents quand notre petit groupe s'est réuni sur l'esplanade du village pour attendre le bus, qui était en retard. C'est à peine si nous avons remarqué les quelques premières grosses gouttes de pluie qui s'abattaient autour de nous tant nous avions peur d'être en retard. Et de mal chanter par-dessus le marché.

« Nous allons nous couvrir de ridicule devant tout le Kent », répétait Mrs. B., incapable d'admettre le fait incontournable que maintenant, nous étions un chœur de femmes exclusivement.

« Mais si nous sommes un chœur de femmes exclusivement, c'est par force majeure, a rétorqué sèchement Mrs. Quail. Il n'y a plus d'hommes. Vous préféreriez qu'il n'y ait plus de chorale ?

– Nous sommes un groupe de femmes respectables, Mrs. Quail. Pas un ramassis de saltimbanques », a répondu sur le même ton Mrs. B., qui l'a bousculée pour être la première dans la queue en voyant déboucher le bus. Il a contourné l'esplanade en tanguant dangereusement. « Lady Worthing en aura, des choses à dire, sans parler de l'archevêque.

– Alors pourquoi vous donner la peine de venir ? » a dit Mrs. Quail en montant sur ses talons.

Mrs. B s'est retournée : « Il faut bien que quelqu'un soit là pour constater l'étendue des dégâts. »

Mrs. Tilling avait l'air d'une martyre à qui on va arracher les ongles. « Le fait est que nous n'avons pas assez répété. Je ne sais pas ce que le *Litchfield Times* dira d'un chœur de femmes, mais nous avons intérêt à nous surpasser.

– Ça vaut le coup d'essayer, non ? » ai-je dit pour tenter de mettre tout le monde d'accord, mais ma remarque n'a suscité que des mines tendues et des piques. Silvie est restée collée à moi et m'a chuchoté : « Tout va très bien se passer » sur un ton très peu convaincant. Elle adore la chorale autant que moi et m'a aidée en écoutant mon solo, admirative en général et critique à l'occasion. Seule Venetia paraissait indifférente. Elle est dans sa bulle depuis que Mr. Slater a fait son apparition. Elle ne participe à ce concours que parce que les chœurs ont leur photo dans les journaux.

Nous sommes finalement arrivées. La cathédrale de Litchfield ressemble à un château de conte de fées, avec ses flèches fuselées et ses contreforts très ornés. Elle est incroyablement majestueuse et romantique en diable, entourée de roses d'un jaune et d'un rose très pâles. J'ai décidé que c'est là que Henry et moi nous marierons.

Aujourd'hui cependant, les roses pendaient mollement sous la pluie quand nous avons rejoint la foule des participants au concours qui se hâtaient d'entrer.

Mrs. B. s'est frayé un chemin dans le vestibule bondé pour voir la liste affichée à un tableau.

« Nous passons en dernier, a-t-elle annoncé avec dépit.

– Tant mieux, a dit Mrs. Quail d'un ton ragaillardi. Nous pourrons assister à la compétition et voir qui nous devons battre.

– Quelle idée ! a lancé Mrs. B. À une heure aussi tardive, nos voix seront en piteux état. Le désastre annoncé se confirme à chaque instant. »

La voix théâtrale de Prim a retenti. « Nous clôturerons la soirée en beauté. »

Nous avons pris nos places dans la nef de vieilles pierres. Les magnifiques vitraux avaient été recouverts de tissu pour le black-out, ce qui nous donnait l'impression d'être enfermées dans un énorme terrier souterrain

Quand la cathédrale s'est remplie, l'évêque de Litchfield, qui ressemble à un gnome, est venu au premier rang et a réclamé le silence de sa voix forte et nasillarde, comme si ses lunettes de métal lui pinçaient trop le nez. Il a rapidement présenté le maire, gonflé de son importance, en tenue d'apparat rouge, et qui s'est lancé dans un long discours sur les joies du chant et les horreurs de la guerre. Depuis que Mr. Churchill a commencé à faire ses discours magnifiques à la radio, tout le monde essaie de l'imiter.

Il y avait quatre chœurs en compétition, les autres étant des chœurs normaux, mixtes. Nous devions chanter dans l'ordre, puis il y aurait un bref interlude avec une collation, après quoi le jury annoncerait les résultats.

Je tremblais comme une feuille et ai regardé Prim. Elle semblait très contente d'elle, mains croisées sur son ventre rond, yeux pétillants, et petit sourire en V sur les lèvres. J'ai beau être persuadée qu'elle est le meilleur chef de chœur de tout le pays, je ne pouvais m'empêcher d'être assaillie par le doute : peut-être n'étions-nous pas bien préparées à tout cela. Peut-être qu'à la campagne, on n'est pas prêt à accepter une chorale exclusivement féminine. Mais quand elle m'a vue la regarder, elle m'a fait un discret clin d'œil et alors, j'ai su que tout irait bien. Avec elle à la barre, on ne risque rien.

La pluie s'est mise à tomber dru, à tambouriner sur le toit et à nous engloutir, nous donnant le sentiment d'être en train d'essayer de tous nous abriter sous le même parapluie. Un coup de tonnerre s'est réverbéré sous les voûtes et nous nous sommes serrées les unes contre les autres, plus par crainte qu'autre chose, pendant que les autres chœurs allaient se grouper près de l'autel pour l'audition.

Tout sur nos concurrents

1 – La chorale de Riseholme – elle a chanté très joliment la cantate de Bach « Jésus, que ma joie demeure ».

2 – L'impressionnant chœur de Litchfield – absolument excellent. Nous étions unanimes, ce serait lui le vainqueur (et ces propos ont été suivis d'autres suggestions comme quoi nous devrions nous retirer).

3 – La chorale de Belton – pas si bonne, ce qui nous a fait reprendre courage, car nous nous sommes dit que nous ne serions pas forcément dernières.

Et puis notre tour est arrivé. J'avais des castagnettes à la place du cœur quand l'évêque nous a annoncées. Une série de murmures a couru dans l'église, les gens se demandant assurément s'ils avaient bien compris.

« Il a dit "la Chorale des dames de Chilbury" ? » ai-je entendu quelqu'un s'étonner. Nous avons regardé Prim avec des yeux inquiets, mais elle était debout, prête à nous précéder dans l'allée centrale et à nous faire signe de la suivre à la queue leu leu.

Nous étions assises, clouées à nos sièges comme une bande de lièvres à la saison de la chasse.

Et puis, tout à coup, a retenti un coup de tonnerre assourdissant. L'assistance s'est figée à l'unisson et a levé les yeux vers le plafond, tandis que les lumières vacillaient, clignotaient et s'éteignaient pour de bon. Nous avons été plongés dans l'obscurité, le genre de noir qui vous fait croire que vous n'avez pas les yeux ouverts alors que vous savez pertinemment que si.

Tout le monde s'est mis à chuchoter éperdument.

« Au moins, nous pouvons rentrer chez nous à présent, a dit Mrs. B. avec hauteur. Et échapper à cette pénible épreuve. »

On a entendu alors la voix nasillarde de l'évêque : « Que personne ne s'inquiète. Restez à vos places, nous allons chercher des bougies. » Les murmures ont enflé jusqu'à ce qu'apparaisse derrière nous la lueur chancelante d'une bougie qu'une petite fille d'une dizaine d'années portait de la sacristie à l'autel. Elle entourait d'une main la flamme pour l'empêcher de trembler, et avançait à pas précautionneux. Une autre fille un peu plus âgée venait derrière elle, puis une femme et d'autres gens, chacun une bougie allumée à la main. Ils ont remonté l'allée centrale et se sont divisés à l'autel pour placer leur bougie dans un nouveau coin sombre. Au bout de quelques minutes, des bougies de différentes tailles avaient été disposées à l'intérieur de l'édifice massif et antique, certaines sur des chandeliers d'argent et d'or, tandis que d'autres se dressaient seules, longues colonnes d'un blanc angélique. Bientôt, l'odeur de centaines de mèches incandescentes a flotté dans l'air et les ombres qui tremblaient ont redonné vie aux antiques statues.

« On va pouvoir chanter ? ai-je chuchoté. Et l'orgue ? Il ne va pas marcher sans courant.

– Nous nous en passerons, a dit Prim d'une voix enjouée, comme si c'était une bonne blague et non un désastre colossal.

– Comment aurons-nous la note de départ ? » Je paniquais. Nous étions déjà à peine prêtes à chanter, alors avec ça en plus !

« Je fredonnerai la première note pour les altos, puisque c'est elles qui commencent, et ensuite, les sopranos devront se servir de cette note-là pour trouver la leur. Kitty, nous devrons compter sur la finesse de ta technique. » Elle m'a souri et je me suis sentie à la fois emplie de joie et terrifiée.

Nous nous sommes levées en silence, le martèlement de la pluie noyant le bruit de nos chaises et de nos pas tandis que nous avancions jusqu'au-devant de l'autel et prenions place sur les marches. Il y a eu un léger froissement de papiers lorsque nous avons cherché nos feuilles de musique avec des mains tremblantes d'appréhension. La baguette en l'air, les yeux bien ouverts et brillants, Prim nous a regardées tour à tour en attendant de commencer. Dans le silence, nous l'avons entendue fredonner une note unique qui a filé dans la lueur des bougies comme une petite flèche d'argent. Je l'ai vue croiser le regard de Mrs. Tilling et hocher la tête. Si Mrs. Tilling avait la note, nous savions que les altos seraient sauvés. Prim a levé sa baguette, les yeux clos comme si elle priait et quand elle a baissé les bras, la note claire de Mrs. Tilling a résonné dans toute l'église, caressant la masse de pierre de sa chaleur tendre. Les autres altos se sont jointes à elle pour sortir un son d'une plénitude parfaite.

Je suis restée pétrifiée. Les autres sopranos allaient compter sur moi pour les guider. Je pensais avoir la note – je savais que je l'avais – mais aurais-je l'assurance de la chanter ? Et si j'ouvrais la bouche et que rien ne venait ?

Mais le moment était arrivé. Les yeux de Prim se sont arrêtés sur moi. Elle a levé les bras et les a baissés, sa baguette et son index pointés vers moi, et j'ai entendu notre première note résonner dans la pénombre, pure comme du cristal taillé. Quelqu'un d'autre devait l'avoir attrapée, ai-je pensé, avant de me rendre compte que c'était ma propre voix que j'entendais. J'ai regardé Prim, priant le ciel d'avoir la note juste. Mais elle avait les yeux fermés, et souriait avec une satisfaction sereine. Le son s'est amplifié quand les autres voix se sont jointes à la mienne. J'y étais arrivée ! Moi, Kitty Winthrop. J'avais sauvé la chorale. Une bouffée d'allégresse est montée en moi à l'idée que Prim avait reconnu mon talent, qu'elle avait confiance en moi. J'avais permis à la chorale de surmonter l'épreuve et lui avais fait honneur.

La beauté solitaire de nos voix *a cappella* s'est élevée dans le demi-jour lugubre de la cathédrale, s'entrelaçant, grimpant plus haut, plus passionnément jusqu'à la conclusion époustouflante. C'était magnifique, une musique d'anges. Même moi, je m'en rendais compte.

Mon solo venait ensuite, et j'ai senti ma gorge s'assécher subitement lorsque le chant s'est achevé, marquant le moment où je faisais mon entrée. Les yeux de Prim se sont posés sur moi ; elle a levé sa baguette et j'ai ouvert la bouche pour chanter la première note. « Ave Maria. » J'ai légèrement ralenti – le trac me gagnait – mais mes notes aiguës étaient fermes, claires, nettes, longues. Tous les regards étaient braqués sur moi. J'ai continué sur les notes descendantes et j'ai soudain éprouvé une exaltation totale, comme si le morceau m'appartenait. Alors, j'ai chanté comme s'il faisait partie de moi, qu'il jaillissait d'une nouvelle réserve au plus profond de mon être.

Je suis arrivée à la fin, laissant la dernière note mourir lentement, et quand j'ai croisé le regard de Prim et vu son hochement de tête, j'ai compris que j'avais donné le meilleur de moi-même. Que jamais je n'avais mieux chanté.

Le choral[1] a résonné magnifiquement autour de moi et nous avons regardé Mrs. Tilling, qui allait chanter son solo. Elle avait été terriblement nerveuse auparavant, répétant qu'elle ne voulait pas nous décevoir.

1. « Chant religieux interprété par un chœur », *Dictionnaire culturel en langue française* Le Robert.

« Vous serez à la hauteur, a dit Prim. Faites confiance à votre voix. »

Une fois le choral terminé, j'ai regardé Prim fixer Mrs. Tilling et lever sa baguette. La voix de Mrs. Tilling était superbe, d'une profondeur moelleuse et riche, comme une soirée de fin d'été. Elle a marqué une courte pause avant la note haute, ce qui a rendu le passage encore plus poignant, et même encore plus beau ; après ça, les notes ont semblé couler comme un flot doré venant tout droit de son cœur.

Le reste de la chorale s'est joint à elle pour le refrain final, et le son plein et parfait nous a de nouveau enveloppées. Puis est venue l'accalmie des notes finales sinueuses qui se sont dissipées dans les ténèbres fantasmagoriques.

Il y a eu un moment suspendu dans toute la cathédrale où l'on n'a plus entendu que l'écho de la pluie dans l'abside.

Puis les applaudissements ont éclaté, ont monté en une marée chaleureuse. J'ai senti une larme rouler sur ma joue. On y était arrivées. J'y étais arrivée.

Prim m'a jeté un regard reconnaissant quand nous avons regagné nos sièges, et je me suis réjouie intérieurement. Je me moquais que nous gagnions ou perdions. J'avais sauvé la mise, et Mrs. Tilling aussi.

L'évêque nasillard est revenu devant l'autel. « Malheureusement, la collation devra être annulée parce que notre réserve de bougies diminue. Merci de bien vouloir rester à vos places quelques minutes, et j'espère que nous serons sans tarder en mesure de vous donner les résultats. »

Tout le monde a commencé à chuchoter, à l'exception de Mrs. B., qui a annoncé à voix bien haute que Mrs. Quail avait chanté faux tout du long et que, si nous perdions, nous saurions à qui la faute.

« C'est ça ou nous serons éliminées parce que nous n'avons pas d'hommes, a-t-elle dit avec une grimace.

– Nous n'avons pas à nous inquiéter », a dit Prim en souriant, et brusquement, je me suis demandé si elle connaissait vraiment la province et l'attachement viscéral qu'ont les gens d'ici à la tradition. Il y a quelque chose qui s'appelle la sagesse conventionnelle, qui signifie que nous devons continuer à faire les choses comme autrefois, même si cela ne rime plus à rien. C'est ce qui se passe en province, surtout à Litchfield.

Une minute plus tard, l'évêque nasillard est revenu devant l'autel, flanqué cette fois du maire, pour annoncer le gagnant. Le maire s'est lancé dans un deuxième discours, puis, Dieu merci, l'évêque s'est avancé et lui a glissé quelques mots à l'oreille – sans doute « Concluez » – et il s'est mis en devoir de proclamer le second du classement.

« Litchfield », a-t-il annoncé. Là-dessus, le chef de chœur s'est avancé d'un pas mal assuré et a reçu son certificat. Nous nous sommes dit que cela signifiait que le gagnant serait Riseholme, car assurément, personne n'aurait pu voter pour Belton.

« Et le gagnant, qui représentera la région de Litchfield à la cathédrale St. Paul pour la finale est » – il a fouillé dans ses papiers, exaspérant tout le monde – « la Chorale des dames de Chilbury. »

Nous avons bondi de nos sièges.

« Qu'est-ce qu'il a dit ? » a haleté Mrs. Quail.

« Nous n'avons pas été éliminées ? » a bredouillé Mrs. Tilling.

« C'est vraiment nous ? » a demandé Mrs. Gibbs.

Alors Mrs. B. s'est frayé un chemin jusqu'à l'allée centrale.

« Ressaisissez-vous. Bien sûr que nous avons gagné. Qu'est-ce que vous imaginiez ? »

Nous lui avons emboîté le pas dans l'allée, où elle avait entrepris de secouer énergiquement la main de l'évêque comme si elle était seule responsable de notre succès. J'ai cherché Prim du regard : sereine comme toujours, elle nous suivait dans l'allée, et sa longue cape se gonflait derrière elle comme les ailes d'un grand chat-huant protecteur.

Après avoir salué, nous nous sommes regroupées pour être photographiées. Bien entendu, Venetia s'est débrouillée pour être au centre, impeccablement coiffée, ce qui était d'autant plus drôle qu'elle était à côté de Mrs. Gibbs, qui ressemblait à une poule déboussolée, le manteau et le cache-nez en bataille et les cheveux coiffés avec un pétard.

Il y avait là des photographes du *Kent Times* et même d'un journal national – ils se précipitent sur la moindre information agréable par les temps qui courent.

Nous avons défilé devant les juges, assis devant une table pliante devant l'autel, afin de leur serrer la main. Il y avait d'abord le maire, et, à côté de lui, Mrs. Mandelson, la présidente assez austère du SVF de Litchfield ; puis la pompeuse lady Worthing, qui nous a tendu une main gantée de blanc comme si nous étions contagieuses. En réponse à une de ses remarques, Mrs. B a éclaté de son horrible rire affecté et nous avons grimacé, très gênées. Le dernier juge était le responsable de Litchfield Park, un géant à l'aspect débraillé malgré son uniforme. Mrs. Tilling a soufflé à Mrs. Quail que c'était lui qui était cantonné chez elle.

« Je ne m'étais pas rendu compte qu'il dirigeait Litchfield Park, a-t-elle marmonné, irritée. C'est bizarre qu'on l'ait choisi ! »

Je me suis demandé pourquoi elle ronchonnait comme ça, mais j'ai vu que lui aussi avait pris un air glacial quand elle a avancé la main pour serrer la sienne.

« Bravo, Mrs. Tilling », a-t-il dit d'un ton neutre.

Elle a rougi, embarrassée. « Je ne me doutais pas que vous faisiez partie du jury. Je ne sais vraiment pas quoi…

– Merci d'avoir voté pour nous », l'ai-je coupée, parce que je ne trouvais pas ça très gentil de mettre en doute ses capacités à nous juger alors que nous venions de gagner.

Il m'a adressé un sourire chaleureux. « Le choix a été facile, surtout après vos performances de solistes. » Peut-être n'était-il pas un si mauvais bougre, après tout.

Mrs. Tilling a essayé de l'ignorer et a fait un petit « Humfff » avant de se tourner vers moi et de me dire d'un ton forcé : « Allez, viens, Kitty, et toi aussi, Silvie. Il faut aller voir Prim. » Et elle a foncé vers la sacristie.

Le reste de la soirée est un souvenir indistinct, entre les félicitations, les tapes dans le dos et les remarques des autres chœurs qui faisaient semblant d'être ravis pour nous. Un journaliste nous a demandé quel effet ça faisait d'être un chœur exclusivement féminin.

« Nous lançons une nouvelle mode, a déclaré Venetia en minaudant. Nous faisons fureur, vous ne le saviez pas ? »

L'homme est resté bouche bée jusqu'à ce que Mrs. B. fasse irruption en disant : « Nous avons toujours su que nous gagnerions. Avec ou sans hommes. » Et nous avons toutes opiné en souriant.

Au bout d'un moment, la foule a commencé à se disperser et il a fallu que l'évêque nous pousse dehors. Nous sommes reparties joyeusement vers le bus, avons repris le chemin de Chilbury dans l'allégresse et avons chanté tout le long du chemin du retour. Mais pas l'« Ave Maria ». Non, nous avons chanté de vieux airs de music-hall, dont mon nouveau morceau favori : « Can't Get Away to Marry You Today, My Wife Won't Let Me[1] ! »

---

1. Littéralement : « Je ne peux pas me libérer aujourd'hui pour t'épouser, ma femme m'en empêche ! », célèbre chanson de music-hall (1906), encore très populaire dans les années quarante.

Lettre du colonel Mallard
à sa sœur, Mrs. Maud Green, à Oxford

Ivy House
Litchfield Road
Chilbury, Kent

Lundi 20 mai 1940

Chère Maud,

Toutes mes excuses pour mon silence, mais j'ai été débordé par les derniers événements en Belgique et dans le nord de la France. Je t'adresse cette lettre de mon nouveau cantonnement à Chilbury : y es-tu allée pendant tes voyages ? Merci de dire aux filles de m'écrire à cette adresse car les lettres adressées au ministère de la Défense font toujours le détour par Londres. Encourage-les à écrire : franchement, leurs lettres sont les seules choses qui me donnent du courage dans cette terrible guerre. Une fois de plus, un immense merci de te charger d'elles trois – j'espère qu'elles se tiennent bien. Je sais que Vera serait heureuse de savoir qu'elles sont avec toi. Dieu ait son âme en sa sainte garde. Je n'arrive pas à croire que cela fera cinq ans mercredi qu'elle est morte. J'ai encore peine à m'habituer à son absence.

Je resterai ici cet été et sans doute au-delà. La propriétaire de la maison, une certaine Mrs. Tilling, infirmière de son état, paraît trouver à redire à tout et à tout le monde, et à moi en particulier. C'est une femme sèche comme un coup de trique avec une provision inépuisable de robes de chambre gris terne. Elle parle à peine, sauf pour me donner des ordres polis, et est particulièrement ronchon depuis que je lui ai demandé si je pourrais dîner chez elle. Elle m'a demandé mes tickets de rationnement et marque son mécontentement à grand bruit de casseroles entrechoquées dans la cuisine.

« Cela m'arrangerait, colonel, m'a-t-elle dit hier d'un petit ton pincé, si vous pouviez me dire à quelle heure vous rentrerez pour dîner. » Je n'avais eu qu'une heure de retard la veille.

De même, un soir, j'ai décidé de déplacer la petite commode, qui dégage de l'espace si je la mets dans le renfoncement à côté de l'armoire. Le lendemain, elle avait été remise à sa place habituelle, et j'en ai conclu qu'il valait mieux ne pas tenter d'autres réaménagements.

Mais voilà que samedi, j'ai été forcé de participer au jury d'un concours de chorales, et figure-toi qu'elle a chanté un solo tout à fait expressif et magnifique. On aurait dit quelqu'un d'autre. Pour moi, cette femme est un mystère.

La plupart des soirs quand je rentre, elle disparaît complètement. J'entends une porte claquer au premier ou vois le rideau se rabattre dans le salon quand j'approche. Ce serait agréable d'avoir un peu de compagnie, mais je finis en général par remonter dans ma chambre pour y être seul. Son fils vient de partir pour la France et manifestement, elle m'en veut d'occuper sa chambre. Entre nous, je t'assure qu'il n'y a vraiment pas de quoi : un petit lit plein de bosses, et au mur, un tableau du système solaire dans lequel nous ne sommes qu'un minuscule petit point qui se désintègre dans une masse gris foncé.

Je vais m'arrêter là. J'écrirai aux filles mercredi, après être allé à l'église faire une prière pour Vera. J'espère qu'elle veille sur nous de là-haut et nous protège.

Je t'embrasse

Anthony

Journal de Kitty Winthrop

Samedi 25 mai 1940

Le pique-nique mouvementé

Ce matin, il faisait un temps divin, et j'ai décidé que Silvie et moi méritions une récompense pour avoir remporté le concours. J'ai éprouvé le besoin impérieux – ne serait-ce que pour une journée – de faire comme si la guerre n'existait pas. J'ai donc ouvert toute grande la fenêtre de ma chambre pour sentir sur mon visage le chaud soleil doré et respirer le parfum frais et résineux d'une somptueuse matinée de printemps. Elle était si parfaite que je me suis promis de consacrer la journée à me mettre en quête du passé et à retrouver un peu de mon enfance.

Avant la guerre, lors de journées pareilles, nous nous mettions sur notre trente et un et allions pique-niquer avec les Tilling ou les Brampton-Boyd, les filles en robe d'été, les garçons en costume élégant. Proggett demandait à la cuisinière, qui est partie fabriquer des tanks à Tonbridge, de préparer un déjeuner froid, avec des pâtés, des cerises et des madeleines. Miam, l'odeur de ces délicieux gâteaux au beurre me ramène toujours à ces moments où nous attendions avec impatience dans la cuisine d'en goûter la première bouchée pendant qu'ils refroidissaient sur les grilles après leur sortie du four. Aujourd'hui, nous avons dû nous contenter des sandwichs à la confiture qu'Elsie avait préparés à la va-vite en posant toutes sortes de questions sur Henry.

Ce qu'Elsie voulait savoir à propos de Henry

Quels sont ses plats préférés ? Le faisan rôti, naturellement, et le pudding aux raisins secs et zestes d'agrumes.

Quel est son sport favori ? La chasse, surtout celle au renard, et le cricket.

Venetia lui plaît-elle ? Non, bien sûr que non.

A-t-il une petite amie à sa base dans le Hampshire ? Non, bien sûr que non.

Quelle est sa couleur préférée ? Bleu azur.

Quelles sont ses distractions favorites ? Les pique-niques, les fêtes, et il est plutôt bon au croquet.

Je crois qu'elle essayait de m'aider à le séduire, même si elle n'a pas été très utile. Silvie m'a donné un coup de coude et m'a chuchoté que je ne devais rien lui dire. Je me demande pourquoi. Parfois, on dirait que Silvie ne comprend rien à ce qui se passe.

Quand nous avons fini de nous occuper des sandwichs, Silvie et moi avons dû nous acquitter d'une tâche très importante : choisir nos tenues. Je l'ai emmenée dans ma chambre et lui ai trouvé une de mes anciennes robes, la blanche avec de petites fleurs turquoise, celle que je portais le jour où Henry m'a demandée en mariage. Du coup, les souvenirs sont remontés en foule : la promenade en bateau sur le lac ; Venetia qui a pris la mouche et est partie, escaladant les rives ; Henry qui s'est précipité pour la rattraper et m'a fait accoster dans les fougères où j'ai taché ma robe de boue ; après quoi il m'a juré un amour éternel si je lui pardonnais ; ensuite nous sommes tous deux partis à la recherche de Venetia dans la campagne, criant son nom jusqu'à ce que nous la trouvions en haut d'une colline, en train de bouder sous un chêne aux larges branches. Elle a refusé d'adresser la parole à Henry et a voulu revenir au pique-nique avec moi seule ; elle m'a suivie d'un pas traînant en faisant la tête tandis que je sautillais de joie, aux anges à l'idée que mon avenir était tracé à la perfection.

En l'honneur de mes souvenirs, j'ai décidé de mettre la robe bleu ciel de Venetia, car c'était celle qu'elle portait ce jour-là. Je me suis glissée en catimini dans sa chambre pour la lui emprunter. Elle était un peu grande, mais sinon, parfaite.

Silvie et moi nous sommes faufilées dans le dressing de maman pour nous regarder dans le grand miroir en acajou. Nous étions impeccables. La robe bleu ciel était idéale pour un pique-nique ; quant à Silvie, la robe blanche lui allait à ravir. Bien qu'elle parle à peine, c'est une très jolie fille, avec ses boucles brunes rebelles toujours plaquées derrière ses oreilles.

Au départ, nous pensions qu'elle ne disait rien parce que son anglais n'était pas très bon, mais nous savons maintenant qu'il n'est pas mauvais du tout – sauf quand elle comprend les choses de travers, comme à propos de Henry. Donc quand elle se tait, c'est simplement qu'elle n'a pas envie de parler. Je lui demande parfois de me dire son secret, mais elle s'alarme et se renferme aussitôt.

Je me demande souvent à quoi ressemblait sa vie quand elle était en Tchécoslovaquie. La nourriture était différente, c'est certain. Quand elle est arrivée, c'est à peine si elle a touché à son assiette pendant des semaines, et elle ne se nourrit pour l'essentiel que de petits pains et de jambon. Maman essaie de lui faire goûter du bacon et du rôti de bœuf, mais elle ne veut rien savoir.

La différence entre la Tchécoslovaquie et Chilbury, d'après ce que je crois savoir

Il y a plus de chocolat en Tchécoslovaquie (Silvie adore le chocolat, mais il se fait rare depuis le début de la guerre).

À Chilbury, il y a des champs et des bois tandis qu'il n'y a pas de forêts en Tchécoslovaquie.

Il y a des chevaux dans les deux pays (Silvie adore les chevaux).

En Tchécoslovaquie, il y a toujours de la neige à Noël et des marchés de Noël extraordinaires.

Il n'y a pas eu de guerre en Tchécoslovaquie, les nazis l'ont simplement envahie un jour.

Toutes les affaires de Silvie sont en Tchécoslovaquie, dans sa grande maison avec une véranda.

Toute la famille de Silvie est en Tchécoslovaquie, et attend qu'elle revienne, debout devant la porte comme le jour de son départ : sa mère en robe de printemps blanche comme le jour où elle lui a dit au revoir à la gare ; son père, en costume et chapeau, arborant un grand sourire qui la réchauffe alors qu'elle est transie jusqu'à la moelle ; et son petit frère Mila riant aux anges dans sa couverture bleue, quand elle le prend des bras de sa mère pour l'embrasser une dernière fois.

Après un dernier regard à notre reflet dans le miroir, nous nous sommes dit que nous étions prêtes et nous sommes précipitées en bas, prenant le panier de pique-nique au passage dans la cuisine, puis sommes sorties en courant par la porte de côté pour nous retrouver dans le matin clair et lumineux.

L'herbe haute de la prairie était encore humide de la pluie

de la veille et les milliers de gouttelettes luisaient comme autant d'étoiles tombées dans le pré d'un vert très vif. Ça sentait la même odeur qu'après un gros orage : une odeur très fraîche comme si la pluie avait lavé toute la poussière, la saleté et les choses horribles que les gens se jettent à la figure et qui résonnent encore dans l'air ensuite, en attendant d'être noyées par les grondements du tonnerre.

J'ai décidé que nous descendrions jusqu'au petit pont de bois à côté des ruches des Dawkins, car il y a toutes sortes de fleurs sauvages et on peut passer la rivière en marchant de pierre en pierre. Nous sommes allés y pique-niquer il y a quelques années un jour où la voiture était en panne.

Cette fois-là, personne n'a été piqué.

Ça faisait une trotte et quand nous sommes arrivées là-bas, épuisées et prêtes à manger notre pique-nique, nous avons eu la désagréable surprise de trouver l'endroit déjà occupé par un garçon en train de construire un barrage.

« Salut, vous ! » a-t-il lancé. Il s'est dressé en équilibre instable sur une branche qui couvrait la moitié de la rivière, puis s'est remis d'aplomb et a couru jusqu'à la rive pour venir nous dire bonjour. Il était plus vieux que je ne l'avais cru, grand et maigre comme le sont les adolescents avant de devenir des hommes. De loin, son short fatigué et son apparence plutôt dépenaillée le faisaient paraître plus jeune. Il avait un curieux visage, un peu en forme de cuillère, avec un front et un menton plus saillants que le reste. Assez beau. Pas autant que Henry, mais pas vilain pour un garçon. À l'évidence, il s'amusait. Il a souri, le soleil dans l'œil, et a mis une main sale en visière afin d'éviter d'être ébloui tout en levant le regard vers nous en nous criant :

« Venez donc me rejoindre ici ! » Il avait une voix rauque et l'accent cockney.

Comme Silvie était déjà à mi-pente, je me suis sentie obligée d'aller la protéger et nous nous sommes bientôt retrouvées à côté de lui.

« Moi, c'est Tom », a-t-il dit, souriant toujours, la bouche ouverte car il était encore essoufflé, regardant son barrage d'un œil satisfait, les mains sur les hanches.

« Enchantée », ai-je dit, ne sachant trop si je devais lui serrer la main. « Je m'appelle Kitty, et elle, c'est Silvie. » Silvie a carrément souri. Est-ce qu'il lui plaisait ?

« Qu'est-ce que vous faites par ici, les gamines ?

– Nous ne sommes pas des gamines !

– Si, elle, c'est une gamine, a-t-il dit en riant et hochant la tête pour désigner Silvie.

– Oui, ai-je admis, agacée par sa grossièreté. Sans doute. Mais pas moi.

– Quel âge as-tu ? Douze ans ?

– Quatorze ! » Vexée, j'ai enfoncé ma main dans les côtes de Silvie pour qu'elle ne me traite pas de menteuse. J'ai presque quatorze ans, quand même. Enfin, quasiment presque. « Mais la vraie question, c'est plutôt "qu'est-ce que tu fais ici, toi ?" ai-je rétorqué d'un ton peu amène.

– On est là pour la récolte du houblon. » Il a tourné la tête et désigné du menton les baraques des cueilleurs de houblon à côté de la grange. Tous les ans, la ferme des Dawkins fait venir une cinquantaine de Londoniens pour aider aux travaux des champs et à la cueillette du houblon quand il est mûr. Ils logent dans des rangées de cabanes. Tout ça me paraît extrêmement sordide, mais apparemment, ils ne sont pas mieux logés à Londres, moins bien, même.

« Vous êtes arrivés quand ? » ai-je demandé, plissant les yeux avec méfiance. J'étais encore vexée d'avoir été traitée de gamine.

« Moi, je ne suis ici que depuis la semaine dernière, avec ma tata. Ma mère a été obligée d'aller travailler dans une usine, et on ne savait pas quoi faire de moi. Je leur ai dit que je voulais aller me battre. » Il a donné quelques vigoureux coups de poing en l'air. « Mais on m'a répondu que j'étais trop jeune.

– Quel âge as-tu ?

– Presque quatorze ans. Aussi fort qu'un adulte. Probablement plus. » Il nous a montré ses biceps, qui étaient maigrichons, mais nous n'avons rien dit. Je le plaignais. Il avait un visage si ouvert et drôle qu'on pouvait difficilement le soupçonner d'avoir de mauvaises intentions.

« Venez m'aider à finir le barrage, a-t-il ordonné. Prenez cette branche et apportez-la-moi. »

Heureusement, le barrage était assez stable pour nous permettre d'aller tant bien que mal jusqu'au milieu de la rivière.

Malheureusement, nous avions oublié les abeilles, qui ont soudain fondu sur nous, bourdonnant furieusement autour de Silvie.

« Tom à la rescousse ! » a-t-il crié agitant les bras en tous sens comme un orang-outang détraqué.

« Non, pas comme ça ! » Cet imbécile de citadin n'y connaissait rien en matière d'abeilles. « Reste tranquille. Si tu ne bouges pas, elles vont s'en aller. »

J'ai couru aussi vite que j'ai pu jusqu'à la rive, en manquant de tomber. J'ai ramassé une longue branche et l'ai tendue à Silvie pour qu'elle revienne sans se laisser gagner par la panique – mais je dois avouer que c'était elle la plus calme de nous trois, avec un petit sourire amusé sur les lèvres, comme la Joconde souriant de quelque plaisanterie secrète.

Une fois sur la rive, j'ai ouvert notre panier, ai trouvé un sandwich à la confiture, mais comme les abeilles ont foncé dessus, je l'ai jeté le plus loin que j'ai pu sur la berge, en direction des ruches. La ruse a réussi, car toutes les abeilles ont filé de ce côté-là, sauf une qui m'a piquée au coude, la sale bête.

J'ai hurlé et Tom m'a rejointe en quelques enjambées. Il m'a empoigné le bras de façon tout ce qu'il y a de plus cavalier. Nous avons tous trois regardé la boursouflure rose qui enflait, et il a déclaré : « Il faut mettre du vinaigre dessus.

– Ne dis pas de bêtises ! » ai-je rétorqué sèchement. Il ne savait donc rien, ce garçon ? « C'est du miel qu'il nous faut.

– Si tu veux du miel, je sais où en trouver.

– Ah bon ? » J'étais méfiante : il n'est pas facile de se procurer du miel par les temps qui courent. Il a donné une chiquenaude à son short usé et a tendu le bras. « Par ici, mesdemoiselles. »

Nous avons ramassé nos affaires et l'avons suivi sur la berge, en lui donnant le panier à porter parce que mon bras me faisait mal et que Silvie est trop petite. Il nous a conduites le long du verger jusqu'au bois de Peasepotter et, à l'orée de celui-ci, il s'est retourné, a jeté un coup d'œil furtif alentour, puis y est entré. Nous nous sommes hâtées d'en faire autant.

Au bout de quelques instants de marche, il est entré dans un fourré épais, du genre qui est creux à l'intérieur, mais entouré de petites feuilles serrées. Il s'est mis à farfouiller dans les arbustes. Au bout d'une minute ou deux, il a reparu, tenant à la main un pot de miel. Ce devait être un produit maison, car il était couvert d'un morceau de vichy bleu et blanc, avec une étiquette blanche sur laquelle on lisait *Ferme d'Allicot.*

Je n'ai pas pu m'empêcher de me demander où j'avais déjà entendu ce nom-là. Il a ôté le couvercle et plongé un index sale dedans, puis a mis son doigt recouvert d'une couche jaune dans sa bouche. J'aurais voulu l'arrêter. Il gâtait tout ce pot de miel. C'était dégoûtant !

« C'est bien du miel. » Il a mâchonné consciencieusement, savourant le nectar. « Goûtez ! »

Sylvie a plongé son doigt et l'a mis avec hésitation dans sa bouche. Son air d'extase a finalement eu raison de mes réserves et j'ai essayé moi aussi.

C'était le miel le plus divin que j'avais jamais goûté : pétales de rose et douceur de sirop. Nous avons tous replongé nos doigts et j'en ai mis un petit peu sur ma piqûre.

« Qu'est-ce qu'il fait dans ce buisson ?

– J'ai vu le vieux George l'y mettre, a dit Tom. C'est un vieux filou qui loge dans l'une des premières cabanes. On ne se frotte pas trop à lui. » Il s'est mordu la lèvre, gêné. « Il a un couteau, et tout ça. Il a menacé note ami Charlie, alors on le laisse bien tranquille.

– On ne devrait peut-être pas lui prendre ses affaires ?

– Sans doute pas, a dit Tom en haussant une épaule maigre. C'est du marché noir, bien sûr. Je n'en prends qu'un tout petit peu à chaque fois. Rien qu'il puisse remarquer. »

Un bruit dans les fourrés nous a surpris. Nous avons regardé autour de nous, mais n'avons rien vu. Peut-être était-ce un renard, mais les arbres étaient si denses qu'on n'y voyait pas grand-chose.

« On ferait peut-être mieux de partir, non ? » ai-je murmuré.

Le bruit de feuilles froissées s'est amplifié – c'était un être humain, sans aucun doute, et nous nous sommes glissés sans bruit derrière un arbre au large tronc. En me retournant, j'ai vu un gros homme chauve à l'air pas commode arriver à grands pas dans la clairière. Il avait des favoris gris et une tache verdâtre et irrégulière s'étalait sur sa chemise. Il était accompagné de Mr. Slater. Par exemple ! Je l'avais toujours soupçonné de tremper dans des combines louches, celui-là. Je me demande si Venetia est au courant.

« C'est le vieux George. On file ! » a dit Tom d'un ton pressant en me tirant.

Comme nous partions, j'ai vu le visage de Mr. Slater se tourner vers nous. Nous a-t-il aperçus ?

Nous avons détalé, nos pieds martelaient le sol comme un tourbillon, les fougères et les feuilles mortes craquaient sous nos semelles ; nous avons couru vers l'intérieur du bois, contournant de gros troncs, plongeant entre d'épais buissons jusqu'à ce que nous n'entendions plus rien d'autre que le bruit cadencé de nos pas dans le silence environnant. Soudain, comme si un lourd rideau s'était brusquement ouvert, nous avons débouché hors du bois, face à la campagne anglaise qui se déployait devant nous à perte de vue.

Nous nous sommes laissés tomber par terre, hors d'haleine, riant et regardant derrière nous pour nous assurer que l'ombre du vieux George n'était pas à nos trousses, mais il n'y avait rien que le chuchotis des feuilles agitées par la brise et le chant des oiseaux qui voletaient, très affairés, au bord du champ de blé d'un vert virant au blond devant nous.

« On devrait rentrer, ai-je déclaré.

– Vous savez où me trouver, a répondu Tom, en nous aidant à nous lever. Aux cabanes des cueilleurs de houblon. » Et sur ces paroles, il a commencé à redescendre la colline à grandes enjambées en direction de la rivière.

« Salut », a dit Silvie à mi-voix, ce qui signifiait qu'elle le trouvait sympathique. Nous avons ramassé le panier du pique-nique, et j'ai dû reconnaître que c'était amusant d'avoir une aventure rien que pour nous.

Comme nous trottions à la lisière du bois, j'ai demandé à Silvie si elle avait déjà vu quelqu'un rôder aux alentours.

« Oui. Proggett.

– Proggett ? Où ça ?

– Dans le bois de Peasepotter, dans le rond de sorcières,

à côté de Bullsend Brook », a-t-elle dit doucement de sa voix précise à l'accent tchèque. Je sais qu'elle disparaît souvent toute seule, mais je ne me doutais pas qu'elle avait vagabondé si loin dans la campagne. « Il rencontre des hommes.

– Quel genre d'hommes ?

– Des hommes, c'est tout. » Elle a détourné le regard. « Pas intéressants.

– Tu as eu peur ? »

Elle s'est secouée et a couru devant moi avec un air de défi. « Non. »

J'ai accéléré pour rester près d'elle, et là, je me suis souvenue de l'endroit où j'avais entendu le nom de la ferme d'Allicot. C'est de l'autre côté de Litchfield. Mrs. Gibbs avait commencé à vendre le miel de cette ferme à l'épicerie le mois dernier. Je me demande comment le vieux George a pu se procurer son assortiment de provisions – et comment Mrs. Gibbs a mis la main dessus. Que venait faire au juste Mr. Slater dans tout ça ? J'ai décidé de ne pas en parler tout de suite à Venetia. Qu'elle vienne ramper devant moi. Ou mieux encore, je vais garder ça pour moi jusqu'au jour où je pourrai en faire bon usage.

Télégramme du général Winchester au colonel Mallard. Lundi 27 mai 1940.

OPÉRATION DYNAMO EN COURS. BATEAUX CIVILS
ENVOYÉS À DUNKERQUE POUR ÉVACUER 300 000 SOLDATS
DES TROUPES BRITANNIQUES ET FRANÇAISES
ÉCHOUÉS SUR PLAGE. TOUS SERVICES LOCAUX MILITAIRES
ET MÉDICAUX EN ÉTAT D'ALERTE.

Journal de Mrs. Tilling

Mercredi 29 mai 1940

Jamais je n'aurais pu prévoir pareil désastre. Ni m'imaginer prise en plein milieu ! Ce soir, je suis à Douvres, et je mets les bouchées doubles pour rafistoler les soldats qui descendent des bateaux en provenance de Dunkerque. Des centaines de milliers de troupes ont été cernées et prises au piège sur une plage en France, la Luftwaffe les a mitraillées de balles et tout ce que nous avons pu faire a été d'envoyer tous ceux qui ont un bateau pour aller les récupérer, des bateaux de pêche aux ferries et même aux yachts. On a l'impression d'être retournés au Moyen Âge !

Douvres est une ruche bourdonnante d'activité. Des flots d'hommes se déversent de bateaux de toutes sortes et de toutes tailles, et traversent la ville à pied pour se rendre à la gare. La plupart d'entre eux, Dieu merci, semblent avoir le moral et être enchantés de rentrer chez eux. Mais beaucoup d'autres ont l'air de sortir d'un cauchemar. Et puis, il y a ceux qui, sur des civières, délirent et perdent leur sang ou meurent en silence.

Le sang frais ne cesse de couler et les nouveaux blessés affluent sans relâche dans notre infirmerie, un ancien asile de pauvres reconverti en hôpital et qui pue la mort, bien que l'odeur en soit un peu brouillée par celle, plus acide, de la stérilisation. Le personnel médical y est insuffisant pour le nombre de blessés graves. Mais nous faisons de notre mieux et passons d'un patient à l'autre avec une efficacité qui ne laisse aucune place aux états d'âme.

On est venu me chercher à l'aube avec un bus chargé des médecins et des infirmières disponibles dans le secteur, et nous sommes ici pour plusieurs jours au moins. Il est maintenant minuit largement passé, et je suis assise dans une pièce poussiéreuse derrière l'infirmerie, avec une heure devant moi pour me reposer comme je peux. On a installé quelques lits, mais chaque fois que je ferme les yeux, je ne vois que du sang et des chairs massacrées, j'entends les hurlements des hommes quand la douleur devient intolérable, ou pire, le silence brusque et déconcertant de la mort.

J'essaie de ne pas penser à David, mais c'est comme un signal qui clignote douloureusement à l'arrière de mon cerveau. Je sais qu'il était en France – comme presque toutes nos troupes –, donc il doit se trouver quelque part dans ce chaos. Je l'espère.

Ici, nous avons quelques cas désespérés. Un peu plus tôt dans la journée, on m'a appelée au chevet d'un jeune officier atrocement blessé, dont le flanc avait été complètement déchiré par des éclats d'obus. J'ai vite compris qu'il était trop tard pour opérer, trop tard pour quoi que ce soit. Il saignait sans discontinuer, par jets qui trempaient la compresse que j'appuyais désespérément sur sa cage thoracique.

« Ne vous inquiétez pas. Ça va aller, ai-je dit à voix basse.

– Je vais mourir, n'est-ce pas ? » a-t-il murmuré. Sa voix cultivée était celle d'un très jeune homme. Il devait tout juste avoir terminé ses études, comme David.

« Non, ça va aller », ai-je menti, sentant la panique me gagner.

Que devais-je faire ? Lui dire qu'il allait mourir, au cas où il aurait quelque chose à me confier ? Je me suis sentie si peu préparée. Qu'est-ce que je faisais là ? À quoi je jouais ?

« Si… si je meurs, a-t-il balbutié à mi-voix, p-pourrez-vous donner cette bague à quelqu'un ? » Il a essayé de soulever la main et j'ai vu un anneau d'or trop large pour son doigt.

« Bien sûr », ai-je dit en le faisant glisser et en le lui tendant sur ma paume. C'était une chevalière d'homme, lourde, ancienne et précieuse.

« Donnez-la à Carrington. » Sa voix faible s'est brisée en disant le nom. « À Parnham, près de Litchfield.

– C'est tout près, je peux y aller. Y a-t-il un message ?

– Dites "Je t'aime". » Il s'est étouffé horriblement.

« Bien sûr. Elle l'entendra de ma propre bouche.

– C'est un homme », a-t-il murmuré, plongeant dans les miens ses yeux élargis par la peur, craignant de m'en avoir trop demandé, trop dit. Il pouvait être pendu pour cela. S'il n'était pas déjà mort.

Le sang m'est monté au visage. Jamais je n'avais rencontré d'homosexuel. J'en avais entendu parler, bien entendu, mais j'avais toujours cru que c'étaient des êtres différents, vivant dans une sorte de monde souterrain, comme s'ils n'existaient pas vraiment. Or j'avais devant moi un tout jeune homme très doux, très beau et mourant, qui me demandait de transmettre un dernier message à l'ami qu'il aimait d'amour. Je suis restée quelques instants sans voix, essayant de démêler les fils serrés de la moralité de ceux de la réalité.

« Je le lui dirai », ai-je chuchoté.

Alors, comme si une idée lui était brusquement venue, il a ouvert tout grands les yeux et balbutié : « Vous ne… vous ne le dénoncerez pas, hein ?

– Non, ai-je dit, le regardant bien en face. Vous pouvez me faire confiance.

– Je… je n'ai pas réfléchi. J'ai oublié que je pouvais lui attirer des ennuis. Je ne supporterais pas qu'il lui arrive quelque chose. » Son corps maigre s'est mis à vibrer sous les sanglots.

J'aurais voulu le prendre dans mes bras, mais je ne pouvais détacher les mains de la tache rouge sombre qui s'élargissait sur la compresse trempée. Je n'ai rien pu faire d'autre que de trouver sa main et la serrer. Fort.

« C'est vous qui êtes un brave. Un héros. Carrington ne risque rien. Ne vous faites pas de souci pour lui. Reposez-vous et respirez tranquillement. »

Son souffle est devenu de plus en plus tranquille, puis il s'est arrêté. J'ai regardé autour de moi, cherchant de l'aide, quelqu'un à qui dire ce qui s'était passé, signaler sa mort.

Mais il n'y avait personne. Tout le monde était trop occupé.

Une autre vie à peine commencée et déjà terminée. Une étoile lointaine brille d'un éclat un peu plus vif et puis disparaît dans le néant.

Une immense armée d'âmes insignifiantes et mal préparées, voilà ce que nous sommes.

Lettre du capitaine de l'armée de l'air Henry Brampton-Boyd à Venetia Winthrop

Base aérienne 9463
Daws Hill, Buckinghamshire

Mardi 4 juin 1940

Chère Venetia,

Impossible de te décrire la rage que nous avons mise au combat ces dernières semaines, ma chérie. Nous avons empêché la Luftwaffe de mitrailler les hommes qu'on était en train de délivrer à Dunkerque. Les derniers bateaux sont partis aujourd'hui et nous avons regagné notre base, épuisés, pour fêter nos succès, et mon nom a circulé comme celui d'un héros, rien que ça !

Nos batailles aériennes se sont déroulées surtout à l'intérieur des terres, afin d'intercepter les appareils de la Luftwaffe avant qu'ils n'atteignent Dunkerque, et ce n'est que le quatrième jour que j'ai poursuivi trois Messerschmitt. J'ai engagé le combat et je les ai tous abattus. J'ai beau répéter que ce n'était rien, ils en font tout un plat ici à la base.

Je serai de retour en permission dans un mois environ et j'ai demandé à mère d'organiser une fête de fiançailles ou ce qui peut en tenir lieu. Je brûle d'impatience en attendant notre lune de miel, ma chérie, quand tu seras enfin mienne.

Baisers.

Henry

Journal de Kitty Winthrop

Mercredi 12 juin 1940

Rien pendant des éternités, et maintenant, nous sommes plongés dans la guerre !

Dunkerque était hallucinant ! Nous avons sauvé presque toutes les troupes britanniques et la plupart des troupes françaises aussi. Personne n'en espérait tant. Tout le monde dit que c'est grâce aux « petits navires[1] », à tous ces gens ordinaires qui ont tout laissé en plan pour filer dans leur bateau récupérer nos soldats sur la plage. Papa a pris son yacht jusque là-bas et affirme qu'il a sauvé plus de trois cents soldats. « J'ai été bombardé tout du long ! » dit-il. Il n'en peut plus de fierté, d'autant que les gens se mettent en rang sur la place du village pour lui serrer la main.

« Nous autres "petits navires" étions d'une importance capitale dans l'opération, raconte-t-il à un public captif. Nous

1. *Little ships* : bateaux de toutes sortes se trouvant à proximité de la bataille et ayant aidé à l'évacuation des soldats pris au piège sur la plage de Dunkerque.

pouvions atteindre la plage, puis transporter les hommes jusqu'aux gros navires qui attendaient dans des eaux plus profondes, prêts à repartir vers l'Angleterre. C'était un spectacle impressionnant. Des foules d'hommes rampant sur la plage comme des fourmis, entrant dans l'eau parfois jusqu'aux épaules pendant qu'au-dessus, des avions nazis nous mitraillaient. Je me reverrai toujours en train de sortir ces hommes de l'eau boueuse, tous épuisés, certains d'entre eux blessés, tandis que les balles criblaient la houle autour de nous. »

Dieu merci, David Tilling est rentré sain et sauf, bien qu'épuisé et affamé. Mrs. Tilling est incroyablement soulagée et l'a forcé à rester au lit deux jours pour qu'il se remette. Le colonel a eu la bonne idée de céder sa chambre et d'en prendre une à l'hôtel à Litchfield, sinon, je crois que nous aurions eu une guerre à Chilbury aussi.

Ralph Gibbs, le fils de l'épicier, est rentré en piteux état, avec une épaule luxée et plusieurs côtes cassées. Comme on le sait bagarreur, on se demande fatalement s'il a récolté ses blessures entre les mains de l'ennemi ou au cours de règlements de comptes dans les rangs. Pour l'instant, il est autorisé à rester chez lui tandis que David Tilling doit repartir dans quelques semaines, sans doute pour l'Afrique du Nord. Et cela ne lui plaît pas du tout. Il traînasse en essayant de faire la cour à Venetia qui, bien trop occupée avec Mr. Slater, ne le remarque même pas.

Henry est enfin un héros, et il va sans doute recevoir une médaille, d'après Mrs. B. Il a abattu trois avions nazis au-dessus de Dunkerque ! J'espérais qu'il aurait une permission aussi, mais les aviateurs ont fort à faire pour aider la pauvre France, qui est en train d'être envahie.

Hélas, le fils de Mrs. Poultice, l'une des dames couture du SVF, n'a pas eu de chance. Il était dans un petit navire qui a été bombardé par les nazis. Un autre bateau l'a repêché, mais ses blessures étaient trop graves et il est mort avant d'arriver à Douvres. Depuis, elle n'a plus dit un mot, elle ne fait plus que coudre, lentement. Nous avons réussi à la convaincre de participer à la chorale, ce qui l'aidera peut-être un peu.

Mr. Churchill dit que nous ne lâcherons pas !

Papa est content que Mr. Churchill ait été nommé Premier ministre, bien que beaucoup de gens disent qu'il fait fausse route. Ils préféreraient négocier avec les nazis plutôt que de se battre, car franchement, nos chances semblent assez compromises.

« Ce sont des lâches, a rugi papa. Il est plus honorable de mourir les armes à la main que de céder. On ne peut pas les laisser nous marcher dessus. »

Mr. Churchill dit que cette guerre doit se jouer dans les airs et on nous a demandé de donner nos casseroles au gouvernement afin qu'elles soient fondues pour en faire des bombardiers. J'en ai trouvé onze dans notre cuisine. Ça doit bien permettre de faire une aile au moins.

Invasion

Si nous ne cédons pas, ce sera notre tour d'être occupés après la France. Comme Chilbury n'est qu'à cent dix kilomètres de la côte, il y a des chances que nous soyons envahis avant même d'avoir eu le temps de dire ouf. Nous serons réveillés en pleine nuit par le bruit des tanks qui défonceront nos portes.

Ce qui arrivera si nous sommes sous la coupe des nazis

Nous crèverons tous de faim car ils nous prendront notre nourriture pour la donner à leurs soldats.

Parmi les hommes qui restent, ils prendront tous ceux qui

peuvent se battre et les enverront en première ligne ou les fusilleront.
Ils forceront tous les autres civils à aller travailler dans les usines, même les enfants comme moi.
Des soldats nazis viendront loger dans nos maisons ou nous jetteront à la rue pour pouvoir se loger chez nous.
Nous ne pourrons plus aller nulle part sauf à pied ou à bicyclette parce qu'ils confisqueront nos voitures et nous ne pourrons plus prendre le train.
Ils mettront en prison ou fusilleront tous ceux qui ne font pas ce qu'ils disent.
Ils mettront en prison ou fusilleront tous ceux qui ne leur plaisent pas.

La population a commencé à se replier. Les Dunn sont partis au pays de Galles parce que Lizzie est sourde et que Hitler n'aime pas les enfants comme elle. La synagogue où nous conduisons Silvie est vide car beaucoup de juifs quittent la côte, bien que la synagogue entende rester ouverte pour les soldats juifs. Nous sommes paralysés par la peur à propos de Silvie, bien entendu. Maman voulait que nous partions chez un cousin en Écosse, mais papa a refusé.

« Je suis absolument persuadé que nous resterons toujours anglais même si ces nazis font une tentative stupide. » L'air bourru et fier, il a abattu sa badine sur le pied d'un fauteuil innocent, et je me suis sentie à la fois heureuse de me ranger parmi les partisans d'un patriotisme intrépide, et morte de peur à l'idée que celui-ci n'est d'aucun secours quand on a dix fusils nazis braqués sur soi.

Tout le monde devient fou et voit des espions partout. On a rassemblé tous les Allemands et les Italiens et on les a envoyés dans des camps sur l'île de Man. Y compris la charmante partenaire de bridge de maman, Mrs. Barone. Je ne l'imagine pas du tout dans un camp – où va-t-elle pouvoir ranger tous ses manteaux de fourrure et ses chapeaux sophistiqués ? On nous a dit d'ouvrir l'œil pour voir s'il n'y avait pas d'espions parmi nous, et de dénoncer tous ceux qui ont un comportement suspect. J'ai hésité à parler à quelqu'un de mes doutes sur Proggett, car il est toujours en train de fouiner partout – je l'ai même trouvé dans le bureau de papa la semaine dernière à farfouiller dans ses papiers ; il m'a raconté qu'il cherchait un bouton de manchette perdu, mais papa me donnerait une correction si on emmenait Proggett. Il doit être le dernier majordome disponible dans le sud de l'Angleterre.

On nous a dit que nous serions probablement bombardés par des avions nazis, et le pasteur s'est chargé de déclencher l'alarme en cas d'attaques aériennes. La plupart des gens ont creusé de grands trous dans leur jardin pour y installer des abris anti-aériens Anderson, de petites cabanes en métal qui paraissent bien trop fragiles pour résister à une bombe. Je suis contente que notre cave soit assez grande pour y dormir, même si elle est pleine de poussière et abrite une sacrée colonie d'araignées.

Le gouvernement a distribué des prospectus sur ce qu'il faut faire en cas d'invasion nazie (rester calmes) et ne pas faire (paniquer, fuir). Il y a des photographies de soldats allemands et une liste de ce qu'il faut faire si l'on en voit un (aller à la police) et ne pas faire (essayer de discuter avec eux et risquer de recevoir une balle). Nous avons pris soin d'enlever tous les panneaux indicateurs de telle sorte que si les nazis arrivent, au moins ils auront du mal à se repérer.

Apparemment, si le reste de l'Europe a été envahi aussi facilement, c'est parce que les gens n'étaient pas préparés et qu'ils ont tout simplement paniqué. Je n'ai pas très bien compris comment le gouvernement veut que nous nous y prenions pour arrêter un escadron de Boches bien équipés, mais voilà c'est ce qu'on nous a dit de faire.

Préparations pour l'invasion

Rester calme – ne pas s'enfuir.

Ne pas croire les rumeurs et se méfier des ordres – vérifier qu'ils émanent du gouvernement.

Cacher toutes les cartes, la nourriture, le carburant, les outils et autres fournitures – un parachutiste pourrait vous attaquer pour s'en emparer.

Installer des blockhaus en béton, des mines ou des barrages en barbelés sur les plages, les routes et dans les champs.

Creuser des fossés anti-tanks sur les routes et les pistes – une ligne qui traverse le pays empêchera les nazis d'arriver par le nord.

Bloquer les routes avec des voitures et autres gros obstacles, ou des arbres abattus.

Si nécessaire, utiliser des barbelés ou des chaînes pour bloquer une route avec une fausse bombe (une boîte avec un câble).

Ne sonner les cloches des églises que pour avertir d'une invasion.

Former un groupe de Volontaires de défense locaux avec les hommes encore présents dans le village (papa a enrôlé les quelques hommes restants).

Former un Comité d'invasion pour déterminer la stratégie de défense à adopter au village.

Le Comité d'invasion de Chilbury (CIC)

Mrs. B. a pris l'initiative de coordonner le CIC (tout n'est qu'abréviations de nos jours parce que ça donne un air plus officiel). Elle est d'autant plus autoritaire que ses derniers domestiques sont partis ; alors, maintenant qu'elle est obligée de se débrouiller toute seule, elle demande des recettes à Mrs. Tilling (mais nous la soupçonnons de se nourrir avec des paniers garnis envoyés du Claridge). Elle a convoqué les dames du SVF pour une réunion spéciale du CIC à la salle des fêtes cet après-midi.

« En ma qualité de leader, je considère qu'il est de mon devoir de préparer nos concitoyennes à l'invasion prochaine. D'abord, j'aimerais recueillir les suggestions concernant ce que nous pouvons faire si une troupe d'abominables brutes nazies débarque sur la place du village demain matin.

– Mais nous ne savons pas si cela se produira à coup sûr, tout de même », a bégayé Mrs. Gibbs. Elle a une mine égarée depuis que Ralph est revenu. Je me demande si elle a plus peur de Ralph ou des nazis.

Mrs. B. s'est dirigée vers elle d'un pas martial et a approché son visage du sien.

« Il faut que nous soyons prêtes », a-t-elle rugi comme un adjudant. Puis elle s'est tournée vers nous autres et a poursuivi : « J'attends des suggestions sérieuses.

– Je sortirai la vieille carabine à air comprimé de mon mari, a dit Mrs. Tilling. Je ne sais pas comment m'en servir, mais ça ferait illusion, non ?

– Apprenez donc à tirer ! a crié Mrs. B. Toutes celles qui ont accès à des armes à feu, nettoyez-les, assurez-vous que vous savez les utiliser et chargez-les. » Elle a regardé autour d'elle d'un air menaçant. « Et vous, Mrs. Quail ?

– Je suis assez habile avec les couteaux de cuisine », a dit celle-ci avec assurance, et j'ai échangé un sourire ironique avec Hattie, qui balançait le landau de Rose. Imaginez Mrs. Quail s'énervant contre le pasteur devant une tasse de thé et brandissant un couteau à découper !

Manifestement déçue par notre manque d'audace, Mrs. B. a montré comment frapper et attaquer à l'aide d'objets ménagers, comme un tisonnier, une lampe de table ou un présentoir à gâteaux à trois étages en argent. Nous nous sommes toutes beaucoup amusées et sommes reparties en nous sentant courageuses en diable.

Les Volontaires pour la défense de Chilbury (VDC) contre le Comité d'invasion de Chilbury (CIC)

Papa a pris l'initiative de créer les Volontaires pour la défense de Chilbury (VDC). Nous pensons qu'il a fait cela parce que Mrs. B. lui a coupé l'herbe sous le pied et qu'il avait besoin d'une troupe à lui.

Le groupe des Volontaires pour la défense de Chilbury est un mélange improbable d'hommes restés au village, qui suivent un entraînement pour nous défendre si les nazis arrivent. Excellente idée, mais les recrues se réduisent en fait à papa, Proggett, le vieux Mr. Dawkins ainsi que deux ouvriers agricoles, quelques vieillards en état de décrépitude plus ou moins avancé, le pasteur, Ralph Gibbs (qui n'a pas encore fait acte de présence) et, contre toute attente, Mr. Slater qui, apparemment, trouve tout cela « plutôt rigolo », d'après Venetia.

Ils se réunissent deux fois par semaine. Papa crie beaucoup et ils font semblant d'être une véritable armée : ils déambulent au pas et tentent de s'embrocher avec des fourches puisqu'ils n'ont pas encore d'armes véritables.

Le problème, c'est que le Comité d'invasion de Mrs. B. se réunit aussi dans la salle paroissiale deux fois par semaine et hier les hommes ont commencé à arriver avec leurs fourches juste au moment où Mrs. B. faisait la démonstration de son attaque avec le présentoir à gâteaux, entourée d'un groupe de femmes pratiquant le même mouvement. « Pointez, fente avant, frappez. »

« Nous sommes censés avoir la salle maintenant, a annoncé

papa pompeusement. Voulez-vous faire vider les lieux à vos femmes sur-le-champ.

– Hors de question, a rétorqué Mrs. B. en pointant le présentoir dans sa direction.

– Nous avons d'importants préparatifs à faire en prévision de l'invasion, a dit papa, haussant la voix. Faites sortir vos foutues bonnes femmes.

– Général, permettez-moi de vous rappeler que mon comité anti-invasion est l'équipe la plus importante de prévention de notre village. Comme vous pouvez le voir, nous sommes en plein milieu d'un exercice crucial de combat.

– Mais nous avons retenu la salle, n'est-ce pas, monsieur le pasteur ? » Papa s'est tourné, cherchant le pasteur qui se cachait derrière Mr. Slater, et l'a tiré jusqu'au premier rang par le col de son habit. « N'est-ce pas, monsieur le pasteur ?

– Euh, certes, mais la salle est pour notre usage à tous…

– Peu importe, a dit Mrs. B. en écartant brusquement le pasteur. Nous étions ici les premières et vous attendrez que nous ayons fini.

– Dans ces conditions, nous allons entrer et occuper les lieux. » Il s'est tourné vers ses hommes, qui commençaient à reculer en direction de la porte, et a braillé : « Compagnie, à vos rangs, fixe ! »

Les hommes se sont avancés en traînant les pieds et se sont mis en rang, fourche au poing.

Les femmes sont restées debout et les ont regardés avec consternation jusqu'à ce que Mrs. B. lance : « Pointez, fente, frappez. »

Les femmes ont obéi et ont fait une fente avant, visant les hommes en face d'elles, ce qui était à l'évidence l'intention de Mrs. B.

Une bagarre générale a suivi. La plupart des hommes et femmes les plus âgés ont pris la porte, certains ayant reçu un coup. Mais les autres ont continué jusqu'à ce que la porte claque et qu'une voix autoritaire dise sèchement : « Qu'est-ce qui se passe ici ? »

Tout le monde s'est retourné. C'était Hattie, sur le seuil avec son landau bleu. « Mais qu'est-ce qui vous prend tous ?

– C'est le général qui a commencé, a répondu Mrs. B. Nous avons l'usage de cette salle à cette heure-ci et ses hommes ont fait irruption en essayant de nous intimider. » Elle a regardé fièrement les autres femmes. « Mais nous ne nous sommes pas laissé faire, hein !

– C'était notre tour d'utiliser la salle, mais elles ont refusé de partir », a dit papa d'un air hautain comme si cette discussion n'était pas digne de lui.

– Eh bien je suggère que tout le monde pose les armes et se serre la main, a dit Hattie. Et après ça, nous brancherons la radio et écouterons les nouvelles de la vraie guerre. »

Tout le monde a commencé à ranger ses affaires en silence. Ce qui n'a pas empêché Mrs. B. de lancer d'un ton sec : « C'est exactement ce que je leur dis de faire depuis le début. »

Mauvaises nouvelles pour la chorale et pour ma carrière de chanteuse

Le concours de chorale a été reporté à une date indéterminée. Prim a annoncé la nouvelle au moment de la répétition, mais s'est hâtée de dire que nous aurions une répétition spéciale la semaine prochaine, à laquelle tout le village est invité.

Enfin, j'ai toujours mes leçons de chant. Prim m'a prêté une pile de disques modernes pour que je m'entraîne à chanter tout en les écoutant à la maison. Il y a du jazz, ce qui est super. Nous devons les travailler pendant nos leçons.

Ce soir, pendant la répétition, nous nous sommes lancées dans une interprétation assez musclée de « Jerusalem », chantant très fort sur la fin car nous étions écœurées que les nazis nous aient empêchées de chanter dans la cathédrale St. Paul. On aurait dit que chacune des dames de notre ensemble plutôt hétéroclite était prête à empoigner son sac à main et à charger l'ennemi. Hitler a-t-il la moindre idée de la force et de la détermination de treize femmes exaltées ? En tout cas, je le soupçonne de ne jamais avoir envisagé le potentiel meurtrier d'un présentoir à gâteaux.

Note de miss Edwina Paltry au général Winthrop

3 Church Row
Chilbury, Kent

Lundi 17 juin 1940

Monsieur,

Après avoir attendu plus d'un mois le règlement de la somme qui me revient légitimement, je prends l'initiative de vous rappeler que nous avions conclu un marché et que vous me devez la seconde moitié de l'argent. J'ai accompli ma tâche, à vous d'accomplir la vôtre.

J'attendrai à la grange samedi matin à 10 heures.

Miss E. Paltry

Notice accrochée sur le tableau d'affichage de la mairie du village de Chilbury, 17 juin 1940.

Il y aura une répétition exceptionnelle de la chorale
mercredi soir en hommage aux soldats disparus
à Dunkerque. Elle sera ouverte
à tous les habitants du village, hommes et femmes.

PRIM

Journal de Mrs. Tilling

Mercredi 19 juin 1940

Nous sommes arrivées de bonne heure pour la répétition exceptionnelle. Certaines spéculaient sur ce que Prim nous réservait, d'autres – moi par exemple – songeaient à Dunkerque. J'avais convaincu l'une des dames couture, Mrs. Poultice, de venir. Elle a perdu son fils unique à Dunkerque, et depuis, elle ne dit plus un mot. Elle coud, perdue dans son monde.

J'ai été surprise de l'affluence : toute la chorale des dames de Chilbury, les dames couture et d'autres encore. Des hommes aussi, notamment le pasteur et Mr. Slater, et même le colonel Mallard. J'ai essayé de l'ignorer, mais il a tenu à venir me saluer. Heureusement, quand il s'est approché, la lourde porte s'est ouverte et Prim s'est avancée dans l'allée, si bien que nous n'avons pas été obligés de nous parler.

Cette fois, au lieu de nous exhorter de sa voix théâtrale, Prim a réclamé le silence d'un geste.

« La représentation exceptionnelle de ce soir sera pour nous l'occasion d'intégrer ce qui s'est passé et ce qui nous menace. Merci de prendre une chaise à l'arrière et de l'apporter jusqu'à l'autel pour former un cercle. »

Nous avons toutes obéi. J'avais la pauvre Mrs. Poultice à

côté de moi, si pâle et si triste qu'on aurait dit que quelque chose en elle avait cessé de vivre, et que son corps continuait à bouger et à fonctionner comme une mécanique sans âme.

« Dans ma jeunesse, a commencé Prim, j'ai voyagé en Italie et c'est là que j'ai appris un autre type de chant. Un chant destiné à apporter la paix et l'acceptation du cycle naturel de la vie et de la mort. La psalmodie. » Elle a tendu les mains de chaque côté. « Donnons-nous la main et formons un cercle complet. »

Nous nous sommes pris la main délicatement. Un geste simple et enfantin, mais si rare dans notre monde pressé où personne ne se touche. J'ai senti dans ma main le dos de celle de Mrs. Poultice, une main ridée aux veines saillantes qui a tremblé légèrement à cause de l'étrange intimité de ce geste. On aurait dit que nous avions déchiré nos masques quotidiens pour exposer les enfants apeurés qui se cachaient dessous.

« Et maintenant, fermons les yeux et commençons par une note unique et tenue. »

Une légère note fredonnée, une note de milieu de gamme, ni haute ni basse, est sortie de la bouche de Prim, discrète au début, puis prenant de l'assurance.

J'ai alors entendu le timbre doux de Kitty qui se joignait à elle, et ensuite celui de Mrs. Quail, et bientôt, une note unique, sonore, s'est réverbérée dans l'église, emplissant tous les vides autour de nous d'un lien vibrant. Un bruit qui oblitérait la catastrophe ambiante.

Le bourdonnement s'est tu, s'évaporant dans l'air comme un chuchotis ou son écho.

Lorsque le son s'est dissipé, elle a distribué des partitions. « Ceci est un simple chant grégorien, nous a-t-elle dit. Pour pleurer les morts. »

Elle a fredonné la note de départ, et nous avons toutes

démarré, la voix de Kitty conduisant le déchant. C'était magnifique. À la fin, quand les échos se sont tus, nous sommes restées quelques instants assises dans le silence chaleureux, mains toujours jointes.

Prim s'est levée la première, invitant tout le monde à l'imiter : elle a rapporté sans bruit sa chaise à l'arrière et pris son sac à musique.

« Gardez ce calme et cette paix avec vous tout le reste de la soirée », a-t-elle dit d'une voix douce avant de sortir d'un pas léger, comme portée par une vague de quiétude.

Nous avons lentement commencé à nous lever, bavardant à mi-voix entre nous. Mrs. B. elle-même a semblé apaisée pour quelques instants. « Quelle soirée extraordinaire ! Au début, je ne savais pas trop quoi penser, mais j'ai eu l'impression que nous étions des religieuses », a-t-elle gloussé.

C'est étrange, la façon dont un moment de chant nous lie. Chacune était là, perdue dans son monde, avec ses problèmes, et tout d'un coup, ceux-ci ont paru se dissoudre et nous avons pris conscience que nous étions ensemble, ici et maintenant, en train de traverser cette épreuve et de nous soutenir mutuellement.

C'est tout ce qui compte.

Journal de Silvie

Mercredi 19 juin 1940

Tout le monde est triste après Dunkerque. Prim a fait une répétition exceptionnelle de la chorale et on a psalmodié. J'étais assise entre Kitty et Mrs. Poultice. Son fils est mort à Dunkerque. Sa main tremblait, alors je l'ai serrée fort.

Ensuite nous avons chanté un chant grégorien.

C'était très beau. Je me suis mise à pleurer. Ça m'a rappelé le moment où nous avons fait shiva pour la mort de grand-père, et où on psalmodiait tous les soirs. Mrs. Poultice aussi a pleuré.

Les nazis seront bientôt ici. Mrs. Winthrop me cachera dans le grenier. Quand ils sont arrivés en Tchécoslovaquie, ils ont trouvé tous ceux qui se cachaient. Ils ont battu les gens dans la rue. Ils ont emmené la femme qui hurlait à l'intérieur d'une maison. Après, elle avait du sang et des coupures partout, elle était presque morte.

J'essaie de ne pas penser. Mais c'est là.

J'ai chanté à Kitty notre chant de deuil, le kaddish. Elle l'a noté par écrit.

Peut-être qu'on pourra le chanter pour Mrs. Poultice.

Lettre de miss Edwina Paltry à sa sœur, Clara

3 Church Row
Chilbury, Kent

Samedi 22 juin 1940

Chère Clara,

Rien n'est encore perdu, même si j'avoue que tout n'est pas allé comme sur des roulettes, le premier loupé concernant le versement du solde par le général. J'avais rendez-vous avec lui à la grange aujourd'hui. Il fulminait et a déclaré qu'il ne me donnerait pas la seconde moitié de la somme.

« Et pourquoi ? ai-je demandé, les mains crispées sur ma sacoche noire, prête à lui en asséner un bon coup.

– Parce que vous n'avez pas été très habile à assurer vos arrières, hein, ma petite dame ! » On aurait dit un loup attaché, une vraie boule de fureur contenue. J'ai senti mes genoux trembler mais ai réussi à donner le change.

« Personne ne sait rien. J'ai fait un travail propre. Comme toujours.

– Et les rumeurs ? » Il a fait un pas vers moi, menaçant, et j'ai reculé en plein dans les orties, qui m'ont piquée à travers mes bas. « Mrs. Tilling a posé des questions à ma femme à propos de l'accouchement. Vous n'auriez pas pu trouver une meilleure idée que le respirateur artificiel ? Un problème différent pour l'autre enfant ?

– Je crois que vous ne comprenez pas clairement les difficultés de l'entreprise, général, ai-je dit d'un ton hautain. Nous avons passé un marché, oui ou non ? Et j'ai rempli mon contrat. Alors je veux mon argent.

– Je vous ai dit qu'il n'y aurait pas d'argent si vous provoquiez les soupçons. Si cette femme découvre le pot aux roses à cause de votre négligence, c'est vous qui allez me le payer », a-t-il grondé, approchant son visage du mien comme un féroce général d'armée. « De votre sang. »

Sentir son haleine de si près m'a fait tomber à la renverse dans les fougères et il m'a regardée d'un petit air satisfait me relever et enlever les brindilles. C'est un misogyne, cet homme-là. Je les renifle tout de suite. Dans mon type de travail, on entend les femmes raconter toutes sortes d'histoires, et c'est parfois les hommes eux-mêmes qui s'en chargent parce qu'ils se croient très malins d'avoir trompé une pauvre femme. Je vois bien que le général trouve que les femmes ne sont bonnes qu'à servir les hommes et à avoir des bébés. Et à se faire sauter, naturellement. Il n'a pas l'air de se douter que nous sommes aussi des êtres humains. Avec une tête et un cœur. Et des poches à remplir.

« Jamais elle ne devinera rien, ai-je dit. On oubliera tout ça, comme toujours. Vous me devez cet argent, et je peux faire un esclandre si vous ne me le donnez pas.

– Vous ne seriez pas assez bête pour attirer l'attention sur une histoire qui peut vous envoyer en prison », a-t-il rétorqué finement, en tortillant sa moustache. « Mais je veux bien passer un marché avec vous. Si je n'entends pas de ragots d'ici la fin de l'été, vous aurez votre argent. D'ici là je ne veux plus de gaffes stupides, plus de rumeurs, plus de messages

– je pensais que vous auriez assez de jugeote pour éviter de m'envoyer un message écrit. Vous auriez pu nous faire arrêter dans l'heure si c'était tombé entre de mauvaises mains. »

Il m'a fourré mon mot tout chiffonné dans la main et est parti à grands pas rageurs, me laissant plantée là à ôter des brindilles de ma jupe, soulagée de savoir deux choses : d'abord que la mère Tilling n'a aucune certitude ; ensuite, qu'il me suffira d'attendre tranquillement et que le reste de la somme due ne tardera plus à m'être versé.

Ce n'est pas idéal, mais c'est mieux que de ne toucher qu'une moitié.

Ensuite, c'est cette imbécile d'Elsie qui a joué les grains de sable. Elle s'est pointée chez moi, persuadée qu'elle était la plus maligne.

« J'ai compris vos magouilles, a-t-elle dit en entrant sans façon et en s'installant paresseusement sur mon canapé comme une chatte élégante. Et je veux ma part.

– Mais de quoi parlez-vous ? ai-je demandé avec un sourire étonné.

– De votre combine : l'échange des nourrissons. Je connais toute l'histoire.

– Je ne comprends rien à ce que vous racontez, ma petite fille.

– Ne jouez pas les innocentes avec moi. Je vous ai vue les échanger. Je sais que vous l'avez fait et que vous avez été payée pour ça.

– Et qui donc aurait bien pu me demander de faire une chose pareille ? ai-je dit, feignant la stupéfaction.

– Le général. Vous voyez, j'ai reconstitué les faits. Je ne suis pas aussi bête que j'en ai l'air, vous savez ?

– Vous avez l'air beaucoup plus maligne que vous ne l'êtes, croyez-moi, Elsie. »

Elle a ignoré mon commentaire ou ne l'a pas compris. « Il

vous a donné de l'argent pour avoir un fils, hein ? Et moi, je veux ma part.

– Mais vous n'avez rien fait, ai-je répondu, résolue à passer aux choses sérieuses.

– Je vous ai aidée à vous sauver avec l'un des deux. De toute façon, je sais tout et je peux aller tout raconter. Est-ce que ça ne suffit pas ? Je veux deux cents livres, voilà. » Elle a tendu la main vers moi, le visage levé, blanche et émaciée comme un cadavre.

« Comment savez-vous combien il m'a donné ?

– Une femme comme vous n'aurait pas fait ça pour moins de vingt mille. »

J'ai fait la grimace. Je savais que j'aurais dû demander davantage.

« Je vous en donnerai cinquante et c'est mon dernier mot. Si j'apprends que vous avez parlé à qui que ce soit, vous me le paierez, ai-je ajouté, m'inspirant de l'exemple du colonel et prenant un air menaçant. De votre sang. »

J'ai quitté la pièce pour aller chercher plusieurs gros billets. La petite garce, je savais que j'aurais dû me méfier d'elle. Une fille capable de faire des galipettes avec Edmund Winthrop était forcément sans moralité.

Je lui ai fourré les billets dans la main et elle s'est relevée d'un bond.

« Vous n'aurez pas d'ennuis avec moi. Je fiche le camp de ce village miteux dès que j'ai bouclé une affaire en cours. Le général peut aller se faire voir avec son boulot minable. Personne ne veut plus être une boniche de nos jours et ça se comprend. J'ai travaillé pour eux comme une esclave, et pour une misère. Mais maintenant, j'ai une occasion à saisir. » Elle a regardé l'argent qui gonflait la poche de son vieux manteau. « Maintenant que j'ai l'argent, je vais avoir une nouvelle vie. J'ai réussi à mettre le grappin sur Edmund, pas vrai ? Alors je vais choper un autre gars de la haute. Une fois qu'il aura goûté à Elsie, il me mangera dans la main. Vous verrez ! La prochaine fois qu'on se croisera, c'est à peine si vous me reconnaîtrez. »

Sur ces mots, elle a fait une sortie très théâtrale, et je me suis dit qu'elle était vraiment très bête. Si elle n'a pas pu retenir un idiot comme Edmund Winthrop, elle n'a aucune chance avec quelqu'un qui a pour deux sous de bon sens. Mais je me demande qui elle a en vue.

Alors voilà, Clara : pour l'instant, je suis coincée dans ce village, ficelée comme une poule à mettre au pot, jusqu'à ce que je récupère le reste de l'argent, et je fais tout mon possible pour empêcher ce vilain secret de faire surface. Brûle cette lettre après l'avoir lue. Tu auras bientôt de mes nouvelles.

Edwina

Lettre de Venetia Winthrop à Angela Quail

Manoir de Chilbury
Chilbury, Kent

Mercredi 3 juillet 1940

Chère Angela,

Tu ne devineras jamais ce qui s'est passé hier soir. J'espère que ça ne va pas faire de vagues, mais je trouve que c'est follement drôle. Tout a commencé chez Alastair. Il était environ minuit, l'heure où fermait le pub le *Fox & Ferret*. J'ai entendu des voix d'hommes sur la place ; ils ont tendance à chahuter beaucoup plus depuis que les soldats sont rentrés après Dunkerque. Ralph Gibbs sème la pagaille, d'après ce que j'ai entendu dire ; il a donné un coup de poing dans la figure de quelqu'un la semaine dernière et menacé quelqu'un d'autre avec un couteau. Il paraît qu'il est mêlé au marché noir.

Quand je suis arrivée, Alastair m'avait préparé à dîner. Tu le crois, ça ? Du cabillaud au four, s'il te plaît. Il avait mis le couvert sur la petite table et trouvé une rose rose quelque part, l'une de ces roses parfumées qui s'abandonnent, qu'il avait mise dans un pot à confiture avec de l'eau.

« Où as-tu appris à cuisiner ? ai-je demandé.

– Un peu partout. » Il a souri sans rien révéler, une fois de plus. « Je suis content que ça te plaise. »

Il a posé une bougie sur la table et m'a observée dans la lumière vacillante. « Ça serait formidable si on pouvait faire ça tous les soirs, non ?

– Oui, ai-je répondu. Hélas, je dois dîner en famille la plupart du temps et c'est la barbe. »

Il a souri. « En réalité, je ne sais faire que deux autres plats. Alors j'aurais épuisé mon répertoire d'ici la fin de la semaine. »

Nous nous sommes mis à rire et il a repoussé une mèche de cheveux derrière mon oreille, caressant mon cou et ma joue au passage.

« J'aimerais que tu sois toujours là, m'a-t-il dit d'une voix douce. Tu pourrais te détendre, me laisser voir qui tu es vraiment, qui est la vraie Venetia, et non la comédienne qui joue à la friponne sûre d'elle. » Il a souri, mais il y avait chez lui un sérieux désarmant à nouveau, et une intensité manifeste dans son regard.

Je me suis écartée, mal à l'aise. « Mais je suis vraiment comme ça », ai-je dit d'un ton serein, sans être pourtant bien sûre de cette identité-là.

Après dîner, nous sommes passés au salon. Il avait allumé quelques bougies et les avait disposées un peu partout comme des étoiles illuminant notre petit atelier obscur. Leur parfum de cire emplissait l'air que réchauffaient aussi les coussins de velours et l'épais tapis moelleux. J'ai ôté mes vêtements et ai posé pour mon portrait comme d'habitude. C'est surprenant comme on s'habitue facilement à ne rien avoir sur le dos, à se dénuder complètement pour l'amour de l'art. Le portrait avance de façon très satisfaisante, bien qu'Alastair s'arrête à chaque instant pour venir me chuchoter des mots doux à l'oreille. Mais ce soir, comme il s'apprêtait à mettre les dernières touches, on a entendu un coup sec à la porte, ou plutôt un « bang » comme si quelqu'un avait frappé du poing.

« Slater, je sais que vous êtes là », a grondé une voix épaisse et rude. J'ai tout de suite su qui c'était, et Alastair aussi, car nous avons échangé un regard et j'ai souri avec ironie.

« Ouvrez cette porte, Slater », a grondé la voix que la boisson rendait pâteuse.

C'était David Tilling. Il avait manifestement un coup dans le nez, et il cherchait quelqu'un à agresser. Depuis qu'il est rentré de Dunkerque, il se vante d'en avoir réchappé comme s'il était une sorte de héros, ce qui n'est pas le cas quand on pense à Henry, qui a abattu trois avions nazis dans la même journée. David a un embryon de moustache d'aviateur, totalement ridicule, et il s'est mis à fumer. C'est tordant.

Il a découvert ma liaison avec Alastair après m'avoir suivie ; Alastair et moi passons tout notre temps libre ensemble, voilà ce que c'est d'être des amoureux de fraîche date. Depuis, David lâche de petits commentaires narquois comme : « Slater n'est pas assez bien pour toi, Venetia. Qu'est-ce que tu fais avec un lâche ? » Ou celui-ci, accablant : « Tu me déçois, Venetia. » Je suis bien obligée d'en conclure qu'il n'a pas appris que la technique du combat à l'armée. Jamais il ne m'aurait fait une réflexion pareille avant de partir.

Mais j'en reviens à la soirée d'hier, quand il a frappé à la porte. Alastair a posé son pinceau et s'est dirigé tranquillement vers l'entrée en fermant la porte du salon derrière lui. J'ai enfilé à nouveau ma robe sans mettre mes sous-vêtements, ce qui était plutôt coquin, tu ne trouves pas ?

« Ah, bonsoir, David, a lancé Alastair quand j'ai entendu la porte s'ouvrir. Qu'est-ce qui vous amène ici ?

– J'ai deux mots à vous dire, Slater », a lancé David d'une

voix forte. Il avait l'air d'un blanc-bec face à Alastair, si maître de lui.

Après cela, j'ai entendu quelques chocs sourds, comme si quelqu'un avait été frappé, et le bruit métallique d'un objet heurtant le sol. J'ai eu peur parce que David est grand et rentre juste de l'entraînement militaire. Il devait avoir envoyé quelques coups de poing à Alastair.

J'ai jeté un coup d'œil discret dans l'entrée.

Mais j'ai vu Alastair, imperturbable et impeccable, qui avait immobilisé David par une prise savante ; sur le sol gisait une bouteille de bière brisée, sans doute celle de David.

Du coup j'ai regardé Alastair avec un respect accru. Où avait-il appris à se battre ainsi ?

« Je n'ai pas très bien compris ce que vous vouliez, David », a dit Alastair d'un ton léger. « Mais essayer de me l'expliquer à coups de bouteille n'est pas un bon moyen de communication.

– Je sais qu'elle est ici, Slater. » David haussait de plus en plus le ton. « Laissez-moi passer. »

Avant que j'aie eu le temps de dire « ouf », il avait filé comme une fusée devant Alastair et fait irruption dans le salon où j'étais maintenant assise, bien sagement perchée sur le canapé, ma robe verte à fleurs délicatement rassemblée autour de moi et un petit sourire aux lèvres. « Bonjour, David.

– Venetia », a-t-il dit avec consternation, et sa grande bouche molle est restée béante.

J'imagine qu'il en aurait pris plein les yeux s'il m'avait trouvée sans rien sur le dos.

Il s'est approché et s'est assis à côté de moi, me prenant la main. « Venetia, il faut que je te voie, je pars demain. » Il était plus ivre que je ne l'imaginais et ses mains moites étaient collantes, son haleine virtuellement toxique. « Tu peux bien me donner un baiser d'adieu, toi qui laisses tous les hommes du village te passer dessus. »

Je l'ai giflé, mais pas très fort, car je savais que c'était juste une formule. « David, je peux aller avec qui je veux. Il faut que tu apprennes que je ne suis la propriété de personne, surtout par ces temps de guerre. Nous avons tous besoin d'être nous-mêmes, libres. »

J'ai ri en disant cela : je ne suis pas plus libre que lui. Alastair m'a rendue follement amoureuse.

Brusquement, David a voulu m'attirer à lui et m'embrasser, avec ses lèvres molles comme celles d'un poisson cherchant à me gober.

J'ai crié : « David, arrête ! »

Alastair l'a tiré en arrière pour me dégager, David s'est levé et retourné pour lui envoyer un coup de poing, mais Alastair a esquivé et David, déséquilibré, est allé valdinguer de l'autre côté de la pièce avant de s'écraser sur le sol dans le coin.

C'est alors qu'il s'est retourné et a vu le tableau. « Bon Dieu, Venetia ! » a-t-il haleté, en le regardant d'un air sidéré.

Je suis restée assise au bord du canapé, avec ma plus belle mine de sainte-nitouche, tandis qu'Alastair se précipitait pour couvrir le chevalet d'un grand drap noir.

« C'est tiré de mon imagination, vous comprenez bien, j'espère », a-t-il dit d'un ton léger, s'efforçant de maîtriser son envie de rire.

« Venetia, tu posais nue pour cette crapule ? » Il s'est levé et a ôté le drap d'un geste brusque, embrassant le tout du regard, les courbes, les – bref, je laisse le reste à ton imagination, Angie. Je me bornerai à dire qu'il a tout vu.

« C'est de l'art, David », ai-je dit simplement en rejetant mes cheveux en arrière avec nonchalance. « Les peintres ont des modèles.

– Tu t'es déshabillée pour ce salopard, a-t-il grondé, le

visage si crispé qu'il en devenait tout rouge. Tu l'as laissé te peindre. Tu l'as laissé te toucher, non ?

– Je suis adulte, David.

– Et moi je suis un homme. » Ses yeux furibonds allaient et venaient du portrait à moi.

« David, je sais que tu quittes le village demain, mais tu vas partir maintenant. Tu es chez Mr. Slater. Tu ne peux pas entrer comme ça de force chez les gens… »

Il a repris brusquement la parole.

« Je le dirai à ton père. Il va étriper Slater. » Son petit rire étranglé a eu du mal à sortir. « Il le descendra.

– Ne lui dis rien, David. » La situation dégénérait. Papa tuerait Alastair et moi aussi sans doute. « Je sais que tu ne vas pas me trahir comme ça. »

Il m'a regardée dans les yeux, puis son regard est descendu et j'ai senti qu'il me déshabillait et me tripotait dans sa tête, qu'il relevait ma robe et mettait ses mains partout.

Après quoi, rapide comme l'éclair, il a saisi le portrait, est sorti dans l'air froid de la nuit et m'a claqué la porte au nez quand je me suis précipitée à sa suite. Je l'ai rouverte et lui ai couru après dans le noir, mais le black-out l'a dérobé à ma vue en quelques secondes.

Alastair m'a rejointe et nous avons sillonné l'esplanade en tendant l'oreille pour essayer de repérer le chemin qu'il avait pris, mais il avait disparu. Jamais je n'aurais cru qu'il puisse faire preuve d'un culot pareil. Ni qu'il soit aussi rapide.

Nos recherches ont pris fin quand j'ai trébuché sur un rocher et ai dégringolé jusqu'à la mare, où j'ai surpris quelques canards qui somnolaient.

« Tu t'es fait mal ? » a soufflé Alastair en arrivant à côté de moi.

Mais avant qu'il ait pu prononcer un autre mot, je l'ai

attiré vers moi et nous nous sommes mis à nous embrasser au beau milieu de l'esplanade.

Qu'en dirait Mrs. B., à ton avis ?

Nous n'avons donc jamais retrouvé David, qui est reparti à la guerre ce matin. Je me suis demandé s'il avait eu le temps de courir jusqu'à chez nous pour montrer le tableau à papa, mais à l'évidence il ne l'a pas fait car papa n'a assassiné personne. Quoi qu'il en soit, il aurait risqué sa propre vie en étant le messager : papa peut être un fou furieux, un fusil de chasse à la main. Tu te souviens de ce qui est arrivé au braconnier l'an dernier ?

Je ne sais pas ce que David a bien pu faire de mon portrait, car il était trop grand pour qu'il l'emporte avec lui et il ne l'aurait pas laissé chez lui pour que Mrs. Tilling tombe dessus. Peut-être l'a-t-il donné en garde à quelqu'un, et j'espère que ce n'est pas quelqu'un qui me connaît, comme Ralph Gibbs.

Entre-temps, j'ai cuisiné Alastair pour savoir comment au juste il connaît ces techniques d'autodéfense, mais il change toujours de sujet. Plus je le connais, Angie, et plus je pense qu'il a une activité clandestine.

Dimanche à la sortie de l'église, il y a eu un incident dans l'allée, là où tout le monde se retrouve. Alastair était venu – il dit qu'il adore nous entendre chanter – et Mrs. B. s'est précipitée vers lui.

« Je veux vous faire rencontrer des gens, venez », a-t-elle insisté, en l'emmenant vers son petit groupe.

Et tu sais, quand ils sont arrivés à la hauteur du colonel Mallard, j'ai vu qu'Alastair essayait de rester en arrière.

« Je dois vraiment me sauver, Mrs. B., a-t-il dit le plus courtoisement du monde en tournant les talons.

– Ne dites pas de bêtises, a braillé Mrs. B. Il faut que vous connaissiez tout le monde si vous voulez gagner de l'argent, pas vrai ? » Et elle lui a donné un coup de coude en riant.

Ce qui est curieux, c'est que le colonel Mallard a eu l'air mal à l'aise lui aussi. Il n'avait pas du tout envie de faire la connaissance d'Alastair, aussi quand Mrs. B. les a présentés, il y a eu un moment de gêne, c'est le moins que l'on puisse dire.

« Enchanté », ont-ils dit en chœur, puis il y a eu un long silence.

« Beau temps pour la saison, non ? » a commencé Alastair, mais – si j'ai bien vu – il a dû être amusé par un détail. Il avait un sourire poli aux lèvres, comme d'habitude, et se comportait avec aisance, mais il y avait une trace d'humour dans sa voix.

J'ai eu l'impression qu'ils se connaissaient déjà. Et dans un tout autre contexte.

« Oui, mais le fond de l'air est frais », a répondu le colonel Mallard d'un ton sarcastique. Puis il s'est vite détourné et s'est mis à parler avec le pasteur comme s'ils devaient discuter de choses de la plus haute importance, aussi surprenant que ça puisse paraître.

Alastair connaît-il le colonel Mallard ? Et si oui, à quel titre ? Tout cela était si inexplicable que j'ai décidé de passer chez Hattie prendre une tasse de thé après l'office pour savoir ce qu'elle en pensait.

« Qu'est-ce que tu sais du colonel qui loge chez Mrs. Tilling ?

– Il est très désagréable, d'après ce qu'elle dit, et c'est tout juste s'il lui adresse la parole. Mais elle-même est à peine polie avec lui, surtout depuis qu'il a eu l'audace de la ramener en voiture de Litchfield la semaine dernière. Il pleuvait à seaux et quand il l'a vue sur son vélo, il s'est arrêté et l'a pratiquement forcée à monter dans sa voiture. » Hattie s'est mise à rire. « Tu imagines l'ambiance pendant le trajet de retour ? Pourtant il a cédé sa chambre quand David est revenu, et il est allé dans un hôtel à Litchfield. Mais, selon elle, c'était la moindre des choses. »

Elle a haussé les épaules. « Si tu veux mon avis, ils sont dans les jambes l'un de l'autre, mais ni l'un ni l'autre n'est prêt à conclure une trêve. Pourquoi veux-tu le savoir ?

– Il a eu une drôle d'attitude face à Mr. Slater, comme s'ils se connaissaient, mais n'étaient pas dans les meilleurs termes. Du coup, je me demande s'il ne fait pas quelque chose d'illégal, comme du marché noir.

– Oh là là, a-t-elle commencé, baissant les yeux. Il y a quelque chose que je voulais te dire plus tôt, mais je ne savais pas comment aborder le sujet. L'autre nuit, j'étais debout à cause de Rose, et je l'ai vu sortir de chez lui à deux heures du matin. Il est parti à grands pas vers la place. Dieu sait ce qu'il fabriquait.

– Tu es sûre ? » Je n'en croyais pas mes oreilles. « À quelle heure est-il revenu ?

– Je ne l'ai pas vu rentrer, et pourtant je suis restée debout jusqu'à trois heures. » Elle a replacé Rose plus confortablement dans ses bras. « Venetia, il sort sans arrêt de chez lui, et voilà que le colonel Mallard est mal à l'aise avec lui. Ça semble bien indiquer qu'il mijote quelque chose de louche.

– Pourtant, tout le monde l'adore dans le village. La semaine dernière, il a disposé les tables pour la vente de charité – avant son arrivée, Mrs. Quail ne savait plus à quel saint se vouer. Il aide aussi les dames couture à emporter leurs passe-montagnes à Litchfield dans sa voiture. Et tu sais qu'il est venu au secours de Silvie après sa chute de cheval à côté de Bullsend Brook. Elle le trouve super.

– Mais qu'est-ce qu'il faisait du côté de Bullsend Brook

en plein milieu de l'après-midi ? Il y a quelque chose qui ne tient pas debout dans tout ça.

– Peut-être qu'il traficote au marché noir et qu'il met un peu d'argent de côté ?

– Pourquoi pas ? Mais il a l'air d'avoir de l'argent à ne savoir qu'en faire : regarde sa voiture, ses vêtements de qualité, tous les cadeaux qu'il te fait.

– Peut-être qu'il gagne de l'argent avec ses tableaux, ai-je avancé. Mrs. B. a toujours beaucoup insisté pour qu'il lui en vende.

– Et il en a vendu ?

– Non. » J'ai haussé les épaules, sentant mon envie de me battre me quitter. « Même pas une esquisse. Il évite Mrs. B. comme la peste. Et toutes ses toiles sont encore dans ses cartons à dessins. » *Sauf celle qu'a volée David Tilling,* me suis-je dit, *et Dieu sait où elle peut être.* « Ça n'est pas bon signe, tout ça, hein ?

– Eh non, Venetia, hélas », a dit Hattie.

Je suis restée un moment à m'apitoyer sur moi-même, puis je me suis secouée. « Eh bien, il n'y a pas trente-six solutions. Je vais devoir l'espionner.

– Oh, Venetia ! Ça peut être dangereux. Essaie de voir si tu ne peux pas trouver d'autres preuves avant d'en arriver là ! » a dit Hattie.

Nous avons discuté longuement de la situation, et elle m'a persuadée de poser d'autres questions et d'essayer encore une fois. J'ai promis, mais je ne crois pas que ça servira à grand-chose. Quand je suis avec lui, tout semble parfait et j'ai l'impression que c'est ridicule de le soupçonner ; mais quand nous sommes séparés, toutes ces choses bizarres me sautent aux yeux et je ne peux pas m'empêcher de m'interroger. Qui est-il ?

Tu dois en avoir par-dessus la tête de mes histoires, chère

Angie, alors je vais te quitter et j'écrirai bientôt quand j'aurai du nouveau. Je sais que tu penses que je devrais passer à la victime suivante, mais Alastair est vraiment l'homme qu'il me faut. Même si je ne sais pas au juste quel genre d'homme il est vraiment.

Je t'embrasse,

Venetia

Journal de Mrs. Tilling

Samedi 13 juillet 1940

Aujourd'hui, j'ai pris le car pour Parnham afin de donner l'anneau de Berkeley à Carrington. Je remets cela depuis des semaines et, honnêtement, je regrette d'avoir fait cette promesse aussi impulsivement. Je ne savais même pas qui serait Carrington, ni quel Carrington ce serait si jamais il y en avait plus d'un. Mais je savais que je devais y aller, maintenant que les nazis ont commencé à bombarder les ports. Douvres a été détruit la semaine dernière : beaucoup de bâtiments réduits en miettes, et de morts parmi les habitants. Dans peu de temps, ils seront sur nous et nous serons prisonniers dans notre propre pays ; on nous interdira de voyager et nous serons obligés de travailler pendant des heures interminables. J'essaie de ne pas y penser car j'ai une peur bleue.

Dans le car, j'ai réfléchi à tout cela. Je n'ai jamais connu d'homosexuels, hormis Berkeley, bien sûr. Je suppose que j'ai toujours pensé que c'était une phase, en quelque sorte, ou un béguin d'adolescence qui s'était prolongé trop longtemps. Harold disait qu'il y avait quelque chose de détraqué chez eux, et je me suis demandé quel genre d'homme j'allais rencontrer. Comment il réagirait. Pourvu qu'il ne soit pas dangereux, car on ne sait jamais, surtout s'il y a quelque chose de vraiment anormal dans son tempérament. Cette guerre nous met parfois dans des situations vraiment grotesques ! À quoi pensais-je en acceptant ?

J'ai changé de car à Litchfield, en ai pris un pour Parnham et me suis trouvée assise à côté d'une bavarde impénitente, à l'évidence la commère du village. Un coup de chance incroyable, même si c'était un moment un peu désagréable à passer. Je lui ai demandé où trouver Carrington.

« Ah mais vous ne le savez donc pas ? Il habite le manoir. C'est le vicomte Carrington, s'il vous plaît, a-t-elle plaisanté en prenant un accent aristocratique.

– Oh, je l'ignorais », ai-je répondu sans trouver cela drôle du tout. C'était le bouquet. Un vicomte. « Il est jeune ?

– Non, mais il a deux fils. L'aîné sert dans la RAF, et c'est un snob de la haute. Et puis, il y a le plus jeune qui est en convalescence chez lui ; il a été blessé à la jambe en France. Un gentil garçon. Mais il n'a pas l'air de bien s'entendre avec le vicomte.

– Le vicomte, c'est son père, alors ?

– Oui, a-t-elle reniflé. Très fier, à cheval sur les traditions. Il n'aime pas les manières de son fils. Si vous voulez mon avis, il ne peut pas le sentir. » Elle a pincé les lèvres avec une moue méprisante. « Les domestiques parlent, vous savez. »

Le car n'a pas tardé à me déposer dans le village et je n'ai eu que le temps du trajet jusqu'au manoir pour reprendre mes esprits. Mes contacts avec l'aristocratie avaient été peu nombreux et espacés, et, bien qu'elle n'ait plus l'influence d'autrefois, elle provoque toujours chez moi une bouffée de panique. Si seulement j'étais Mrs. B., avec son inépuisable assurance et ses prétendus liens avec la famille royale. Encore qu'à ma place, elle n'aurait sûrement pas accepté cette mission, d'autant qu'elle implique quelque chose de déplaisant et d'illégal. Pauvre Carrington ! Elle l'aurait fait conduire manu militari au commissariat de Parnham.

J'appréhendais aussi ma tâche qui n'était ni simple ni agréable. À quel fils devais-je transmettre mon message ? Et si le vicomte était seul chez lui et insistait pour connaître la raison de ma démarche ? Qu'allais-je dire ?

Après une longue marche dans le parc de la demeure, je l'ai enfin aperçue : façade Régence, double escalier qui se séparait pour converger vers la porte d'entrée massive. J'ai frissonné en approchant, me sachant observée car une ombre a disparu derrière une fenêtre du rez-de-chaussée. On anticipait le son de la sonnette que j'allais tirer, on se demandait déjà la raison de ma visite.

L'antique majordome qui m'a entrouvert, attendant que je reparte dans la foulée, m'a aussitôt annoncé d'un ton pompeux que le vicomte n'était pas là.

« C'est son fils que je viens voir », ai-je aussitôt précisé en me faufilant prestement dans le vestibule. Je n'avais pas fait tout ce chemin pour me laisser éconduire.

« Je vais me renseigner », a-t-il répondu en prenant ses grands airs, et il m'a fait entrer dans un salon glacial.

L'intérieur était majestueux et austère, mais lugubre et peu meublé. Les couleurs rabattues – vert cendré, bleu tourterelle – étaient devenues grises avec l'âge, et j'étais convaincue que si j'avais vu un plumeau quelque part, je n'aurais pu m'empêcher de le passer. L'odeur d'encaustique et de naphtaline complétait encore l'effet de cette pénombre guindée. Je me sentais complètement étrangère et nettement mal à l'aise.

La porte n'a pas tardé à s'ouvrir et un jeune homme est entré. Dieu merci, j'ai tout de suite compris que c'était le bon. De taille moyenne, brun de peau, les yeux noirs, il avait encore la minceur de la jeunesse, mais on sentait que chaque pas lent et régulier était le fruit d'un effort. Une de ses jambes était manifestement blessée, car on devinait le volume des pansements sous sa jambe de pantalon. Il s'est avancé en boitant et quand il a levé les yeux, il a évité mon regard et a posé le sien sur la perspective offerte par la grande porte-fenêtre, puis sur la cheminée. Il avait l'air extrêmement vulnérable. Il y avait en lui un profond malaise, et il semblait bien loin de tout ce qui l'entourait.

« Bonjour », ai-je dit avec un sourire chaleureux, consciente que ma mission allait me rendre plus proche de cet homme que la plupart des gens qu'il connaissait. « Je suis Mrs. Margaret Tilling, de Chilbury.

– Asseyez-vous, je vous en prie », a-t-il dit d'une voix aux inflexions aristocratiques. Il ne m'a pas rendu mon sourire, ce qui était à la fois compréhensible et parfaitement discourtois. Il est vrai qu'il ne pouvait pas deviner ma pénible mission. Je me suis perchée au bord d'un canapé rigide en brocart beige.

Il a boitillé jusqu'au divan qui me faisait face et a doucement ôté un coussin avant de s'asseoir, ménageant sa jambe à chaque mouvement. Il a soupiré et regardé par la fenêtre à nouveau, vers les ondulations des collines jusqu'au bleu doux-amer de la Manche. La France occupée n'était qu'à une trentaine de kilomètres de l'autre côté de l'eau, montrant les dents à l'horizon comme un mal inévitable.

« Qu'est-ce qui vous amène ici, Mrs. Tilling ? » a-t-il demandé comme s'il lisait cette phrase dans un manuel de bonnes manières mais n'avait aucune envie d'être là en face de moi.

« J'ai un message de Berkeley. »

Son regard est aussitôt revenu vers moi et ses yeux se sont rivés aux miens sans réserve. Sa lèvre inférieure s'est légèrement affaissée tandis qu'il assimilait ce que je venais de dire. Une foule de pensées ont dû déferler dans son esprit.

« Quel message ? a-t-il demandé dans un souffle.

– Je me suis occupée de lui à Douvres. J'étais son infirmière et il m'a fait promettre de vous donner ceci. » J'ai ouvert la main et lui ai tendu la chevalière.

Il a étouffé une toux, mais je crois qu'il masquait un cri. Il ne s'est pas empressé de regarder la bague, sans doute la connaissait-il : il avait dû la toucher et la tenir auparavant. Il est resté assis un moment, puis est venu me la prendre et l'a glissée dans l'une de ses poches intérieures. Après quoi, il a marché jusqu'à la fenêtre donnant sur la terrasse et a regardé les jardins impeccablement entretenus, les collines, la ligne parallèle de statues classiques et les bataillons symétriques de buis taillés.

« C'est la mienne, vous savez, cette chevalière », a-t-il dit à mi-voix. Il s'est tourné vers moi. « Je la lui ai donnée il y a quatre ans. Nous étions en pension ensemble. » La gêne l'a envahi et il a regardé ses mains. « Que vous a-t-il dit ?

– Il m'a chargée de vous dire qu'il vous aimait. » J'ai frémi en silence. « Il était extrêmement faible. » Mes mots se sont figés sur mes lèvres et je me suis brutalement souvenue de Berkeley, de la peur éperdue dans ses yeux, de son jeune corps devenant inerte, sans vie.

J'ai regardé Carrington. Sa détresse se lisait dans ses yeux, et il s'efforçait de reprendre contenance. Il a regardé l'horizon par la fenêtre, et ses larmes ont afflué, inexorables. Quelque minutes affreuses ont passé. Je me suis soudain demandé si j'avais bien fait. Peut-être ignorait-il encore la mort de son ami ? Avais-je été sans le savoir la messagère de la pire nouvelle qu'il eût jamais souhaité entendre ?

« Je suis navrée, ai-je balbutié. Je croyais que vous le saviez. Je pensais, ma foi, je ne savais pas quoi penser.

– Oui, j'étais au courant, a-t-il murmuré en s'éclaircissant la voix. Sa mère m'a téléphoné. Elle savait que nous étions amis, mais elle ne s'est jamais doutée… » Il a laissé la phrase en suspens et a froncé les sourcils. Son visage était impénétrable. « Peu m'importe que vous me dénonciez, vous savez », a-t-il dit, et un orgueil farouche a vaincu ses larmes. « Faites ce que vous voudrez. Tout m'est égal. Je n'ai plus rien à cacher. » Il a regardé d'un air songeur les nuages qui dérivaient dans le ciel et a repris d'un ton pensif : « Je n'ai plus rien.

– Je ne vais pas vous dénoncer, ai-je dit aussi doucement que j'ai pu. Je lui ai fait une promesse. » Je me suis tue, consciente que ceci était beaucoup plus étrange que tout ce que j'avais pu imaginer.

Il s'est rapproché et s'est assis en face de moi. « Racontez-moi ce qui s'est passé.

– Il parlait de vous sans arrêt – il me disait que vous seriez perdus l'un sans l'autre, qu'il avait de la chance de partir le premier – et puis il s'est retourné sur lui-même, et sa respiration s'est ralentie, s'est ralentie, jusqu'au moment où » – les mots me manquaient – « elle s'est arrêtée. »

Cela ne s'était pas tout à fait passé ainsi, je le savais, mais c'était sûrement ce que Berkeley aurait voulu que je dise. Je me souviens que quand Harold est mort, j'aurais tant voulu qu'il prononce mon nom, ou me laisse un message quelconque. Mais il n'a rien dit et ce que je pouvais faire de mieux, c'était trouver un semblant de paix en offrant ce cadeau à quelqu'un d'autre.

Carrington a baissé la tête et a pleuré dans ses grandes mains. Je suis restée un moment à le regarder, me sentant de trop et me demandant si je ne devais pas partir. Puis j'ai porté mon regard à mon tour vers l'horizon et pris conscience que le deuil est partout le même, où que l'on aille : écrasant, inexorable assourdissant. Comme nous sommes résilients, nous autres humains, qui pouvons apprendre lentement à continuer à vivre lorsque nous nous retrouvons seuls, à remplir le vide tant bien que mal !

Ou à nous laisser happer par lui.

Je me suis approchée de lui et me suis assise à son côté ; au bout d'une ou deux minutes, j'ai passé un bras autour de lui ; alors il s'est tourné et a pleuré sur mon épaule. Je me suis demandé si j'étais la seule personne au courant, ou la seule épaule qu'il avait.

Le bruit lointain d'une porte qui s'ouvrait et de pas lourds dans le vestibule a annoncé le retour du vicomte. Carrington s'est levé en hâte et a boité jusqu'à la fenêtre, se composant promptement un visage et s'essuyant les yeux avec un mouchoir.

« Voilà mon père, a-t-il dit sans me regarder. Il ne comprendrait pas.

– Non, j'imagine.

– Merci d'être venue », a-t-il ajouté lentement, et j'ai compris qu'il souhaitait que je parte. À l'évidence, il voulait éviter que son père pose des questions sur les raisons de ma visite.

Je me suis levée, et j'ai eu la vision rapide d'un être différent, d'un monde différent, d'un beau jeune homme qui aurait pu aimer la vie s'il n'avait été précipité au milieu d'une guerre sanglante.

« Mrs. Tilling, pourrai-je aller vous voir ? Enfin, si je survis à cette fichue guerre.

– Bien entendu, ai-je dit en haussant les épaules. J'habite à Chilbury, à Ivy House. » Il a souri de nouveau, me regardant avec sympathie cette fois, et j'ai su que je le reverrais, avec un peu de chance, en un jour meilleur et sous de meilleurs auspices. « Les choses deviendront plus faciles, vous savez. »

Il m'a ouvert la porte et nous sommes passés dans le majestueux vestibule. Un escalier double s'enroulait de part et d'autre de la pièce et les deux hélices se rejoignaient en une sorte de balcon surplombant un vaste parquet. Une horloge égrenait son interminable tic-tac et je n'avais qu'une envie : sortir, fuir ce lieu oppressant, et me retrouver dans la fraîcheur d'une nature sauvage, dehors.

Le majordome nous attendait et son regard a croisé le mien. Puis il s'est tourné et a adressé une grimace assez circonspecte au jeune Carrington.

« J'ai informé le vicomte que vous aviez une visiteuse, et il a demandé à la rencontrer, a-t-il dit pompeusement. Si vous avez la bonté d'attendre ici, madame, je vais le chercher tout de suite. » Il m'a salué derechef et s'est éloigné dans le couloir.

J'ai eu l'impression d'avoir reçu un coup à l'estomac. J'allais rencontrer le vicomte, que cela me plaise ou non. Carrington avait pâli. « J'imagine qu'il veut juste voir si vous êtes une jeune fille. Il nourrit l'espoir d'une amourette, si vous voyez ce que je veux dire, a-t-il ajouté en essayant de sourire.

– Oui », ai-je répondu d'une voix lasse, espérant qu'il avait raison mais n'y comptant guère.

En effet, il se trompait. Le vicomte a fait irruption dans le vestibule en vociférant : « Qu'est-ce qui se passe ici ? » C'était un homme imposant, dans tous les sens du terme, avec une crinière grise qui bouclait autour de son ascot bordeaux. Il avait l'air à la fois impeccable et furieux. Il s'est approché de moi en quelques enjambées et m'a lancé d'un ton peu amène : « Permettez-moi de vous demander qui vous êtes ? Et ce que vous voulez à mon fils ?

– Je suis Mrs. Margaret Tilling », ai-je répondu de mon accent le plus élégant, priant que le ciel m'inspire une repartie intelligente. « J'étais infirmière à Douvres et j'avais un message d'un ami de votre fils. » Je me suis tue, et il m'a regardée, attendant la suite. « Il n'a pas survécu.

– Si c'était ce salaud de Berkeley, il est mieux mort. »

Il a eu un rictus agressif à l'adresse de Carrington, qui l'a regardé comme s'il était transparent, avec un calme étudié. « Il a perverti mon fils avec toutes ces idées…

– Il est mort ! » J'ai entendu résonner ma propre voix, haute et claire, dans le grand vestibule. « Il est mort cette nuit-là à Douvres, d'une blessure reçue en se battant contre les nazis à Dunkerque. C'était un soldat courageux et il mérite qu'on se souvienne de lui comme tel.

– Il mérite qu'on se souvienne de lui comme d'un dégénéré, oui. Il aurait dû être pendu.

– Et pourtant, c'était normal qu'il donne sa vie – sa VIE ! – pour ce pays ? Si vous ôtiez vos œillères et regardiez ce qui est devant vos yeux ? Ce n'était qu'un garçon qui essayait de se battre, qui essayait de rester en vie, qui vous aidait, vous et votre pays, à survivre un autre jour. »

L'air totalement alarmé de Carrington m'a fait reprendre mes esprits brutalement. Jamais je ne réussirais à convaincre ce tyran. Il fallait que je parte sans envenimer les choses davantage pour Carrington. À l'évidence, une fois la porte refermée derrière moi, ce pauvre garçon serait réprimandé et humilié jusqu'à ce que sa vie ne vaille plus guère la peine d'être vécue.

« Vous allez prendre la porte, maintenant, a dit le vicomte d'un ton sans réplique. Je ne sais pas qui vous êtes, mais je vous suggère vivement d'apprendre les manières, ma petite dame. »

J'ai jeté un rapide regard à Carrington – pensif, mesuré, silencieux – puis me suis dirigée à grands pas vers la porte.

Le majordome me la tenait et je suis sortie sans me retourner, ai descendu l'escalier majestueux qui menait à l'allée divisant des pelouses impeccables et symétriques, au-delà desquelles se déployaient collines et forêts emplies elles aussi de toutes sortes de hiérarchies, avec leurs propres chaînes de commandement.

J'ai descendu l'allée en allongeant le pas et ai inspiré à pleins poumons la douceur embaumée de l'air d'été, plein d'abeilles et d'oiseaux, et je me suis dit que le monde pouvait être incroyablement beau. Quelle chance nous avons d'être ici, d'en faire partie, quel que soit le temps que nous y passons.

J'ai repris le car pour Chilbury, me demandant quelles seraient les retombées de mon entrevue avec le vicomte. La malveillance et l'orgueil de ces gens sont impitoyables, et ils se cramponnent à leurs privilèges face à la perspective de notre anéantissement total. La nature humaine me dépasse parfois, tant j'ai de mal à admettre que l'avidité et la rancœur peuvent rôder en compagnie de la bravoure et de l'abnégation les plus absolues, coexister avec elles et les contredire.

Je n'arrivais pas à me débarrasser d'un sentiment de responsabilité – de culpabilité, peut-être ? – car je me sentais plus ou moins coupable de m'être aplatie devant tous ces hommes suffisants pendant toutes ces années, alors que j'aurais dû avoir le courage d'affirmer mes opinions. Et si nous autres femmes l'avions fait il y a des années, avant la dernière guerre, avant celle-ci, nous vivrions dans un monde très différent.

Et Carrington ? Ce pauvre jeune homme foudroyé ! Après les avoir rencontrés, Berkeley et lui, si brièvement soit-il, je me demande pourquoi tout le monde fait tant d'histoires à propos de l'homosexualité. Quand même, cela n'est pas si abominable, si ? Et l'amour entre deux êtres ne vaut-il pas mieux que la haine dans ce monde de violence et de deuil ? Il m'a semblé qu'il y avait dans leur amour une bonté fragile et persistante, malgré cette guerre toxique. Même si l'un d'eux y avait perdu la vie.

Lorsque j'ai regagné Chilbury, à l'heure où le soleil projetait de longues ombres sur l'épicerie et la place, je me sentais très tendue. J'ai décidé d'aller passer un moment à l'église pour voir si cela me calmerait. J'y vais de plus en plus souvent ces temps-ci, et j'attends que son silence s'insinue en moi. Lorsque j'ai traversé le cimetière envahi par les mauvaises herbes, inspirant l'air doux du soir qui embaumait la lavande sauvage et le chèvrefeuille, je me suis arrêtée à côté de la tombe richement décorée d'un jeune héros, sur laquelle reposait la statue usée par le temps d'un lion endormi dont les grosses pattes convoitaient le corps précieux gisant à l'intérieur.

Mais précieux pour qui ? Deux siècles après, qui reste-t-il pour se souvenir encore de cet homme si soigneusement enseveli, autrefois si aimé et si réel ? Maintenant, il ne doit plus subsister qu'un tas de poussière gardant plus ou moins la forme d'un être humain, fragile silhouette évanescente comparée au lion de pierre au-dessus d'elle.

Les larmes ont afflué. Cette guerre était trop pour moi. Je ne suis pas le genre de femme à me bagarrer avec un vicomte. Je ne suis pas taillée pour supporter que mon fils soit à la guerre, qu'il souffre peut-être comme Berkeley, et que son corps fragile soit voué à la pourriture qui guette toute chair humaine. Cette guerre va m'achever.

Je me suis effondrée sur l'herbe à côté de la tombe, le visage dans les mains. J'aurais voulu me traîner loin de tout cela, remettre la pendule à l'heure d'avant le début de la guerre et dormir pendant mille ans.

Quelques gouttes de pluie m'ont ramenée au présent en s'insinuant dans mon dos comme un frisson de réalité. Je me suis relevée avec lenteur. La pluie tombait plus dru ; je me suis retournée et dirigée vers l'église.

J'ai entrouvert la porte voûtée à deux battants, me suis glissée sans bruit sur un banc de bois à l'arrière et me suis assise. Là, au dernier rang, je pouvais ordonner mes pensées et les inspecter sans craindre qu'elles se répandent dans mon cerveau et le prennent en otage.

Aujourd'hui, il y avait quelqu'un à quelques rangées du devant, discrètement installé comme moi dans la partie gauche. Les rais de lumière filtrés par les vitraux dominant l'autel nimbaient d'une brume bleu et violet la silhouette assise, la tête dans les mains.

C'était le colonel Mallard.

Envahissait-il mon église à présent ? Irritée par sa présence, j'ai oublié mes soucis et me suis retrouvée exaspérée et frustrée par cette guerre, par tous ces hommes qui nous donnaient des ordres. J'ai été tentée de partir, mais ai décidé de rester un petit moment et, avec un peu de chance, de m'en aller avant lui. Mais mon plan a été compromis quelques minutes après lorsqu'il s'est levé et s'est tourné pour sortir par l'allée centrale. Je l'ai vu s'arrêter quand il m'a remarquée, mais il est reparti et m'a adressé un signe de tête en passant. J'ai fait mine de ne pas le voir et ai forcé mes pensées qui voulaient retourner vers lui à s'éloigner.

Lorsque la porte s'est refermée derrière lui, je suis restée quelques instants assise. Puis, ressentant soudain le besoin d'un retour à la normale, je me suis levée, ai regagné d'un pas décidé le monde extérieur.

En rentrant chez moi, j'ai réfléchi à la façon dont ma vision du monde a changé. C'est bizarre que je n'aie pas mâché mes mots face à un vicomte ! Et que j'aie transgressé la loi en décidant de mon propre chef d'aider ce jeune homme blessé. Peut-être cette guerre a-t-elle eu quelques effets bénéfiques : tout étant sens dessus dessous, les injustices apparaissent maintenant sous leur jour hideux. La guerre a aussi donné une voix aux femmes ordinaires, elle nous a forcées à nous défendre par nous-mêmes et à défendre les autres.

Après tout, dans un monde où règnent le chaos et la mort, nous avons moins à perdre.

Journal de Kitty Winthrop

Mercredi 24 juillet 1940

Des nouvelles des parents de Silvie

Aujourd'hui, nous avons eu la visite de l'oncle Nicky. J'étais tout excitée de le voir à cause des petites conversations que nous avons, des conversations adultes sur le monde, en général installés sur la terrasse s'il fait assez beau. Mais aujourd'hui, nous n'en avons pas eu le temps. Il était venu apporter des nouvelles pour Silvie et au lieu d'aller sur la terrasse, nous sommes restés solennellement dans le salon.

« Je crains malheureusement que vos parents et votre frère aient disparu, Silvie. On pense qu'ils se cachent des nazis, peut-être dans la cave de quelqu'un, ou qu'ils essaient de s'échapper par voie de terre pour venir vous rejoindre. Nous espérons évidemment que la seconde hypothèse est la bonne. Ils peuvent arriver jusqu'ici, mais cela risque d'être plus difficile maintenant que les nazis contrôlent les ports et les frontières. »

Elle a continué à le regarder avec ses grands yeux sombres sans rien dire ni même verser une larme.

« Nous devons être courageux, a dit l'oncle Nicky en prenant ses petites mains dans les siennes et en les tenant serrées. Et garder bon espoir. »

Elle a esquissé une révérence, comme si elle était incapable d'ouvrir la bouche pour dire merci, est sortie de la pièce à pas précautionneux et a fermé la porte. Nous l'avons ensuite entendue traverser le vestibule et grimper l'escalier quatre à quatre, puis claquer la porte de sa chambre.

Maman m'a demandé de monter voir comment elle allait. Tout le monde sait que je suis la mieux placée pour remplir ce rôle. Je suis montée sans bruit et ai frappé à sa porte, mais elle n'a pas répondu, alors j'ai fini par entrer. Il ne fallait pas qu'elle reste seule, quand même.

Elle était couchée sur son lit, le visage tourné vers le mur, silencieuse.

« Allons, Silvie, ne sois pas triste, ai-je dit en m'asseyant à côté d'elle. Ils sont probablement en route pour ici. »

Mais le tragique de l'histoire, c'est que le voyage sera incroyablement dangereux, car presque toute l'Europe continentale est sous le contrôle des nazis. Même ici, nous nous sentons cernés. Leurs avions ont commencé à survoler les villes de la côte et les ports, et ils bombardent Douvres presque chaque semaine à présent. Je sais que Silvie pense qu'ils vont venir la prendre et la peur se lit dans ses yeux chaque fois que nous entendons ces vrombissements insupportables.

« Ils se rapprochent », m'a-t-elle chuchoté d'une voix à peine audible.

Je me demande si elle n'a pas été témoin en Tchécoslovaquie des horreurs dont les nazis sont capables. Peut-être rejoue-t-elle dans son esprit une scène atrocement violente, où elle s'imagine maintenant en victime. Elle ou sa famille.

Avant qu'il ne parte, j'ai demandé à l'oncle Nicky ce qui

s'est passé en Tchécoslovaquie quand les nazis ont envahi le pays.

Ce qui est arrivé à Silvie,
d'après ce que j'ai pu apprendre

Hitler a revendiqué la partie occidentale de la Tchécoslovaquie en 1938, et l'an dernier, les tanks et les troupes allemandes ont pénétré dans le reste du pays, raflant la nourriture et tout le reste, frappant les gens qui s'opposaient à eux, emprisonnant les habitants.

De nombreuses maisons et boutiques ont été détruites, les soldats SS en uniforme qui circulaient dans les rues ont mis des tas de croix gammées.

Beaucoup des gens emprisonnés ont été fusillés et leurs familles obligées de payer pour leur exécution.

On a mis une marque sur les papiers d'identité des juifs, et Silvie a dû partir précipitamment avant qu'il lui arrive quoi que ce soit.

J'ai été très gentille avec Silvie après avoir appris tout cela. Elle est toujours aussi peu loquace, mais peut-être que je serais comme elle si j'avais subi la même chose.

Ce soir-là, j'ai demandé à maman ce qui se passerait si les parents de Silvie ne parvenaient pas à arriver jusqu'ici avant la fin de la guerre.

« Malheureusement, nous ne pouvons pas garder Silvie à la maison longtemps parce que cela ne plairait pas à papa. Mais elle peut rester jusqu'à ce qu'on ait décidé où elle serait placée à son avantage. » Maman a essuyé une larme. Elle voudrait que Silvie reste avec nous, mais elle est obligée de faire tout ce que veut papa.

Plus tard j'ai abordé le sujet du séjour de Silvie chez nous avec papa, mais il s'est montré aussi obstiné qu'à son habitude.

« On ne peut pas tolérer que de petits évacués venus d'on ne sait où restent ici indéfiniment et fassent partie de la famille, et cetera, a-t-il dit. Tu as des idées grotesques, Kitty, et ta mère aussi. » Il s'est mis à tourner comme un furieux dans la pièce, prenant des papiers et des livres et les reposant avec bruit. « C'est la guerre, tu es au courant ? a-t-il crié. Il y a des espions boches dans notre ciel, l'un d'eux s'est approché de Douvres la semaine dernière et nos Volontaires de la défense locale n'ont pas encore trouvé ce maudit pilote. Le pays est sérieusement en danger et toi, tout ce que tu as en tête, c'est une fichue évacuée ! »

Fin de la conversation. À l'évidence, je vais devoir concocter un plan malin pour le faire capituler.

Énième dispute avec Venetia

Venetia est absolument insupportable. Ce matin, elle a fait irruption dans ma chambre en jupon, les poings sur les hanches, et s'est mise à fouiller partout, très en colère.

« Où est ma robe bleu ciel, voleuse ?

– Elle ne t'allait plus, alors je l'ai réquisitionnée », ai-je répondu avec un sourire acide. « Je sais que c'est ce que maman m'aurait dit de faire.

– Elle me va encore, petite idiote. Toutes mes robes ont disparu, et je savais que c'était toi, a-t-elle craché. Tu sais que c'est poli de demander avant de prendre ? »

Elle s'était approchée de moi, à trente centimètres, et a mis son visage furieux et grimaçant tout contre le mien. J'ai reculé.

« Je ne t'ai emprunté que celle-là. Je ne sais pas où sont

passées les autres. C'est peut-être la bonne qui les a prises. J'avais besoin de celle-ci pour un pique-nique.

– Un pique-nique ? Avec qui ?

– Silvie et moi sommes allées faire un pique-nique toutes les deux. Je voulais lui montrer comment ça se passait au bon vieux temps. Tu sais, avant la guerre.

– Tu te souviens du jour où on est allées à Box Hill avec Henry ? » Elle s'est redressée et a paru oublier un instant la dispute, laissant son esprit retourner vers ce jour de juillet. « C'est la première fois que Henry m'a demandée en mariage, a-t-elle dit en riant. Quelle drôle de journée ! Tu te souviens comme je... »

Je lui ai coupé la parole, sentant le rouge me monter aux joues. « Mais c'est moi qu'il a demandée en mariage ce jour-là ! » Je n'en croyais pas mes oreilles. « Il m'a demandée en mariage *moi* !

– Ne sois pas ridicule, Kitty, a-t-elle dit avec un sourire narquois. Il ne peut pas nous avoir demandées toutes les deux en mariage, a-t-elle conclu dans un rire léger en reculant, bras croisés.

– Eh bien, c'est à moi qu'il a proposé le mariage. » J'ai tenu bon. Je crois bien que je serrais les poings, parce que j'avais envie de lui faire ravaler son rire dans la bouche par une gifle.

« Ah, mais je me souviens maintenant que j'ai décliné sa proposition, alors tu as peut-être raison en fin de compte, a-t-elle plaisanté d'un ton condescendant. Peut-être qu'il était triste et désespéré de s'être fait repousser et qu'en te voyant, ma pauvre petite, il a eu pitié de toi. On sait tous que ça fait des années que tu as le béguin pour lui. »

Si j'avais eu la carabine de papa à portée de main, j'aurais appuyé sur la détente et tiré droit sur son cœur ignoble et venimeux.

« Mais il m'a demandée et j'ai accepté, ai-je rétorqué, furieuse.

– Il se moquait de toi, Kitty. » Elle a ri. « Comment veux-tu qu'il s'intéresse à une gamine idiote comme toi ? C'est moi qu'il veut, une vraie femme. » Et sur ces mots, elle a fait sa moue ridicule qui lui donne l'air d'un gros saumon visqueux, et j'ai reculé, écœurée.

« Je ne sais pas ce que tu crois avoir, mais moi je n'en veux pas, et Henry non plus.

– Oh que si, ma chérie. » Elle avait pris son air dominateur et déterminé. « Il est fou de moi.

– Alors pourquoi as-tu refusé s'il t'a proposé de l'épouser ?

– Parce que j'attends mieux que lui.

– Une canaille comme Slater ?

– Ce n'est pas une canaille. » Elle a détourné le regard et j'ai aperçu un éclair de doute dans ses yeux. « Il vaut un million de Henry.

– Vraiment, Venetia ? » J'ai abattu mon atout. « Un type qui fait du marché noir vaut mieux que Henry ? »

Elle a décroisé les doigts et j'ai senti que quelque chose s'effondrait derrière sa façade si assurée.

« Tu es au courant ? » Elle n'a pas paru choquée, seulement hésitante, circonspecte, voulant comprendre.

C'était maintenant mon tour de me montrer suffisante.

« Je l'ai vu dans le bois de Peasepotter en train de faire affaire avec un type peu recommandable, le vieux George.

– Quand ?

– Je ne vois pas pourquoi je devrais te le dire. » Je suis allée à ma coiffeuse et me suis mise à ranger mes barrettes. « Commence d'abord par me supplier et t'excuser à propos de ce que tu as dit sur la demande que m'a faite Henry. »

Elle s'est immobilisée quelques instants puis s'est tournée vers la porte.

« Tu peux toujours courir, sale petite teigne. Je ferai mon enquête moi-même. »

Et elle est repartie furieuse dans sa chambre, oubliant la robe, le pique-nique, la demande en mariage. J'ai sorti la robe bleue et l'ai essayée à nouveau. Il faudra que je la mette la prochaine fois que je verrai Henry afin de lui rappeler notre promesse. Je suis sûre que ça lui rafraîchira la mémoire.

Lettre du Lt Carrington à Mrs. Tilling

Parnham House Kent
Téléphone : Parnham 47

Vendredi 26 juillet 1940

Chère Mrs. Tilling,

Je tiens à vous remercier d'être venue jusqu'à Parnham me remettre la chevalière. Cette démarche n'a pas dû être agréable et je suis bien conscient que vous n'étiez nullement obligée de la faire. Je vous en sais d'autant plus gré.

Depuis votre visite, j'ai recommencé à travailler, ce qui a le double avantage de m'éloigner de la maison et de me donner d'autres préoccupations que la guerre et les amis que j'y ai perdus. Le médecin est venu et m'a déclaré inapte au combat pour l'instant, aussi ai-je été engagé à Litchfield Park, où j'expédie des papiers et je téléphone aux gens pour leur dire ce qu'il y a sur lesdits papiers. C'est plutôt monotone mais il paraît qu'on me confiera un travail plus intéressant dès que possible. J'espère être envoyé à Londres, ce qui signifierait que je pourrai habiter seul.

Si vous êtes dans le secteur, je vous en prie, venez me dire bonjour, car j'ai le sentiment de ne pas avoir été aussi poli que j'aurais pu l'être et souhaite vous remercier comme il se doit d'avoir pris la peine de vous déplacer. Si je peux faire quelque chose pour vous, n'hésitez pas à me le dire. Je ne serais que trop heureux de pouvoir vous rendre service à mon tour.

Avec mes remerciements et mes sentiments les meilleurs,

Lt Rupert Carrington

Lettre de Venetia Winthrop à Angela Quail

Manoir de Chilbury
Chilbury, Kent

Samedi 27 juillet 1940

Chère Angela,

Tout se complique de minute en minute. Hier, j'ai été envoyée à Douvres pour évaluer les dégâts causés par les bombes. La ville est à moitié détruite et mérite bien son surnom de *Hell Fire Corner*[1]. Même pendant que j'étais là, des avions ennemis ont fait leur apparition dans le ciel, décrivant des cercles à grand bruit, la croix gammée nazie bien en vue sur leurs flancs. J'ai failli vomir. Quelques-uns de nos pilotes de Spitfire et de Hurricane sont venus les mettre en fuite et il y a eu un combat d'avions de chasse au-dessus de nos têtes. Certains des habitants sont sortis des boutiques dans la grand-rue et les ont acclamés, mais j'ai trouvé ça insup-

1. « Coin des feux de l'enfer » : allusion à la troisième bataille d'Ypres pendant la Première Guerre mondiale, où les forces conjointes des Français, des Britanniques, Canadiens et Australiens parvinrent à enfoncer les lignes allemandes. Mais les pertes furent effroyables.

portable. Toute cette comédie pour d'autres morts, d'autres vies détruites. Que sommes-nous devenus ?

Il s'est passé beaucoup de choses depuis ma dernière lettre. La nouvelle la plus importante est que je crois être enceinte. Je ne sais pas du tout ce que j'éprouve à ce sujet, et j'espère que je me trompe. Je croyais avoir fait attention, mais je suppose qu'en la matière, on n'est jamais sûre. Tu t'en doutes, je n'en ai pas soufflé mot, ni à Alastair ni à personne d'autre. Comme je regrette que tu ne sois pas là, Angie. Je sais que tu penses que tout est extrêmement simple, qu'Alastair et moi devrons nous marier. Mais tu comprends, j'en suis arrivée à le soupçonner de faire du marché noir. Au lieu de devenir la femme d'un artiste romantique vivant dans un château délabré sur une île au milieu d'une rivière, je serais celle d'un criminel endurci, obligée de fuir sans arrêt, la peur au ventre. Franchement, Angie, ce n'est pas du tout la vie que je pensais avoir.

Figure-toi que j'ai découvert ça par Kitty, au cours d'une de nos disputes stupides. Au moment où je croyais qu'on en avait terminé, elle m'a attaquée en annonçant qu'elle avait aperçu Alastair dans le bois de Peasepotter en train de faire des affaires avec un vulgaire escroc. Je ne m'en remets pas. Cela lui ressemble si peu, c'est tellement à l'opposé du peintre doux et sophistiqué que je connais. Je sais que j'avais des soupçons. Mais ça !

Je suis partie très en colère, mais il a fallu que je me ressaisisse pour le baptême de Rose, qui a eu lieu cet après-midi.

Nous avons eu des répétitions supplémentaires afin que la Chorale des dames de Chilbury fasse quelque chose d'exceptionnel : nous sommes parties des stalles en procession et avons entouré Hattie et Rose en chantant une superbe interprétation de « All Things Bright and Beautiful[1] ». Quand

1. Cantique du XIXe siècle célébrant la beauté de la Création. Très célèbre, il est toujours chanté aujourd'hui.

nous sommes arrivées à la strophe disant « Chaque petite fleur qui s'ouvre, chaque petit oiseau qui chante », nous faisions cercle autour d'elles et on aurait cru que Hattie allait exploser de joie.

Après le baptême, nous sommes toutes allées prendre le thé chez elle, à Church Row, et je suis restée après les autres pour l'aider à ranger, mais ce dont j'avais surtout envie, c'était qu'elle me donne des conseils à propos d'Alastair.

« Kitty l'a vu dans le bois de Peasepotter avec un type qui trafique au marché noir. Il faisait un marché avec lui, Hattie ! » J'étais perturbée et arpentais le salon en débarrassant les assiettes que je posais dans l'évier sans ménagement.

« Seigneur ! a dit Hattie en poussant le landau pour que je ne le bouscule pas (elle devient horriblement mère poule). Alors il est peut-être temps de renoncer à lui, Venetia. Je ne veux pas être cruelle, mais je me fais du souci pour toi et je ne crois pas que tu récoltes beaucoup de bonheur en le fréquentant.

– Je ne sais pas, ai-je répondu en me laissant tomber dans un fauteuil. Ma seule certitude, c'est que je ne peux pas cesser de le voir sans que mon cœur se brise. Je sais que ça semble ridicule, mais je ne peux pas renoncer à lui sans savoir à quoi m'en tenir. Cela a beaucoup trop d'importance pour moi.

– Que pense ta mère de tout ça ?

– Maman est accaparée par le petit Lawrence, qui n'arrive toujours pas à garder le lait qu'il boit. Et elle a aussi fort à faire avec papa, qui est devenu complètement imprévisible. Kitty est incontrôlable ; quant à Silvie, elle est confiée à ses soins et à ceux de la vieille nounou, d'après ce que je comprends. Personne ne semble se soucier de ce que nous faisons ni de ce qui se passe.

– Alors ne t'occupe pas d'eux pour l'instant. Pense à ce que tu dois faire. » Elle m'a tapoté doucement la main.

« Tu n'as aucun moyen d'en apprendre davantage avant de prendre une décision ?

– J'ai l'intention de le filer », lui ai-je dit avec une conviction soudaine.

Elle a poussé un profond soupir et je me suis soudain rendu compte qu'elle est la seule personne qui ait jamais veillé sur moi. « Écoute, fais bien attention, a-t-elle dit. Si ça devient trop dangereux, Venetia, laisse tomber. Tu n'es pas obligée d'être celle qui a toujours le plus de cran et d'audace. »

Avant de sortir, je me suis retournée, car je sentais toute son affection et sa sollicitude « Je te tiendrai au courant.

– Tu sais que je me fais toujours du souci pour toi, Venetia », a-t-elle dit. Et j'ai soudain eu envie de pleurer. Alors je me suis détournée bien vite et ai traversé l'esplanade d'un pas décidé, au milieu des canards qui couraient en se dandinant et s'écartaient de mon chemin. J'ai aspiré une grande bouffée de l'air tiède de l'été en priant de pouvoir sortir de tout ça vivante.

Je t'écris dès que je peux et te tiens au courant de la suite. Croisons les doigts.

Venetia

Journal de Mrs. Tilling

Lundi 29 juillet 1940

Aujourd'hui, une idée bizarre m'est venue. J'essaie encore d'en prendre toute la mesure. La matinée s'est déroulée comme d'habitude au dispensaire où j'aide à soulager les douleurs et maux divers. Depuis le début de la guerre, les gens viennent me voir quand ils ne sont pas dans leur assiette, même s'ils ne sont pas vraiment malades. Mrs. Turner, dont le mari a été tué lors d'un des raids aériens au-dessus de Douvres, s'est mise à tousser de façon persistante sans raison apparente. Elle vient presque tous les jours me voir, le visage gris comme celui d'un fantôme, et j'essaie de lui offrir des paroles de réconfort, mais elle a toujours un mouvement de recul comme si elle ne pouvait pas les supporter. Nous ne pouvons guère que préparer un peu plus de thé et lui donner de l'aspirine. Mrs. Quail l'a convaincue de rejoindre le chœur et, même si elle est restée silencieuse la première demi-heure, elle a quand même réussi à chanter quelques vers de « Praise, My Soul[1] ».

1. Cantique d'action de grâces commençant par : « Loue, ô mon âme, le roi du ciel... »

Ce moment a été étrangement émouvant pour nous toutes, comme si nous tentions de redonner vie à un oiseau écrasé à l'aide d'un simple cantique.

Après déjeuner, il a fallu que je passe chez Hattie. Elle a essayé de me convaincre que Rose est le portrait craché de Victor, et je n'ai pas pu m'empêcher de penser que la petite ne leur ressemble ni à l'un ni à l'autre. En fait, Lawrence, avec ses touffes de cheveux bruns, ressemble plus à Hattie, et puis je me suis souvenue avoir remarqué au baptême que Rose avait la même couleur d'yeux et de cheveux que sa marraine Venetia. Et ceci m'a fait faire des rapprochements : la potion infecte, le fait que les deux naissances ont eu lieu le même après-midi – celui où j'étais à Litchfield. Que les deux bébés ont eu le même problème respiratoire, et qu'il a fallu les ranimer l'un et l'autre chez miss Paltry.

Et quand j'ai rencontré miss Paltry sur la place cet après-midi-là, j'avais eu l'impression – sur le moment, j'ai cru sottement m'être trompée – d'entendre un bruit venant de sa sacoche. Se peut-il qu'il y ait eu un enfant dedans ? Se peut-il qu'elle ait échangé les bébés ? Cette hypothèse horrible m'a donné le frisson. J'ai dû avoir l'air un peu hébétée, car Hattie m'a touché le coude et demandé « Ça va, Mrs. Tilling ? ».

Je me suis ressaisie. Il est hors de question que je communique mes soupçons à qui que ce soit tant que je n'en ai pas le cœur net.

« Tout va bien, ma petite fille, ai-je répondu en souriant. Je viens de me souvenir qu'il faut que je me presse un peu plus aujourd'hui parce que je dois aussi aller voir le bébé de Mrs. Winthrop. » J'ai réfléchi quelques instants avant de demander : « Tu te souviens que Rose a eu des problèmes respiratoires quand elle est venue au monde ?

– Vous parlez ! Ça a été le pire moment de ma vie.

– Tu as vu la petite avant que miss Paltry l'emmène ? »

Une lueur d'incertitude est passée dans ses yeux, tandis qu'elle se demandait quel était le sens de ma question. Il a fallu que je la mette à l'aise rapidement.

« Ce que je veux dire, c'est que tu aurais dû au moins pouvoir la tenir dans tes bras avant qu'on ne te l'enlève. »

Le mince visage de Hattie s'est crispé et elle a fondu en larmes. « Non, c'est à peine si j'ai vu sa jolie petite figure avant qu'elle soit emportée. » Elle a baissé les yeux vers le bébé dans ses bras et ses épaules se sont détendues. « Miss Paltry s'est absentée cinq bonnes minutes. J'étais hors de moi. Je me suis traînée hors du lit jusqu'à la porte. Alors, elle est revenue avec ma petite chérie. »

Elle a donné un baiser léger à Rose et j'ai vu leurs deux visages côte à côte, celui de Hattie, mince et délicat, celui du bébé en forme de cœur et blond. Soudain, je me suis demandé si cela valait la peine de révéler mes doutes. Après tout, Mrs. Winthrop n'était-elle pas ravie avec son fils elle aussi ? Ne leur fallait-il pas un garçon pour garder leur patrimoine ?

C'est alors que j'ai commencé à entrevoir autre chose. Peut-être ne s'agit-il pas seulement du caprice d'une sage-femme sans scrupules. Peut-être cette affaire est-elle plus complexe qu'il n'y paraît.

J'ai pris congé de Hattie et suis allée au manoir de Chilbury, où je savais trouver Mrs. Winthrop. Nous nous sommes installées dans le salon et elle a demandé à Elsie de nous apporter du thé. On aurait pu croire que la guerre n'existait pas. Elle semblait fatiguée et tendue, ce qui signifie que le général a été une fois de plus très pénible.

« Je fais une étude sur les bébés qui ont des problèmes respiratoires, et je me demandais si je pouvais vous poser encore quelques questions sur la naissance de Lawrence, ai-je commencé prudemment, tâchant de ne pas éveiller ses soupçons.

– Je croyais vous avoir déjà tout dit, a-t-elle soupiré. Cela a été un moment très difficile. Je ne suis pas sûre de pouvoir supporter de revivre ça en le racontant.

– Ce ne sera pas long. Est-ce que miss Paltry a emmené le bébé tout de suite ou vous a-t-elle laissée le tenir d'abord ?

– Non, il a fallu qu'elle parte immédiatement. Il n'allait pas bien du tout. »

Son histoire corroborait ma théorie. J'ai continué sur ma lancée.

« Est-ce qu'elle transportait Lawrence dans sa sacoche noire quand elle est revenue avec lui ?

– Bien sûr que non ! » s'est exclamée Mrs. Winthrop. Et je me suis rendu compte que j'étais allée trop loin. Quoi qu'il en soit, même miss Paltry aurait eu l'intelligence de sortir le bébé de la sacoche avant de le ramener.

Elsie était arrivée avec le thé, et je me suis demandé si elle avait entendu la conversation. Avec un petit sourire, elle a demandé : « Voulez-vous du sucre ? »

J'ai été obligée de rester un moment pour parler de choses et d'autres avant de repartir. Puis je me suis dépêchée de rentrer chez moi pour réfléchir à tout cela tranquillement. C'est une idée qui paraît tellement grotesque, une action si risquée.

À moins qu'elle n'ait été payée pour ça.

Journal de Kitty Winthrop

Mercredi 31 juillet 1940

Prim a eu une idée sensationnelle. Nous allons organiser un service du souvenir pour que tout le monde se rassemble et soutienne ceux qui sont en deuil. Je crois que c'est Mrs. Tilling qui l'y a poussée en mentionnant Mrs. Turner, dont le mari a été tué dans un raid aérien au-dessus de Douvres. Et il y a aussi cette pauvre Mrs. Poultice.

« Il est important qu'elles sachent que nous partageons leur chagrin », m'a dit Prim pendant ma leçon de chant d'aujourd'hui, qu'elle m'a donnée dans l'église car l'acoustique y est meilleure. J'ai chanté le « Notre Père », et l'ampleur du son faisait paraître ma voix extrêmement travaillée. Elle a dit que je pouvais chanter cela en solo pour le service en question, qui doit se dérouler dans quelques semaines.

J'arrive toujours en avance pour les répétitions de la chorale car c'est un moment merveilleux, entre l'excitation que l'on éprouve à chanter, et le plaisir qu'on a à se retrouver. Celle d'aujourd'hui n'a pas été différente des autres jours, d'autant que puisqu'on a les nazis sur le dos, prêts à nous envahir, on a intérêt à profiter de tout au maximum tant que c'est encore possible.

« J'ai travaillé dur toute la journée à me préparer pour la réunion du SVF, se plaignait Mrs. B. Jamais on n'a un mot de remerciement ni un moment de repos.

– Il faut que vous nous disiez comment nous pouvons vous aider, a demandé Mrs. Tilling.

– Je suis hélas la seule à pouvoir assumer la direction des opérations.

– Je pourrais…, a commencé Mrs. Tilling.

– Il n'y a pas le choix, l'a coupée Mrs. B., dont la voix a couvert celle de Mrs. Tilling comme une tornade submergeant une aimable brise.

– Et Mrs. Quail a dit qu'elle…, a insisté Mrs. Tilling.

– Si vous voulez qu'une chose soit faite », a tonné Mrs. B., et comme nous savions toutes ce qui allait suivre, nous avons entonné : « Faites-la vous-même. »

Prim est arrivée à temps pour entendre, et elle a vu la mine furibarde de Mrs. B. tandis que certaines d'entre nous pouffaient derrière leur main.

« Allons, mesdames, voilà ce que nous allons faire », a dit Prim en riant sous cape et en faisant circuler de nouvelles partitions. « Nous devons organiser un service du souvenir pour la communauté de Chilbury, afin de nous aider à rester unis en ce temps de deuil. »

Tout le monde a opiné.

« J'ai choisi un morceau du *Requiem* de Mozart, le “Lacrimosa”, qui veut dire “plein de larmes”, ce qui décrit à merveille ce morceau venu du cœur. Il est plus difficile que nos cantiques et hymnes habituels, mais je crois que ça vaut le coup d'essayer. C'est l'un de mes morceaux préférés, un immense océan de douleur. »

Nous avons pris nos partitions afin de regarder les phrases musicales compliquées.

« On y va ? Mettons-nous debout, toutes. Faites de votre

mieux, sentez la musique s'emparer de vous et ne vous inquiétez pas si vous faites une erreur ici ou là. »

Nous avons commencé à chanter l'*introit* et j'ai compris exactement ce qu'elle avait voulu dire. Le morceau ressemble à une série de vagues qui se brisent sur vous, plus grosses et plus puissantes à mesure qu'il se déploie jusqu'à l'incroyable et strident *Amen* de la fin, comme si nous avions survécu à tout cela et en avions émergé plus fortes que jamais.

« Très bien », a dit Prim lorsqu'elle eut mené le finale à son terme. L'émotion la faisait renifler légèrement. « Reprenons, voulez-vous ? Cette fois-ci, essayons d'éprouver la tristesse de l'œuvre. Laissez-vous couler dans la musique. Laissez-la exprimer votre propre chagrin. »

Nous avons recommencé l'*introit*, plus lentement cette fois, de façon plus réfléchie, et avons attaqué avec précaution les premières notes.

Tandis que nous chantions, Mrs. Turner s'est écroulée dans sa stalle parmi les altos, le visage dans les mains, le corps plié en deux et secoué de sanglots. Mrs. Poultice est venue s'asseoir près d'elle, a passé un bras autour de ses épaules et s'est mise à pleurer elle aussi. Alors un effroi nouveau s'est glissé dans nos voix, comme si nous chantions pour elles, pour tous ceux qui avaient perdu ou risquaient de perdre un être cher.

Lorsque nous avons enfin atteint les accords puissants de la fin, notre propre chant, plus fort, plus sonore qu'avant, nous tirait presque des larmes, et lorsque a retenti l'*Amen* final, nous nous sentions toutes solidaires, fermement convaincues que notre chœur nous donnerait la force d'affronter cette guerre ensemble.

« Ça suffira pour ce soir », a dit Prim à mi-voix.

En silence, nous avons refermé nos partitions et nous sommes approchées de Mrs. Turner et de Mrs. Poultice pour les enlacer, leur tenir la main et leur murmurer des condoléances. Des bras ont aussi entouré maman, car elle pleurait encore Edmund, et Silvie, si loin de sa famille, ainsi que Mrs. Tilling et d'autres épouses et mères qui s'inquiétaient toutes pour ceux qu'elles aimaient, pris dans cette horrible guerre.

« Vous avez toujours notre soutien, a dit Mrs. Quail à Mrs. Turner. Je sais que nous ne pouvons pas remplacer votre mari, mais souvenez-vous que nous sommes ici, toutes ensemble. La Chorale des dames de Chilbury est là pour vous. »

Lettre de Venetia Winthrop à Angela Quail

Manoir de Chilbury
Chilbury, Kent

Jeudi 1er août 1940

Ma très chère Angie,

J'étais réveillée à l'aube, quasiment paralysée par la peur car j'avais décidé de suivre Alastair aujourd'hui. Je le savais pris ce matin par de prétendues réunions : j'avais essayé de prévoir quelque chose, mais il avait carrément refusé.

Bien entendu, j'ai à peine fermé l'œil. J'étais tellement persuadée de devoir affronter une mort probable pendant cette expédition que j'ai failli y renoncer et rester bien à l'abri sous l'édredon. Ce qui m'a finalement poussée à me lever, c'est l'idée que ma grossesse devient de moins en moins hypothétique et de plus en plus réelle, et que je dois savoir quoi faire.

Je me suis levée vers quatre heures, me suis habillée sans bruit, ai jeté un dernier regard autour de moi – reverrais-je jamais ma chambre ? Je suis descendue discrètement par l'escalier de derrière et j'ai traversé l'office, puis suis sortie dans le froid et l'obscurité.

Je me suis glissée lentement jusqu'au chemin, avec l'impression d'être la seule créature vivante, tout en me doutant bien que certains des ouvriers de la ferme des Dawkins étaient déjà au travail dans les champs. Une brume légère persistait, recouvrant le village d'un silence feutré.

Lorsque j'ai atteint la place, gris argent dans la brume, j'ai failli heurter une petite camionnette noire garée devant l'épicerie, sans doute pour livrer des produits de contrebande à Ralph Gibbs, ce qui, avec un peu de chance, est sans rapport avec Alastair. L'avais-je vu parler avec Ralph ? Je ne me le rappelais pas. Mais cela voulait-il dire quelque chose ? Aucun de mes souvenirs ne voulait-il rien dire, ou ai-je vécu dans un monde qui n'existe qu'à moitié, un rêve à l'intérieur d'un rêve ?

Je me suis postée derrière une haie à l'extrémité de Church Row, d'où je pouvais voir à la fois l'avant et l'arrière de la maison d'Alastair. Et j'ai commencé ma planque. Être assis dans l'obscurité à attendre que quelqu'un apparaisse est excessivement ennuyeux, d'autant que je n'étais pas sûre de mon coup, et je vérifiais que ma montre marchait correctement vers six heures quand je l'ai finalement vu sortir dans l'allée de son jardin de derrière, puis ouvrir son portillon et passer dans la prairie. Impeccablement habillé comme toujours – costume et imperméable beige –, il s'est éloigné à pas rapides, s'arrêtant un instant pour humer l'air du matin. L'aube avait dissipé la brume, et c'était le début d'une journée divine, jaune pâle et toute fraîche de rosée. Comme j'aurais voulu être à la fin de cette maudite expédition !

J'ai bondi prestement de ma cachette et suis restée courbée en longeant la haie tandis qu'il longeait la prairie de l'autre côté à vive allure. Lorsqu'il est passé dans le pré suivant, il a pris le chemin du manoir, ce que j'ai trouvé curieux, et je me suis précipitée à sa suite, le regardant faire un brusque détour à travers les buissons au bord du pré, traverser le chemin en vitesse, puis faire deux zigzags rapides en direction du bois de Peasepotter. J'avais du mal à voir où il allait sans me faire repérer, et je le soupçonnais d'emprunter un itinéraire aussi tortueux dans le but d'éviter les rencontres et de semer les éventuels suiveurs.

Mais il ne me semait pas, moi.

Avant d'atteindre le bois, il a traversé un champ très exposé, sans buissons ni haies en lisière, et j'ai été forcée d'attendre qu'il soit pratiquement sous les arbres pour m'y engager. C'est alors qu'il s'est retourné pour scruter les alentours et, avant de disparaître dans le bois, son regard s'est attardé peut-être une fraction de seconde sur moi qui me cachais dans un buisson plutôt piquant. Je ne crois pas qu'il m'ait vue. Sinon, il serait sûrement venu m'attraper, non ? Mais ce bref épisode m'a coupé le souffle. Il fallait que je sois plus prudente.

J'ai foncé dans l'étroit sentier et plongé dans le bois. Je n'y étais pas allée depuis des années, mais malgré cela, je connaissais encore tous les chemins comme ma poche, et me souvenais du sentier menant au rond de sorcières. Alastair se dirigeait vers l'endroit où Kitty et moi jouions enfants, le coin des châtaigniers, dont les troncs épais et trapus étaient aussi anciens et robustes que toute l'Angleterre. J'ai pensé à ma sœur, à l'amitié qui nous liait autrefois.

Quand Alastair s'est arrêté dans une clairière, je me suis précipitée derrière l'un des plus gros châtaigniers, et ai pointé la tête à travers les arbustes.

Alors, j'ai aperçu un homme qui venait à sa rencontre. Râblé et puissant, bâti comme un gladiateur et vêtu d'un vieux costume qui n'était manifestement pas le sien car il était trop court de manches et de jambes.

Ils ont discuté un moment à voix basse et j'ai bien regardé

l'inconnu. Ce devait être un repris de justice qui se cachait et vivait à la dure, peut-être dans le bois lui-même.

Quelque chose l'avait beaucoup énervé, à l'évidence, et j'ai soudain eu peur pour Alistair, peur pour notre petit village, et tremblé à l'idée de ce qui pourrait se passer s'il me trouvait là.

Alastair parlait calmement et il faisait des gestes des mains comme pour apaiser l'homme. Il a pris un petit paquet dans une de ses poches intérieures et le lui a tendu. L'inconnu l'a pris avec précaution et allait l'empocher lorsqu'il s'est ravisé, a déchiré le papier et en a examiné le contenu. Dieu sait pourquoi, je m'étais imaginé que ce serait une liasse de billets, mais non. C'étaient deux petits livrets noirs et, comme il les retournait entre ses mains, j'ai reconnu d'abord un carnet de tickets de rationnement, puis un passeport. Alastair aidait cet homme à quitter le pays.

L'inconnu s'échauffait de plus en plus : il a fourré les livrets dans leur emballage, a remis le tout dans sa poche, et a haussé le ton. En entendant s'élever sa voix hargneuse dans ce sous-bois, un éclair d'horreur m'a glacée, car je me suis rendu compte qu'il ne parlait pas anglais. La langue qu'il utilisait, sans aucun doute possible, était l'allemand.

Que faisait-il ici ? Était-ce un espion ? Comment était-il arrivé jusque-là ? Avait-il été parachuté ? Pourquoi portait-il ces vêtements bizarres ? Allait-il tous nous tuer ? On nous avait avertis de chercher à repérer l'ennemi, mais jamais je n'aurais cru en voir un en vrai.

Ni qu'il aurait rendez-vous avec Alastair.

J'ai tendu l'oreille afin d'essayer d'entendre la réponse d'Alastair. J'ai failli vomir quand j'ai entendu des mots allemands sortir de sa bouche, aux intonations si différentes de son anglais habituel. J'ai brutalement pris la mesure de la situation. Comme je le connaissais peu, en réalité !

Après quelques dernières paroles furibondes, l'homme s'est enfoncé à grands pas dans le bois, à l'opposé heureusement. Alastair l'a regardé partir une minute, puis s'est retourné et, à ma grande consternation, s'est dirigé droit vers l'endroit où je me cachais.

Je me suis jetée derrière l'arbre et ai retenu ma respiration, plaquant mon dos et mes bras contre le tronc protecteur, écoutant s'approcher les pas d'Alastair qui foulait les broussailles. J'ignorais complètement s'il m'avait vue, s'il se dirigeait vers la lisière du bois pour en sortir ou s'il venait dans ma direction pour me débusquer. Qu'allait-il me faire ? J'ai dégluti, refoulant la panique qui montait.

Quand il s'est arrêté de l'autre côté du gros arbre, j'ai compris qu'il savait que j'étais là. Je l'ai entendu faire le tour du tronc avec précaution et je l'ai vu apparaître lentement, un doigt sur les lèvres. Il s'est plaqué dos à l'arbre et a glissé vers moi jusqu'à ce que nous soyons côte à côte. Alors, ses doigts ont cherché les miens, les ont trouvés et entrelacés doucement. J'ai senti la chaleur monter de ma main vers mon bras et gagner ma tête. Est-ce que je suis normale, Angela ? J'étais terrifiée qu'il m'attire à lui et me tranche la gorge, et pourtant, j'avais tant envie de lui que je pouvais à peine respirer.

Il n'a fait ni l'un ni l'autre. Il s'est borné à tourner la tête pour me regarder, et j'ai vu dans ses yeux une mélancolie que je n'y avais jamais remarquée auparavant.

Au bout de quelques minutes, il a détourné le regard, s'est écarté et a jeté un coup d'œil d'un côté de l'arbre, puis, sans préambule, il m'a saisi la main et m'a entraînée. Nous avons filé entre les arbres le plus vite possible, et j'ai trébuché plusieurs fois mais il me tirait si fort que j'avançais malgré tout. J'étais à la fois pétrifiée et épuisée. Qu'avait-il l'intention de faire de moi ?

Brusquement, nous avons débouché dans une clairière où les rayons dorés du soleil du matin pénétraient entre les cimes des arbres ; on avait le sentiment que le monde avait survécu après tout, glorieux et resplendissant dans l'éclat pâle du petit matin.

« De quel côté ? a-t-il demandé, haletant dans l'air tiède.

– Par ici », ai-je répondu à mi-voix, et cette fois, c'est moi qui l'ai pris par la main pour le conduire à travers les arbres. « L'orée du bois est juste là, et nous pourrons longer le verger pour arriver à Bullsend Brook. De là, on se retrouvera derrière la ferme Dawkins et tu pourras retourner au village par l'autre côté. » Je pensais au chemin le plus rapide pour gagner les champs où les hommes étaient au travail et pourraient entendre mes appels au secours le cas échéant.

Quand nous sommes sortis du verger et avons pénétré dans le taillis non loin du ruisseau, nous avons ralenti l'allure. Il me tenait toujours la main et son pouce caressait le dos de mes doigts. C'était bizarre, car nous évitons de nous montrer en public. Je ne tiens pas à ce que papa nous voie et lui, il est prudent de toute façon, ce qui s'explique mieux maintenant. Pourtant nous étions là, main dans la main comme de jeunes tourtereaux, et l'eau murmurait sur les pierres arrondies tandis que nous avancions entre les frondaisons luisantes qui nous mouchetaient d'ombre et de lumière tour à tour, étrange juxtaposition entre le bien et le mal.

« Je ne m'attendais pas à cela de ta part, Venetia.

– Tu peux parler ! ai-je bégayé, ne sachant pas vraiment par où commencer.

– Pourquoi m'as-tu suivi ?

– Je ne pouvais pas croire que tu trafiquais au marché noir, ai-je répliqué. Et il semble que ce soit la plus anodine de tes activités. »

Il a paru un instant déconcerté, puis il a dit : « Ah, c'est Kitty qui a dû te dire ça », comme si cela expliquait tout.

« Je t'ai suivi parce qu'il fallait que j'en aie le cœur net à propos du marché noir. J'étais loin de me douter que tu étais aussi un espion nazi, ai-je lancé. Est-ce qu'il y a des activités illégales que tu ne pratiques pas, Alastair ? »

Il a souri, oui, *souri*, comme s'il était fier de lui. « Ma foi, je n'en ai pas tant que cela, à moins que tu n'englobes le cambriolage. Il m'est aussi arrivé une fois de faire le faussaire, ce que j'ai trouvé très intéressant. J'ai eu l'impression que cela me faisait progresser dans ma peinture, tout compte fait. »

Sidérée, je me suis arrêtée quelques instants pour réfléchir à ce que je venais d'entendre. Je m'explique : je savais qu'il faisait du marché noir et tout ce qui s'ensuit, mais à l'entendre, on aurait cru un criminel endurci, à l'évidence totalement dépourvu de conscience.

« Et en plus, tu es un traître », ai-je dit, accablée. J'ai levé le regard vers ses yeux brun clair. Le mot était si laid dans ma bouche, si répugnant. « Comment as-tu pu aider l'ennemi, et sur notre sol en plus ? » J'étais furieuse qu'il m'ait trahie, furieuse qu'il agisse ainsi. « Je ne savais pas que tu parlais allemand ! Combien d'identités as-tu, Alastair ?

– Beaucoup, a-t-il répondu simplement. Je parle français aussi, si ça peut te consoler.

– Et pourquoi ça me consolerait ? » Je me suis remise à marcher.

« C'est beaucoup plus compliqué que ça, Venetia. Je ne peux pas t'expliquer maintenant, mais il faut que tu me fasses confiance. » Il m'a rejointe et a essayé de me prendre la main.

« Comment cela peut-il devenir plus compliqué ? ai-je craché en retirant ma main avec brusquerie. Tu es un criminel et un traître. La plupart des gens se contenteraient d'être l'un *ou* l'autre, mais Alastair Slater, lui, doit être les deux. »

Et j'ai ajouté : « Et par-dessus le marché, c'est un mauvais peintre, comme si ça ne suffisait pas. »

Il s'est mis à rire : « Oh, Venetia, je ne suis pas si mauvais que ça, tout de même ?

– Si ! » J'étais piquée au vif. « Tu as complètement raté mon portrait. Tu ne me connais pas du tout. Tu t'es trompé sur moi depuis le début.

– Apparemment, en effet, a-t-il dit avec un petit sourire narquois, mais je voyais bien qu'il était froissé. Je vais le reprendre, Venetia. Je le retrouverai et je le modifierai. Je te peindrai comme la déesse délicate que tu es.

– Pourquoi te donner cette peine ? Une petite garce serait exactement dans ton style, comme l'autre ! » Je me suis retournée pour lui faire face. « Tu as du culot de me demander de te faire confiance, alors que tu n'as fait que mentir et dissimuler la vérité. »

Il m'a pris la main. « Je suis peut-être beaucoup de choses, Venetia, mais j'ai toujours été loyal avec toi. » Il avait une voix veloutée, ferme et grave. « Je t'aime, Venetia. Je croyais que tu m'aimais aussi, de tout ton cœur. Nous sommes faits l'un pour l'autre.

– Je ne sais pas si je pourrais vivre avec un traître », ai-je dit d'une voix qui se brisait. Mes yeux se sont emplis de larmes et j'ai eu un petit rire tremblotant. « Faire du marché noir, passe encore, mais trahir son pays ! » Mon visage s'est affaissé et je me suis mise à pleurer, là, en plein bois. Les arbres se dressaient autour de nous, essayant de communiquer au monde leur constance stoïque.

« Ce n'est pas aussi grave, Venetia. » Il m'a enlacée et m'a attirée à lui dans une étreinte ferme, cherchant à recréer notre intimité nocturne. « Il faut que tu me fasses confiance. »

Je me suis laissée aller contre son corps chaud, comme si c'était une boisson revigorante ou enivrante qui me permettait de survivre, et pourtant, je savais au fond de moi que les aventures de la matinée avaient jeté un éclairage très différent sur lui, sur nous.

« Alors explique-moi ! » Je me suis dégagée, furieuse contre lui parce qu'il avait tout gâché. « Dis-moi en quoi c'est si compliqué.

– Je ne peux pas, a-t-il répondu simplement, un regret éperdu dans le regard. Tout ce que je peux te dire, c'est que je t'aime et qu'il faut que tu me croies. » Il a mis la main dans sa poche et en a sorti un petit objet : un pendentif. Ni chaîne ni collier, juste un bijou en argent au relief usé.

« Prends-le. »

J'ai hésité, mais ma curiosité l'a emporté. J'ai saisi ce qu'il me tendait et l'ai retourné dans ma paume. C'était une médaille de saint Christophe, un porte-bonheur.

« Elle appartenait à mon grand-père », a-t-il dit d'une voix douce. Un souvenir a amené un sourire sur son visage. « John MacIntyre, l'homme que je trouvais le plus intelligent du monde. » Il a refermé ma main sur la médaille. « Prends-la.

– Non, ai-je dit en ouvrant à nouveau ma main. C'est toi qui en as besoin, ai-je ajouté avec un rire tremblant. Je suis sûre que tu as des dizaines de criminels et d'espions aux trousses, sans compter la police et le service de renseignements de l'armée de terre.

– Te perdre me terrifie beaucoup plus que tous ceux-là. »

Il y avait dans son regard une expression étrange que je ne parvenais pas à déchiffrer. De la tristesse ? Une sorte d'appel, de supplication ?

Je l'ai regardé, hésitante. « Tu ne m'as jamais parlé de ton grand-père », ai-je dit. C'était un moment étrange, comme si le monde s'était arrêté de tourner. L'air était brusquement immobile, le silence total.

« Je n'aime pas parler de moi, a-t-il chuchoté en me prenant la main. Mais tu connais mes sentiments pour toi. Quand tout ceci sera terminé, nous pourrons nous marier. »

Le vent a soufflé dans les branches et un courant d'air froid a balayé mon cou et mon visage. Je me suis sentie empêtrée dans l'énormité de tout ce à quoi j'étais exposée : la honte, la haine, la pauvreté, la perte. Le bébé qui grandissait à l'intérieur de moi. J'ai reculé en chancelant.

« J'ai besoin de temps pour réfléchir », ai-je dit d'un ton incertain. En entendant ma propre voix faible et effrayée, j'ai ajouté avec plus d'assurance : « Et je suis sûre que tu as besoin de temps pour te débarrasser du Boche de ce bois. » J'ai secoué la tête, incrédule, essayant d'effacer cette image de mon esprit. « Tu n'as pas peur que je te dénonce ? ai-je demandé, intriguée qu'il n'ait pas abordé le sujet.

– Non, a-t-il répondu calmement.

– Eh bien ! Tu ne manques pas d'assurance, dis-moi ! ai-je lâché. Tu crois que je suis à ce point aveuglée par l'amour ?

– Non, Venetia. Je n'ai tout simplement pas peur d'être dénoncé », a-t-il dit d'une voix douce en levant la main pour ôter une feuille verte tombée dans mes cheveux dénoués. « Mais de te perdre, si. » Il y avait dans ses yeux un désir qui, je le savais, aurait raison de moi si je restais là plus longtemps.

« Je ne sais pas qui tu es, Alastair Slater, ai-je répliqué, furieuse qu'il soit aussi évasif. Et je ne sais pas à quel jeu tu joues, mais tu peux te trouver une autre muse. »

Là-dessus, je lui ai tourné le dos, suis sortie du taillis à grands pas indignés en direction du verger. Un vent léger faisait ondoyer les ombres délicates des branches, comme la vie hésitant entre la lumière et les ténèbres. Au-dessus de moi, un grand oiseau de proie aux ailes puissantes et déployées décrivait des cercles.

En approchant de l'orée du bois, je n'ai pu m'empêcher de

jeter un dernier regard vers Alastair. Il était encore là à me regarder sans rien dire. Je me suis détournée avec humeur, ai traversé le verger et ai repris en courant le chemin de la maison.

Et me voilà, perplexe, furieuse, et complètement perdue. Je me languis de lui. Et pourtant, comment pourrais-je aimer un traître ? Son bébé a beau grandir en moi, comment pourrais-je jamais avoir confiance en un homme capable de trahir notre pays, notre monde, notre petit village bien-aimé ? De quelque côté que je regarde, notre chorale, les dames couture, Mrs. B., Hattie et sa petite Rose, Silvie et même Kitty d'une certaine façon, toutes me sont infiniment chères. Comment a-t-il pu nous mettre en danger ? Contribuer à notre défaite d'une manière si directe et définitive ?

Juste au moment où je pensais le plus grand mal de lui, j'ai senti quelque chose dans ma poche. C'était la médaille de saint Christophe. J'avais dû l'y glisser pendant notre dispute. Je l'ai sortie et l'ai fait rouler dans ma paume, me souvenant de cet instant où le temps s'était comme suspendu, où il m'a dit que tout était plus compliqué qu'il n'y paraissait. Que je devais lui faire confiance. Je le voudrais bien, Angie. Mais comment le pourrais-je ?

On a frappé discrètement à ma porte. C'était Kitty.

« Je t'ai entendue pleurer, a-t-elle chuchoté en entrant dans la pièce sans faire de bruit. Je venais voir comment tu allais.

– Mal, si tu veux savoir. » Brusquement, je me suis sentie à nouveau proche d'elle, et je lui ai fait signe de venir s'asseoir sur le lit avec moi. Nous nous sommes blotties l'une contre l'autre comme nous le faisions enfants quand papa nous grondait et que nous prenions la fuite dans les bois, nous cramponnant désespérément l'une à l'autre.

« Je peux faire quelque chose ? a demandé Kitty.

– Pas vraiment. C'est juste que je ne me sens pas bien, j'ai une sensation très désagréable au creux de l'estomac.

– Tu devrais aller voir Mrs. Tilling. Moi, elle me requinque toujours. »

Pendant ce moment de complicité, j'ai décidé qu'une visite à Mrs. Tilling ne serait peut-être pas une si mauvaise idée, tout compte fait.

Je promets de te tenir au courant.

Venetia

Journal de Mrs. Tilling

Jeudi 1er août 1940

Cet après-midi en rentrant de l'hôpital, j'avais une visite des plus inattendues. La bicyclette bleue appuyée au mur chaulé appartenait à Venetia, bien qu'il n'y eût aucun signe d'elle nulle part.

Qu'est-ce qu'il y a encore ? me suis-je dit en partant à sa recherche. J'ai fini par contourner la maison et l'ai trouvée à l'arrière sur la terrasse, assise dans un de mes fauteuils en rotin, sous le magnolia qui lui faisait comme une ombrelle ivoire rosé. Elle était appuyée au dossier, les yeux clos, les cheveux brillant au soleil. On aurait dit un tableau, tant elle est belle, surtout vêtue d'une ravissante robe à fleurs, avec sa chevelure blonde comme les blés et sa peau claire et lisse. Quel dommage qu'elle soit si légère, d'autant que l'influence d'Angela Quail n'arrange rien. Je suis sûre que ce n'est pas une mauvaise fille, une fois qu'on fait abstraction du maquillage et de la comédie.

« Venetia », ai-je dit en posant doucement la main sur son bras.

Elle a battu des paupières en ouvrant les yeux, et j'ai vu qu'elle était fatiguée. Elle travaille tard à Litchfield Park, et j'ai des raisons de croire qu'elle passe de longues heures ailleurs aussi.

« Je dois m'être assoupie, a-t-elle dit en se redressant et en lissant sa robe pour dissiper les brumes du monde où elle était partie.

– Tu es venue me voir pour une raison précise ? » ai-je demandé. J'avais le déjeuner à préparer et un après-midi chargé, et j'espérais qu'elle n'allait pas me faire perdre mon temps.

« Oui. » Elle m'a regardée avec appréhension quelques instants, ses mains nacrées crispées sur les bras du fauteuil, puis s'est penchée en avant pour se lever. « On peut parler à l'intérieur ? »

J'ai ouvert la porte de derrière et elle m'a suivie jusqu'au salon. J'avais laissé la fenêtre ouverte ce matin et l'odeur délicieuse du buisson de lavande de mon jardin de devant emplissait la pièce d'une vive fraîcheur, celle de draps tout juste lavés. Le voilage blanc voletait de part et d'autre, comme si la chaleur de l'été était oublieuse de la guerre.

Je me suis assise dans le fauteuil beige et elle s'est perchée sur le bord du canapé en face de moi. Pensant à tout ce que j'avais à faire, j'ai décidé de ne pas lui offrir de thé.

« Alors ? » ai-je demandé, espérant qu'elle allait en venir directement à l'essentiel.

Ce qu'elle a fait.

« Je crois que je suis enceinte. »

Il y a eu un long silence. Elle a regardé ses mains, qui se croisaient et se décroisaient sur ses genoux. Je ne voulais pas penser à tout ce qui me venait spontanément en tête, aussi l'ai-je interrogée :

« Tu sais depuis combien de temps ?

– Pas exactement...

– Tu te souviens de la date de tes dernières règles ?

– Oh, il y a environ cinq ou six semaines. »

Elle a levé les yeux et surpris mon expression, qui traduisait à l'évidence ma réprobation.

« C'était une erreur, a-t-elle dit à mi-voix. Tout cela est une grosse erreur. Je… » Elle s'est arrêtée et s'est mise à pleurer, réaction très inattendue de sa part, elle qui est devenue si coriace et obstinée. Elle m'a rappelé la petite fille que je connaissais jadis, tremblant de peur devant son père ou son frère. Je me suis approchée et lui ai passé un bras autour des épaules. Sa détresse effaçait la distance entre nous comme les teintes mélancoliques du coucher de soleil se fondent à l'approche de la nuit.

« C'est Mr. Slater le père, n'est-ce pas ?

– Oui, a-t-elle murmuré entre deux sanglots. Qu'est-ce que je dois faire ?

– Tu le lui as dit ?

– Non. » Elle s'est dégagée de mon étreinte, comme si malgré les circonstances, elle avait pris son parti. « Je veux être sûre de moi avant de lui en parler. » Elle m'a regardée, paniquée et agitée. « Vous ne direz rien à personne, hein ?

– Bien sûr que non. » Je lui ai pris la main. « Mais les gens vont bien finir par l'apprendre. »

Elle s'est remise à pleurer, et cette fois-ci ses sanglots étaient plus violents, plus désespérés. « Je veux trouver quelqu'un qui m'aidera à m'en débarrasser. J'ai entendu parler de femmes qui…

– Tu n'as pas à savoir ce genre de chose, Venetia », ai-je tranché. Il est hors de question que je la laisse se mettre à la merci d'une Mrs. Nees ou de ses semblables dans une officine clandestine de Litchfield. « C'est illégal et dangereux.

– Mais je ne peux pas avoir un bébé ! » a-t-elle dit avec rage, et elle s'est mise à arpenter la pièce. « Je ne peux pas croire que cela a pu m'arriver à moi ! Il doit bien y avoir quelqu'un qui peut m'aider ?

– Venetia, ai-je dit avec douceur en m'efforçant de la calmer. Primo, nous savons comment c'est arrivé, hein ? Pas de pudeur mal placée. »

Elle a regardé le sol, a rougi, et son beau visage s'est contracté.

« Secundo, les femmes telles que Mrs. Nees agissent sans se soucier des conséquences. Elle te débarrassera peut-être de ton bébé, mais à quel prix ? Tu as envie d'attraper une infection qui pourrait te rendre stérile ? Ou te tuer ?

– C'est très rare, sûrement, non ?

– Elle se sert de vieux ciseaux rouillés et émoussés. » Je me suis rendu compte que des larmes roulaient sur mes joues. « L'an dernier, j'ai vu à l'hôpital une fille, quinze ans seulement, dont l'oncle avait abusé un jour où il l'avait trouvée seule chez elle. Elle m'a raconté la douleur, l'heure passée à se faire charcuter par différents instruments dont aucun n'avait été nettoyé, à même le sol crasseux du salon de la femme. Après ça, elle s'est effondrée dans la rue et un agent de police l'a conduite à l'hôpital. »

Venetia s'était assise à nouveau et examinait le dessin du tapis.

« Elle est morte, Venetia. » J'ai dégluti et pincé les lèvres en me rappelant cet horrible souvenir. « Elle a contracté une septicémie. Et elle est morte. »

Un silence suspendu s'est installé, mais je sentais presque les remous dans l'esprit de Venetia, tandis que ses yeux allaient et venaient comme pour évaluer les risques.

« Comment cette Mrs. Nees peut-elle s'en tirer impunément ? Dire qu'elle laisse mourir des femmes dans ces conditions ! a-t-elle fini par dire à mi-voix.

– C'est illégal, Venetia. Elle n'a pas de comptes à rendre.

– Quand même, il doit bien y avoir quelqu'un par ici qui pratique ça avec l'équipement requis ?

– Non, Venetia. D'autres personnes accepteraient de t'avorter, mais pas correctement, ni avec des accessoires stérilisés et adéquats, ni la bonne méthode, ni l'expérience clinique requise. C'est un risque énorme, Venetia, et j'emploierai toutes mes forces à t'empêcher de le prendre.

– Et vous ? Vous ne pourriez pas me débarrasser de ce bébé ? »

Je suis restée un moment pantoise.

« Non, Venetia. Je ne suis pas qualifiée pour pratiquer un avortement, et ce n'est pas dans mes cordes. C'est illégal. Nous serions toutes les deux hors la loi.

– Mais personne ne le saurait. Personne d'autre ne sait que je suis enceinte.

– Peu importe, Venetia. Je n'y connais rien et je ne vais pas me mettre dans une situation où je risquerais d'être responsable de ta mort. »

Elle s'est tue. Puis les larmes sont revenues.

« Je ne sais pas quoi faire.

– Tu n'as qu'à faire comme la plupart des filles dans ta situation : le dire à Slater et te faire épouser. »

À ce stade, elle a éclaté de nouveau en sanglots. « Je ne suis pas sûre de vouloir encore l'épouser.

– Il faudrait savoir ! » La moutarde me montait au nez. « Ça fait des mois que tu le fréquentes et tu te retrouves enceinte. Pourquoi ne voudrais-tu plus l'épouser ? Je croyais que tu tenais à lui ?

– C'est le cas. Ce que je veux dire, c'est que je l'aime comme si mon cœur allait exploser, mais il n'est pas celui qu'il prétend être et j'ai peur, Mrs. Tilling ! »

J'ai passé un bras autour d'elle et elle a enfoui sa tête au creux de mon épaule. « Si vous saviez comme j'ai peur !

– Et de quoi as-tu si peur, ma petite fille ?

– Je ne peux pas vous le dire. » Elle a levé des yeux emplis de larmes, deux grands lacs qui menaçaient de la noyer.

« Tu voudrais garder le bébé ?

– Évidemment ! Mais je n'arrive pas à imaginer ce que deviendrait ma vie. Je ne peux pas l'épouser et papa va me mettre à la porte, et tout tournera à la catastrophe. Je vous en supplie, Mrs. Tilling, aidez-moi à m'en débarrasser. »

Je suis restée là, très mal à l'aise, sa tête contre mon épaule, et j'ai pesé les implications morales et pratiques de l'avortement illégal. Depuis que l'épisode Carrington m'a forcée à reconsidérer la condamnation de l'homosexualité au nom de la morale, j'ai passé beaucoup de temps à examiner mes propres valeurs et à me poser des questions auxquelles j'avais jusque-là toujours cru avoir la réponse. À examiner les rapports entre la société et l'humanité – ce que cela signifie, être humain, à tous égards.

« Non, Venetia, ai-je dit enfin. Je ne peux pas t'aider. Et je refuse de te laisser aller voir Mrs. Nees ou une autre personne qui pourrait te tuer. »

Elle s'est redressée et s'est mouchée, comme si elle se rendait compte qu'il était inutile d'insister.

« Qu'est-ce que je dois faire ?

– Parler à Mr. Slater. »

Elle s'est levée, a fourré son mouchoir dans son sac et m'a répondu sèchement : « Je ne peux pas aller le voir. » Elle m'a lancé un regard furieux et a ajouté : « Alors, il va falloir que je m'adresse à miss Paltry. Je suis sûre qu'elle pourra m'aider, elle.

– Je t'en prie, Venetia, l'ai-je suppliée. Quoi que tu décides, évite les semblables de Mrs. Nees.

– Mais miss Paltry connaît…

– Miss Paltry n'a pas toujours comme priorité l'intérêt

de ses patients, et je suis sûre qu'elle touchera sa part au passage si elle t'adresse à une avorteuse barbare comme Mrs. Nees. » Je me suis approchée d'elle et lui ai saisi le poignet comme si elle était une petite fille. « Si tu ne peux pas parler à Mr. Slater, alors viens me voir et je t'aiderai pendant ta grossesse et pour ton accouchement. On pourra garder tout ça secret. »

L'espoir et le doute ont fait étinceler ses yeux, ainsi qu'une peur intense qui semblait tourner en tous sens dans son esprit et le faire basculer de l'horreur à la douleur. Elle a prestement dégagé son poignet et est sortie à grands pas sans même me dire au revoir.

Lorsqu'elle s'est éloignée sur sa bicyclette, j'ai pris une grande inspiration, façon pour moi de reconnaître que j'étais maintenant partie prenante dans cette histoire, que c'était moi qu'elle viendrait voir quand elle ne pourrait plus faire face toute seule. Après quoi, je suis allée déblayer le débarras. Il y a là un petit canapé sous des cartons et des malles, et on ne sait jamais, Venetia pourrait avoir besoin d'un endroit où dormir quand le général découvrira la vérité.

Le colonel Mallard est arrivé pendant que je trottais à l'étage, chargée de draps et de couvertures. Il m'a regardée d'un air pensif. « Je peux vous aider ?

– Non, merci », ai-je rétorqué sèchement en entrant dans la petite pièce et en poussant des cartons pour faire de la place.

« Nous attendons quelqu'un ? a-t-il demandé en venant m'aider à tirer un coffre.

– Mettez-le là-bas », ai-je dit, acceptant son aide avec réticence. Après tout, il est grand et costaud, alors, autant qu'il serve à quelque chose.

Il a déplacé quelques-uns des objets encombrants, a empilé les cartons sur le coffre, dégagé le divan et fait de la place.

« Merci, ai-je dit de mauvaise grâce. Et nous n'attendons personne. » J'ai regardé par la petite fenêtre qui donnait sur le haut des arbres du jardin de derrière, où une pie solitaire me fixait, perchée dans les branches. « Du moins pas pour l'instant. »

Lettre de miss Edwina Paltry à sa sœur, Clara

3 Church Row
Chilbury, Kent

Jeudi 1er août 1940

Chère Clara,

Aujourd'hui j'ai récolté par hasard une information extrêmement utile, le meilleur de tous les atouts. Cette pépite dont je parle, c'est la nouvelle que la fille aînée du général est tombée enceinte hors mariage. Et tu ne devineras jamais de qui je tiens ce scandale juteux : de la petite sotte en personne.

À quatre heures cet après-midi, on a frappé des coups discrets à ma porte, et quand j'ai ouvert, je me suis trouvée face à elle, bien pomponnée, mais manifestement agitée.

C'est tout juste si elle ne m'a pas bousculée pour entrer dans le salon en regardant par-dessus son épaule pour voir si quelqu'un l'avait remarquée. Elle a été d'une impolitesse extraordinaire, mais j'étais tellement intriguée que j'ai planté un sourire accueillant sur mes lèvres et l'ai suivie.

« J'ai besoin de votre aide, miss Paltry », a-t-elle déclaré d'une voix tremblante.

Je me suis assise, ravie par cette annonce. « Mais je vous

rendrais service bien volontiers, ma chère petite. De quoi avez-vous besoin ?

– D'un avortement », a-t-elle dit entre ses dents serrées, et j'ai senti monter en moi une bouffée d'exultation, pareille à un chœur invisible célébrant un coup de chance sans précédent.

Tu me connais, Clara, je n'allais pas laisser passer celui-ci.

« Combien de personnes sont au courant ? ai-je aussitôt demandé.

– Dites-moi si vous pouvez m'aider », a-t-elle lancé d'un ton brusque. Elle était en boule et son visage crispé rappelait celui de son abominable frère mort.

« Bien sûr que je peux vous aider, ma petite. » Je me suis approchée d'elle et lui ai tapoté un genou. « Je connais quelqu'un à Litchfield dont c'est la spécialité et qui fera ça en deux temps trois mouvements. »

Elle a reculé avec une grimace et je me suis penchée vers elle avec un large sourire. « Mais il faut que ce soit vraiment motus, hein, alors est-ce que quelqu'un est au courant ? Vos parents ?

– Non, bien sûr que non », a-t-elle dit en se levant et en lissant sa jupe. Ses narines se sont pincées comme si elle sentait une odeur de pisse de chat. « Ce n'est pas Mrs. Nees, au moins ?

– Mrs. Nees ? » ai-je répété, sourcils froncés. Si elle connaissait ce nom, c'est qu'elle avait dû parler à quelqu'un. Bien sûr que Nees est la seule à faire ça dans le coin, mais il fallait que je me dépêche de prétendre que je connaissais quelqu'un d'autre. « Je n'ai jamais entendu parler de Mrs. Nees, ai-je dit en faisant l'innocente. Je pense à un spécialiste beaucoup plus compétent, un homme qui était médecin. »

Elle n'a pas répondu tout de suite, mais a regardé l'étang

par la fenêtre, comme perdue dans ses souvenirs. « Pourquoi n'exerce-t-il plus ?

– Vous posez trop de questions, ma fille, je vous le dis carrément.

Son visage s'est soudain plissé, elle a fondu en larmes et s'est précipitée vers la porte.

« Je lui demande s'il est libre ? » ai-je crié derrière elle. Elle filait sur l'esplanade, et ses talons s'enfonçaient dans l'herbe, son châle blanc se gonflant et ondulant derrière elle : on aurait dit une de ces statues grecques, une créature chaste et pure.

À ceci près que j'étais au courant du diable qui se cachait dans son sale petit ventre.

Je suis rentrée et ai fermé la porte à clé. Je n'avais guère envie de m'occuper de lui organiser un avortement de toute façon. Non, ce qui m'intéressait, c'était de récupérer le gros lot qui miroitait, suspendu à la main du général. Il serait drôlement atteint quand il apprendrait que sa fille avait été déshonorée par un roturier. J'allais commencer par lui réclamer le reste de mon argent, et s'il tergiversait, j'abattrais ma carte maîtresse.

Il fallait que je fasse vite au cas où il l'apprendrait par quelqu'un d'autre. Je me suis alors souvenue qu'à la répétition de la chorale, j'avais entendu Kitty dire qu'il était à Londres aujourd'hui. Tu vois que ça m'a bien servi d'aller chanter dans leur chorale grotesque. D'après elle, il était censé assiter à une réunion ayant trait à la guerre, mais si tu veux mon avis, c'était plutôt avec sa maîtresse qu'il avait rendez-vous. J'ai rapidement calculé qu'il reviendrait par le train du soir, celui de 21 h 21. Alors après dîner, je suis allée l'attendre à la gare.

Je suis arrivée en avance et suis restée dehors à lire le tableau des horaires, ne voulant pas me faire remarquer.

Je ne tenais pas à avoir quelqu'un à mes basques pour ma petite conversation avec le général. Mais la seule personne qui est descendue du train, c'était le pasteur qui rentrait de Litchfield.

J'ai arpenté les abords de la gare d'un pas vif quelques instants et m'apprêtais à partir quand j'ai entendu des voix sur le quai. En me penchant, j'ai vu le général qui passait un savon au chef de gare parce que le train avait du retard, qu'il était sale, ou secouait trop. Tout compte fait, il avait bien pris celui de 21 h 21.

Et à l'évidence, il n'était pas de bonne humeur.

J'ai reculé et ai pris une grande inspiration. Il faisait presque nuit, le ciel était d'un bleu sombre et pommelé où l'on voyait luire les étoiles entre les nuages ; et le halètement de la locomotive s'éloignait tandis que le convoi plongeait dans l'inconnu. J'ai frissonné à la perspective de ce qui m'attendait, mais il fallait passer à l'acte. Je ne devais pas oublier que c'était moi qui avais tous les atouts en main.

Quand son ombre est apparue à l'entrée de la gare, je l'ai appelé à mi-voix : « Général, j'espérais vous trouver ici.

– Quoi ? Qui est là ? » a-t-il demandé d'une voix bourrue en se redressant et en jetant à la ronde un regard menaçant.

Je me suis avancée en souriant. « Votre associée. »

Il a regardé autour de lui avec inquiétude au cas où quelqu'un aurait été témoin de la scène. « Qu'est-ce que vous faites là ?

– Je suis venue bavarder un peu. Je me suis dit que je vous tiendrais compagnie pendant votre trajet jusqu'à chez vous. C'est que j'ai besoin du reste de mon argent maintenant. »

Il a marqué une pause. « Ne soyez pas ridicule, ma pauvre femme. Vous attendrez la fin de l'été pour ça, si tant est que vous ayez quelque chose, a-t-il craché. Il y a des bruits qui courent aux cuisines, alors vous feriez bien de regarder où vous mettez les pieds, sinon vous allez vous retrouver sous les verrous. »

Salope d'Elsie. Je la vois au village et quand je la croise à l'épicerie, elle m'adresse son petit sourire narquois. Je me doutais qu'elle ne fermerait pas son clapet.

« Mais je crois que vous devriez m'écouter, général, parce que j'ai une information qui pourrait salir votre nom.

– Que voulez-vous dire ? a-t-il demandé en marchant d'un bon pas. Vous me menacez ou quoi ? Ne vous amusez pas à me chatouiller.

– Et si c'était quelque chose de profondément humiliant, une catastrophe ? » ai-je poursuivi d'une voix douce.

Il s'est arrêté. « Je suis au courant de tout, espèce de sale bonne femme. Et maintenant, disparaissez.

– Oh que non, vous ne savez pas tout, ai-je craché. Vous ne savez pas que votre fille aînée est enceinte de Slater. »

J'ai cru qu'il allait tomber à la renverse. Son visage a viré au violet et sa main s'est portée à son cœur. Il a titubé, puis a poussé un long cri rauque : « Comment osez-vous suggérer une chose pareille ?

– C'est la vérité », ai-je marmonné en reculant furtivement, car j'ai cru qu'il allait me frapper. Et se défouler sur moi.

« Ça ne peut pas être vrai. Complètement impossible. » Et il a attaqué la colline au pas de charge. « C'est ce qu'on va voir.

– Et l'argent que vous me devez ? Histoire de m'aider à garder vos sales petits secrets ? » Je trottais pour essayer de rester à sa hauteur.

Il s'est arrêté brusquement et sa main osseuse m'a serré le haut du bras si fort que ses doigts m'entraient dans la chair. « Ne vous mêlez pas de ça, Paltry, a-t-il grondé. Sinon, vous êtes morte. »

Le blanc de ses yeux luisait d'un éclat dangereux à la

lumière de la lune. La rage l'avait mis hors de lui. Je n'avais pas bien mesuré les conséquences : il était capable de me tuer pour avoir seulement osé suggérer une chose pareille.

« Si vous soufflez un seul mot de vos mensonges infâmes, a-t-il poursuivi, je ne donne pas cher de votre existence minable. Filez, et que je ne vous revoie plus. »

Là-dessus, il m'a bousculée et poussée, et je suis tombée sur la hanche en me faisant si mal que j'en suis restée un instant paralysée. Quand je me suis redressée, il avait disparu dans l'obscurité.

Je me suis remise péniblement debout et suis rentrée en clopinant, très inquiète pour mon sort. Mon plan avait foiré. Ma stratégie n'était pas la bonne. Jamais je n'avais imaginé qu'il ne me croirait pas, et qu'il préférerait me tuer plutôt que d'admettre que je disais vrai.

Je t'écris assise dans mon petit salon en comptant la moitié de l'argent, et je sais, ma chère sœur, que je vais devoir faire la part du feu et partir demain à la première heure. Le général aura ma peau d'une manière ou d'une autre, surtout avec Elsie qui déblatère. J'ai signé ma perte.

Je serai avec toi d'ici quelques jours et on avisera.

Edwina

Journal de Kitty Winthrop

Jeudi 1er août 1940

Mon effort de guerre personnel

Encore de mauvaises nouvelles aujourd'hui. Les nazis ont envahi nos îles anglo-normandes. Ils ont capturé les hommes jeunes pour les faire combattre et ont entrepris d'affamer le reste de la population. Nous savons que nous sommes les prochains sur la liste. C'est pourquoi j'ai décidé que c'était mon devoir de dire à quelqu'un que j'avais vu le vieux George et Mr. Slater dans les bois et d'ajouter que je soupçonne Proggett d'avoir d'autres activités que majordome chez nous. Peut-être que je finirai avec une médaille en héroïne du village.

Au début, j'ai envisagé d'aller à vélo au commissariat de Litchfield, mais ça fait un bout de chemin et les répétitions me prennent beaucoup de temps. Ensuite, je me suis demandé si je ne devrais pas demander conseil à Mrs. Tilling, car elle est la personne la plus serviable du village, et puis la solution m'est apparue d'un seul coup : Mrs. Tilling loge chez elle un colonel de Litchfield Park, un homme important, et il a beaucoup apprécié ma façon de chanter au concours. Il pourrait certainement accorder à mes informations l'attention qu'elles méritent.

Alors ce soir après le dîner, j'ai dit à maman que j'allais chez Prim pour un cours exceptionnel, j'ai pris ma lampe de poche et je suis descendue au village dans la lumière jaune et violette du crépuscule. Il régnait un calme absolu, pas une chauve-souris dans l'air, pas un seul renard en train de gagner discrètement le bois comme d'habitude. On avait l'impression qu'un événement horrible allait se produire, que quelque chose de maléfique guettait en silence notre monde.

Je me suis mise à courir et suis arrivée hors d'haleine à Ivy House, terrifiée par l'idée d'avoir d'invisibles méchants à mes trousses. J'ai sonné. Dans la minute, la porte s'est entrebâillée et Mrs. Tilling m'a vite attirée à l'intérieur.

« Kitty ! Mais qu'est-ce que tu fais là ? »

Dans le vestibule, j'ai été rassurée de voir le papier à fleurs familier, la porte de la cuisine ouverte au bout du couloir, l'odeur d'un plat mitonné flottant dans l'air.

« Je suis venue voir le colonel, ai-je répondu carrément. Il est là ? »

Mrs. Tilling a eu l'air un instant surprise, puis elle a haussé les épaules. « Installe-toi au salon, a-t-elle dit. Il est en train de dîner. Je vais préparer du thé et il viendra quand il aura fini. »

Le colonel était gigantesque. Je l'ai vu dans le village et au concours, mais quand je me suis trouvée à côté de lui dans le salon de Mrs. Tilling, j'ai reculé tant je me suis sentie oppressée. C'est facilement l'homme le plus grand que j'aie jamais rencontré, bâti en force, avec de larges épaules et un torse aussi puissant que celui d'un ours.

Je n'ai pas pu me retenir et ai bafouillé malgré moi : « Oh là là, vous êtes un malabar ! »

Il a souri. « Oui, j'étais tout juste un peu plus vieux que vous quand j'ai atteint cette taille. Mrs. Tilling me dit que vous vouliez me voir ?

– Oui, ai-je bégayé. Je suis Kitty Winthrop, du manoir de Chilbury, et je crois que j'ai trouvé un » – j'ai regardé autour de moi et ai parlé plus bas – « un espion parmi nous. »

Il a souri un instant avant de toussoter et d'adopter un air plus sérieux. Il s'est assis sur le canapé à fleurs et m'a désigné le fauteuil en face de lui. « Alors, racontez-moi tout.

– Voilà. Quand nous étions dans le bois de Peasepotter, Silvie – notre évacuée tchèque – et moi, nous avons vu un type qui fait du marché noir. Il s'appelle le vieux George et il a un buisson où il cache toutes ses marchandises de contrebande. Il était là avec Mr. Slater, l'artiste peintre qui s'est installé dans la maison voisine de celle de Hattie à Church Row. Je suis sûre qu'ils faisaient des affaires tous les deux. Et puis Silvie m'a dit qu'elle voyait souvent aussi Proggett, notre majordome, dans le bois de Peasepotter, et je l'y ai aperçu moi aussi une fois, alors je me demande si c'est un espion ou s'il a quelque chose à voir avec Mr. Slater et le marché noir. » Je me suis arrêtée et ai regardé mes mains que j'avais croisées sur ma jupe.

« Seigneur, a-t-il dit lentement en toussotant dans sa grande main. Vous êtes exactement le type de personne vigilante dont nous avons besoin dans la population civile par ici ! » Il m'a regardée un moment, évaluant ma taille et mon âge. « Mrs. Tilling me dit que vous avez la tête sur les épaules, j'en conclus que vous allez bien prendre en compte mes consignes. Je ne me trompe pas ? »

J'ai fait signe que non, contente que Mrs. Tilling ait dit que j'avais la tête sur les épaules, ce qui est tout à fait vrai.

« Je veux que vous continuiez à ouvrir l'œil, mais ne cherchez pas à découvrir quoi que ce soit. Croyez-moi sur parole, nous avons un grand nombre d'agents solidement entraînés qui surveillent ce qui se passe ici, et je ne veux pas que vous vous mettiez en danger. Compris ? »

J'ai hoché la tête, déçue.

« Sachez que nous parlons là d'un monde clandestin excessivement dangereux, et j'ai besoin que vous me donniez votre parole d'honneur de ne pas en souffler mot à qui que ce soit.

– Bien entendu, ai-je dit avec agacement. Vous pouvez me faire entièrement confiance.

– J'en suis convaincu. » Il a souri et son visage s'est illuminé, ce qui l'a fait paraître tout à fait normal. « Vous savez, j'ai une fille de votre âge. Vous devez avoir douze ans ?

– Non, ai-je lancé. J'en ai bientôt quatorze !

– Ah mais bien sûr. Ma fille a douze ans. C'est ma cadette, elle vit chez sa tante à Oxford avec ses deux grandes sœurs. Je crois qu'elle aussi saurait garder un secret, tout en trouvant ça très difficile. » Il a gloussé et je n'ai pu m'empêcher de sourire parce que soudain, il a paru sympathique et drôle, comme un gros saint-bernard ébouriffé ou un vieux nounours déglingué.

« Elle viendra vous voir un jour ?

– Avec un peu de chance, a-t-il répondu à mi-voix. J'aimerais qu'elles viennent toutes un jour voir où je vis, et ce très beau village avec les vagues de collines derrière nous.

– Je ne pense jamais à Chilbury comme à un beau village. J'y ai passé toute ma vie et à mes yeux, c'est chez moi. Vous le trouvez vraiment beau ? »

Il n'a pas répondu tout de suite et je me suis demandé s'il m'avait entendue, mais il a fini par dire : « Il y a ici un style de vie qu'aucune guerre ne peut anéantir, à mon avis, et qui nous survivra. » Il est revenu à la réalité brusquement et s'est levé. « Je lui dirai que vous aimeriez qu'elle vienne. Elle s'appelle Alexandra. » Et il a tendu sa patte de géant pour serrer ma petite main menue. « Si vous remarquez quoi que ce soit d'autre, soyez gentille de venir me le dire, Kitty. Et n'allez pas au bois de Peasepotter. C'est dangereux. Je sais que vous êtes maligne et mûre pour votre âge, et que vous garderez ça pour vous, mais ne laissez surtout pas Proggett soupçonner que vous vous doutez de quelque chose, d'accord ?

– D'accord. » J'étais contente que quelqu'un reconnaisse ma maturité.

Mrs. Tilling est entrée et a demandé si elle pouvait me dire un mot dans la cuisine. Le colonel m'a souhaité le bonsoir et a demandé à Mrs. Tilling s'il pouvait se servir du téléphone. Je me suis demandé s'il appelait son QG pour transmettre ce que je lui avais rapporté. Et admettre que j'étais une héroïne, finalement.

Mrs. Tilling a commencé à débarrasser le thé. « Ta mère sait que tu es ici ?

– Non. »

Elle a soupiré et s'est retournée pour me regarder. « Je ne sais pas pourquoi tu es venue voir le colonel Mallard ce soir et je ne te demande rien, mais je t'en prie, Kitty, ne te mêle pas de cette guerre.

– Mais nous y sommes tous mêlés, que ça nous plaise ou non.

– Certains d'entre nous, Kitty. Certains. » Elle m'a regardée avec des yeux soudain emplis de tristesse, et j'ai compris à quel point elle s'inquiète pour David. Elle m'a pressé l'épaule de la main. « Allez, file, et tâche de rester en dehors de tout ça, je t'en prie. »

En traversant le vestibule, j'ai entendu le colonel Mallard qui parlait au téléphone. « Oui, l'échappement est mort et il m'en faut un autre. Tout de suite. » Après ce que je lui avais révélé, tout ce qu'il trouvait à faire, c'était s'occuper de sa voiture.

Quand Mrs. Tilling a ouvert la porte d'entrée, nous avons entendu le bourdonnement lointain d'un avion venant du sud. Je suis sortie dans l'allée pour mieux voir, suivie de près par Mrs. Tilling qui se tenait comme un écureuil aux aguets. Le colonel Mallard nous a rejointes. Le bruit est devenu de plus en plus présent et confus, comme si de nombreux moteurs se dirigeaient vers nous en crachotant. Nous avons regardé le ciel derrière le clocher de l'église, tandis que la lune surgissait soudain d'une épaisse couche de nuages, mince croissant brillant et argenté qui nimbait le côté de l'édifice d'une lueur céleste.

C'est alors que nous les avons vus. Les taches sont devenues distinctes, la première était un bombardier nazi, et deux autres suivaient, formant comme une flèche mécanique du destin en marche.

Terrifiés, nous avons regardé s'avancer vers nous cette vague de destruction nazie. Avaient-ils dépassé Douvres ? Se dirigeaient-ils vers la Tamise ? Le colonel est descendu jusqu'à la route pour mieux évaluer leur trajet.

Le hurlement de la sirène a retenti – c'était la première fois qu'elle se déclenchait pour un raid aérien –, aigu, effrayant, comme un fantôme nous criant à tous de rentrer nous mettre à l'abri.

« Descendons à la cave », a dit Mrs. Tilling aussitôt, en nous invitant à rentrer dans la maison. « Je crois qu'ils vont plus loin, mais mieux vaut être prudents, surtout avec Kitty ici. »

Elle nous a ouvert une petite porte dans la cuisine et nous a fait descendre un étroit escalier de bois. Quand elle a allumé la lumière, j'ai été soulagée de voir que sa cave était aménagée, et pas aussi crasseuse et pleine de vermine que la nôtre.

Elle avait mis un tapis râpé devant un vieux canapé et un fauteuil usé garni de coussins brodés à la main. Sur une petite étagère se trouvaient une horloge, une dizaine de livres et une boîte noire en métal, qui, je l'espérais, était pleine de provisions. Roulés sur un côté, il y avait des couvertures et des oreillers, et je me suis dit qu'on serait très bien là, pelotonnés sur le sol dans un gîte aussi douillet.

Le colonel a réussi à caser sa grande carcasse dans le fauteuil et a demandé à Mrs. Tilling si elle avait du papier et un stylo, afin de profiter du moment pour rattraper le retard dans sa correspondance. Elle a farfouillé sur l'étagère, a trouvé ce qu'il voulait et le lui a tendu sans un mot. Je me demande pourquoi elle ne l'aime pas. Moi, je le trouve plutôt sympathique.

« Voyons, Kitty, lequel de ces livres pourrait t'intéresser ? » Elle s'est penchée et a examiné l'étagère. « *Les Grandes Espérances* ? Tu l'as lu ? Ou bien *Anna Karénine*, de Tolstoï, qui n'est peut-être pas encore de ton âge. »

Tout est de mon âge, alors je lui ai pris *Anna Karénine* des mains et l'ai ouvert à la première page. « Toutes les familles heureuses se ressemblent. Chaque famille malheureuse, au contraire, l'est à sa façon. » C'était vraiment trop bizarre. Chilbury, au cœur d'affaires louches, Proggett, un espion dangereux, le Mr. Slater de Venetia, un profiteur vendant au marché noir. Heureusement que les agents du colonel surveillent tout ça, mais j'avoue que j'ai été un peu contrariée que ma seule et unique tentative pour participer à l'effort de guerre se soit vue expédiée au cours d'une brève conversation.

« Toutes les familles heureuses se ressemblent. Chaque famille malheureuse, au contraire, l'est à sa façon. » Notre premier raid aérien. Peut-être le premier d'une longue série, avec des bombes qui s'écrasent sur nos maisons, détruisant tout ce que nous possédons. J'ai tendu l'oreille, mais les avions devaient être partis. Et tandis que le tic-tac de l'horloge se dissolvait dans le silence environnant, j'ai commencé à me sentir prise au piège du temps lui-même. On aurait dit que chaque instant était devenu à la fois plus long et plus court, plus important dans le cas où ce serait notre dernier, et pourtant éphémère et dérisoire. Or tous ces moments mis bout à bout composent ma vie : un patchwork de différentes couleurs et de différentes formes, fait des bons et des mauvais jours qui, ensemble, forment un tout inconfortable et mal ajusté.

Alors, le signal de fin d'alerte a retenti, un seul coup de sirène qui a semblé à la fois réconfortant et amical, bien que ce soit toujours la même horrible sirène d'alerte aérienne, mais en l'occurrence, elle n'a retenti qu'une fois. Le colonel a regardé Mrs. Tilling, qui s'est levée et a épousseté sa jupe en lainage marron avant de se tourner vers moi comme s'il n'était pas là en disant : « Eh bien, Kitty, j'espère qu'il n'est pas trop tard pour que tu te dépêches de rentrer chez toi ? Mais si tu veux, tu peux rester dormir dans la petite chambre de derrière.

– Merci, Mrs. Tilling, mais maman va s'inquiéter pour moi. »

Comme elle me conduisait vers l'escalier, je me suis tournée vers l'imposant colonel, qui finissait d'écrire sa lettre, pour lui souhaiter bonne nuit.

« Bonne nuit à vous aussi, a-t-il répondu d'un ton léger en relevant les yeux et en me souriant. Merci d'être venue. »

J'ai dit bonsoir à Mrs. Tilling et me suis dépêchée de sortir, de remonter la rue et de gagner la place. La lune illuminait le cimetière d'une lueur sinistre. Tous ces siècles de villageois enterrés sous la terre ; tous ces gens en train de pourrir jusqu'à ce qu'il ne reste plus rien d'eux que leur pierre tombale.

J'ai couru plus vite, plus vite, jusqu'à arriver à la moitié de notre allée. J'avais sur ma gauche la masse du bois de Peasepotter quand un coup de feu assourdissant a retenti à l'intérieur de celui-ci. Je me suis arrêtée, terrifiée. Et dans la minute, une autre détonation effroyable a suivi. Papa m'a emmenée quelques fois à la chasse, mais ce bruit-ci était très différent. Plus fort, plus sec, déchirant le ciel nocturne comme le claquement d'un verrou.

L'oreille aux aguets, j'ai attendu d'autres coups de feu, essayant de calmer mon souffle, de ralentir les battements fous de mon cœur, mais rien. Au bout de quelques minutes de ce silence, je me suis remise à avancer précautionneusement dans l'allée. Au virage, j'ai décelé quelque chose devant moi, un mouvement dans les ombres. Je me suis figée, écarquillant les yeux pour essayer de distinguer quelque chose dans la pénombre, et j'ai aperçu la silhouette courbée de Proggett dans les fourrés.

Après quelques minutes de silence, j'ai avancé de nouveau à pas de loup, puis j'ai couru vers la maison et ai ouvert la porte de côté. Je m'attendais plus ou moins à ce que tout soit en désordre, différent.

Mais non. Tout était étrangement normal.

Il y avait deux petits pains tout frais sous une cloche de verre sur la table, alors je les ai mis dans ma poche et me suis dirigée vers ma chambre. J'ai rencontré maman dans l'escalier. Elle avait son air hébété de souris craintive qui ne peut pas se sauver. Papa devait avoir recommencé à faire des siennes.

« Où étais-tu ? Tu as entendu les sirènes ? a-t-elle chuchoté.

– J'étais chez Mrs. Tilling, ai-je dit, essayant de la contourner.

– As-tu vu Venetia ? » Sa voix ressemblait à de la glace pilée.

« Non, pourquoi ? »

Elle m'a regardée un instant comme si elle ne me voyait pas, puis s'est ressaisie. « Je voulais lui demander quelque chose, c'est tout.

– Tout va bien ?

– Naturellement. » Elle a souri nerveusement. « Il est l'heure d'aller au lit. Bonne nuit. »

Je suis montée dans ma chambre, j'ai tiré les rideaux et je me suis glissée dans mon lit. Je me suis demandé ce qui était arrivé à Venetia pour que maman soit aussi effrayée. Je suppose qu'il y a toujours des drames quand il s'agit de Venetia.

Ce n'est probablement rien.

Journal de Silvie

Jeudi 1er août 1940

Ce soir le général était très en colère contre Venetia. Il est rentré tard à la maison et s'est mis à lui crier dessus. Il a dit qu'elle est enceinte. Ce qui veut dire qu'elle va avoir un bébé. Le bébé de Mr. Slater. C'est grave. Le général l'a fait venir dans son bureau et lui a crié des choses méchantes. Et puis il l'a frappée. Elle a crié et s'est enfuie dans la nuit.

Le général hurlait : « Je vais le tuer. » Il est allé chercher son fusil.

J'ai eu peur. J'ai couru derrière elle, mais je n'ai pas pu la rattraper.

Alors je me suis cachée dans ma chambre. Ensuite j'ai entendu Kitty monter. Puis le bruit d'un avion de plus en plus fort, bas dans le ciel. J'ai remonté mes couvertures au-dessus de ma tête. J'avais peur.

Première page du *Kent Times* vendredi 2 août 1940.

CHILBURY DÉTRUIT PAR LES BOMBES

Hier, un avion allemand isolé a lâché trois bombes sur le village. Les sauveteurs volontaires locaux se sont battus toute la nuit pour venir en aide aux blessés et éteindre l'incendie qui a ravagé Church Row et des bâtiments voisins. Trois personnes sont portées disparues et on craint de ne pas les retrouver vivantes.

Lettre de Venetia Winthrop
à Angela Quail

Manoir de Chilbury
Chilbury, Kent

Vendredi 2 août 1940

Chère Angela,

Je suis absolument épuisée, à plus d'un titre. Tu sais sans doute que Chilbury a été bombardé la nuit dernière. J'étais là quand ça s'est produit – j'ai vu notre monde exploser sous mes yeux – mais laisse-moi te raconter ça dans l'ordre.

J'ai eu une dispute terrible avec mon père – il a découvert que j'étais enceinte et a menacé de tuer Alastair. Je me suis enfuie dans la nuit, voulant à tout prix le prévenir, lui dire que j'attendais un enfant, notre enfant. Là-dessus, j'ai entendu un coup de feu dans les bois, puis un autre et j'ai cru que papa avait trouvé Alastair et l'avait abattu. Terrifiée, je me suis mise à courir comme une folle dans le sentier menant au village. Je voulais absolument m'assurer qu'Alastair était sain et sauf. Il fallait coûte que coûte que j'arrive au plus vite chez lui.

Au début, j'ai essayé d'ignorer le bruit d'un avion au loin, mais il s'est intensifié quand j'ai atteint la route menant à la place. Il volait bas, avec un grondement guttural, crachotant entre les nuages. J'ai continué à courir, essayant de m'enfuir, d'échapper à cette situation, à cette guerre, à tout.

Comme je débouchais sur la place, le bruit de l'avion est soudain devenu assourdissant : il arrivait juste derrière moi comme s'il était à mes trousses.

J'ai entendu des cris de l'autre côté de la place – quelqu'un devait appeler le pasteur pour qu'il déclenche la sirène, et un instant plus tard, la plainte lente de celle-ci a retenti et a enflé, tranchant sur le vrombissement de l'avion qui était devenu si fracassant que j'ai cru que mes tympans allaient exploser.

Mais il était trop tard. Beaucoup trop tard. L'ombre m'a engloutie et quand j'ai levé les yeux, j'ai vu apparaître juste au-dessus de moi, dans un vacarme effroyable, la forme gris sombre d'un avion allemand dont la présence m'a fait frissonner de terreur. Il s'est dressé comme la Faucheuse, exposant son ventre noir renflé : la trappe de largage s'est ouverte sous mes yeux et, un par un, les projectiles mortels se sont déversés dans le ciel nocturne, droit sur Church Row.

J'ai pris mes jambes à mon cou pour arriver chez Alastair avant les bombes, voulant à tout prix le prévenir. L'avion est monté en chandelle, puis a viré sur l'aile sans même attendre de voir les ravages qu'il allait provoquer.

J'ai vu un éclair de lumière blanche, et une première explosion a déchiré l'obscurité, suivie par une deuxième, puis une troisième, et les déflagrations se sont répercutées dans la nuit. Des fragments de maisons, de mobilier, de corps jaillissaient dans l'air et retombaient au sol. Et des incendies s'élevaient au-dessus des dégâts : de grandes flammes bleu et or qui gagnaient du terrain, se propageant dans la fumée et les débris, emplissant le ciel.

J'ai été projetée au sol, et des morceaux de verre m'ont

tailladé le visage et les bras. Je me suis relevée et j'ai couru vers les flammes. Leur foyer principal semblait être la maison d'Alastair, mais presque tout Church Row était détruit : les bombes avaient creusé des vallées entre les murs subsistants, noyés par des flammes colossales. Du sang coulait sur mon bras, mais j'ai couru sans m'arrêter. Les gens avaient-ils eu le temps de sortir avant que la bombe s'écrase ? Y avait-il des survivants ? Alastair était-il parmi eux ? Et Hattie ? Qu'en était-il de Hattie ?

J'ai hurlé « Alastair ! Alastair ! » mais je n'ai eu aucune réponse. Juste le grondement du feu, entrecoupé parfois d'une explosion monstrueuse quand les flammes rencontraient une substance volatile.

Quand je me suis approchée de l'incendie, j'ai senti une chaleur de fournaise. Je distinguais les contours de la maison d'Alastair et de celle de Hattie, mitoyenne.

Un instant immobile, j'ai regardé le feu se déchaîner, et tous les souvenirs d'Alastair, jusqu'au dernier fragment, se dissoudre dans l'univers. Je me suis mise à pleurer, sans cesser de crier son nom, ni chercher à m'abriter le visage, suppliant Dieu de faire qu'Alastair sorte indemne du brasier.

C'est alors que j'ai entendu les cris. L'horreur m'a clouée sur place quand je me suis rendu compte que j'entendais les pleurs haut perchés d'un bébé. Rose. Le bébé de Hattie. J'ai regardé vers sa maison. Elle était moins mal en point que celle d'Alastair, l'étage était encore en place, mais sur le point de s'écrouler dans les flammes.

J'ai regardé derrière moi : personne.

« Au secours, quelqu'un ! » ai-je crié vers la place, mais aucune voix n'a répondu.

Le bébé a hurlé de nouveau. Mon estomac s'est noué. Je me suis avancée à pas prudents vers la maison et j'ai donné un coup de pied dans la porte, qui a volé en éclats et atterri en miettes à mes pieds, me dévoilant les flammes en train de ravager l'intérieur, de s'attaquer au squelette de la maison. J'ai fait un bond en arrière et ai crié à nouveau « Au secours ! S'il vous plaît ! ».

Il y avait tant de fumée et de poussière que j'ai dû reculer encore pour prendre une bonne inspiration. Mais même à distance, l'air était si brûlant et si épais qu'il était presque irrespirable. Alors j'ai mis mes bras en bouclier devant mon front et j'ai plongé dans la maison. Sachant que l'escalier était à côté de la porte, je l'ai monté en courant et j'ai trouvé le bébé dans un berceau dans la petite chambre ; des flammes bleues léchaient le mur du fond et une fumée noire et dense chassait l'air. J'ai pris le bébé avec sa couverture et suis ressortie au galop. La chaleur était insoutenable et les marches fondaient littéralement sous mes pas tandis que je les dévalais, retenant ma respiration et priant pour être sortie avant que la maison ne s'effondre complètement.

Lorsque je suis arrivée en bas, la dernière marche a cédé et je me suis étalée sur le sol. J'ai atterri sur les coudes pour ne pas écraser le bébé. Le sang dégoulinait de mon bras sur la couverture et sur ma robe. Je me suis relevée tant bien que mal et ai franchi la porte en titubant, enjambant les débris, incapable de voir le sol devant moi à cause du bébé que je serrais contre ma poitrine. Je me suis suffisamment éloignée pour que l'air redevienne respirable, sans suie ni fumée. Alors, je me suis arrêtée pour reprendre ma respiration et me suis retournée juste à temps pour voir la maison exploser en un million d'éclats.

En étreignant le bébé, j'ai regardé l'incendie et les explosions. Je saignais, blessée en plusieurs endroits, les épaules courbées pour protéger le minuscule bébé auquel je me cramponnais comme à mon dernier espoir. Soudain, un mastodonte s'est approché de moi et je me suis préparée à affronter une terreur nouvelle, mais l'homme s'est arrêté, surpris. « Venetia ! »

C'était le colonel Mallard, qui semblait terriblement inquiet et tendu.

« C'est un bébé ? » a-t-il demandé d'un ton pressant en me prenant mon fardeau en toute hâte, car à ce moment précis, j'ai senti le sol se dérober, monter à ma rencontre, et je me suis effondrée comme une masse.

J'ai dû m'évanouir, car je me suis réveillée dans une minuscule chambre que je ne connaissais pas, sur un petit lit confortable. Je pouvais à peine bouger. Mon corps me faisait atrocement mal, mon bras surtout. Je suis restée immobile, clignant des yeux dans la pénombre jusqu'à ce que je me rende compte que j'étais couchée dans la petite chambre du fond chez Mrs. Tilling. Mon bras était bandé et je portais une vieille chemise de nuit blanche. Tout paraissait incroyablement flou et quand j'ai toussé, j'ai eu l'impression d'avoir du gravier plein la gorge.

« Comment te sens-tu ? » a demandé Mrs. Tilling en me caressant le front. En croisant son regard inquiet, tout a resurgi, et je me suis mise à pleurer.

« Et le bébé ? ai-je demandé entre deux sanglots.

– Rose va bien. Elle s'est calmée et maintenant elle dort dans un tiroir en bas.

– Un tiroir ?

– Oui, on n'a pas de berceau ici, alors le colonel Mallard a vidé un tiroir de sa commode et l'a mis sur la table de la cuisine avec quelques couvertures pour le rendre confortable. C'est assez vieux jeu comme méthode, je le reconnais, a-t-elle dit en haussant les épaules. Mais Rose a bien d'autres problèmes. Enfin, elle est en vie, et c'est grâce à toi.

– Et sa mère ? Est-ce que Hattie… »

Elle a secoué la tête.

« Non. Elle n'a pas survécu, a-t-elle chuchoté d'une voix étranglée par la douleur. Prim aussi a été tuée. » J'ai vu la colère se peindre sur son visage, mais elle l'a vite refoulée et remplacée par son pragmatisme habituel. « On ne sait pas ce qui va arriver à Rose. Elle n'a pas d'autres parents proches. Victor a une tante, la sœur de sa mère, dans le Wiltshire, alors je vais lui écrire. »

Ces nouvelles sont passées au-dessus de ma tête comme un nuage saturé d'orage attendant de déverser son contenu. Hattie n'était plus. Prim non plus. Ce n'étaient encore que des mots.

« Et Alastair ? »

Elle m'a pris la main, bandée elle aussi. « Nous ne savons pas ce qu'il est devenu, a-t-elle répondu avec calme. Est-ce qu'il était censé être chez lui hier soir ? Il t'attendait ? »

Je l'ai regardée, ne comprenant pas bien le sens de sa question.

« On ne l'a pas encore retrouvé », a-t-elle poursuivi d'une voix lente, choisissant ses mots avec soin. « On ne sait pas s'il était dans la maison quand elle a été frappée par la bombe. On s'est dit que tu le saurais peut-être ? »

Je ne savais que penser. Se trouvait-il chez lui ? Tous les autres endroits où il aurait pu être ont défilé dans mon esprit. Il pouvait avoir eu rendez-vous avec des espions ou des trafiquants du marché noir, ou avoir été abattu dans le bois de Peasepotter. Je me souvenais du grand type furieux qu'il avait rencontré, celui qui portait des vêtements trop courts pour lui, et à qui il avait donné un passeport.

Pourquoi n'y avais-je pas pensé plus tôt ? Le grand type devait être le pilote nazi abattu que les volontaires de la défense essayaient de retrouver. D'où les vêtements trop courts et le désir de sortir du pays. Je ne parvenais pas à le croire. Alastair aidait un soldat ennemi. Comment pouvait-il faire une chose pareille ?

La douleur a fait vaciller mon esprit. Malgré ce mélange de doute et de peur, je ne supportais toujours pas l'idée qu'il puisse avoir péri. Était-il chez lui hier soir ? M'attendais-je vraiment à le trouver là ? Nous n'avions pas pris de rendez-vous. Nous ne nous étions pas revus depuis la veille au matin dans le verger, quand j'avais filé, furieuse, sans même un au revoir.

Nous ne nous étions pas dit au revoir.

J'ai recommencé à pleurer doucement, sans bruit, et Mrs. Tilling m'a pris la main. Tout cela, c'était trop. Alastair disparu. Prim tuée. Hattie – mon amie de cœur – morte, laissant sa petite fille orpheline. C'était trop.

J'ai fini par me rendormir. Mrs. Tilling a dû me veiller toute la nuit car elle était encore là quand je me suis réveillée le matin, avec les cris du bébé qui emplissaient la maison.

« Qui s'occupe de la petite ? » ai-je demandé. Le bruit des pleurs me mettait à cran, mais je suppose que c'est le but : pousser les femmes à se lever et à intervenir. Ils se sont arrêtés brusquement, comme si quelqu'un avait pris Rose dans ses bras.

« Le colonel Mallard, a-t-elle répondu. Il a le chic pour ça. » Elle a haussé les sourcils comme si elle était étonnée, alors que pour moi, cela avait une certaine logique.

« Elle va bien ? Avec toute cette fumée…

– Elle tousse. Mais franchement, Venetia, c'est un miracle qu'elle soit en vie. Et toi aussi ! » Elle m'a regardée sévèrement. « Tu savais que la maison allait exploser quand tu es allée la chercher ?

– Je n'ai pas réfléchi. » J'ai commencé à sortir du lit. Je me sentais un peu moins engourdie, et voulais être à pied d'œuvre pour essayer de découvrir ce qui était arrivé à Alastair. « Je ne pouvais pas supporter de l'entendre crier et je me suis sentie comme poussée. » Tandis que je parlais, j'ai revécu l'instant en un flash. « J'ai crié à l'aide mais il n'y avait personne, et le bébé hurlait sans arrêt. J'étais toute seule et il a fallu que j'y aille.

– Tu ferais mieux de rester au lit, Venetia. » Elle m'y a reconduite et m'a bordée avec le dessus-de-lit usé. « Tu as perdu beaucoup de sang. »

J'ai regardé le pansement sur mon bras, me souvenant de l'entaille. « C'est grave ?

– Je t'ai mis quelques points de suture, a-t-elle dit avec son calme habituel.

– Et le bébé ? Le mien ? ai-je soufflé.

– Il va bien pour l'instant, a-t-elle répondu. Mais tu te remets d'une commotion cérébrale, et de chocs et blessures multiples. Tu ne garderas pas ton bébé si tu continues à vouloir te lever. Veux-tu que je demande à ta mère de venir te chercher ? »

J'ai levé les yeux vers elle. « Mais il faut que je trouve Alastair. »

Elle a secoué lentement la tête. « Venetia », m'a-t-elle dit sur un ton qui m'a fait fondre en larmes, car je devinais la suite. Elle m'a tapoté l'épaule en me maintenant couchée. « S'il était dans la maison, il n'a pas survécu. »

Quelques gros sanglots m'ont échappé. « Que voulez-vous dire ? Vous êtes sûre ?

– Non, nous ne savons pas s'il s'y trouvait. Est-ce qu'il a l'habitude de t'attendre, Venetia ?

– Oui, en général », ai-je menti. Il lui arrivait souvent de ne pas être là et c'était moi qui attendais. J'entrais et je m'étendais sur le divan, je feuilletais ses poèmes ou je regardais mon nu, partagée entre l'admiration et l'aversion, sentant la couleur et la tonalité de la pièce changer quand Alastair franchissait la porte, le gris et le brun se transformant en or et en bronze. Il m'arrivait aussi d'être en retard quand j'avais du mal à quitter le manoir, entre le mauvais temps, une sœur curieuse, un père exigeant, etc. Nous étions lui et moi prêts à attendre, à attendre aussi longtemps qu'il le fallait.

« Alors dans ce cas… » Sa voix a tremblé et elle n'a pu achever sa phrase.

Après quelques instants de silence, j'ai fini par lâcher simplement ce que j'avais en tête. « Je me demande si mon père ne lui a pas tiré dessus. »

Elle a cessé un instant de m'éponger le front et j'ai vu l'inquiétude envahir son visage. « Ton père sait que tu es enceinte ?

– Oui. » J'ai levé les yeux vers elle. « Quelqu'un a dû le lui dire hier avant qu'il rentre à la maison.

– Tu crois que c'est miss Paltry ? Tu le lui as dit ? »

J'ai suffoqué. « Elle ne lui en aurait pas parlé, sachant qu'il me tuerait. » J'en ai eu la bouche sèche. « Si ?

– Va savoir, ma petite Venetia, a dit Mrs. Tilling avec une grimace. Va savoir. »

Elle m'a bordée à nouveau et est allée me chercher du lait chaud pour m'aider à me rendormir. Elle a peur que je perde le bébé, et je le redoute moi aussi, plus que je ne saurais le dire. Si Alastair est vraiment mort, sous les bombes ou les balles dans les bois, alors ce bébé est tout ce qui me reste de lui. Je sais que ça paraît sentimental et ridicule, mais il me manque tant que j'ai l'impression de mourir moi aussi, de sentir mes entrailles se dissoudre à l'intérieur de moi, de me réduire à néant. Cet enfant, son enfant, est mon seul espoir, le seul point lumineux dans un océan de désespoir.

Oh, Angie, c'est affreux que tu ne sois pas ici avec moi. Pauvre Hattie. Je n'arrive toujours pas à croire que notre adorable amie, avec ses yeux brillants et son grand cœur, est morte. Je ne sais pas ce que je vais faire sans elle. J'entends sa voix dans ma tête qui me dit : « Venetia, il faut que tu apprennes à faire attention à toi. » Quand j'écoute Rose gazouiller, je me sens très proche d'elle et j'ai décidé que je dois à Hattie qui a toujours été comme une grande sœur pour moi d'être à mon tour une grande sœur pour Rose.

Écris dès que tu peux.

Je t'embrasse fort.

Venetia

Journal de Mrs. Tilling

Samedi 3 août 1940

Nous venons de vivre deux jours atroces. J'ai vraiment un mauvais pressentiment à propos de cette guerre, celui que nous allons être vaincus et perdre notre pays, notre culture, notre liberté. Que nous allons tout donner, toute notre énergie au combat, tous nos espoirs, nos rêves, tout donner de nous-mêmes. Et que les nazis arriveront et qu'il ne restera rien. Nous ne serons que des squelettes sans substance, nous les laisserons nous piétiner, diriger nos vies, notre quotidien, nos enfants – si tant est qu'il nous en reste.

D'après le colonel Mallard, le bombardier a dû dépasser Douvres, se perdre, et être obligé de larguer ses bombes afin de pouvoir repasser la Manche. Il n'aurait pas dû frapper des civils. Tout ce massacre n'était finalement qu'une affreuse erreur, une manœuvre in extremis.

Venetia est rentrée chez elle ce matin et va toujours mal. Elle a perdu beaucoup de sang et je crains qu'elle ne perde aussi son bébé. Elle a eu une commotion grave et n'est pas du tout elle-même. Elle est extrêmement frappée par la mort de Hattie et parle encore de Slater comme s'il allait revenir. Aucun corps n'a été découvert dans les ruines de sa maison, mais elle ne semble toujours pas savoir où il aurait pu être. Tout un côté de la place a maintenant disparu. Nous travaillons dur, nous autres femmes, pour tout déblayer et nous débrouiller comme nous pouvons avec les piles inégales de briques et d'objets endommagés, dont certains vous crèvent le cœur, comme les robes familières de Hattie ou les décorations dorées de Prim. Entre-temps, des charognards de plus en plus nombreux fouillent les décombres à la recherche de bijoux ou de bibelots. Hier, j'ai vu Ralph Gibbs bousculer une femme pour essayer de mettre le premier la main sur un objet de valeur, l'œil luisant de convoitise. Cette guerre aura fait de lui un monstre.

La maison de la sage-femme aussi a été éventrée, mais Dieu merci, on a sorti miss Paltry des décombres avec seulement une fracture de la hanche. On l'a emmenée à l'hôpital de Litchfield, alors quand j'aurai le temps d'aller la voir, je l'interrogerai à propos de cette curieuse histoire de bébés.

Hier, Mrs. Quail a trouvé les restes du phonographe de Prim, et quelques autres objets. Le pasteur nous a dit que nous pourrions les donner aux sœurs de Prim qui doivent venir demain pour un hommage spécial qui aura lieu pendant l'office dominical.

Nous avons aussi retrouvé certains objets appartenant à Hattie, notamment une boîte à biscuits en métal dans laquelle elle rangeait ses lettres. Tout le monde m'a dit qu'il fallait que je la garde pour la donner à la tante de Victor quand elle viendra chercher le bébé, alors je l'ai apportée à la maison et ai demandé au colonel de l'ouvrir car le métal a fondu avec la chaleur.

« Ce n'est pas illégal ? » a-t-il demandé, très à cheval sur les principes.

« Ouvrez-la, lui ai-je dit. Si cela vous pose un problème,

j'en assumerai la responsabilité. Et je trouverai un moyen de le faire moi-même si vous ne voulez pas. »

Il m'a regardée comme si j'étais devenue folle.

« Il faut bien que quelqu'un l'ouvre, ai-je dit sans prendre la mouche. Et je suis sûre que Hattie aurait préféré que ce soit moi et non la tante de Victor, vous ne croyez pas ? »

Il a grogné en guise de réponse, puis s'est mis en devoir d'ouvrir la boîte avec un tournevis. Puis il me l'a tendue et j'en ai examiné le contenu.

« Vous n'avez pas l'impression de fouiller dans la vie privée de quelqu'un ?

– Non, mon impression, c'est que je n'ai pas le temps de me poser ce genre de question en ce moment. » J'ai continué à feuilleter les papiers quelques instants, puis je me suis arrêtée et ai relevé les yeux vers lui. « Je veux juste m'assurer que la famille aime le bébé ainsi que la mémoire de Hattie. Qu'ils accueillent la petite avec chaleur. » J'ai reposé les yeux sur la boîte. « Il n'est pas question de les laisser trouver cette lettre d'amour qui n'est pas de leur neveu », ai-je dit en prenant une lettre et en commençant une pile pour les choses que j'allais garder pour moi. « Ni celle-là.

– Évidemment, a-t-il dit. Vous êtes très sage. »

J'ai cessé d'examiner les lettres et l'ai regardé. « C'est seulement ce que j'aimerais qu'on fasse pour moi. » J'ai cru que j'allais me mettre à pleurer, connaissant Hattie comme je la connaissais, qui aimait son bébé, qui aimait son mari. Alors qu'elle s'est fait tant de souci pour lui, craignant que quelque chose ne lui arrive dans l'Atlantique, l'ironie du sort a voulu que ce soit elle qui périsse, finalement.

« Vous êtes une femme courageuse », a dit le colonel avec douceur, laissant sa grande main sur le haut de mon bras quelques instants. J'ai trouvé ce contact étrangement réconfortant dans la lumière dure de ce début de journée.

Il y avait une photographie de Hattie et de tout leur groupe : Venetia, Angela Quail, ainsi que mon David et Ralph Gibbs, de l'épicerie. Ils descendaient le chemin menant au manoir de Chilbury. Quelqu'un avait pris la photo à leur insu à tous. Victor, peut-être ? Ils ne marchaient pas tous ensemble. Hattie et Venetia étaient devant, souriantes, bras dessus, bras dessous. David et Ralph suivaient, se bousculant et riant, l'air très jeunes et innocents avant le début de cette guerre qui les avait précipités dans l'âge adulte. Enfin, en dernier à moitié cachés, venaient Henry et Angela, main dans la main. Elle lui chuchotait quelques mots à l'oreille, l'autre main sur son bras, et il riait. Ils avaient l'air de deux amants. Comment ne l'avais-je pas remarqué plus tôt ? Angela était amoureuse de Henry, mais lui avait depuis toujours le béguin pour Venetia. En regardant la photo avec attention, on voit qu'il a l'œil sur Venetia, en train d'onduler devant lui, tandis que les yeux d'Angela le regardent en biais. Je me suis demandé si Venetia savait. Sans doute pas.

« Qu'allez-vous faire de ces papiers ? a demandé le colonel en regardant ma pile.

– Je vais les mettre dans une enveloppe et je les donnerai à Rose quand elle sera en âge de comprendre, ai-je dit en tassant la petite pile comme si c'était un cadeau de prix que je réservais pour l'avenir. Si elle grandit avec son père, elle ne saura rien de sa mère. Ces quelques petites choses l'aideront à emplir certains blancs.

– On ne peut pas se faire une image de quelqu'un qui est mort, a-t-il répliqué tout net. Croyez-moi, j'ai essayé. Il y a tant de choses intangibles chez une personne, une foule de petits détails, son passé, mille et une petites habitudes agaçantes, la façon dont elle parle, son odeur. Ce sont tous ces détails – et beaucoup d'autres encore – qui lui donnent cette densité et cette complexité que l'on ne peut recréer. On peut se servir de photographies, de portraits, de poèmes, de parfums, de tout ce qu'on peut trouver qui est susceptible de vous la rappeler, mais essayer de transmettre à un enfant l'essence de sa mère ne peut être au mieux que fragmentaire.

– Vous avez perdu votre femme ? Je suis vraiment désolée. » J'ai dû rougir jusqu'à la racine des cheveux en pensant à la façon abominable dont j'avais traité ce pauvre homme alors que lui aussi était veuf, comme moi. Et jamais je n'avais songé à lui poser la question.

« Oui. » Il a regardé le jardin où le vent agitait les corolles violettes épanouies des clématites. « Mes filles avaient sept, neuf et dix ans quand Vera est morte. Elles se souviennent d'elle comme d'une femme malade, exigeante, nauséeuse et qui avait souvent de quoi faire peur. Ce n'est pas facile de les persuader qu'elle a été un jour une femme magnifique et vibrante. » Il a pris la photo de Hattie et l'a regardée tristement. « Ma femme aussi était pleine de vitalité et de rêves, comme cette pauvre fille. »

Ses paroles m'ont frappée. Je ne savais pas que sa femme était morte, même s'il avait mentionné ses enfants en passant. J'ai soudain éprouvé une profonde pitié pour lui ; après tout, je savais ce que c'était d'être seule, d'élever des enfants, de mettre un pied devant l'autre.

« David n'avait que huit ans quand Harold est mort. Nous avons continué notre vie à deux et sommes devenus très proches. Où sont vos enfants en ce moment ?

– À Oxford avec ma sœur, leur tante. Elles sont plus âgées à présent : douze, quatorze et quinze ans. J'envisageais de louer un logement par ici et de les faire venir pour qu'elles soient avec moi. Elles me manquent, vous savez. » Il a toussoté pour faire passer sa franchise. « Mais maintenant…

– Oui, elles sont probablement mieux pour l'instant là où elles sont », ai-je dit doucement. Le fait qu'il ait songé à partir et à louer une maison au lieu de vivre à Ivy House m'a troublée. Ne se plaisait-il pas ici ? Pourquoi ne me l'avait-il pas dit ? Peut-être aurais-je dû me montrer un peu plus accueillante avec lui.

Je nous ai donc préparé du thé et quand il s'est assis avec moi à la table de la cuisine, je lui ai posé mille et une questions sur ses filles.

Journal de Kitty Winthrop

Lundi 5 août 1940

La vie sans Prim

Ce soir, nous avons eu une répétition exceptionnelle, la première sans Prim. J'ai eu beaucoup de peine en entrant dans l'église froide, sachant qu'elle n'y serait jamais plus. Notre chorale ne sera plus jamais pareille. Beaucoup ne pourront pas aller à son enterrement car il doit avoir lieu à Londres, c'est pourquoi le pasteur a célébré un office du dimanche spécial pour elle hier.

Il m'a demandé de dire quelques mots, ce qui était un grand honneur, et j'ai décidé de parler à tout le monde de ce que j'avais partagé avec Prim. De la force exceptionnelle qu'elle avait apportée dans nos vies. Mais au moment de prendre la parole, je me suis demandé si j'y arriverais, car je tremblais d'appréhension et de chagrin en montant les marches de la chaire.

Et puis je me suis souvenue de Prim. Qui aurait voulu que je sois forte.

« À ma première leçon chez Prim, nous avons parlé de la

mort. Elle m'a raconté qu'elle avait failli mourir de la malaria. Mais que l'idée de la mort ne lui faisait pas peur. Que le fait de se rendre compte qu'on va mourir rend en fait la vie meilleure, car c'est à ce moment-là seulement qu'on décide de vivre la vie qu'on veut vraiment, et non celle que les autres veulent pour vous. Et qu'on décide aussi de profiter de chaque minute. »

J'ai marqué une pause pour me ressaisir. Tout le village était là ; et des gens de Litchfield aussi. Tous attendaient que je parle. « C'est un désastre qu'elle ne soit plus là, mais elle n'aurait pas voulu que cet office soit consacré à sa mort ; elle aurait souhaité qu'il célèbre sa vie. C'était la personnalité la plus vibrante, la plus énergique, la plus réelle qui soit – et pour moi, elle sera toujours vivante. »

Je me suis mise à pleurer et Mrs. Tilling est venue m'aider à regagner mon siège. C'est tellement dur d'accepter qu'une présence aussi immense que celle de Prim ait disparu.

Les larmes coulaient sur nos joues quand nous avons chanté « Come Down, Love Divine[1] ». Son panache à toute épreuve va cruellement nous manquer, et je me suis demandé en regardant les stalles du chœur s'il ne s'était pas insinué en chacune d'entre nous ; si, en la côtoyant, nous n'étions pas devenues plus courageuses et plus résolues nous-mêmes, et prêtes à affronter le monde à sa place.

Ce qui arrive quand les gens meurent

Leur âme peut monter au ciel, où je les reverrai peut-être quand je mourrai (à ceci près que je me demande à quoi ils ressembleront d'ici là).

Leur corps va dans la terre où ils deviennent un festin pour les vers.

1. « Descends sur nous, amour divin », cantique traditionnel.

Leur présence continue à vivre dans tous ceux qui les ont connus, comme si c'était une responsabilité que nous avions prise en faisant leur connaissance sans même qu'on nous le demande.
Leur essence se réfracte dans l'univers, où elle colore l'air de leurs teintes, et finit par se mélanger avec les autres couleurs dans le coucher du soleil : et chaque office du soir est comme une marche des morts.

Le problème de la direction de la Chorale des dames de Chilbury

À la répétition de ce soir, nous avons dû décider que faire pour l'enterrement de Hattie, qui a lieu demain. Comme on pouvait s'y attendre, Mrs. B. a immédiatement pris en main la direction des opérations à la place de Prim, mais ses manières de mouche du coche ont paru brutales et grossières comparées à celles de Prim, si présente dans nos mémoires.

« Après cette semaine tragique, nous sommes ici aujourd'hui pour préparer l'enterrement de Hattie, a-t-elle commencé. Comme elle était l'une de nos principales sopranos, nous nous devons de faire de notre mieux.

– C'est la moindre des choses, a renchéri Mrs. Tilling, qui s'est avancée. L'idée que nous chantions sans elle m'est très douloureuse, mais je sais que c'est ce qu'elle aurait voulu. Elle souhaiterait que nous nous donnions à fond pour réussir le meilleur requiem que nous ayons jamais chanté. »

Il y a eu un murmure général d'assentiment, avant que Mrs. B. ne demande le silence. « Oui, oui, tout le monde sait ça, Mrs. Tilling. Merci pour ces remarques. Nous en tiendrons compte. » Elle a fait un geste pour prier Mrs. Tilling de retourner à sa place, mais celle-ci était occupée à examiner des partitions devant l'autel. Alors Mrs. B., visiblement hérissée, a continué : « Après mûre réflexion, je crois que le mieux serait que nous rechantions l'"Ave Maria". » Mais il paraissait malvenu de reprendre ce que nous avions chanté pour gagner le concours. Nous avons regardé Mrs. Tilling.

« Nous ne pouvons pas chanter ce morceau ! a-t-elle déclaré en relevant la tête. C'est complètement déplacé. Non, il nous faut autre chose. Qui convienne à Hattie.

– Nous pourrions peut-être essayer le "Lacrimosa" de Mozart maintenant que le service du souvenir prévu par Prim est… annulé. Je sais qu'il n'est pas encore assez travaillé, mais c'est un morceau pour un office funèbre, a lancé Mrs. Quail.

– Non, ça ne convient pas non plus, a soupiré Mrs. Tilling. C'est trop intense, trop dramatique. Hattie aurait voulu quelque chose de simple, comme un cantique familier.

– Vraiment, Mrs. Tilling ? a dit sèchement, Mrs. B. Merci de nous dire à quoi vous pensez.

– Eh bien, le pasteur nous a laissé toute la musique jadis chantée dans cette église, et les feuillets sont un peu poussiéreux, mais je suis sûre que nous trouverons ce que nous voulons. »

Je me suis levée pour l'aider. Certains exemplaires étaient tout écornés, et parfois, il n'y en avait pas assez pour nous toutes, même si nous en partagions un à trois ou quatre. Jamais nous ne pourrions nous procurer de nouvelles partitions à temps.

« Et ça ? ai-je lancé en levant quelques feuilles. Le *Messie* de Haendel ?

– Un peu trop festif, peut-être, Kitty », a dit gentiment Mrs. Tilling en examinant ce que je lui tendais. « Ah, voilà ce qu'il nous faut ! "Amazing Grace", l'un des morceaux de musique les plus émouvants jamais écrits. »

Tout le monde a murmuré et reconnu que c'était un excellent choix.

« Cet hymne magnifique rassemble tous les aspects de la vie », a ajouté Mrs. Tilling, pensive. Puis elle a ajouté d'une voix résolue : « C'est parfait. »

Elle nous a distribué nos partitions et tout le monde a commencé à fredonner l'air. Nous sommes allées à nos places et avons levé les yeux, prêtes à commencer.

« Vous allez nous guider, Mrs. Tilling ? » ai-je demandé. Elle était la personne toute désignée, car elle lit la musique et a une très belle voix, en plus.

« Oui, c'est vous qui allez diriger ? a demandé une voix parmi les altos.

– Eh bien… », a bégayé Mrs. Tilling. Je voyais qu'elle était mal à l'aise de prendre la place de Prim quelques jours seulement après sa mort.

« Allez, Mrs. Tilling ! a crié Mrs. Quail, à l'orgue. Vous êtes la seule à pouvoir le faire. »

Mrs. B., qui était restée devant, est revenue au centre et a dit : « Écoutez, je crois que nous ne devrions pas forcer cette pauvre Mrs. Tilling. Après tout, elle s'est seulement avancée pour nous aider à trouver le morceau adéquat et maintenant que c'est fait, on a besoin d'elle parmi les altos. » Elle a adressé un sourire bienveillant à Mrs. Tilling, lui indiquant d'une main tendue sa stalle dans le chœur.

Pendant un instant, on a pu croire que Mrs. Tilling allait obtempérer, mais quelque chose l'a retenue. Elle s'est redressée et a souri à Mrs. B.

« Je crois que je m'en sens capable, a-t-elle dit. Ça ne sera pas la même chose que Prim, mais nous devons toutes faire de notre mieux. Je pourrai donner le départ, veiller à ce que nous gardions la mesure et à ce que les crescendos et rallentandos soient bien exécutés. C'est à ma portée.

– Bravo, Mrs. Tilling ! a lancé Mrs. Quail, se faisant l'interprète des autres voix et des hochements de tête approbateurs. Vous êtes la meilleure d'entre nous. Vous ferez ça très bien ! »

J'ai regardé Mrs. B. regagner sa place la tête haute pour cacher sa contrariété. Jamais je ne l'avais vue vaincue comme ça, surtout par son loyal soutien, Mrs. Tilling. Le rapport de force était en train de s'inverser.

Mrs. Tilling n'avait pas de baguette, mais elle a levé les bras et a fait signe à Mrs. Quail de commencer. Puis elle m'a regardée bien en face, comme si elle savait que j'allais conduire les sopranos, et j'ai senti les larmes me monter aux yeux en me rappelant Hattie, cette fille qui avait toujours fait partie de mon monde et qui était en train de se dissoudre lentement mais sûrement, et de façon irréversible.

Venetia est l'héroïne de Chilbury !

La place du village est sens dessus dessous. L'épicerie est fermée. Mais surtout, Venetia est l'héroïne du jour ! Je ne peux aller nulle part sans être bombardée de questions à son sujet. Comment a-t-elle fait pour sauver le bébé ? A-t-elle eu le gâteau que lui a préparé Mrs. Quail ? Va-t-elle recevoir la médaille du courage ? C'est un concert de « Pauvre Venetia » et « Bravo, Venetia ! ».

Elle a eu la chance de se trouver au bon endroit au bon moment. N'importe qui aurait fait la même chose. Moi la première si j'avais été là. Et c'est moi qui aurais été l'héroïne.

Mais Venetia est enceinte !

Notre bonne, Elsie, me l'a dit ce matin, après avoir fait des scones pour m'attirer dans la cuisine.

« Vous connaissez la nouvelle ? a-t-elle dit à mi-voix en me tartinant un scone et en me tendant un pot de confiture de fraises.

– Laquelle ? ai-je demandé, la bouche pleine.

– Au sujet du bébé de Venetia. » Elle s'est détournée pour que je ne voie pas son visage et son tablier a fait la roue autour de sa mince silhouette comme un tutu. Elle a cette taille élancée et harmonieuse qui fait beaucoup d'effet de loin, mais quand on est près d'elle, on remarque l'expression maussade et amère de son regard, ce qui gâche tout. Aujourd'hui cependant, elle avait l'air plus réjouie et ses grands yeux verts pétillaient comme ceux d'une chatte de sorcière à l'affût.

« Je sais qu'elle a sauvé le bébé, ai-je commencé, mais elle m'a coupé la parole de façon très impolie.

– Non, je parle de son bébé à elle. » Elle s'est tournée vers moi et a approché son visage pointu du mien. « Celui de Mr. Slater. »

J'ai reculé d'un pas. « Venetia est enceinte ?

– Chut, a-t-elle dit aussitôt. Ne dites à personne que je vous en ai parlé. » Elle doit avoir peur qu'on l'accuse de colporter des ragots ou de semer la zizanie. Elle s'est détournée et a quitté la cuisine en vitesse, me laissant stupéfaite, puis consternée.

Ceci explique bien des choses !

Pourquoi papa est furieux contre Venetia.

Pourquoi Venetia ne parle plus à papa.

Pourquoi maman se fait un sang d'encre à propos de la santé de Venetia.
Pourquoi Venetia est si bouleversée par la disparition de Mr. Slater.
Pourquoi tout le monde se conduit si bizarrement et, le pire de tout,
Pourquoi personne ne m'en a rien dit.

Et pourtant, c'est étrange que ce soit Elsie qui m'en informe la première. C'est à peine si elle m'adresse la parole – je me suis souvent demandé si le fait d'être domestique ne lui restait pas en travers de la gorge. Venetia dit que c'est très difficile d'être servi de nos jours. Personne ne veut recevoir d'ordres. Peut-être qu'Elsie se venge de nous, surtout maintenant que Proggett est parti et qu'elle a deux fois plus de travail. Comme nous n'avions pas vu celui-ci pendant un ou deux jours, nous avons forcé la porte de sa chambre. Il l'avait entièrement débarrassée. Il a dû partir la nuit du bombardement. Nous sommes tous sidérés, sauf papa, qui est fou furieux.

J'ai décidé d'aller demander à maman pourquoi elle ne m'a pas dit que Venetia était enceinte, mais quand je l'ai trouvée dans la chambre d'enfants avec Lawrence qui pleurnichait, j'ai préféré m'abstenir. Je me suis dit que mieux valait me comporter comme d'habitude, de façon à ce qu'on croie que je ne suis au courant de rien. J'y ai réfléchi toute la journée et j'ai retourné le problème dans ma tête dans tous les sens. Je ne peux m'empêcher de me réjouir à l'idée que ça va être un coup fatal pour Venetia.

Ça va la mettre en difficulté jusqu'à la fin de ses jours.

Journal de Mrs. Tilling

Mardi 6 août 1940

Sous le crachin de ce triste après-midi, notre petit groupe s'est rassemblé en pleurs devant la vieille église, transi et fébrile, pour l'enterrement de Hattie, le point final de l'existence de notre chère Hattie. Cette fin qui était censée donner rétrospectivement un sens à sa vie, mais qui semblait totalement déplacée et hors de propos pour une personnalité aussi vibrante et chaleureuse.

« C'est vraiment difficile d'arrêter de croire qu'elle va surgir à toute allure au coin de la rue, souriant d'une oreille à l'autre comme toujours, a chuchoté Kitty en reniflant un grand coup, et nous avons toutes regardé le coin où elle aurait pu apparaître.

– J'ai l'impression qu'elle est avec nous en esprit, ai-je répondu en serrant un peu plus la petite Rose, dont le visage menu souriait en ce pénible jour qui allait changer son univers, et pour le pire, selon toute probabilité.

– Elle ne se doute pas que sa mère est morte, hein ? a murmuré Kitty.

– Non, et elle n'aura pas l'âge de le comprendre avant

plusieurs années. Elle n'aura jamais connu sa mère, seulement Victor et les gens qui vont s'occuper d'elle.

– Et qui va s'occuper d'elle, justement, d'ici le retour de Victor ? » a demandé Kitty dont les yeux allaient du bébé à moi.

Bonne question.

La tante de Victor a écrit pour dire que son mari et elle n'étaient pas en assez bonne santé pour s'occuper du bébé. Je ne m'étais pas rendu compte qu'ils avaient passé quatre-vingts ans à présent. Hélas, ils n'ont même pas pu se déplacer pour les obsèques. Rose est donc restée chez nous – avec le colonel et moi – à Ivy House. Je vais sans doute devoir lui trouver une bonne famille d'accueil.

Cela fait des mois que personne n'a eu de nouvelles de Victor, bien que le colonel se soit renseigné sur son navire, qui n'a pas été touché et se trouve quelque part dans l'Atlantique. Victor n'a sans doute même pas été informé de la mort de Hattie, et doit encore être dans une réalité différente où il croit que sa femme et sa petite fille coulent des jours tranquilles dans leur confortable petite maison pendant que c'est lui qui affronte les bombes et risque sa vie pour qu'elles puissent habiter un pays libre. Oh, l'ironie cruelle du sort.

Avant d'ouvrir les grandes portes de l'église et de nous faire entrer, le pasteur est sorti discrètement pour venir me parler dehors.

« Nous n'avons pas de porteurs », a-t-il chuchoté précipitamment.

Je l'ai regardé sans comprendre.

« Il n'y a pas d'hommes pour porter le cercueil. » Il a toussoté pour cacher son embarras. Nous avons regardé autour de nous. Un groupe de mères et d'enfants de l'école où Hattie enseignait était venu, mais en dehors du vieux Mr. Dawkins et du général, qui n'était visiblement pas d'humeur à porter un cercueil, il n'y avait que des femmes. J'ai eu l'impression que le monde se fanait devant mes yeux. À cette chère Hattie, qui avait été comme une fille pour moi, et arrachée si tôt à la vie, nous ne pouvions même pas offrir un enterrement convenable.

« Désolé, a murmuré le pasteur. Nos porteurs habituels sont à la guerre ou aux champs, ou en train de fabriquer des bombes. Je ne peux rien faire.

– À chacun ses soucis de nos jours », ai-je répondu à mi-voix, en colère contre cette maudite guerre qui nous occupe au point de ne plus nous laisser le temps de rien. En cas de nécessité, c'est à nous les femmes de nous débrouiller.

Et la solution s'est fait jour dans mon esprit.

« C'est nous qui porterons le cercueil », ai-je annoncé.

Tous les visages se sont levés comme une vague.

Il y a eu un moment de stupeur, où les dames de la chorale ont regardé le pasteur, puis moi, et pris la mesure de la situation.

Puis, après quelques chuchotis, quelques murmures, les unes après les autres, toutes se sont avancées. D'abord Kitty, ensuite Mrs. Winthrop et Venetia, Mrs. Gibbs, Mrs. Turner et Mrs. Poultice, et pour finir Mrs. B., et bientôt, toutes s'étaient proposées en silence.

« La Chorale des dames de Chilbury portera le corps », a déclaré Mrs. B., prenant la direction des opérations comme à son habitude, ce qui, pour une fois, était utile. « Nous accompagnerons Hattie, notre loyale seconde soprano, jusqu'à sa dernière demeure. »

Lorsque le pasteur nous a conduites vers la sacristie, je me suis avisée que j'avais besoin de quelqu'un pour s'occuper de la petite Rose, et après avoir passé l'assistance en revue, j'ai compris que je n'avais d'autre choix que de la confier au général.

« Pourriez-vous tenir Rose un moment, s'il vous plaît ? » ai-je dit d'un ton sans réplique en lui mettant le petit paquet dans les bras. Pris de court, il a reçu l'enfant et a regardé le châle bleu en fronçant les sourcils. J'ai marqué un temps d'arrêt, me demandant s'il se doutait que cette belle petite fille était, si mes soupçons sont fondés, sa propre enfant. A-t-il pu avoir un frémissement de remords ?

« Après vous, monsieur le pasteur », a dit Mrs. B., et nous l'avons suivi dans la sacristie où nous avons retenu notre souffle en découvrant le triste spectacle du cercueil, une mince boîte en bois contenant tout ce qui restait de notre Hattie chérie. Ce qui était autrefois une jeune femme pleine de vivacité et d'énergie n'était plus maintenant qu'un amas de restes dérisoires, privés des couleurs de la vie, rangés dans une boîte inerte.

« Comment allons-nous soulever ça ? a demandé Mrs. Gibbs avec appréhension.

– Toutes celles qui se sentent assez fortes prendront un coin et les autres se mettront sur les côtés », a ordonné Mrs. B.

L'humeur est devenue plus grave lorsque nous avons hissé notre camarade sur nos épaules. D'abord mal assurées, nous nous sommes redressées et nous sommes dirigées vers l'entrée de l'église, en attendant que Mrs. Quail attaque l'hymne processionnel.

Mais Mrs. Quail avait son idée.

Au moment précis où nous arrivions dans l'allée centrale, l'introduction solennelle de « Abide With Me[1] » a retenti dans la vieille église. L'orgue faisait résonner la mélodie

1. Cantique du XIXe siècle chanté lors des cérémonies religieuses et militaires dans tout le Commonwealth, et récemment encore lors de la cérémonie d'ouverture des Jeux olympiques de 2012 à Londres.

simple mais bouleversante, nous pressant de chanter à l'unisson, pour Hattie, pour Prim, pour notre petite communauté défiant l'adversité, pour notre cher pays en train de s'effondrer.

Avec moi demeure, la nuit tombe si vite –
Et les ténèbres s'épaississent ; reste avec moi Seigneur.

C'est ainsi qu'un chœur de douze femmes éperdues de tristesse, chantant doucement au début, puis plus résolument, a remonté l'allée à pas lents. Nous avons chanté comme si nos vies en dépendaient.

J'ai d'abord eu du mal à émettre le moindre son, l'émotion était trop intense. Devant moi, Kitty peinait, sa voix brisée sortait par à-coups, et derrière moi, Venetia, inconsolable, ravalait d'énormes sanglots. Je sais qu'on nous enseigne qu'il faut considérer la mort comme un passage en douceur d'un lieu à un autre, mais celle sous les bombes d'une jeune mère semblait en contradiction totale avec cet enseignement, et apparaissait comme la destruction abominable d'un esprit vigoureux et bien réel.

La main de Venetia s'est posée sur mon bras et je me suis soudain sentie moins isolée malgré ma sombre vision de l'humanité. J'ai trouvé ma voix. D'abord rauque et étranglée par les larmes, elle n'a pas tardé à gagner en fermeté, clarté et assurance, et au bout de quelques instants, j'ai senti le son de nos voix entremêlées nous envelopper comme un chaleureux halo protecteur – nous faisant prendre conscience de la valeur de notre vie à tous, de son sens, quelle qu'en soit la durée.

Quand nous sommes arrivées aux majestueuses notes finales, nous nous sommes arrêtées, bien groupées, devant l'autel, et avons écouté, le souffle coupé, l'écho des dernières paroles se réverbérant autour de nous.

Non sans mal, nous avons déposé délicatement le cercueil sur les tréteaux prêts à le recevoir, tandis que Mrs. B. chuchotait d'une voix enrouée : « Doucement, Mrs. Gibbs. Doucement ! »

Puis nous avons regardé autour de nous ce vide oppressant. D'un côté, les mères et les enfants de l'école ; de l'autre, seulement Mr. Dawkins, le général avec Rose, et maintenant, Henry, qui était arrivé pendant notre passage à la sacristie.

Alors, j'ai remarqué que le colonel s'était glissé au dernier rang sur la gauche tout au fond de l'église – à ma place, celle où j'aime m'asseoir. Il m'a adressé un petit sourire triste, sans desserrer les lèvres, et je lui ai désigné le général du menton, espérant qu'il comprendrait le message et irait récupérer Rose, ce qu'il a fait. Il est resté devant tandis que le chœur prenait place en silence dans les stalles.

Visiblement ému, le pasteur a célébré un poignant service funèbre, une série de mots qui paraissaient bien dérisoires pour décrire mon chagrin. Je ne pouvais pas non plus m'empêcher de songer à David, à ce que je ferais si un télégramme arrivait et, malgré mes efforts pour les refouler, ces pensées me hantaient comme la lueur menaçante d'un futur possible.

J'ai été brutalement arrachée à mes ruminations par la voix du pasteur annonçant : « Et maintenant, la Chorale des dames de Chilbury va chanter pour nous. »

Nous nous sommes levées et j'ai pris plusieurs inspirations profondes avant de m'avancer, très troublée. Je me sentais incapable de jouer mon rôle de chef. C'était une expérience inédite que celle qui m'obligeait, en un moment pareil, à prendre la place encore chaude d'une morte – et pas n'importe laquelle : de Prim, avec son charisme – pour rendre hommage à cette pauvre Hattie.

Alors, une soudaine bouffée de colère m'a traversée : *Quelles brutes infâmes leur ont fait une chose pareille ?* Et une nouvelle émotion m'a envahie : la fierté. J'étais fière de Hattie, qui n'avait pas baissé les bras après la mort de ses parents dans un accident de voiture. Fière de Prim, qui avait assez cru en nous pour mener notre chœur à un niveau inespéré. Et fière de nous, la chorale, qui faisions notre devoir : célébrer leur vie, être assez fortes et assez endurantes pour tenir nos ennemis à distance et faire en sorte que leur mort à toutes deux n'ait pas été vaine.

Dans l'église à moitié vide s'est élevée doucement l'introduction de « Amazing Grace », qui nous a tous réveillés comme un vent propre et vif. Alors, j'ai saisi ma baguette et ai donné le signal de l'attaque. Un respect éperdu m'a envahie quand j'ai entendu les voix claires et cristallines percer l'air avec toute la magnificence à laquelle peut parvenir une voix de femme quand elle s'élève, telle une blanche colombe, au-dessus du tumulte de la guerre.

Après notre morceau, le pasteur a annoncé que les enfants de l'école voulaient chanter pour leur institutrice. Et mon cœur s'est brisé en voyant les petits, dont la plupart avaient huit ou neuf ans, se demander ce qui était arrivé à la merveilleuse Mrs. Lovell.

Au cimetière, notre triste petit groupe s'est tenu debout, en silence, tandis qu'on descendait le cercueil de Hattie dans le sol détrempé à côté de ses parents. Puis nous avons regagné Ivy House pour une collation. Je suis rentrée à pied avec le colonel, qui avait déposé la petite Rose endormie dans son landau – un noir qui m'avait été prêté par une amie infirmière à Litchfield, car le bleu de Hattie avait été détruit par le bombardement. Elle qui en était si fière ! Je me suis souvenue du jour où elle est venue me le montrer, heureuse comme une reine. Le premier des souvenirs de ce genre qui viendraient me hanter.

J'ai repensé à Hattie et à Prim, à leur vie, et au temps

insignifiant qui me restait à passer sur cette planète, et qui pourrait être encore réduit par des bombes ou une invasion ou Dieu sait quoi. Et plus tard dans la journée, après que notre assemblée s'est séparée dans les larmes et les embrassades, je me suis surprise à en discuter avec le colonel.

« Ça aurait pu être mon enterrement, ai-je dit à mi-voix, assise à la table de la cuisine et suivant du doigt une fissure dans le bois. Cette bombe aurait pu atterrir cent mètres plus loin de ce côté-ci et nous tomber dessus.

– Oui, mais tâchons de ne pas y penser tant que ça ne s'est pas produit, d'accord ? » a répondu le colonel en tirant une chaise pour s'asseoir. Le soir tombait et le gris morose du ciel s'assombrissait, laissant présager une nuit orageuse.

« Mais si nous ne pensons pas à notre mort avant de mourir, comment pouvons-nous décider de la façon dont nous voulons vivre ? » J'ai regardé mes mains : maigres, ridées, osseuses, elles avaient perdu leur fraîcheur. « Si ça avait été mon enterrement, ç'aurait été lamentable.

– Vous êtes fatiguée, a dit le colonel. Je vais vous préparer une tasse de thé. » Et il est allé remplir la bouilloire.

« Je pensais à Hattie et à Prim et je me demandais pourquoi j'ai passé ma vie à travailler pour rendre les autres heureux, pourquoi je n'ai pas cherché à rendre ma propre vie plus plaisante, plus heureuse et plus accomplie. »

Il s'est assis à nouveau. « Non mais dites ! a-t-il lancé d'un ton sans réplique. Elle est formidable, votre vie : vous avez une belle maison, vous avez élevé David… »

Je l'ai interrompu : « … Qui est à la guerre et ne rentrera peut-être pas vivant.

– Vous avez un fils, a-t-il poursuivi. Et vous êtes un soutien efficace et inouï pour tous ceux qui vous entourent. » Il a posé les mains sur la table pour appuyer ses dires : « Vous ne voyez donc pas à quel point ce village a besoin de vous ? Les gens seraient perdus sans vous ! »

J'ai baissé la tête, gênée, puis je me suis levée et j'ai saisi mon torchon d'un geste brusque. « Je me suis assez attendrie sur mon sort, ai-je marmonné. Il faut que je m'occupe du dîner. Je suis un peu en retard aujourd'hui. »

Il est venu à côté de moi et m'a reconduite à la table en appuyant fermement ses grandes mains sur mes épaules.

« Vous allez vous asseoir, a-t-il dit gentiment. Je peux faire le dîner. » Il est allé vers le garde-manger, en a examiné le contenu. « Très bonne nouvelle ! Nous avons des œufs et les œufs, c'est ma spécialité. » Il a sorti la boîte et s'est tout de suite mis en quête d'une casserole. « Brouillés ou à la coque ? » Il a ouvert le placard et farfouillé dans mes ustensiles.

« Brouillés », ai-je répondu en souriant. Je ne me souviens plus de la dernière fois où quelqu'un m'a préparé un repas, même s'il s'agissait seulement de cuire des œufs !

« Excellent choix, madame ! a-t-il souri. Mes filles jurent que je fais les meilleurs œufs brouillés de tout l'Oxfordshire. »

Ils étaient un peu trop cuits, mais très bons quand même. Il les a faits en chantant – terriblement faux – « It's a Long Way to Tipperary ». Fatalement, je me suis sentie obligée de l'accompagner, car il oubliait les paroles et reprenait trop tôt le refrain. C'était un spectacle ridicule, nous deux en train de chanter dans la cuisine pendant qu'il préparait les œufs brouillés, mais ça m'a considérablement remonté le moral.

Et ce soir, cher journal, au moment de me mettre au lit, je me rends compte que cette guerre marque un tournant pour moi. Il faut que je sois plus sûre de moi et que je profite au maximum du temps qui me reste.

Que je m'affirme et me fasse entendre.

Lettre de miss Edwina Paltry
à sa sœur, Clara

3 Church Row
Chilbury, Kent

Mardi 6 août 1940

Chère sœur,

Pourquoi a-t-il fallu que ça m'arrive à moi ? Figure-toi que ma maison a été bombardée et que je suis coincée ici, dans ce fichu hôpital de Litchfield, sans aucun moyen de récupérer mon argent, qui est enterré sous les décombres de ma maison, attendant que les pillards le trouvent avant moi.

Tu dois te demander ce qui s'est passé. Eh bien, c'est une saloperie de bombe qui est responsable, voilà ! Jeudi dernier j'étais bien tranquillement au lit quand brusquement j'entends l'alarme de l'attaque aérienne et il faut que je propulse ma carcasse épuisée. J'allais pour soulever la latte du plancher, et puis BAM ! plus rien ! Je me suis réveillée dans cet endroit pourri avec une hanche qui me fait un mal horrible et des pansements sur les jambes.

« Allons, miss Paltry, restez bien tranquille, m'a dit l'infirmière, condescendante comme pas deux. Ce n'est qu'une fracture de la hanche. Vous sortirez dans quelques semaines. Nous avons des patients bien plus mal en point que vous. »

J'avais envie de hurler : *Et mon fric !*

Au lieu de quoi j'ai commencé à concocter un plan. Voilà l'idée qui m'est venue. La patiente du lit voisin est l'une de ces horribles cueilleuses de houblon de chez Dawkins, et il y a des jeunes qui viennent la voir. Hier, je lui ai demandé si son neveu ne pourrait pas me rendre un service, moyennant finances. À condition qu'on puisse lui faire confiance. Le lendemain, elle lui a dit de venir me voir pour savoir ce dont il s'agissait.

« Qu'est-ce que vous voulez que je fasse, m'dame ? » m'a-t-il demandé sans détour. Je l'ai bien regardé et j'ai eu des doutes. Un grand dadais, aussi dépenaillé qu'un ramoneur, les bras ballants avec de grandes mains au bout, et une peau blafarde et luisante.

Je l'ai salué en essayant de ne pas montrer mon dégoût : « Tom, c'est ça ? » Comme planche de salut, j'aurais pu rêver mieux. « Dis-moi, Tom, est-ce que je peux être sûre que tu tiendras parole ? J'ai une tâche importante à te confier, mais il faut me garantir que je peux compter sur toi.

– Vous pouvez me faire confiance, m'dame », a-t-il répondu sans hésiter, en mettant les poings sur ses hanches. Pas exactement l'idéal pour me rassurer, mais j'ai quand même continué.

« Eh bien voilà. J'ai de l'argent caché dans les ruines de ma maison. Pas une grosse somme, tu t'en doutes. Seulement c'est ce que j'ai mis de côté pour ma pauvre sœur, qui a besoin d'un fauteuil roulant.

– C'est peut-être vous qui en aurez besoin maintenant, avec votre jambe et le reste, a-t-il répliqué avec une impertinence involontaire.

– Ça se peut bien et elle s'en servira après. Bref, en deux

mots, je suis coincée dans cet hôpital et ma maison va être pillée. Ce que je veux, c'est que tu ailles chercher cet argent et que tu me le rapportes. Je t'en donnerai un peu pour ta peine. »

Il m'a regardée en rentrant ses lèvres. « Combien ?

– Dix shillings, ai-je dit d'un ton sans réplique.

– D'accord, a-t-il répondu en reniflant et en s'essuyant le nez sur sa manche. Il est où, alors ? »

J'ai gagné du temps en lui demandant d'aller me chercher de l'eau. Sa désinvolture me déconcertait. Il était d'accord maintenant pour dix shillings, mais une fois qu'il aurait vu la liasse, ce ne serait plus du tout la même chanson. Est-ce que je reverrais un jour mon argent ? Devant son absence de marchandage, j'ai eu des doutes.

« Et voilà, m'dame », m'a-t-il dit en me tendant le verre. Je l'avais peut-être mal cerné. Peut-être était-il aussi naïf qu'un enfant prêt à rendre service.

Je n'avais pas vraiment le choix, ma chère sœur. Peut-être que l'argent avait déjà disparu ou été réduit en cendres. Je n'avais pas d'autre façon de le récupérer. C'était mon seul espoir.

« Alors d'accord. Écoute-moi bien. » Il a penché la tête vers moi et je lui ai expliqué où il était caché, m'assurant qu'il avait bien compris que la bombe avait pu déplacer le plancher ou l'argent. Il devait remuer briques et terre pour le retrouver.

« Je mettrai le paquet. » Il a eu un sourire de guingois qui découvrait des dents mal plantées, et mon cœur s'est serré. Quelle époque !

Enfin, je te tiens au courant de la suite des événements. Il m'a promis de revenir dès qu'il aurait trouvé l'argent. D'ici là, je suis bien obligée de rester ici et de croiser les doigts.

Edwina

Lettre de Venetia Winthrop
à Angela Quail

Manoir de Chilbury
Chilbury, Kent

Mardi 6 août 1940

Chère Angela,

Tu n'imagines pas la tristesse et le chaos qui règnent depuis le bombardement. Je suis brisée rien que d'y penser et je m'efforce de rester dans ma chambre et de me reposer autant que je le peux, bien que je sois allée assister à l'enterrement de Hattie, qui était un crève-cœur. Je n'arrive toujours pas à croire qu'elle est morte. Nous étions amies depuis notre naissance, bébés d'abord, puis petites filles, adolescentes et maintenant femmes adultes. Et il n'en reste qu'une, moi. C'est comme si tout un pan de ma vie d'avant avait été anéanti.

Je suis encore très faible. Mrs. Tilling passe me voir tous les jours et me gronde parce qu'elle trouve que je ne me rétablis pas assez vite. Maman a été formidable et m'a aidée à avaler beaucoup de soupes et de nourriture saine. Je crains qu'elle ne m'ait donné ses rations et sans doute celles de Kitty aussi, car j'ai eu des œufs et du bacon au moins trois fois cette semaine. Mon père est furieux contre maman à cause de sa gentillesse à mon égard, mais il reste à distance, ce dont je ne peux que me réjouir. Je crois qu'il attend son heure et qu'il observe tranquillement la situation depuis les coulisses pour voir quand je serai de nouveau en état de subir ses foudres.

Il s'attend à ce que j'épouse quelqu'un d'autre au plus vite afin de faire croire que le bébé est celui de mon mari – autrement dit Henry, bien que son nom ne soit jamais prononcé. On tire le rideau sur cette histoire une fois pour toutes. Il ne lui vient même pas à l'esprit que je puisse ne pas vouloir épouser quelqu'un d'autre. Moi, je veux seulement retrouver Alastair. Je n'arrête pas de me demander s'il est là, quelque part, et pourquoi il ne revient pas vers moi. Je l'imagine en train de passer la porte et de me prendre dans ses bras comme si rien n'était arrivé. Je sais que je devrais le haïr à présent, mais je ne peux pas. J'ai l'impression de l'aimer encore plus, de toutes les forces qui me restent. Tout se passe comme si les bombes avaient rendu une chose claire comme de l'eau de roche : tout ce que je veux maintenant, c'est Alastair.

Mais avec chaque jour qui passe, les chances de le revoir vivant diminuent, car le bombardement a eu lieu il y a cinq jours. Il y a trois explications possibles à sa disparition, toutes également désolantes. La première, c'est qu'il a été abattu dans les bois, soit par mon père, soit par un membre de son monde clandestin, et qu'il gît maintenant mort dans un fossé ; la deuxième, qu'il se trouvait chez lui quand la bombe est tombée, bien qu'on me soutienne qu'aucun reste humain n'a été trouvé dans les décombres. La troisième hypothèse c'est qu'il a quitté le village le soir où nous nous sommes disputés et n'est pas revenu.

Je porte tous les jours sa médaille de saint Christophe et glisse le minuscule bijou sous mon corsage, à l'insu de tous. Cela me donne l'impression qu'il est là, quelque part, qu'il pense à moi, et qu'il veille sur moi sur terre ou dans quelque paradis.

Entre-temps, Henry est revenu pour les obsèques de Hattie et il est passé me voir cet après-midi. Je l'avais aperçu après la cérémonie, bien sûr, et nous avions parlé de Hattie. J'avoue que c'était assez agréable de l'avoir là, lui qui faisait partie de notre groupe depuis toujours. Il est excessivement gentil en ce moment. Il est difficile de ne pas éprouver de sympathie pour lui. Pourtant, il semble moins emballé qu'au printemps, et je me demande ce qu'il sait au sujet d'Alastair. Mrs. B. est une telle langue de vipère. Pourtant, je suis sûre qu'elle ne se doute pas du degré d'intimité entre Alastair et moi. Cela doit copieusement déplaire à Henry que je passe du temps avec Alastair, mais bien entendu, il ne peut pas le montrer.

Maman a insisté pour que je descende le voir et je me suis appuyée sur son bras en entrant au salon, qui m'a paru très clair, spacieux et solennel comparé à ma petite chambre. Elle avait ouvert la porte donnant sur le patio et une odeur d'herbe fraîchement coupée entrait, apportée par la brise. Le soleil se reflétait dans le grand miroir au cadre d'argent au-dessus de la cheminée, et faisait chatoyer les meubles et les murs clairs. Je me suis dit que ce devait être très agréable de vivre jadis, à une époque où les gens étaient courtois et posés, et où tout était cohérent. Une époque où les innocents n'étaient pas tués par des bombes, et ne se volatilisaient pas purement et simplement.

« Henry », ai-je dit d'un ton réservé en lui tendant la main avant de m'asseoir sur le canapé gris et raide, assez mal à l'aise, je ne sais pourquoi. Je m'étais brossé les cheveux et avais mis du rouge à lèvres. Il avait l'air tout à fait respectable et comme il faut dans son uniforme bien net, avec sa poignée de main très mesurée.

« Bonjour, Venetia, a-t-il dit en souriant et croisant mon

regard. Je suis vraiment content de te voir. » Il a regardé autour de lui, a choisi un canapé face au mien et s'est assis en ôtant sa casquette et en la posant à côté de lui sur le coussin. « J'ai entendu dire que tu étais une héroïne ici.

– Il paraît, ai-je répondu avec un petit rire embarrassé. En fait, c'était une bêtise de me précipiter dans un bâtiment sur le point de sauter.

– Mais tu as été follement courageuse. Tout le monde n'aurait pas risqué sa vie si spontanément. Les gens t'admirent d'avoir fait ça, avec tes blessures, et tout le reste. »

J'ai tiqué en entendant son « et tout le reste », me demandant si pour quelque raison improbable il était au courant de ma grossesse. Je l'ai vu noter ma surprise et me suis aussitôt ressaisie.

« On a beaucoup exagéré, tu sais. » J'ai souri et essayé de détourner la conversation. « Toi aussi, tu es un héros. Mrs. B. nous dit que tu vas être décoré.

– Oh, maman s'imagine toujours des tas de choses et je ne suis pas sûr de recevoir une médaille. Mais j'ai abattu beaucoup d'avions ennemis, et c'est ça qui compte.

– Nous vous devons une fière chandelle, à vous autres pilotes qui résistez aux nazis. Ils nous auraient déjà envahis si vous ne les aviez pas repoussés. » Je m'évertuais à parler crânement et avec enthousiasme, mais les mots sortaient cahin-caha.

J'ai vu qu'il remarquait mes efforts pour paraître normale, comme s'il me trouvait moins jolie, plus négligée. Comme s'il me trouvait très changée. Et c'est vrai que j'ai changé. Mais ce n'était pas ce que je voulais qu'il pense. Je voulais qu'il me croie toujours la même.

« Je ne suis pas trop à mon avantage, je sais bien, ai-je dit en rejetant mes cheveux en arrière comme je le faisais d'habitude, et en modulant un peu plus mes inflexions. Je ne suis pas très en forme depuis le raid aérien.

– Oui, c'est ce qu'on m'a dit, a-t-il répondu avec chaleur. J'espère que je ne te fatigue pas trop en te forçant à te lever comme ça.

– Non, je suis contente de te voir. Et tu repars dans quelques jours, alors je n'aurais pas voulu te rater.

– Ça fait un drôle d'effet d'être là après tout ce qui s'est passé. Le bombardement, la mort de Prim et de Hattie, la disparition de ce type, comment s'appelait-il déjà ? » Il s'est levé et est allé devant la cheminée comme s'il s'intéressait au manteau blanc ouvragé sur le bord duquel il a laissé courir ses doigts.

« Slater », ai-je répondu rapidement, veillant à prononcer ce nom de la façon la plus neutre possible. « Mr. Slater. Personne ne sait ce qu'il est devenu.

– On m'a dit que le soir du raid, tu allais chez lui, a-t-il dit sans se retourner, continuant à étudier le manteau de la cheminée. Je me suis demandé si vous aviez une liaison.

– Eh bien oui », ai-je répondu carrément. J'aurais eu du mal à la nier puisque maintenant, tout le monde est au courant, mais j'avoue que je n'avais pas du tout envie d'en parler avec Henry. Je ne voulais pas qu'il sache. Ça ne le regardait pas et j'estimais que ça n'avancerait à rien. « Mais ce n'était pas sérieux. Je m'amusais, voilà tout.

– Ah bon. » Il s'est retourné et m'a regardée droit dans les yeux. « Je me posais la question, c'est tout. »

Il est venu s'asseoir à côté de moi. Il paraissait inquiet à présent. « Ça va, Venetia ? Ce que je te demande, c'est si tu te sens bien, vraiment ? Au fond de toi ? »

J'ai failli éclater en sanglots.

Bien sûr que non, je ne vais pas bien. L'homme que j'aime a disparu et son enfant grandit en moi. Je suis morte de peur à l'idée de perdre ce bébé, j'essaie de rester couchée toute la journée et je suis terrifiée en pensant à l'avenir.

« Je vais très bien, ai-je dit à mi-voix en lissant ma jupe sur mes genoux. Tout à fait bien, je t'assure.

– C'est que tu as l'air si différente, pas du tout l'ancienne Venetia. Tu parais, ma foi » – il s'est interrompu pour réfléchir – « perdue. »

Il a fallu que je me lève. Être si proche alors qu'il était d'une telle franchise avec moi, c'était risqué. Il aurait été trop tentant de m'appuyer sur son épaule pour pleurer toutes les larmes de mon corps. Nous nous connaissions depuis l'enfance. C'était l'un de mes meilleurs amis, mais je savais que ça ne me faciliterait pas la vie de tout lui raconter. Je suis allée jusqu'au piano et me suis mise à ranger les partitions posées n'importe comment sur le dessus.

« J'ai perdu beaucoup de sang, voilà tout. Et ça m'a épuisée.

– Oui », a-t-il répondu. Mais il semblait penser à tout autre chose. « Y a-t-il un moyen de t'aider ? » J'ai croisé son regard et je sais qu'il essayait de lire en moi, d'aller au-delà des apparences. Il devait m'avoir vue baisser la garde car il s'est levé rapidement et a fait un pas vers moi.

« Venetia. »

Je ne sais pas s'il voulait me prendre dans ses bras, m'embrasser ou juste être proche, mais j'ai reculé, le forçant à garder ses distances.

« Où ai-je la tête : je ne t'ai même pas proposé de thé ! » ai-je dit en filant vers la porte. En sortant, j'ai remarqué sa déception – son mécontentement, peut-être ? – devant ma fuite, et je me suis rappelé non sans embarras que les dernières fois où nous nous étions vus, je l'avais encouragé. Une vision pénible de la fête pour le départ de David m'est revenue, dévastatrice. Pourquoi avais-je joué à ces petits jeux ridicules avec lui ?

À mon retour quelques minutes plus tard, il était debout près de la porte donnant sur le patio et regardait la pelouse jaunissante, les rosiers non taillés et la fontaine dont on avait coupé le jet pour économiser l'eau. Il avait radicalement changé de ton et adopté le comportement charmant et impersonnel du pilote de la RAF en permission, qui raconte des histoires amusantes pour amuser la galerie. Il est devenu très spirituel et m'a fait rire avec la mésaventure de son ami qui avait invité plusieurs filles à sortir en même temps. Je sais que les pilotes ont un succès fou auprès des filles et j'imagine qu'il n'est pas en reste, lui qui sait être tout à fait drôle et affable, mais j'ai regretté le moment de tension de tout à l'heure et ai essayé en vain de retrouver la note, mais il n'a pas voulu quitter le mode de l'aimable badinage.

Enfin, jusqu'à ce qu'il parte. Je l'avais raccompagné à la porte et nous étions tous deux sur le seuil ; le ciel perdait de son éclat et s'assombrissait, dans le bois, le cri d'un chat-huant perçait le calme. Henry s'est tourné vers moi et ses yeux ont sondé les miens à nouveau, tandis que sa main cherchait la mienne.

« Cela me désole de te laisser comme ça, Venetia. Je t'en prie, laisse-moi t'aider. » Il m'a fait un baisemain à l'ancienne et en relevant les yeux, il les a plongés dans les miens avec une intensité passagère avant de sourire, prendre congé, et tourner dans le chemin. Je me suis appuyée au chambranle et l'ai regardé s'éloigner dans la brume de la fin d'après-midi. Il avait une allure si virile dans son uniforme, l'air d'un homme qui ne perd pas la tête. Pas facile de se rappeler le petit garçon qu'il était jadis, ou la fois où, à quatorze ans, nous nous étions embrassés au bord de la rivière. Bien sûr, cela avait été vite oublié et nous n'en avions jamais reparlé, mais là, en le regardant partir, je me suis demandé comment ce serait d'être sa femme. Peut-être pas si mal après tout.

J'ai passé le reste de la soirée à penser à Alastair. Où était-il ? Pourquoi m'avait-il laissée ? Même s'il ignorait tout du bébé, il m'aimait, non ? Avais-je si peu d'importance pour lui qu'il puisse partir comme ça ? Et s'il avait disparu dans les flammes ? S'il avait été tué par papa ou des espions ou des trafiquants du marché noir ? Ou s'il était recherché par la police, l'armée ou l'Intelligence Service ? À quoi pensais-je en tombant amoureuse d'un homme pareil ?

Et pourtant, quand je me rappelais la passion, la poésie...

Mais où est-il passé, Angie ? Où peut-il bien être ? Comment a-t-il pu m'abandonner au moment où j'ai le plus besoin de lui ?

J'ai commencé à envisager la situation sous l'angle pratique. S'il est parti se mettre à l'abri sans rien me dire, alors il ne tient pas à moi et il faut que je continue ma vie tant bien que mal toute seule ; s'il est mort, pareil, il faut que je continue. Quoi qu'il en soit, je ne peux pas rester assise dans ma chambre à attendre son retour. J'ai un bébé qui grandit en moi. Bientôt, je ne serai plus maîtresse de la situation.

Ce soir, j'ai ôté la médaille de saint Christophe et j'ai senti comme elle était légère dans ma paume ; puis j'ai regardé par ma fenêtre ouverte et adressé un vœu à la première étoile que j'ai vue, demandant de toutes mes forces qu'il revienne

Et voilà, ma chère Angie, c'est avec un cœur lourd que je vais me coucher. Demain, peut-être le verrai-je apparaître à ma porte. Mais à chaque jour qui passe, les chances semblent s'amenuiser, comme une étoile lointaine qui décroît jusqu'à n'être plus que la lueur minuscule et insondable d'un souvenir.

Je t'écrirai bientôt,

Venetia

Journal de Mrs. Tilling

Jeudi 8 août 1940

J'ai pris l'habitude de passer au manoir de Chilbury chaque matin pour aller voir Venetia. Elle ne va pas bien, est terriblement pâle et affaiblie d'avoir perdu tant de sang. Tout le monde peut voir qu'elle a le cœur brisé. Elle ne dit rien sans fondre en larmes et refuse quasiment toute nourriture, bien que Mrs. Winthrop remue ciel et terre pour se procurer les viandes et légumes qu'elle préfère. J'ai peur qu'elle ne perde son bébé, même s'il m'arrive de me demander si – enfin, j'imagine que nous verrons comment les choses tournent.

Mrs. Winthrop m'a touché un mot quand je suis partie aujourd'hui pour me dire que Henry était venu voir Venetia. Il est en permission et, avec les combats quotidiens de la RAF et l'augmentation des accidents mortels, j'imagine sans mal la raison de sa visite.

« Il lui a demandé de l'épouser ? ai-je dit.

– Non, mais je pense qu'il le fera. À l'évidence, il sait peu de choses de Slater et ignore tout du bébé.

– Est-ce qu'elle acceptera ?

– Je n'en suis pas sûre. » Elle a posé sur moi un regard

appuyé. « Elle sait qu'elle est dans une impasse. Elle jure que Slater l'aime, mais où diable est-il donc ? »

Quand je suis rentrée ce soir, une fois le dîner fini et la vaisselle faite, je suis allée m'asseoir dans le petit salon avec le colonel pour boire une tasse de thé pendant qu'il lisait son journal. Je me suis installée non loin de lui, attendant qu'il s'interrompe pour pouvoir lui parler. Il a fini par sourire et lever les yeux.

« Je sais que vous m'observez, a-t-il dit avec un petit rire. Vous désirez quelque chose ?

– Vous poser une question. J'ai besoin d'être fixée sur Mr. Slater. Je pense que vous savez ce qui lui est arrivé. »

Il a regardé le journal d'abord, moi ensuite, puis a tourné les pages à grand bruit, et les a remises ostensiblement bien droites pour le replier. « Vous savez que je ne peux pas vous dire ce genre de choses, Mrs. Tilling, a-t-il répondu calmement.

– Je sais, mais j'espérais que peut-être vous pourriez faire une exception pour cette fois, une petite exception. Vous comprenez, il y a une jeune femme qui a un immense chagrin à cause de lui et elle est sur le point d'accepter de s'engager avec un autre. » Je me suis interrompue, me demandant comment présenter la chose le plus habilement. « Je sais que vous ne pouvez pas me répondre, mais si vous pouviez me donner une petite indication pour que je sache s'il est en vie, cela me serait très utile.

– Ah, je regrette, mais c'est impossible. » Il a recommencé à contempler son journal, comme absorbé.

« Peut-être pourriez-vous simplement tourner une page de votre journal s'il est vivant ? » J'ai tenté ma chance, car j'étais à bout d'arguments.

Il a réfléchi quelques instants, puis a tourné une page de son journal.

« Est-ce qu'il est en prison ou dans l'impossibilité de communiquer avec elle ? »

Cette fois, la page a été tournée rapidement, sans qu'il lève les yeux.

« Alors, elle ne devrait pas épouser cet autre homme ? »

À ces mots, il a posé le journal sur ses genoux et m'a regardée bien en face. « Si Slater est en vie, c'est parce qu'il a de la chance. Il mourra un jour ou se retrouvera en prison quelque part. Elle a plus de chances d'être heureuse avec l'autre, si vous voulez mon avis.

– Mais elle n'est pas amoureuse de lui. C'est Slater qu'elle aime.

– Ah, c'est complètement déraisonnable. Ce n'est pas le genre d'homme dont une femme doit tomber amoureuse. » Il s'est remis à lire.

« On ne choisit pas tous de qui on tombe amoureux », ai-je répondu, un peu agacée par son manque de sensibilité.

Il a baissé son journal, m'a regardée quelques instants, l'air pensif, puis a dit : « Vous avez raison. »

J'ai servi le thé. « Dois-je lui dire de l'attendre ?

– Ça dépend du temps dont elle dispose », a-t-il répondu à mi-voix. Puis, comme si l'idée lui venait après coup, il a ajouté : « Et de jusqu'où elle est prête à souffrir. Car à force de risquer sa vie il finira par se faire tuer. »

Et c'est tout ce que j'ai pu obtenir de lui. Il a refusé tout net de m'en dire plus. J'ai eu beau déployer des trésors d'ingénuité pour le convaincre, en vain. Quelle tête de mule !

En réfléchissant aux autres moyens d'en apprendre davantage sur Slater, je me suis souvenue de Carrington, qui travaille maintenant dans ce même service à Litchfield. Peut-être pourrait-il me renseigner. Il est bien placé pour savoir que je suis digne de confiance.

Je lui ai téléphoné, malgré l'heure tardive.

« Parnham House. » C'étaient les accents obséquieux du majordome. « J'aimerais parler au lieutenant Carrington, s'il vous plaît, ai-je dit en essayant de parler d'une voix ferme et assurée.

– Il n'est pas disponible.

– C'est une urgence », ai-je rétorqué aussitôt.

Il y a eu un silence et j'ai entendu mon interlocuteur toussoter. « Je vais me renseigner. Qui le demande ?

– Mrs. Margaret Tilling, de Chilbury. »

Une minute plus tard, j'ai entendu la voix douce de Carrington, qui parlait bas dans la pièce où les sons se réverbéraient. « Bonsoir ! » Il paraissait content de m'entendre, ce qui était de bon augure. « J'espère que vous êtes passée à travers le bombardement de Chilbury ?

– Moi oui, mais une de mes amies a des ennuis. Une affaire de cœur. Je me demandais si vous pourriez utiliser vos contacts à Litchfield Park pour obtenir des renseignements sur quelqu'un ?

– J'essaierai, mais je ne vous garantis rien, a-t-il répondu aussitôt. Qui est cette personne ?

– Un certain Alastair Slater. Ce peut être une affaire de marché noir, il s'est peut-être fait prendre et mettre en prison, il peut avoir été tué, mais il a toutes les chances d'être connu de vos services. Je voulais juste savoir ce qu'il est devenu. Et si mon amie doit tenir bon et l'attendre ou non.

– Oui, j'entends bien. Je m'en occupe tout de suite », a-t-il dit d'un ton allègre, à l'évidence pour maquiller la nature de notre conversation. Puis il s'est tu et j'ai entendu des voix à l'arrière-plan. « Écoutez, a-t-il chuchoté, je vais devoir vous quitter pour l'instant, mais je sais ce que vous cherchez et je me renseignerai. Si je trouve quelque chose, je vous appellerai. Au revoir. » Et il a raccroché.

Le colonel est descendu et m'a regardée d'un air soupçonneux. Je lui ai donc adressé un petit sourire cordial en prenant mon plumeau pour épousseter le téléphone.

Journal de Kitty Winthrop

Jeudi 8 août 1940

L'argent

Ce matin, Silvie et moi sommes allées jeter un coup d'œil à l'amas impressionnant de ruines sur la place du village. Beaucoup de gens ont commencé à déblayer à la pelle, et certains essaient obligeamment de retrouver les affaires de ceux dont les maisons ont été bombardées, mais la plupart sont des pillards qui volent tout ce qu'ils trouvent.

À notre grande surprise, nous avons vu Tom sur les lieux. Les mains sur les hanches, il était debout sur un amas de décombres, et sale comme un ramoneur.

« Je cherche une enveloppe avec de l'argent dedans, nous a-t-il annoncé à voix basse, et nous sommes montées le rejoindre. Miss Paltry m'a demandé de la trouver pour elle. Elle dit qu'elle l'a cachée sous les lattes du plancher.

– Ah, mais ce n'est pas là qu'il faut chercher, lui ai-je dit sévèrement. La maison de miss Paltry était là-bas, à côté de celle de Hattie. »

Je l'ai conduit au bon endroit, et nous avons escaladé les

décombres et entrepris de chercher l'enveloppe. J'avais très envie de la trouver pour devenir une héroïne comme Venetia. Et j'ai fini par y arriver. Je l'ai brandie en hélant Tom : « La voilà ! »

Bien entendu, tout le monde a tourné la tête et certains se sont avancés pour mieux voir.

Ralph Gibbs était là, les yeux rivés sur l'enveloppe ventrue. « Tu sais combien d'argent il y a dedans ?

– J'en sais rien », a dit Tom, et à mon grand mécontentement, il me l'a arrachée des mains et l'a glissée dans son short. Vous parlez d'un endroit ! « Allez, Kitty, on file.

– Mais c'est moi la nouvelle héroïne ! »

Il m'a saisi la main plutôt brusquement et m'a entraînée, tandis que Silvie courait derrière nous. Nous avons descendu le chemin, traversé les champs pour rejoindre les cabanes des cueilleurs de houblon, nous nous sommes rués dans celle de Tom et avons fermé la porte derrière nous. En riant, nous avons ouvert l'enveloppe et sorti l'argent.

Tout cet argent !

Il y en avait un paquet ! « Comment s'est-elle procuré tout ça ?

– J'en sais rien, a soufflé Tom.

– Allez, on va fêter ça, ai-je lancé. Je vais voir si les ouvriers dans la grange n'ont pas des biscuits ou du lait.

– J'y vais aussi, a dit Tom. Tu surveilles l'argent, Silvie. »

Et nous voilà partis. Tom est arrivé juste un peu avant moi, mais je n'avais pas couru vite. L'endroit était désert et après avoir cherché un peu, nous avons vite compris qu'il n'y avait rien à trouver.

Je regardais dans un dernier coin quand Tom a décidé de me prendre par la taille, m'a attirée contre lui et m'a planté sur la bouche un baiser plutôt baveux.

« Arrête, enfin ! ai-je crié en le repoussant avec force. Je suis fiancée !

– Non, c'est vrai ? » Il a eu un rire incrédule et s'est essuyé les lèvres.

Silvie est arrivée sur ces entrefaites et a demandé en toute innocence : « Qu'est-ce que vous faites ?

– Rien, Silvie. » Je l'ai prise par le bras et suis allée à la porte. « On n'a pas trouvé de biscuits, alors on s'en passera, hein, Tom ? »

Il s'est approché de nous et m'a prise par l'autre bras, souriant d'une manière agaçante, et nous sommes retournés aux cabanes.

La porte de Tom était ouverte, et battait en grinçant sur ses gonds.

« Silvie, tu as l'enveloppe avec toi ? » a demandé Tom.

Elle a secoué la tête, incapable de parler.

Nous nous sommes précipités à l'intérieur, mais je crois que nous avions déjà deviné.

L'argent avait disparu.

Il n'y avait personne en vue, mais nous nous sommes regardés, devinant qui devait nous avoir suivis. Silvie et moi sommes rentrées à la maison dans un silence maussade, laissant à Tom le soin de trouver ce qu'il allait dire à miss Paltry.

« Enfin, heureusement, ce n'était pas notre argent, ai-je dit quand nous avons contourné le bois.

– Pourquoi tu n'as pas embrassé Tom, a demandé Silvie. Il est sympathique. »

Je me suis arrêtée net. « Je suis fiancée à Henry, Silvie. Je ne vais pas m'amuser à embrasser des cueilleurs de houblon, quand même ? »

Où va-t-elle chercher des idées pareilles ?

Lettre de Venetia Winthrop
à Angela Quail

Manoir de Chilbury
Chilbury, Kent

Jeudi 8 août 1940

Chère Angela,

Je me suis réveillée ce matin avec une angoisse au creux du ventre, comme si je savais la façon dont la journée évoluerait, les événements qui s'y dérouleraient et les décisions qui seraient prises.

J'ai entendu la sonnette de l'entrée à dix heures et je n'ai pas été surprise quand maman a frappé à ma porte pour me dire que Henry était revenu. Je me suis aussitôt rendu compte que je ne voulais pas que ça se passe comme hier. Je ne voulais ni de sa sympathie ni de ses commentaires sur mon air – comment avait-il dit ? – « perdu ». C'est pourquoi j'ai mis ma robe d'été jaune pour paraître plus gaie, et brossé mes cheveux jusqu'à ce qu'ils brillent comme de l'or. Je voulais qu'il me traite comme il l'avait toujours fait, comme si rien n'avait changé. Comme si tout était exactement identique à il y a six mois, quand j'étais la reine incontestée de ce village.

Je me suis regardée dans la glace et, encouragée par ma

transformation, j'ai mis mon vieux rouge à lèvres vermillon. C'est bizarre, quand même, la façon dont on peut avoir l'aspect d'une reine et se sentir à l'intérieur comme une ombre fragile.

Il était assis sur le même canapé que l'autre jour, sanglé dans son uniforme impeccable. J'ai essayé de faire mon entrée en scène comme avant les événements, balançant ma jupe jaune de façon à ce qu'elle virevolte dans l'encadrement de la porte, levant une main coquette vers mes cheveux et m'exclamant bien fort : « Oh, Henry, je vois que tu n'as pas pu résister à l'envie de me voir. »

Mais tout est tombé à plat comme si je récitais du par-cœur.

Il s'est levé et s'est raidi, tout en conservant son sourire poli. Henry est toujours poli et je n'arrive pas à savoir si c'est charmant ou ennuyeux. J'ai cessé de faire tourner mes jupes, hésitant sur la conduite à tenir. J'étais embarrassée, souhaitant qu'il m'adore comme il l'avait toujours fait, mais sans le vouloir vraiment. Je suis désolée si ça paraît incohérent, Angie. J'avoue qu'à moi aussi, ça paraît incohérent. Je ne sais plus quoi penser.

« Comment te sens-tu aujourd'hui ? » a-t-il demandé. Il s'est approché de moi, m'a pris le bras et m'a conduite vers un sofa, comme si j'étais une infirme.

« Je vais très bien, Henry, ai-je murmuré en me dégageant et en restant debout à côté de lui. Écoute, ne parlons pas de moi aujourd'hui. Je préfère vraiment que tu me parles de toi et de ton avion, et de tous les combats que tu as gagnés. » J'ai levé vers lui un œil suppliant et il m'a regardée quelques instants avant de me sourire gentiment, la tête un peu penchée de côté.

Puis il a mis un genou à terre.

Je me suis figée. Je ne suis pas très sûre de ce que j'attendais de cette visite. Papa était certain que Henry rappliquerait ventre à terre si je disais oui, mais moi, je ne m'en sentais plus si sûre. Je ne me sentais plus sûre de rien. Pourquoi m'aurait-il trouvée plus réceptive à sa demande en mariage s'il ne s'était produit quelque chose qui rendait mon acceptation impérative ? Pourquoi croyait-il soudain avoir ses chances ?

Était-il en train de franchir la frontière précaire séparant le meilleur ami qui vous aide à un moment difficile et vous offre soutien et tendresse de l'homme qui voit une occasion, une faiblesse et saisit sa chance ?

« Venetia, ma chérie, a-t-il dit, prenant mes mains entre les siennes et les pressant légèrement, avec juste un soupçon d'urgence. Laisse-moi te soustraire à tout ceci et t'entourer de l'amour et du bonheur qui sont dans mon cœur. » Il m'a adressé un merveilleux sourire tendre et ses yeux ont caressé les miens avec un mélange d'espoir et d'allégresse. Les larmes me sont montées aux yeux et l'une a roulé sur ma joue. *Si seulement je pouvais aimer cet homme*, me suis-je dit. Si seulement je n'avais jamais rencontré Alastair, ni connu le véritable amour. Mais aussi, je ne serais pas dans cet état-là. Je serais l'ancienne Venetia qui préférerait crever plutôt que d'accepter Henry Brampton-Boyd.

« Venetia, me feras-tu l'honneur de m'accepter pour époux ? a-t-il demandé à voix très basse en portant ma main à ses lèvres. J'ai une vie merveilleuse à t'offrir, avec la propriété de Brampton Hall, des revenus très confortables et ce qui, je l'espère, compte plus pour toi, l'amour profond et solide que j'éprouve pour toi. »

Une série d'images ont défilé dans mon esprit en succession rapide : une ombre lourdement enceinte cachée dans la maison de ses parents puis enfermée dans un affreux couvent, son bébé bien-aimé arraché à ses bras éperdus pour toujours. Je ne pouvais supporter l'idée de renoncer à mon bébé. Je savais que ce qui se présentait était une alternative. On me proposait une issue, un compromis brutal entre deux sacrifices, et je savais comment je devais agir.

« Oui », ai-je articulé, entendant ce mot comme s'il était prononcé par une autre Venetia, plus pragmatique, une Venetia qui voulait une vie facile, la richesse, le statut social, des enfants légitimes, et qui avait envie de mener dans la splendeur de Brampton Hall le genre de vie auquel elle était habituée. Une Venetia qui poserait toujours sur son premier enfant un regard douloureux où regret et culpabilité vogueraient de conserve sur un océan d'insatisfaction.

Cette Venetia-là pouvait-elle être moi ?

J'ai dégagé mes mains et me suis assise, luttant de toutes mes forces pour ne pas pleurer, plantant fermement un sourire sur mon visage, relevant le menton, bravant l'orage. J'ai compris alors ce que c'est qu'être adulte : apprendre à trancher face à une série de choix désastreux, et s'accommoder au mieux de l'horrible compromis qui en découle. Apprendre à sourire, à se montrer sous son meilleur jour alors qu'autour de soi le monde s'écroule intégralement, devient un lieu de solitude, une photographie sépia des illusions d'antan.

Lorsqu'il s'est assis à côté de moi, je me suis raidie. En m'éloignant imperceptiblement, j'ai réarrangé ma jupe jaune sur mes genoux, redoutant ce qui allait suivre.

J'ai vu son visage s'approcher du mien et je me suis appliquée à ne pas marquer un mouvement de recul. Il a placé doucement ses lèvres sur les miennes et si le monde ne s'est pas arrêté de tourner, ça n'a pas été désagréable. Il a beaucoup amélioré sa technique depuis l'expérience dans le verger, ce baiser mouillé qui m'avait donné un haut-le-cœur. Celui-ci était très doux, sans pression, sans passion, et ne ressemblait en rien à ceux d'Alastair, fervents et torrides. Rien n'aurait pu être plus différent.

« Mon amour, a-t-il dit, et les mots ont semblé si bizarres, dans sa bouche. C'est le plus beau jour de ma vie. » Il a souri, l'air sincèrement bouleversé par la joie. J'ai réussi à sourire, m'efforçant d'adopter une expression et un comportement qui reflétaient son allégresse. Cela m'a mise extrêmement mal à l'aise.

« Il faudra fixer une date bientôt, m'a-t-il chuchoté à l'oreille, baisant mon cou, ma gorge. Je ne sais pas combien de temps je pourrai supporter d'attendre.

– Tu as raison, n'attendons pas trop longtemps, ai-je répondu avec un enthousiasme fragile, me demandant combien de temps je pourrais cacher ma grossesse. Le plus tôt sera le mieux.

– Alors nous sommes d'accord ! s'est-il exclamé en se claquant les cuisses dans son enthousiasme. Je vais en parler à mon colonel dès que je rentre à la base. Ils devraient pouvoir me donner quelques jours un peu plus tard ce mois-ci. » Il a pris ma main et l'a portée à ses lèvres, en embrassant d'abord le dos, puis la retournant pour baiser ma paume.

La pièce se refermait sur moi, moite et étouffante, et j'avais envie de bondir, d'ouvrir les portes sur la véranda et de courir, courir éperdument, de filer sur la pelouse puis de m'échapper dans la vallée en bas comme un cheval sauvage et de galoper sans fin. Et je savais qu'il en serait toujours ainsi. Je passerais le reste de ma vie à fuir.

« Il faut annoncer ça à maman ! » me suis-je écriée. Je lui ai retiré ma main et suis allée vers la porte. « J'ai hâte de voir sa tête. »

Je suis sortie dans le vestibule et il m'a suivie dans le grand escalier que j'ai monté en m'accrochant à la rampe incurvée, espérant désespérément l'arrivée d'un sursis quelconque.

Nous avons trouvé maman dans la chambre d'enfant avec Silvie. Elle aidait celle-ci à raccommoder une robe de poupée et lui apprenait patiemment le point arrière, comme elle l'avait fait pour Kitty et moi quand nous étions enfants. Il y a si longtemps.

« Maman, ai-je crié en arrivant à la porte, fébrile. Nous allons nous marier. »

Elle s'est levée et je l'ai vue masquer sa panique rapidement sous un sourire quand Henry m'a rejointe. « Oh, quelle bonne nouvelle ! » a-t-elle dit en se précipitant pour ouvrir une fenêtre et laisser entrer la brise. Elle a pris une grande bouffée d'air et s'est approchée pour embrasser Henry sur la joue. « Je suis tellement contente », a-t-elle dit, mais ses yeux avaient l'expression de quelqu'un qui va être enseveli sous des tonnes de charbon noir et lourd. Je sais qu'elle n'a jamais été heureuse avec papa, qu'elle a été obligée de l'épouser parce que sa famille l'y a contrainte. Le poids de toutes ces années se lisait dans ce regard. Elle voulait que je fasse ce qu'il fallait faire, mais ne pouvait s'empêcher de penser à elle-même et à la vie qu'elle avait menée, une vie de servitude, sans amour. Elle s'est retournée vers Silvie, sa nouvelle protégée, puis a dit à Henry : « Il faut que tu ailles tout de suite annoncer ça à ta mère. Elle sera outrée si elle apprend qu'elle n'a pas été la première au courant ! Venetia, tu restes ici pour discuter de l'organisation.

– Vous avez raison, elle sera furieuse. Vous savez comme elle est ! » s'est-il esclaffé avec son habituelle bonhomie, et je me suis surprise à le détester déjà. Il m'a repris la main : « Alors, ma chérie, je vais te dire au revoir et je reviendrai cet après-midi. Nous pourrons peut-être faire une grande promenade et commencer à penser à notre mariage et notre lune de miel. » Ses yeux étincelaient et il ne pouvait s'empêcher de regarder mon corps.

Il s'est empressé de partir et nous n'avons soufflé mot, écoutant le bruit de ses pas dans l'escalier de marbre, puis dans le vestibule sonore, enfin le claquement sourd de la porte d'entrée massive. Puis le silence.

Je me suis effondrée. Maman m'a aidée à m'asseoir dans le fauteuil de nourrice, et elle a envoyé Silvie chercher du thé.

« Il le fallait, maman, ai-je dit en pleurant. Tu le sais. »

Elle n'a rien dit, hormis un long « Chhhuuut » à peine murmuré, comme si les misères du monde pouvaient être absorbées et assourdies à force d'obstination tranquille, et j'ai soudain compris que, depuis vingt ans, elle en étouffait le bruit.

Silvie est revenue avec du thé que nous avons bu tranquillement, en parlant des choses à faire. Les mariages se célèbrent très vite de nos jours, ce que l'on doit considérer comme une bénédiction compte tenu de la situation. Nous avons cependant échangé des regards effarés à la perspective que le mien pourrait déjà avoir lieu la semaine prochaine.

« Naturellement, tu peux vouloir, euh, consommer avant l'événement, si je puis dire », a lancé maman à la hâte et non sans embarras. Je dois l'avoir regardée comme si elle avait perdu l'esprit, car elle s'est empressée d'ajouter : « Pour qu'il n'ait pas de doute sur la paternité du bébé. » Elle a souri à Silvie, qui paraissait tout particulièrement attentive. Je ne comprenais pas pourquoi elles s'obstinaient l'une et l'autre à jouer cette comédie ridicule. Comme si Silvie ne savait pas parfaitement ce qui se passe et comment j'en suis arrivée là.

Au bout d'un moment, je me suis arrachée au confort de la chambre d'enfant et suis descendue dans ma chambre d'où je t'écris. Mon esprit tourne en rond. Pourquoi suis-je ici ? Où avais-je la tête ? Pourquoi est-ce le meilleur choix ? Il doit bien y avoir une alternative ? Et où est-il ? Où est Alastair ? N'entend-il pas ma douleur qui grandit de façon exponentielle, emplit l'univers, et déchire d'innombrables galaxies d'un hurlement qui n'en finit pas ?

Mais où est-il ?

Assise à ma coiffeuse, j'ai sorti le pendentif et fait une prière éperdue pour qu'Alastair arrive, tel un chevalier sur son blanc destrier, et m'emporte au loin. Ou que je me réveille et découvre que tout cela était un méchant cauchemar concernant une autre Venetia sur une autre planète, à des milliers de kilomètres au-dessus de nous dans l'univers brutal et froid.

Je t'écrirai bientôt.

Je t'embrasse.

Venetia

Lettre de miss Edwina Paltry à sa sœur, Clara

Hôpital de Litchfield
Litchfield, Kent

Jeudi 8 août 1940

Chère Clara,

Quelle journée ! D'abord ce jeune crétin qui vient m'annoncer qu'il a perdu mon argent. Je n'arrive pas à croire que j'ai confié ma fortune à un abruti pareil. Il l'a trouvé, emporté dans sa cabane, et quelqu'un est venu le lui piquer. Il croit que c'est Ralph Gibbs et je vais lui dire deux mots, à celui-là, quand je serai sortie d'ici.

Et imagine la scène suivante : moi, couchée sur ce lit d'hôpital dur comme des noyaux de pêche, et la mère Tilling qui débarque dans le service, ses petits yeux de fouine braqués sur moi, brillants et résolus comme jamais. Elle était vêtue d'un manteau bleu marine ajusté que je ne lui avais encore jamais vu – très différent de ce vieux machin gris et informe qu'elle traîne d'habitude – et elle portait un sac en cuir marron, du genre qui pourrait coller un sacré bleu si elle s'avisait de le balancer à la figure de quelqu'un.

« Alors, vous profitez de vos petites vacances ? a-t-elle

gazouillé de sa voix chantante avec un sourire forcé et malveillant, comme celui qu'arbore le juge qui va te déclarer coupable. Ça doit vous sembler bon de vous reposer, non ? » Elle m'a tapoté la jambe et j'ai tressailli à l'idée de la douleur qu'elle pourrait m'infliger si l'envie lui en prenait. J'ai remercié le Seigneur que ce soit une mauviette. Cela dit, je dois reconnaître qu'elle n'est plus la veuve soumise d'autrefois. Cette guerre l'a sacrément stimulée. Ça se voit à la façon dont elle se tient droite comme un i à présent. Finis, l'air de chien battu et les épaules qui tombent. Alors qu'avant elle trottinait sans arrêt pour ne pas se faire distancer, maintenant elle marche d'un pas décidé, comme si elle valait mieux que le commun des mortels, faisait plus de choses et plus de sacrifices pour cette guerre et notre communauté. Et comme si nous avions intérêt à lui témoigner un peu de respect.

« Ah, Mrs. Tilling quelle bonne surprise, ai-je dit en affichant mon sourire mielleux. Comme c'est gentil de venir voir votre pauvre collègue qui a échoué à l'hôpital. Je me disais justement que vous étiez la seule personne qui serait assez chic pour venir.

– Oh, a-t-elle soupiré, en fait je suis venue pour vous poser quelques questions sur le jour où il y a eu les deux naissances. »

J'ai gardé un masque calme et souriant, mais jamais je n'aurais cru qu'elle mettrait aussi carrément les pieds dans le plat. « Je serai ravie de vous donner toutes les informations que vous désirez. Quelle journée ! » J'ai pris le verre de ma table de nuit et bu une gorgée d'eau pour me requinquer.

Elle a tiré une chaise et a perché son derrière étroit sur le bord.

Elle a commencé en baissant la voix, ce qui était mauvais signe : « Je me suis fait la réflexion que c'était très bizarre que les deux bébés aient eu le même problème respiratoire nécessitant une réanimation, et chez vous, par-dessus le marché.

– Oui, ça a été très éprouvant, mais il faut faire de son mieux dans ce cas. Vous savez, c'est plus fréquent qu'on ne croit. Heureusement que j'avais chez moi les appareils adéquats. C'est incroyable à quel point dix ans d'expérience peuvent faire la différence entre la vie – j'ai marqué une pause et plissé les yeux pour souligner ce qui allait suivre – et la mort.

– Une chance que vous vous soyez trouvée là, a-t-elle dit en haussant un maigre sourcil. Mais sans vous, peut-être que les bébés seraient restés avec leur mère légitime. »

Tout ce que j'ai pu penser à ce moment-là a été : *Les carottes sont cuites !*

Alors un vilain petit sourire lui est venu aux lèvres et j'ai vu qu'elle pensait avoir emporté l'affaire. Mais j'ai beau avoir mes défauts, Clara, je ne suis pas une dégonflée. Je me suis ressaisie et ai réfléchi à toute vitesse. Le fait qu'elle m'ait balancé ça prouve qu'elle croit pouvoir m'intimider assez pour me le faire admettre ; mais jamais elle n'y arrivera, même si elle approche la vérité de très près.

J'ai souri : « Qu'est-ce que vous voulez dire ?

– Seulement ceci : avec les deux bébés chez vous en même temps, vous avez pu les échanger. Vous avez pu donner le garçon à Mrs. Winthrop et la fille à Hattie.

– En voilà une idée ! » ai-je bredouillé, d'une voix légèrement cassée. J'allais essayer de prendre ça à la blague et de la mettre, elle, dans le rôle de la folle. « Comment avez-vous pu vous imaginer une chose aussi monstrueuse, Mrs. Tilling ? Vous avez perdu la tête ? » J'ai secoué la mienne comme écœurée.

« Je ne l'ai pas rêvé, miss Paltry. » Elle m'a regardée bien en face et a poursuivi d'une voix calme et posée comme un juge prononçant la sentence finale : « Ce sont les faits qui m'ont amenée à croire que c'est la vérité. »

J'ai pris une grande inspiration, cherchant moi aussi des faits pour étayer ma version. Puis je me suis souvenue : « Les mères connaissaient l'une et l'autre le sexe de leur bébé avant que je ne parte. Elles étaient ravies. Et moi aussi. Pourquoi aurais-je eu besoin de faire une chose pareille ?

– Aucune des deux mères n'a vu son bébé de près avant que vous ne l'emportiez, miss Paltry, a-t-elle dit avec une assurance croissante et en baissant le ton, d'une voix de plus en plus sucrée, comme une prune trop mûre. Elles m'ont dit toutes les deux que si elles connaissaient le sexe de leur bébé, c'était parce que vous le leur aviez annoncé.

– Oh, n'allez pas tirer de conclusions à partir de versions différentes. Je sais que vous êtes contrariée de ne pas avoir été là, mais personne n'y peut rien. »

Elle s'est penchée en avant et son regard m'a transpercée. C'est alors qu'elle m'a sorti la seule chose que je n'aurais jamais cru qu'elle puisse savoir : « Vous avez passé un marché avec le général, n'est-ce pas ? »

J'ai eu peur. Si elle savait que le général était mêlé à ça et qu'elle le lui disait, ça allait barder pour mon matricule. « Qu'est-ce que vous racontez ?

– Je sais que vous l'avez vu le soir du bombardement, et j'ai mon idée sur les informations que vous cherchiez à lui vendre. »

Je l'ai regardée, médusée. Comment pouvait-elle savoir ça ? Il n'y avait personne à proximité, parole. J'étais seule avec le général. « On n'a fait que se croiser. On a bavardé sur les trains. Il y a des retards effroyables...

– Ce n'était pas un peu tard pour aller prendre le train ? »

J'ai senti un déclic se produire en moi. De quel droit cette idiote venait-elle m'enquiquiner ici avec ses accusations ? En tout cas, la gentillesse ne marchait pas. J'étais une cible facile. Il fallait que je me débarrasse d'elle.

« Je prends le train à l'heure qui me plaît, Mrs. Tilling », ai-je répondu d'un ton exaspéré en haussant la voix. Je me suis redressée et ai rectifié la position de ma jambe sur le lit. « Vous ne manquez pas de toupet : venir ici et m'accuser de ces crimes ridicules ! C'est un comble ! Et dire que vous êtes infirmière : vous devriez savoir que les convalescents ont besoin de repos. »

Elle est restée posément assise à me regarder m'énerver, le visage parfaitement serein.

« C'est quand j'ai vu Venetia avec Rose dans les bras que j'ai compris », a-t-elle dit, visiblement satisfaite d'avoir fait preuve d'autant d'astuce pour découvrir le pot aux roses : on aurait dit cette fichue miss Marple. « Le bébé lui ressemblait comme deux gouttes d'eau. Venetia aurait pu être sa mère. » Elle m'a regardée, levant un sourcil interrogateur : « Ou sa sœur. »

Le diable emporte ce bébé et cette fichue Venetia. Si elle n'était pas aussi belle, personne n'aurait rien remarqué. Je me suis sentie prise au piège, comme une belette dans un trou à rats.

J'ai eu soudain une illumination et su comment j'allais déjouer sa petite manœuvre d'intimidation. J'ai tendu la main vers la carafe en verre près de mon lit, et l'ai laissée glisser entre mes doigts : la carafe est allée s'écraser sur le carrelage froid.

Un grand fracas de verre brisé a rompu le silence tandis qu'un millier d'éclats jaillissaient en l'air avant de retomber en cascade, couvrant le sol, les lits et les meubles d'une délicate couche argentée, brillante comme de la glace. Alors, j'ai crié à tue-tête : « Mademoiselle ! À l'aide ! »

Les infirmières se sont précipitées et se sont activées avec balais et serpillières. Elles ont écarté Mrs. Tilling, déplacé la chaise, changé mes couvertures et m'ont rassurée en me disant que tout allait rentrer dans l'ordre.

Je me suis efforcée d'avoir l'air innocente et perturbée, hochant une tête contrite. Quand j'ai jeté un coup d'œil vers Mrs. Tilling, elle était debout, à l'écart, les mains crispées sur son sac, les sourcils froncés et l'air furieux. Elle a continué à bouillir de loin jusqu'à ce qu'une infirmière aille lui dire deux mots, prenne son manteau bleu marine et la conduise à la porte. Elle a tourné vers moi son long visage tandis qu'on la faisait sortir tambour battant. On lisait le mécontentement dans ses yeux, et il y avait peut-être un soupçon de l'ancienne Mrs. Tilling qui se laissait bousculer. À ceci près que cette fois-ci, on voyait bien que ça ne lui plaisait pas.

Quelle sera sa prochaine étape ? Ma première pensée a bien entendu été qu'elle essaierait de me faire chanter. Mais en vérité, ce n'est pas son style. Elle a assez d'argent pour mener sa petite vie terre à terre. Elle aurait plutôt tendance à agir pour des raisons de moralité, de décence ou tout autre motif aussi écœurant. Elle est animée par le désir exaspérant d'être un membre éminent de la communauté et cette petite victoire pourrait lui valoir une autorité nouvelle.

Bien entendu, il y a une chance qu'elle nous fasse à tous le cadeau de laisser tomber l'affaire. Après tout, pourquoi se donnerait-elle le mal de poursuivre ? Elle n'a pas de preuves. Sa chère Hattie est morte à présent. Mrs. Winthrop est enchantée d'avoir un garçon. Faire l'échange des enfants ne sert les intérêts de personne. Cela ne ferait que semer la zizanie dans leur petit cercle et causerait plus de tort qu'autre chose. Elle s'attirerait la haine de tout le monde. Elle n'est pas assez bête pour ne pas s'en rendre compte.

Ce qui m'amène à ma dernière hypothèse. Elle pourrait aller voir le général pour lui lâcher le morceau. Lui dire que je l'ai trahi et se servir de ça pour acquérir du pouvoir dans ce petit monde.

Et le général viendra me tordre le cou comme il a promis de le faire si quelqu'un était au courant. Seigneur ! J'ai l'impression d'être un renard pris au piège par une meute.

J'ai veillé à ce qu'on pousse mon lit et qu'on le mette près de l'infirmière, par précaution, et juste au moment où je me préparais à dormir, voilà qu'Elsie déboule. Toute pomponnée avec une robe verte à fleurs et jolie comme un cœur tant qu'elle n'a pas ouvert la bouche.

« J'ai entendu Kitty raconter qu'un gars cherchait votre argent, m'a-t-elle dit en se penchant tout près. Et je sais qu'une partie de ce fric me revient.

– Ne venez pas me menacer, ma fille. De toute façon, je n'ai pas un sou. Tout est parti. On a trouvé l'argent et il a été volé. Si vous en voulez, il faudra en chercher ailleurs. »

Elle a rajusté ses cheveux en minaudant. « Oui, ça fait aussi partie de mes projets. J'ai l'intention de me trouver un riche mari. Du coup, voyez, j'ai besoin d'un peu d'argent de poche ? Histoire d'avoir l'air élégante. »

J'ai gloussé. « Si vous voulez mettre le grappin sur un richard, il suffira pas d'avoir l'air, faudra la chanson.

– Oui, eh bien, vous verrez, a-t-elle dit avec hauteur. Mais j'ai besoin de fric et je sais sur vous des choses qui vous en feront cracher. »

Je me suis énervée. « Elsie, je n'ai pas d'argent à vous donner.

– Où il est passé alors ?

– Tom pense que c'est Ralph Gibbs qui l'a, alors vous n'avez qu'à lui dire que je veux le récupérer. » J'étais en colère à présent. « C'est mon argent et il le sait pertinemment. »

J'ai vu sur son joli minois qu'elle réfléchissait et ses lèvres se sont pincées. « Bon, eh bien, il faut que j'y aille », a-t-elle dit, ayant visiblement pris une décision, sans doute celle d'aller le lui piquer elle-même. Et sur ces mots elle est sortie : elle avait sur sa grande bouche le sourire satisfait du chat qui vient d'avaler un crapaud.

J'ai reposé ma tête sur l'oreiller en gémissant. C'était le bouquet. Encore une qui courait après mon argent. Et la mère Tilling et le général à mes basques.

Surtout brûle cette lettre, Clara, et les autres, au cas où tu-sais-qui tomberait dessus. On ne sait jamais quel mur a des oreilles de nos jours.

Edwina

Journal de Kitty Winthrop

Jeudi 8 août 1940

Ce qu'il ne faut pas faire

Je suis au courant pour Venetia et Henry. C'est Silvie qui m'a prévenue. Elle a accouru à l'écurie pour me trouver.

« Il y a du nouveau, a-t-elle crié dès qu'elle m'a vue dans la cour de l'écurie en train de seller Amadeus, qui a commencé à faire des écarts.

– Quoi donc ?

– Henry a demandé à Venetia de l'épouser et elle a dit oui, a-t-elle annoncé, le visage crispé par l'inquiétude.

– Elle ne peut pas faire ça, ai-je répondu d'un ton neutre. Elle est enceinte de Slater.

– Je sais. Mais justement. »

J'ai eu du mal à assimiler l'énormité de la chose. « C'est malhonnête ! Pauvre Henry ! Il ne va pas s'en apercevoir ? Et après, il faudra annuler tout ça, non ?

– Je n'en sais rien, a-t-elle répondu en s'approchant.

– Mais pourquoi lui aurait-il demandé de l'épouser alors que c'est à moi qu'il est fiancé ?

– Peut-être qu'il a oublié, a-t-elle dit d'une voix douce. Il aime beaucoup Venetia, Kitty. Il veut toujours discuter avec elle. »

Je me suis retournée et lui ai hurlé à la figure : « Tu parles sans savoir. »

Elle a détalé en courant plus vite que jamais, et je suis restée plantée là à caresser Amadeus, à me convaincre qu'elle s'était trompée et que ce n'était qu'une plaisanterie ridicule.

« Allez, viens, Amadeus, ai-je chuchoté dans son encolure. Allons nous promener. »

Une fois grimpée sur son dos, dominant la situation et le patchwork vert et blanc du paysage environnant, je me suis sentie plus à l'aise pour réfléchir à la nouvelle de Silvie et pour envisager sa possibilité.

Raisons pour lesquelles Venetia ne peut pas épouser Henry

Elle est amoureuse de Mr. Slater.
Elle est enceinte de lui.
Henry est censé m'épouser moi.

Les choses ne devaient pas se passer comme ça. Quand je songe à l'avenir, je nous vois toujours, Henry et moi, vivant à Brampton Hall avec quatre enfants, trois chats et un gros chien nommé Mozart. Je ne vois pas Venetia là-bas. Ça ne lui irait pas du tout de vivre à Brampton Hall. Je ne crois pas qu'elle tienne à avoir autant d'enfants et elle n'aime pas les chiens, ni Mozart.

Ça ne marcherait pas du tout.

J'ai fait trotter Amadeus dans le chemin et l'ai lancé au grand galop dans la prairie. Je n'avais pas vraiment décidé où je comptais aller, mais je n'ai pas été surprise de me retrouver devant Brampton Hall, cette grande bâtisse irrégulière de style gothique en brique rouge, éclatante sous le soleil radieux. Elle a été construite il y a plusieurs générations par le premier des Brampton, un négociant qui avait fait fortune aux Indes. Maintenant, les Brampton sont une grande famille locale, et Mrs. B. est bien décidée à la rendre plus prestigieuse encore.

C'est Henry lui-même qui est venu m'ouvrir, l'air assez agité, quand j'ai sonné, et je me suis rappelé alors que tous leurs domestiques étaient partis.

« Henry, ai-je dit avec un grand sourire.

– Kitty, quelle bonne surprise !

– Ça te dirait de faire une promenade ? »

Il a jeté un coup d'œil à l'intérieur de la maison. « Pourquoi pas ? Mais il faut que je prévienne maman. »

Il s'est éloigné, laissant la porte ouverte.

Je suis retournée près d'Amadeus. « Tu vois, il n'est pas fiancé à Venetia. Silvie s'est trompée. »

Il est revenu et nous sommes partis. Nous avons remonté le sentier, pendant qu'il reboutonnait son col en hâte et se lissait les cheveux. Je courais un peu pour ne pas me laisser distancer car ses enjambées étaient beaucoup plus grandes que les miennes. Nous avons rapidement rejoint le chemin, encadré de chaque côté par de hauts talus herbeux, avec le ciel bleu sans nuages au-dessus de notre tête.

« Je ne vais pas pouvoir me promener longtemps aujourd'hui, Kitty, a-t-il commencé. Tu sais, j'ai une merveilleuse nouvelle.

– Oh, à propos de la guerre ? » ai-je demandé, sentant que le sol vacillait sous mes pas, comme si les premiers soubresauts d'un tremblement de terre allaient y ouvrir des fissures.

Il a souri : « Non. Il n'y a aucune raison de garder le secret, surtout avec toi. Venetia a fait de moi le plus heureux des hommes en acceptant de m'épouser. »

Je me suis arrêtée, clouée sur place, épouvantée. « C'est donc vrai, ai-je articulé, aveuglée par le soleil. C'est donc vrai.

– Oui. » Il s'est immobilisé et retourné vers moi. « Tu connaissais déjà la nouvelle ? Mais dis-moi, Kitty, ça va ? »

J'ai levé les yeux vers lui et ai crié : « Mais on était censés se marier tous les deux, Henry ! Tu avais dit qu'on se marierait quand j'aurais l'âge. Tu l'as dit. » Des larmes avaient commencé à se former, de grosses gouttes d'eau inutiles qui ont roulé sur mes joues.

Henry a eu l'air horrifié. « Mais Kitty, je n'ai jamais dit ça. Quand ? Où ?

– Au bord de la rivière le jour du pique-nique à Box Hill. Tu m'as dit que si je t'aidais à trouver Venetia, tu m'épouserais.

– Ah bon ? Mais c'est idiot de dire une chose pareille ! Je suis vraiment désolé, Kitty. C'est un malentendu. J'ai dû vouloir blaguer ou je ne sais pas, moi. » Il a écarté les mains avec un petit rire gêné. « Maintenant, nous serons frère et sœur. Ça sera encore mieux que d'être mariés, non ?

– Non, pas du tout, ai-je crié. Je ne veux pas de toi pour frère, même si tu finis par épouser ma sœur, ce qui me paraît bien improbable.

– Que veux-tu dire ?

– Elle est enceinte de Slater », lui ai-je craché à la figure, postillonnant à chaque mot. Il a reculé d'un pas, fixant sur moi un regard vide.

« Tu sais Kitty, on ne plaisante pas avec ces choses-là.

– Eh bien, va lui poser la question. Elle est amoureuse de lui et elle veut son bébé. Mais il a disparu. Alors elle est obligée de t'épouser. »

Ses épaules se sont voûtées, ses yeux se sont creusés et j'ai vu toute ma détresse passer de moi à lui, sortant de moi à toute vitesse, un jet épais jaune et noir qui est entré dans son corps comme une déferlante de rage et de désespoir. Il s'est assis sur le talus, les genoux remontés, la tête dans les mains, en marmonnant. Je suis restée debout à le regarder, et mon héros s'est dégonflé sous mes yeux tandis que je prenais la mesure de l'énormité de ce que je venais de faire.

« Va-t'en, Kitty, a-t-il dit sans élever la voix ni me regarder.

– Henry, pardon, je...

– Je te remercie de m'avoir prévenu, et maintenant, va-t'en. » Il a relevé la tête et j'ai vu qu'il avait les yeux fous, pleins d'une rage subite.

« Mais enfin, Henry...

– Ne m'approche pas », a-t-il grondé à voix basse. Il s'est levé, me dominant de toute sa hauteur. « Si je te disais ce que j'ai envie de te faire, là, maintenant, tu voudrais ne m'avoir jamais rencontré. Maintenant, va-t'en. File. » Il hurlait, menaçait. Jamais je n'aurais imaginé qu'il pouvait être comme ça. Ses beaux yeux bleus étaient noirs comme un nœud de vipères.

J'ai attrapé les rênes d'Amadeus et suis partie en courant. Des sanglots incontrôlables me secouaient, s'échappaient de ma bouche et j'avais l'impression que c'était la fin du monde.

Une fois de retour dans la pénombre de l'écurie, j'ai étalé sur le sol dans un coin une vieille couverture de cheval et me suis couchée en position de fœtus, comme si j'étais dans une coquille. Je suis restée là à sangloter. Amadeus est venu me donner de petits coups avec le bout du nez comme pour me réconforter.

Pourquoi avais-je fait ça ? Pourquoi avait-il fait ça, lui ?

Quelques heures plus tard, j'ai entendu une petite voix. C'était Silvie qui essayait de voir dans l'obscurité.

« Qu'est-ce que tu veux ? ai-je demandé.

– J'ai des sandwichs, a-t-elle dit de sa voix tranquille.

– Mets-les sur le banc dehors.

– Tout le monde te cherche. »

Je n'ai rien dit, j'ai juste laissé les mots flotter d'elle à moi et s'enfoncer dans ma conscience. Bien entendu, papa va être furieux. Il voulait que Venetia épouse Henry. Tout s'éclairait maintenant. Venetia qui restait au lit. Papa qui essayait de lui parler. Maman qui essayait de négocier. Venetia qui changeait d'avis à propos de Henry et acceptait de l'épouser. Maman qui pleurait jusque tard dans la nuit. Et maintenant ? Papa va sûrement me tuer si Venetia ne le fait pas avant.

« Merci pour les sandwichs », ai-je dit à mi-voix à Silvie, m'avisant que maintenant, elle était ma seule alliée. Elle a reculé et a disparu dans le crépuscule, ne sachant pas si elle avait raison de m'avoir choisie pour amie.

Il faisait nuit depuis quelque temps déjà quand je suis rentrée à la maison, gelée et affamée, frissonnant de peur. On avait laissé la porte de l'office ouverte pour moi et quelqu'un avait mis un petit pain au lait dans la boîte à pain. Je l'ai pris et suis passée par l'escalier de derrière pour gagner ma chambre à pas de loup, et c'est là que tu me trouves maintenant, mon cher journal. La maison est silencieuse. Je m'étais attendue à ce que toute la famille soit là à m'attendre, dans les cris et les larmes. Mais ce silence est encore plus troublant.

Je crois que je vais profiter de ce qu'il est minuit passé et que tout le monde dort pour mettre deux ou trois choses dans un sac et disparaître.

Lettre de Venetia Winthrop
à Angela Quail

Manoir de Chilbury
Chilbury, Kent

Jeudi 8 août 1940

Chère Angela,

Je t'écris à nouveau pour te dire qu'il y a eu un drame et que les fiançailles ont été rompues. Je ne peux que remercier Dieu de l'avoir échappé belle – comment aurais-je pu savoir que Henry Brampton-Boyd était un monstre pareil ? Je me sens hébétée, épuisée, et toute cette affaire m'a donné la fièvre. Je dois rester au lit, ce que je fais bien volontiers, je l'avoue.

C'est avec des sentiments mêlés que je l'ai entendu arriver au début de l'après-midi. Il ne devait revenir qu'après la sieste – maman ayant bien spécifié que je devais me reposer, et j'espérais avoir un moment pour me remettre de toute cette épreuve. Mais brusquement, vers une heure, on a sonné avec violence et tout de suite après, j'ai entendu des voix échauffées dans le vestibule et mon nom que l'on appelait, que l'on criait plutôt.

J'ai compris qu'il s'était passé quelque chose. Qu'il devait avoir découvert la vérité. J'ai pris une grande inspiration, lissé ma robe jaune et suis sortie à pas feutrés sur le palier surplombant le vestibule où je l'ai vu, le visage levé vers moi, rouge et rageur, les poings serrés, ses cheveux blonds en bataille, le col de l'uniforme ouvert, manifestement agité et tendu.

« Venetia », a-t-il hurlé. Jamais je n'avais vu Henry en colère, mais jamais au grand jamais je ne l'aurais imaginé capable de la fureur et de la sauvagerie qui le possédaient alors. Lui qui a toujours été si doux, si digne. On aurait cru un labrador transformé en loup.

J'ai descendu l'escalier à pas lents, retenant ma respiration et priant pour que cette entrevue soit vite derrière moi.

« Toi, il faut que je te parle », a-t-il dit à voix contenue, et il m'a empoignée par le bras et entraînée dans le salon, fermant la porte pour que maman, qui se tenait indécise dans le renfoncement du hall, ne nous suive pas. En réalité, cela n'a fait aucune différence, car d'où elle était, elle entendait tout ce qu'il disait. Jamais je n'aurais cru qu'il puisse vociférer ainsi. Ses cris faisaient vibrer toute la maison et les chandeliers en cristal frémissaient dans son sillage.

Il m'a poussée sans ménagement sur le canapé, sans s'asseoir, me dominant de toute sa hauteur, et a craché : « Alors, comme ça, tu es enceinte ? »

J'ai hoché la tête avec lenteur. Pour être honnête, Angie, j'étais tellement épuisée par toute cette comédie que je n'avais plus l'énergie de me défendre. J'étais pétrifiée de peur comme je n'aurais jamais cru l'être devant lui, et franchement submergée de soulagement à l'idée qu'il allait rompre. Que je serais libre, quelles que soient les difficultés que cela entraînerait fatalement. J'ai compris dans l'instant que j'aurais la force de surmonter cette épreuve, avec ou sans l'aide de ma famille.

« Oui, Henry, ai-je dit un peu plus fort. C'est exact.

– Quoi ! a-t-il rugi, le visage tout rouge et déformé par la rage. Tu allais m'épouser sachant que tu portais l'enfant d'un autre ?

– Je suis désolée, Henry. C'était une erreur. Je le vois maintenant.

– Tu as vraiment cru que tu ferais ça impunément ? » Il me regardait d'un air menaçant.

« Je ne sais pas, ai-je répondu tout simplement en regardant mes mains. Je croyais que ce serait la meilleure solution, mais je vois maintenant que je me trompais.

– Nous aurions pu nous marier ! J'aurais pu ne rien savoir avant des années ! Je me demande quand au juste quelqu'un m'aurait informé si Kitty ne l'avait pas fait ce matin ?

– C'était donc Kitty », ai-je dit à mi-voix. Bien sûr que c'était Kitty. Elle est amoureuse de lui. Elle a joué la seule carte qui lui restait en main. Et pourtant, je n'ai pas pu m'empêcher d'être contente qu'elle l'ait fait. J'étais presque fière d'elle, bizarrement. Même si mon soulagement venait sans doute de ce que cette abominable comédie avait pris fin. Je n'en reviens pas d'avoir pu me convaincre que c'était la meilleure solution.

« C'est tout ce que tu trouves à dire ? “C'était donc Kitty !” Comme si tu n'en avais rien à faire ?

– Je suis contente que tu sois au courant, ai-je répondu avec raideur.

– Parce que tu as des remords ? » a-t-il persiflé. Il s'est assis à côté de moi et s'est penché. Son visage menaçant et vindicatif était juste à la hauteur du mien. « Tu as découvert qu'au fond de toi, il y avait une conscience ?

– Sans doute, ai-je dit, mal à l'aise. J'ai senti que tout cela était une erreur.

– Ben voyons ! » Il s'est levé d'un bond. « Madame se

rend compte que se marier enceinte d'un autre homme n'est pas bien. C'est la meilleure, Venetia, a-t-il poursuivi avec un rire amer. Mais maintenant que j'y pense, c'est ce qui faisait la moitié de ton charme, ton amoralité. Ton égocentrisme total et forcené. Je me demande maintenant comment j'ai pu ne pas m'en rendre compte avant. Tu n'es qu'une coquille vide, Venetia. Une belle fille sans âme. » Il est allé jusqu'aux portes donnant sur la véranda et a regardé la glycine qui se fanait et les petits pavés ronds brisés, avant d'ajouter à mi-voix comme s'il se parlait à lui-même : « Je suis content de te voir enfin telle que tu es. »

Il y a eu un blanc, un silence pendant lequel j'aurais pu dire quelque chose, me défendre, m'excuser, l'apaiser. Mais je ne l'ai pas fait. Alastair m'avait montré que j'étais une créature de chair et de sang, derrière la façade. Henry croyait savoir. Mais tout ce qu'il disait était à côté de la plaque. Il ne me connaissait plus maintenant, peut-être ne m'avait-il jamais connue. J'étais seulement en colère contre moi-même, en premier lieu pour avoir accepté de l'épouser, et je souhaitais en silence que toute cette épreuve se termine. J'avais mal partout, la tête me cognait et je sentais un invisible courant d'air froid me frôler la nuque.

« Mais enfin, Venetia ! » Il s'est tourné vers moi avec une voix différente, implorante maintenant comme une plainte triste.

« Pourquoi m'as-tu fait ça ? Tu sais combien je t'aime. On s'est toujours connus. Pourquoi ? »

Des vagues de nausée me soulevaient le cœur. « Je croyais que tout serait pour le mieux, Henry. Jamais je n'ai eu l'intention de te blesser. Je croyais te faire une faveur en t'épousant – je sais que tu le désirais depuis toujours. Ce n'était pas parfait, je le sais, mais je pensais que je me libérerais du passé et prendrais un nouveau départ. Que personne ne saurait que le bébé n'était pas le tien puisque je serais tout de suite enceinte. Il y a des tas de gens qui font ça.

– Nous ne sommes pas "des tas de gens", a-t-il fulminé en revenant vers moi à grands pas. Je suis une personne, Venetia. Je me demande parfois si tu t'en es jamais aperçue. » Il s'est assis à côté de moi. « Regarde-moi, Venetia, regarde-moi bien. » Il avait parlé d'une voix ferme, abrupte, et il a plongé ses yeux dans les miens quand je les ai levés vers lui. Il avait un air différent de tous ceux que je lui connaissais ; ouvert, intense, comme s'il concentrait tout ce qui lui restait en ce seul instant.

« Oui, je sais », ai-je murmuré. Alors, son regard a changé, s'est calmé, resserré, et la colère y a cédé la place au désir.

« Venetia, j'ai tellement envie de toi. J'ai failli ignorer le bébé et poursuivre mon projet de mariage. J'ai essayé de repousser tout ça au fond de mon esprit mais jamais je ne pourrais vivre avec. Je hais Kitty de me l'avoir dit. Si elle n'était pas venue tout détruire, tout aurait été parfait. J'aurais été le plus heureux des hommes. Tu aurais été à moi. »

Ses yeux ont parcouru mon corps et sa main s'est posée sur ma taille. « Tu aurais été à moi », a-t-il répété. Ses mains fiévreuses montaient et descendaient sur mon flanc ; ses doigts épais et maladroits m'ont malaxé la cuisse. Je lui ai crié d'arrêter, et ai essayé de lui faire lâcher prise, mais il a continué : « C'est ce genre de fille que tu es, Venetia, c'est ça que tu aimes ? »

J'ai compris qu'il fallait fuir, et je l'ai repoussé de toutes mes forces en me levant pour me sauver de cette pièce. Mais il a vite retrouvé son équilibre et il m'a suivie et giflée à toute volée, si fort que je me suis écroulée par terre.

Maman est apparue et s'est penchée sur moi, alarmée : « Qu'est-ce qui se passe ? Mais qu'est-ce que tu fais, Henry ? »

Il s'est arrêté aussitôt et s'est mis à lisser ses cheveux.

« Tu ferais mieux de partir maintenant, Henry », a-t-elle dit avec brusquerie. Elle a tâté mon front et m'a aidée à me relever.

Il a pincé les lèvres, furieux, puis a déclaré d'un ton lourd de sous-entendus : « Oui, je l'ai assez vue. » Et il est sorti, drapé dans son arrogance.

Les yeux tristes de maman ont croisé les miens et pour la seconde fois de la journée nous avons écouté les talons de Henry marteler le marbre du vestibule, et la voix de la bonne qui l'escortait. La porte d'entrée s'est refermée avec un claquement sourd, envoyant voltiger dans l'air une myriade de particules de poussière, comme un fantôme que l'on inhume enfin.

Je me suis mise à pleurer. Mon corps était affreusement douloureux et le sang cognait dans ma tête. Maman m'a aidée à remonter et je me suis affalée sur mon lit.

J'ai dormi un moment, puis j'ai entendu papa hurler au rez-de-chaussée. Maman, qui était installée à mon chevet, s'est levée sans bruit pour aller tourner la clé dans la serrure. Je savais qu'elle avait peur pour moi, beaucoup plus que moi d'ailleurs. Il peut bien venir, pour ce que j'en ai à faire. Je sais que je peux affronter sa colère. Je peux tout affronter. Je suis totalement anesthésiée.

Et voilà où j'en suis maintenant, Angie : assise dans mon lit, j'essaie de m'y retrouver dans ce lamentable gâchis. Maman me dit que j'ai la fièvre et j'avoue que je suis incroyablement fatiguée, alors je vais te laisser pour me reposer.

Venetia

Journal de Mrs. Tilling

Vendredi 9 août 1940

Quelle triste nuit !

Il était minuit passé quand Kitty a gratté à la porte de la maison. C'est le colonel qui a répondu et il est monté me chercher. J'ai enfilé la vieille robe de chambre marron de Harold et suis descendue voir ce qui se passait.

« Venetia ne va pas bien du tout et je crois qu'il faut que vous alliez au manoir, a-t-elle dit calmement, ajoutant d'une voix légèrement tremblante : Est-ce que je peux rester ici quelque temps, s'il vous plaît ? »

Je lui ai dit qu'elle pouvait loger dans la petite chambre et me suis dépêchée de remonter dans la mienne pour m'habiller et prendre ma sacoche d'infirmière avant de filer dans la nuit. J'ai couru tout le long et j'ai trébuché à deux reprises car le mince faisceau de ma torche éclairait mal le chemin cahoteux devant moi. Au manoir, je suis entrée par la porte de côté et ai monté l'escalier de service, m'arrêtant juste pour reprendre ma respiration avant de frapper.

Ma crainte principale – que Venetia fasse une fausse couche – a été confirmée quand je suis entrée. C'était un spectacle tragique. Sous la faible lumière mauve de sa lampe de chevet, j'ai vu Venetia affalée sur son lit, se tordant de douleur et sanglotant qu'elle ne se pardonnerait jamais. Elle avait beaucoup saigné et l'odeur vous prenait à la gorge. Mrs. Winthrop courait en tous sens avec des serviettes et des linges.

Je me suis assise à côté de Venetia et lui ai parlé calmement, m'efforçant de prendre la mesure de ce qu'elle endurait, de voir ce qu'il fallait faire et si je devais l'emmener à l'hôpital. Peu à peu, aux petites heures de la nuit, l'intégralité du fœtus et du placenta a été expulsé de son corps frêle.

« Est-ce qu'elle est hors de danger ? a demandé Mrs. Winthrop.

– Ça va aller », ai-je répondu, alors même que je n'en étais pas certaine. Elle était maigre, épuisée, traumatisée. Elle avait la fièvre et avait perdu beaucoup de sang.

« Il y a eu une scène avec Henry, a-t-elle poursuivi. Il a appris la grossesse et l'a frappée. Elle a fait une chute brutale. »

J'ai passé mon bras autour de Mrs. Winthrop et nous nous sommes assises à côté du lit. L'explosion de Henry avait dû être la goutte d'eau en trop, ajoutée à la faiblesse, au chagrin. Nous l'avons veillée en silence et j'ai été soulagée quand son état s'est stabilisé vers l'aube et qu'elle s'est assoupie.

« Allez vous coucher maintenant et dormez quelques heures, ai-je soufflé à Mrs. Winthrop. Il faut que je parte à huit heures.

– Je suis beaucoup trop énervée pour pouvoir dormir, a-t-elle répondu. Mais je vais aller nous faire du thé. »

Je suis restée, surveillant discrètement l'évolution de la fièvre chez Venetia pendant que Mrs. Winthrop allait et venait sans bruit, apportant du thé et un bouquet d'hortensias violets du jardin. Elle a ouvert les rideaux de quelques centimètres quand le soleil s'est levé sur les collines couvertes de champs de blé et a laissé un rai de lumière ambrée onduler dans la chambre.

Tout était terminé et Venetia était vivante.

Quand elle s'est réveillée, elle est restée longtemps prostrée, fixant le plafond de ses yeux grands ouverts ; quand elle les fermait, des larmes ruisselaient sur ses joues.

« Qu'est-ce que j'ai fait ? chuchotait-elle de temps en temps. Qu'est-ce que j'avais dans le crâne ? Jamais je n'aurais pu épouser Henry. Qu'est-ce que j'ai fait ? »

Mrs. Winthrop et moi nous sommes regardées. On aurait dit que, parvenue à son paroxysme, la situation avait fini par la briser de l'intérieur.

Le général faisait un énorme barouf en bas, comme sur un énième champ de bataille. On entendait des bruits de vaisselle brisée, de portes claquées, contraste flagrant avec la quiétude de notre petite oasis de chagrin.

À huit heures passées, j'ai repris tristement le chemin du village pour me reposer un peu avant les consultations du matin. J'avais la tête qui tournait à cause du manque de sommeil. Quand je suis arrivée à Ivy House, j'ai croisé le colonel qui partait à Litchfield.

« Comment va-t-elle ? » a-t-il demandé. Pourtant, je ne lui avais rien dit et je n'avais aucune idée de la façon dont il avait appris où j'avais passé la nuit.

« Elle va se remettre.

– Et vous ? » Il s'est arrêté pile en face de moi, me dominant de toute sa grande masse.

« Je suis... », ai-je commencé, m'apprêtant à répondre comme toujours que j'étais d'attaque. Mais ce n'était pas vrai. « Je suis fatiguée. La nuit a été assez traumatisante, pour tout vous dire. » Je l'ai regardé et lui ai adressé un sourire tremblant.

« Si vous alliez vous coucher un moment ? » Il a penché

la tête légèrement. « Je suis sûr qu'on pourra se passer de vous au dispensaire ce matin. »

J'aurais volontiers pleuré sur sa large épaule amicale, mais je suis seulement restée là, m'efforçant de garder les pieds sur terre et de refouler mes larmes. « Mais tous ces gens qui m'attendent ? »

Il m'a regardée un moment puis a tendu les bras, peut-être pour les passer autour de moi, mais il a arrêté son geste à mi-course et a mis fermement ses mains sur mes bras. « Vous avez besoin de vous reposer un moment, sinon vous ne serez d'aucun secours à qui que ce soit.

Je vais essayer, ai-je dit avant de me dégager, gênée par notre proximité. Mais où est Kitty ? Il faut que je lui prépare son petit déjeuner.

– Elle m'a déjà préparé le mien et si vous le lui demandez gentiment – il a souri en levant un sourcil –, je suis sûr qu'elle en fera autant pour vous. »

Journal de Kitty Winthrop

Vendredi 9 août 1940

La lumière crue du jour

En me réveillant ce matin, j'ai ouvert des yeux ébahis sur la petite chambre où je me trouvais, chez Mrs. Tilling, et pendant quelques instants effroyables, j'ai reconstitué les événements catastrophiques de la veille et ma descente vertigineuse dans un abîme si profond que jamais je ne serai capable d'en sortir, quoi que je fasse.

Mon avenir

La fureur déchaînée de papa : je vais devoir quitter la maison couverte de honte.

La colère de Venetia qui va me tourmenter jusqu'à la fin des temps.

Ma disgrâce pleine et entière, qui me poursuivra comme l'ombre de la mort.

Mon cœur brisé qui transforme mes entrailles en un torrent de lave.

Mes rêves fracassés, la fin de tout ce que j'ai jamais connu et désiré.

Je suis descendue à la cuisine pour trouver de quoi prendre le petit déjeuner.

« Mrs. Tilling est levée ? ai-je demandé au colonel.

– Elle n'est pas rentrée du manoir, a-t-il dit, et il s'est mis à fourrager dans les placards en quête de quelque chose à manger. Elle y a passé la nuit.

– Oh là là, ai-je murmuré en tendant la main pour prendre les flocons d'avoine. C'est sûrement Venetia. J'espère que ce n'est rien de grave. »

Tout en préparant du thé et du porridge pour le colonel, je ne pouvais détacher mes pensées de Venetia, me disant que c'était ma faute si elle avait eu cette horrible dispute avec Henry. Il devait être furieux contre elle. Je ne sais pas comment font les gens vraiment méchants pour se supporter et vivre avec leur culpabilité. J'ai senti la mienne rôder en moi, comme une bave venimeuse qui circule dans mon corps et donne à tout ce que je fais ou dis un aspect brun jaunâtre et une puanteur de vomi.

Le colonel s'est attablé, et il a lu le journal d'hier dont il m'a donné un compte rendu.

« Eh bien, on parle officiellement de la bataille d'Angleterre à présent. Les nazis bombardent tous nos aérodromes et nos usines.

– Ah oui », ai-je dit distraitement.

Il a levé les yeux pour me regarder pendant que je tournais lentement le porridge. « Voyons s'il n'y a rien de plus gai. » Il y a toujours dans les colonnes une ou deux anecdotes humoristiques ou qui finissent bien, histoire de remonter le moral des gens, et il m'a lu celle d'un préposé à la défense passive qui patrouillait dans le village de Upper Leigh quand il a senti le canon d'une arme dans son dos et cru que les nazis avaient envahi le secteur. Il s'est empressé de lever les bras en l'air et quand il s'est retourné lentement, il s'est aperçu que celui qui le tenait en respect n'était autre qu'un héron. Il avait reculé dans le bec de l'animal sans rien voir à cause du black-out.

J'ai souri mais suis restée soucieuse, et il m'a donné une tape appuyée sur l'épaule avant de partir pour Litchfield Park. Je suis sûre qu'il ne serait pas aussi gentil avec moi s'il connaissait toute l'histoire.

Je me suis mise en devoir de ranger la cuisine et ai entendu Mrs. Tilling rentrer. Elle a croisé le colonel dans le couloir, ils se sont parlé à mi-voix, puis j'ai entendu la porte se fermer quand il est parti.

« Bonjour ! a lancé Mrs. Tilling d'un ton dégagé en arrivant dans la cuisine. Le colonel me dit que tu lui as préparé son petit déjeuner, ce qui est vraiment très gentil de ta part, je trouve. Allez, mets la bouilloire, et bavardons un peu.

– Comment va-t-elle ? ai-je demandé aussitôt en m'activant.

– Je crois qu'elle est tirée d'affaire, a-t-elle répondu à mon immense soulagement. Mais elle a perdu le bébé. »

Je sais ce que cela implique. Et je sais que mettre Henry au courant était la dernière chose dont elle avait besoin. Elle est tellement affaiblie depuis le bombardement. Ça a dû faire déborder le vase. Je me suis laissée tomber sur une chaise, ai posé les bras sur la table et y ai enfoui ma tête. « Tout est de ma faute.

– Mais non, Kitty, a dit Mrs. Tilling en me passant un bras autour des épaules. Henry doit assumer la responsabilité de ses actes, même si cela n'a sans doute pas aidé que tu lui dises la vérité. Il lui a fait une scène monstrueuse. Au bout du compte, cela a été plus qu'elle n'en pouvait supporter. »

J'ai eu beau essayer de me retenir, je me suis mise à pleurer. La pauvre Mrs. Tilling doit s'occuper de tant de choses en ce moment qu'elle n'a pas besoin qu'une sale petite pipelette vienne pleurer sur son épaule, mais chaque fois que je m'arrêtais, une autre vague de larmes déferlait sur moi, comme si ma vie n'avait été qu'une série d'horreurs refoulées attendant de trouver enfin une issue.

Mrs. Tilling m'a caressé le dos : « Nous ne devons pas oublier que tu es jeune et qu'il te faut apprendre la vie. Henry n'aurait jamais dû te faire croire qu'il pourrait t'épouser, mais il y a beaucoup d'autres choses qui entrent en ligne de compte. Ta maman aurait dû te parler de la grossesse de Venetia au lieu de faire comme si de rien n'était. Venetia n'aurait jamais dû jouer la comédie et le laisser la demander en mariage. Ton père n'aurait pas dû mettre sur Venetia une telle pression pour qu'elle accepte d'épouser Henry. Henry n'aurait pas dû la frapper. Slater n'aurait pas dû disparaître en la laissant désespérée. C'est un jeu de massacre. Tu n'as pas à prendre l'entière responsabilité sur tes seules épaules.

– Mais pourquoi Henry l'aime-t-il alors qu'il pourrait m'aimer moi ? C'est moi qui ai envie de l'épouser. Pourquoi les gens ne rendent-ils pas l'amour de ceux qui les aiment ? Pourquoi les gens aiment-ils ceux qu'ils ne devraient pas aimer ?

– Regarde-moi, Kitty » a-t-elle dit. J'ai relevé mon visage mouillé. « Ce n'est pas une partie de plaisir d'être adulte. On ne peut pas choisir de qui on tombe amoureux, ou qui tombe amoureux de nous. Quoi qu'il t'arrive dans ta vie, Kitty, souviens-toi que tu ne peux pas changer ce que les gens éprouvent pour toi. L'amour est une émotion tout à fait étrange, souvent sans grand rapport avec le bon sens. Parfois, c'est un sentiment confortable et douillet, comme lorsqu'on se blottit dans une couverture chaude et moelleuse, mais il arrive aussi qu'il vous submerge complètement et vous réduise à l'impuissance. » Elle s'est interrompue quelques instants, perdue dans ses pensées, puis s'est ressaisie. « Je suis sûre que Henry t'aime comme une sœur, mais qu'il éprouve pour Venetia un genre d'amour très différent.

– Mais je sais ce que c'est que d'être amoureuse, ai-je gémi. Ne me dites pas que ce que je ressens n'est pas réel !

– C'est tout à fait réel, Kitty a-t-elle dit en resserrant son étreinte. Tout ce qu'il y a de plus réel. »

J'ai pleuré sans pouvoir m'arrêter, parce que j'avais tout gâché, parce que Venetia allait me haïr et parce que maintenant, Henry ne m'aimerait plus jamais. Il était définitivement hors de ma vie.

« Tu rencontreras quelqu'un d'autre, a dit Mrs. Tilling.

– Non, ai-je répondu en secouant la tête. Je ne trouverai jamais personne d'autre. Pas quelqu'un comme Henry. Personne n'est aussi beau, aussi drôle, et ne me regarde comme lui. Quand il est là, le soleil sort de derrière les nuages, tout ce qui est mauvais chez moi, dans le village, dans le pays, dans le monde, s'abolit. Tout devient parfait, merveilleux, divin. » J'ai repris ma respiration avant de crier entre mes doigts : « Et rien ne sera plus jamais divin. Il est parti, laissant tout ce qui est mauvais et qui ne disparaîtra plus. »

Longtemps après le départ de Mrs. Tilling pour le dispensaire, je suis restée prostrée à la table de la cuisine. Mais vers le milieu de l'après-midi, je me suis dit qu'il fallait que je sorte et je suis partie sans savoir où j'allais. Chemin faisant, je me suis rendu compte que j'avais pris le chemin de la maison. J'étais obsédée par le désir de voir Venetia. Plus je me rapprochais du manoir et plus j'étais convaincue que c'était ce que je devais faire. J'avais besoin de lui demander pardon.

Mais elle, me pardonnerait-elle jamais ?

En ouvrant la porte, je me suis avisée que j'avais oublié

mon principal ennemi. Mon père. S'il me voyait, il me tuerait. Toute la rage qu'il ne pouvait déchaîner contre sa Venetia chérie, il allait la passer sur moi. Après tout, je suis la plus jeune, la moins à même de lui résister, celle sur laquelle il se défoule d'habitude. Pourquoi rompre les habitudes d'une vie ? J'allais subir l'assaut d'un châtiment violent qui allait m'anéantir, ne laissant derrière lui que le silence meurtri d'une âme broyée.

J'ai eu un frisson d'appréhension en montant l'escalier de service à pas de loup. La maison était silencieuse, le hall renvoyait les échos du tic-tac dissonant de l'horloge de parquet. J'ai frappé avec précaution à la porte de Venetia. Elle s'est ouverte sur Mrs. Tilling, qui était venue tout droit après les consultations du matin.

« Kitty, a-t-elle chuchoté, qu'est-ce que tu fais là ?

– Il faut que je parle à Venetia.

– Mais si ton père te voit ? s'est-elle inquiétée en m'attirant à l'intérieur de la pièce sombre.

– Il faut que je voie Venetia. » Les rideaux étaient tirés et bien fermés, et une seule lumière était allumée, la petite lampe de chevet violette de Venetia, répandant une lueur meurtrie dans la chambre. Le désordre habituel de la pièce – vêtements jetés çà et là, bouteilles de parfum renversées, livres et boîtes à bijoux – avait disparu. Même la coiffeuse était rangée, stérilisée en vue d'un lendemain nouveau.

Venetia a remué dans le lit. Mrs. Tilling s'est approchée et lui a dit que j'étais là et qu'elle allait nous préparer du thé.

« Laisse-la se réveiller en douceur, je t'en prie, m'a-t-elle dit. Et n'oublie pas ce qui vient d'arriver, Kitty. Ce n'est pas toi qui occupes la première place dans son esprit en ce moment, alors ne le prends pas mal si elle est en colère contre toi. »

Je suis restée où j'étais quelques instants après le départ de Mrs. Tilling.

« Viens t'asseoir ici, Kitty », a dit une voix faible en provenance du lit.

J'ai obéi.

« Venetia, je te demande pardon. Je ne peux pas te dire à quel point je m'en veux. Je sais que jamais je n'aurais dû faire ça. Je l'ai compris maintenant, pas besoin que tu me le dises. Je sais que Henry était amoureux de toi et j'ai bien compris que tu croyais agir pour le mieux. Je l'ai compris aujourd'hui, mais hier, je ne le savais pas. Je te demande pardon. »

Elle ne bougeait pas et je me suis demandé si elle était en état d'avoir cette conversation. Ses yeux hagards que la réflexion, la confusion ou le délire rendaient vitreux, ont croisé les miens et les ont fixés. Je ne pouvais deviner ce qu'elle pensait.

« Au début, je t'en ai voulu d'avoir parlé à Henry, sais-tu ? a-t-elle dit d'une voix enrouée. Mais j'en suis arrivée à me dire que ce n'était pas si mal. Je sais que tu ne voulais pas que ça se passe comme ça. En tout cas, nous savons maintenant que Henry est un être infect. Il a beau être séduisant extérieurement, c'est un homme cruel et méchant. Tu mérites mieux, Kitty. »

Je n'ai rien dit. Je me suis contentée de la regarder. Elle avait le visage émacié. Ses cheveux collaient à son crâne et s'agglutinaient en touffes autour de son cou. Quelqu'un avait vaporisé de la lavande dans la pièce, mais cela ne couvrait pas une odeur désagréable, celle du sang peut-être. Le lit était trempé de larmes et de sueur. Je ne l'avais jamais vue ainsi.

Je me suis mise à pleurer.

La porte s'est ouverte et Mrs. Tilling est entrée à la hâte. « Il faut que tu partes, Kitty. Ton père est revenu et il sait que tu es ici. Il t'a vue monter l'allée quand il rentrait en voiture. » Elle m'a tirée par le bras pour que je me lève. « Allez, file maintenant. Il menace de te donner une correction. »

Elle m'a poussée hors de la chambre et j'ai couru le plus discrètement possible vers l'escalier de service. Mon cœur cognait, je me sentais dans tous mes états, maladroite en diable, et j'ai agrippé la rampe. Arrivée en bas, j'ai rasé les murs pour être sûre que la voie était libre. La portion la plus risquée de mon trajet m'attendait : l'espace entre l'arrière du vestibule et la cuisine, qu'il fallait traverser à toute vitesse en passant devant la porte du bureau de papa.

Celle-ci était entrebâillée et j'ai entendu bouger à l'intérieur. Je ne voyais qu'un fragment de la pièce, mais mon père était là, à l'évidence, à regarder des papiers car j'en entendais le froissement. Je me suis dit que mon salut dépendait de ma rapidité, j'ai compté en silence un, deux, trois et me suis élancée. Dans ma précipitation, mon pied a dérapé et je me suis étalée. J'allais me remettre debout et continuer ma course quand la route m'a été barrée par une créature féroce et imprévisible : mon père.

En me voyant, il s'est baissé, le visage violacé et grimaçant de fureur. Ses mains se sont tendues vers ma gorge comme des tenailles prêtes à m'étrangler dans l'instant. J'ai reculé, terrifiée, et me suis relevée.

« Ah, te voilà, petite traîtresse, hein ? a-t-il rugi. J'ai deux mots à te dire. » Il m'a empoigné le bras et traînée dans son bureau, où il m'a flanquée par terre devant sa table de travail. « Je veux savoir précisément pourquoi tu tiens à déshonorer notre nom. » Il est passé de l'autre côté de la table, a pris sa cravache, dont j'ai entendu le sifflement alors qu'il la faisait claquer à chaque pas sur sa botte. Sshhh, clac. Sshhh, clac. Sshhh, clac.

– Oh non, je vous en supplie ! » ai-je murmuré, terrifiée.

Un jour, il avait battu un cheval presque à mort – il avait fallu abattre l'animal – et franchement, je me voyais très mal partie. « Je vous en prie, laissez-moi parler, vous expliquer. Arrêtez ! »

Mais il avait déjà commencé. Sans viser d'endroit précis et sans grande adresse, il m'a frappée de toute sa force. Je me suis recroquevillée en baissant la tête, de façon à ce que mon dos et mes épaules prennent l'essentiel de la dégelée. J'ai senti l'arrière de ma robe se déchirer et la morsure de la lanière quand elle a ouvert le tissu, puis la peau, et qu'un mince filet de sang a ruisselé dans mon dos, se mêlant à la sueur. Incapable de retenir mes larmes, je sanglotais, hurlais, gémissais sans savoir quoi faire. Chaque fois que j'essayais de me relever, son pied me réexpédiait au sol d'une seule détente. J'étais complètement à sa merci. J'ai tenté de ramper vers sa chaussure et d'agripper sa cheville, le suppliant d'arrêter, mais il m'a fait lâcher prise et sa rage a redoublé. « Espèce de » – chlac – « mauvaise graine » – chlac – « minable » – chlac – « petite » – chlac – « garce. »

C'est alors que j'ai entendu une autre voix.

« Général, qu'est-ce que vous faites ? Posez cette cravache immédiatement. » Au début, je n'ai pas su qui c'était tant le ton était différent de ses douces inflexions habituelles. Sa voix résonnait haut et fort, calmement. Celle d'une femme à poigne.

C'était Mrs. Tilling. Debout sur le seuil, bien droite et posée, comme une directrice d'école écœurée découvrant par hasard un vilain garçon en train de mal se conduire.

« Allez-vous-en, sale fouineuse, a-t-il fulminé. Ce ne sont pas vos oignons.

– Je crois que si », a-t-elle dit sans se démonter.

Il y a eu un temps d'arrêt. Papa s'est retourné, comme moi, et a vu Mrs. Tilling, la plus gentille et la plus docile des femmes, fermer la porte avec soin et s'approcher d'un pas décidé.

« Qu'est-ce que vous me chantez là, ma pauvre femme ? a-t-il beuglé en s'avançant vers elle tout en faisant claquer la cravache contre sa jambe d'un geste menaçant.

– Ne vous avisez pas de vous en prendre à moi, général, a-t-elle rétorqué vivement. Vous ne voulez pas vous faire une ennemie de quelqu'un qui en sait long sur vous et votre petit trafic malhonnête. » Sa voix était parfaitement sèche et unie. On aurait dit une machine à coudre performante en train de piquer un ourlet.

Papa s'est arrêté net, fronçant les sourcils, furibond.

« Effarée » serait un mot faible pour décrire ma réaction. De ma vie je n'avais vu Mrs. Tilling tenir tête à qui que ce soit, à plus forte raison à papa. Or voilà qu'en mon heure de détresse, elle avait trouvé la force – que dis-je, l'audace – nécessaire pour venir à mon secours et me sauver la vie. J'aurais aimé me précipiter dans ses bras avec amour et reconnaissance, et l'avertir que nous avions intérêt à débarrasser le plancher au plus vite !

« Ne me menacez pas, Mrs. Tilling, a-t-il craché. Vous ne savez rien. » Et il a plissé les yeux d'un air menaçant.

« Vous ne me faites pas peur, général. » Mrs. Tilling n'avait pas bougé d'un pouce. Très calme, elle semblait plus que jamais sûre de sa force et de son bon droit. « J'en sais assez pour déclencher une enquête. Si c'est ce que vous voulez. » Elle a prononcé chaque mot très distinctement. « Il me suffit d'un petit coup de téléphone.

– Laissez tomber, Mrs. Tilling, a ordonné papa. Vous jouez avec le feu. Ce serait très imprudent de votre part de vous amuser à ça. Vous mettriez notre petite communauté en danger, comme si nous n'étions pas déjà assez accablés par cette horrible guerre. »

Papa peut vraiment faire peur quand il est dans ce genre d'humeur, et j'ai redouté un moment que Mrs. Tilling ne recule, et que la cravache ne se remette en action dès qu'elle serait sortie de la pièce.

Mais elle a tenu bon. J'ai même vu l'ombre d'un sourire passer sur ses lèvres, le petit sourire discret qu'on peut voir pendant un tournoi d'échecs chez le joueur qui sait longtemps avant tout le monde qu'il a gagné.

« Ne le prenez pas de si haut, général. » Elle a fait deux pas vers lui, si bien qu'il n'était guère qu'à trente centimètres d'elle. « Je n'ai rien à craindre de vous. » Elle a ôté un brin de poussière de l'épaule de papa. Un petit geste à la fois accablant et dédaigneux. « Bien au contraire, je vous assure. »

Papa était visiblement ébranlé. Il a reculé d'un pas et a regardé dans la pièce comme s'il cherchait la terre ferme, et des arguments à lui opposer. Il avait le front plissé, l'œil noir et ses lèvres minces s'incurvaient vers le bas en une moue d'écolier contrarié.

Je me suis tapie un peu plus dans le coin. Que Mrs. Tilling puisse tenir tête à papa était une chose ; mais qu'elle puisse avoir barre sur lui en était une autre. Je ne savais pas comment il réagirait. Déjà, en temps normal, il n'aime pas les femmes et c'est tout au plus s'il nous tolère, maman et nous. Que savait-elle qui puisse le forcer à faire machine arrière ? Je n'ai jamais vu papa s'avouer vaincu. Pas une seule fois au cours de ses nombreux combats en tout genre. Même Mrs. B. marche sur des œufs quand elle a affaire à lui, et nous savons tous à quel point elle peut être implacable.

Mrs. Tilling m'a regardée et fait signe de me lever.

Je me suis remise debout en titubant, ai remarqué les petites taches de sang sur le parquet, et me suis efforcée de rajuster ma robe déchirée et de remettre de l'ordre dans mes cheveux.

« Maintenant, demandez-lui pardon, lui a-t-elle dit avec calme.

– Demande pardon, Kitty, a-t-il tonné.

– Non, pas elle, a-t-elle crié – oui, Mrs. Tilling qui criait ! *Vous*, demandez-lui pardon. Elle a treize ans et vous l'avez battue avec une cravache. Vous devriez avoir honte.

– Écoutez, Mrs. Tilling, je ne sais pas pourquoi...

– Excusez-vous. » Il y avait dans les yeux de Mrs. Tilling une expression que je ne lui avais jamais vue, comme si elle était la Justice en personne qui mettait mon père sur un plateau de sa balance et trouvait qu'il ne faisait pas le poids.

« Je suis désolé, Kitty, on dirait que Mrs. Tilling est devenue folle, a dit papa, assez embarrassé.

– Inutile de vous excuser pour mes actions. Dieu sait que je serais très capable de le faire moi-même si besoin était. C'est de l'avoir frappée qu'il faut vous excuser, bien entendu.

– Désolé, Kitty, s'est-il forcé à dire, l'air furibond, les mains crispées comme deux boules hérissées aux jointures, évitant de nous regarder. Et maintenant, je pense que tu peux partir, Kitty. Je trouve que vous en avez assez fait aussi, Mrs. Tilling, a-t-il dit d'une voix acerbe.

– Non. » Mrs. Tilling s'est avancée et a mis un bras autour de moi pour me guider jusqu'à la porte. « J'estime que votre femme et vos filles ont assez enduré votre tyrannie. Elles ont subi votre cruauté pendant des années et je ne vois pas pourquoi elles devraient le faire une minute de plus. » Elle s'est arrêtée net et s'est tournée vers lui, désignant la fenêtre du doigt. « Il y a une guerre en ce moment. Une vraie guerre. Les gens se font tuer en défendant leur patrie bien-aimée et vous, vous ne trouvez rien de mieux à faire que de vous acharner sur vos enfants pour les forcer à se soumettre. Eh bien, ça ne se produira plus. Vous avez compris ? »

Elle s'est tournée vers moi. « Tu peux aller te nettoyer

maintenant, Kitty. Il ne te menacera plus, et si ça se renouvelle, viens me le dire tout de suite. » Elle l'a bien regardé en disant ces mots, pour s'assurer qu'il comprenait. J'ai hoché la tête et me suis hâtée de sortir. Retenant ma respiration, je suis montée au premier quatre à quatre et j'ai regagné la chambre de Venetia, dont j'ai refermé sans bruit la porte.

« Je t'ai entendue hurler, Kitty, que s'est-il passé ? » a-t-elle demandé.

Je lui ai montré mon dos.

« Oh, non ! Il n'a pas recommencé ! » Elle a soupiré et m'a fait signe de prendre un gant de toilette dans la commode.

Je le lui ai apporté avec une tasse remplie d'eau pour l'humecter et me suis assise sur le lit à côté d'elle pour qu'elle puisse nettoyer mes blessures. Spectacle navrant : une victime en aidant une autre. Mais cela semblait normal en quelque sorte, comme si nous étions chacune l'alliée naturelle de l'autre.

Je lui ai parlé de l'affrontement.

« Qui aurait cru que Mrs. Tilling oserait lui tenir tête ? s'est exclamée Venetia, perplexe. Je me demande ce qu'elle sait.

– Il a peut-être une liaison ? ai-je dit. Mais j'ai du mal à imaginer qu'il ait peur que ça se sache, vu le peu d'égards qu'il a pour maman. Ou peut-être qu'il achète au marché noir de l'essence à ce type de Chatham. Mais je suis sûre qu'avec son grade et ses relations dans l'armée, il peut avoir l'impunité pour toutes sortes de délits sérieux. Il me dit que tout le monde triche, de toute façon. Non, ce doit être autre chose. Et bien plus grave.

– Oui, ce doit être autre chose. » Elle s'est tue, sans cesser de tamponner mes blessures, et je grimaçais chaque fois qu'elle me touchait. « Mrs. Tilling a beaucoup changé ces derniers temps. On dirait qu'elle a découvert qu'elle avait beaucoup plus de ressource qu'elle ne le croyait.

– C'est la guerre. Elle change les rapports de force, tu ne trouves pas ?

– Oui, a répondu aussitôt Venetia avec un petit rire. C'est nous les femmes qui avons pris la direction des opérations désormais », a-t-elle ajouté sur un ton qui rappelait son style cavalier d'autrefois. « La Chorale des dames de Chilbury va gouverner le monde. »

Elle avait beau me faire mal, je me suis prise à sourire et, malgré les ténèbres, le bruit et la fureur, j'ai eu l'étrange intuition que tout finirait bien.

Lettre d'Elsie Cocker au capitaine Henry Brampton-Boyd

Manoir de Chilbury
Chilbury, Kent

Samedi 10 août 1940

Cher Henry,

J'ai envie de danser de joie car tu as fait de moi la fille la plus heureuse d'Angleterre, et savoir que je suis maintenant ta petite amie me réchauffe le cœur et me rend confiante. Quand je repense à cet après-midi dans la petite grange du bois, où j'ai réussi à te faire oublier ton humeur horrible, je n'en reviens pas de connaître un pareil bonheur. Enfin, quoi qu'il arrive, je sais que tu penses à moi et que tu me retrouveras une fois que cette guerre stupide sera terminée.

J'ai donc rendu mon tablier au manoir de Chilbury, comme tu m'as dit de le faire. Je croyais qu'on me demanderait ce que je comptais faire ensuite, mais personne n'a semblé s'en soucier, ce qui vaut peut-être mieux, parce que je ne sais pas comment ils auraient réagi en m'entendant leur annoncer qu'on devait se marier. Le général est tellement vieux jeu qu'il aurait eu une crise cardiaque à l'idée que la bonne en épouse un de la haute. Franchement, ça aurait valu le coup d'œil !

Je ne sais pas trop où aller maintenant. Je dois rester pour faire ma période de préavis, mais ensuite, il faudra que je parte. J'ai bien envie de demander à ta mère si je peux aller habiter chez elle puisque toi et moi sommes ensemble à présent. Je sais que l'idée que tu m'épouses ne lui plaira pas, mais il faudra qu'elle s'y fasse. Je me suis dit que tu pourrais peut-être lui écrire pour lui expliquer ce qu'il en est et lui demander si je peux venir.

C'est tout pour aujourd'hui, mon amour. Je pense sans arrêt à toi et à notre bel après-midi ensemble. Écris-moi vite.

Je t'embrasse,

Elsie

Lettre de miss Edwina Paltry
à sa sœur, Clara

3 Church Row
Chilbury, Kent

Samedi 10 août 1940

Chère Clara,

J'ai une sacrée chance d'être en vie ! Mais je crains que ce ne soit pas pour très longtemps. Je suis terrorisée, Clara. Terrorisée, et je ne vois pas d'issue.

Le général s'est pointé ce matin à l'heure des visites, écumant comme un crapaud venimeux. Vêtu de son habituel uniforme militaire, toutes médailles dehors pour bien montrer au monde qui est le chef, les épaules en avant comme s'il se préparait au combat. Il a parcouru du regard les lits des éclopées jusqu'à ce qu'il me repère, bien que je me sois plus ou moins cachée sous les couvertures.

Il s'est approché de mon lit au pas de charge et m'a dominée de toute sa hauteur, fulminant. Il avait le visage violacé et les veines bleues de son cou et de ses tempes palpitaient comme des serpents en colère.

« Qu'est-ce que vous avez raconté à Mrs. Tilling ? a-t-il rugi. J'aurais dû me douter que bête et négligente comme vous l'êtes, vous feriez gaffe sur gaffe et finiriez par nous mettre dans le pétrin. Jamais je n'aurais dû faire confiance à une femme. » Il s'est penché, a appuyé ses poings tendus sur le lit et j'ai vu son visage s'immobiliser juste au-dessus du mien. Son haleine sentait la viande avariée ou la chair en voie de décomposition avancée.

« Ne racontez donc pas de bêtises, je lui ai rien dit, ai-je chuchoté le plus fort que j'ai pu, crachant les mots avec une colère contenue. Elle a tout bonnement deviné.

– Comment l'aurait-elle pu ! a-t-il crié en se redressant, les mains sur les hanches, dans une posture de dictateur menaçant. Si vous aviez fait votre boulot proprement, elle ne se serait doutée de rien. »

Je lui ai désigné d'un regard appuyé l'infirmière qui, assise à son bureau, s'intéressait vivement à notre échange.

J'ai adressé à celle-ci un sourire et un « Coucou ! » avec un geste de la main.

Il a baissé la voix et a croassé : « Comment Mrs. Tilling aurait-elle pu deviner si vous n'aviez pas laissé des indices partout ?

– La petite fille est le portrait craché de Venetia, ai-je dit d'un ton neutre. L'autre bébé ressemble à Hattie. Le reste s'est mis en place tout seul. Le hasard lui a donné un coup de pouce.

– Elle en sait trop pour que ce soit seulement l'effet du hasard.

– Elle n'a aucune preuve, et elle n'a aucun moyen d'en avoir, sauf à la tenir de vous ou de moi. »

Silence. Il a regardé ses mains, rougeaudes et rêches comme des mollusques séchés, des fruits de mer sortis de leur coquille et racornis sous leur pellicule de sel. Puis il s'est retourné et s'est laissé choir sur le lit, vaincu.

« Elle me menace, a-t-il dit à mi-voix.

– Elle veut monnayer son silence ?

– Rien d'aussi ignoble. Il faut un esprit tordu comme le vôtre pour sauter à des conclusions pareilles ! a-t-il marmonné, furieux. Elle envisage de me dénoncer. » Il a regardé par la fenêtre les gros nuages qui s'accumulaient. « Ce qui signifie la prison.

– Eh bien, il nous suffira de nier en bloc, ai-je rétorqué sèchement. Personne n'a de preuve. Il faudrait que l'un de nous deux avoue. On doit se serrer les coudes. » Et sur ces mots de conclusion, je me suis tournée vers l'infirmière. « Mon visiteur s'en va, et j'ai besoin qu'on m'aide avec ma jambe », ai-je dit d'un ton uni. Elle s'est aussitôt exécutée et est venue voir ce dont j'avais besoin.

Le général m'a jeté un regard écœuré et s'est levé prestement. « Je ne peux rien imaginer de pire que d'être coincé avec des gens de votre acabit. Attendez d'être sortie d'ici, miss Paltry. » Puis il a ajouté d'une voix menaçante : « Nous aurons une conversation en bonne et due forme quand vous rentrerez, je vous le garantis. » Sur ces mots, il a tourné les talons, nous a adressé, à moi d'abord puis à l'infirmière, un grognement mauvais, puis s'est dirigé vers la porte d'un pas décidé.

Je me suis laissée retomber lourdement sur l'oreiller, comme un corps qui se lance d'une haute falaise et tombe en tournoyant dans une mer hérissée de rochers.

Mon seul plan est de disparaître dès que ma hanche sera guérie et qu'on me laissera sortir de l'hôpital. Il faudra d'abord que j'aille à Chilbury pour essayer de récupérer l'argent que m'a pris Ralph Gibbs. Je sais que ce ne sera pas facile, mais j'ai mes méthodes, Clara, et je suis aux abois, donc prête à accepter qu'on fasse moitié-moitié. Alors je pourrai aller te retrouver à Birnham Wood. Tout cela ne me fait pas sauter de joie, mais tout ce que je demande, c'est de rester en vie. Si tu savais comme je suis furieuse de m'être mise dans un pétrin pareil. Je voudrais ne rien avoir à voir avec cette affaire.

Prie pour moi, Clara, prie pour que je réussisse à sortir entière de tout ça.

Edwina

Lettre du capitaine de l'armée de l'air Henry Brampton-Boyd à Elsie Cocker

Base aérienne 9463,
Daws Hill, Buckinghamshire

Lundi 12 août 1940

Bien chère Elsie,

Votre lettre m'a énormément surpris car je ne m'attendais ni à en recevoir une ni à ce qu'elle ait pareil contenu. Je tiens à dissiper dès maintenant tout malentendu sur mes sentiments à votre égard et la nature de nos relations.

En premier lieu, le « bel après-midi ensemble » dont vous parlez n'est que cela : un bel après-midi. Il n'y avait de ma part aucune intention qu'il mène à d'autres. En fait, c'est ce qui en a fait la beauté : un moment en dehors de la réalité quotidienne. Toutes les allusions que j'ai pu faire à votre changement de situation se rapportaient au besoin croissant pour les femmes de se joindre à l'effort de guerre. Ne vaudrait-il pas mieux que vous vous formiez au métier d'infirmière ou que vous vous engagiez dans l'armée plutôt que de gâcher votre énergie à servir comme domestique chez des civils ?

En second lieu donc, il ne sera pas nécessaire que vous

contactiez ma mère et je vous préviens que si vous ignoriez mon avertissement, sa colère serait sans bornes et il vous deviendrait très difficile de trouver du travail dans la région.

Je vous adresse mes meilleurs vœux pour votre nouvelle carrière.

Bien à vous,

Capitaine Brampton-Boyd

Lettre de Venetia Winthrop à Angela Quail

Manoir de Chilbury
Chilbury, Kent

2 août 1940

Chère Angela,

N'est-ce pas étrange, la façon dont des événements majeurs se produisent – catastrophe, maladie, mort – et dont, une ou deux semaines plus tard, tout se passe comme si les choses étaient redevenues normales ? Je suis retournée au travail hier : j'ai pris le bus de 7 h 40 pour Litchfield, suis passée devant la cabine téléphonique au coin, ai vu les mêmes visages, les mêmes nuages au-dessus de nos têtes. Je me suis dirigée vers notre ancien bureau. J'y ai trouvé Elizabeth en train de faire du thé, qu'elle m'a servi comme d'habitude dans la tasse ébréchée. Je me suis assise à mon bureau et j'ai parcouru les documents arrivés en mon absence. Je n'ai manqué que quelques semaines, mais j'ai l'impression que ça fait une éternité. Non, en réalité, j'ai l'impression d'être une personne complètement différente. L'ancienne Venetia est partie et une nouvelle personne l'a remplacée, qui ressemble à Venetia, se rappelle comment faire le travail de Venetia, mais n'est pas du tout la même.

Personne ne sait ce qui s'est passé, sauf le colonel Mallard, qui est venu demander de mes nouvelles avec beaucoup de gentillesse. Mes collègues savent que j'ai sauvé le bébé, car c'était dans les journaux. Mais ils ignorent que j'en ai perdu un autre. Je frissonne chaque fois que quelqu'un vient me féliciter. « Bravo pour le bébé ! » me dit-on. Ou : « Vous devez avoir envie d'en avoir un à présent ! » Je sais qu'ils disent ça pour être aimables, mais ça commence à me contrarier sérieusement de devoir me précipiter aux toilettes toutes les deux minutes pour vérifier que mon rimmel ne coule pas.

Après le travail, le colonel Mallard m'a ramenée en voiture à Chilbury, et je suis passée dire bonjour à Mrs. Tilling et à la petite Rose. C'est un bébé tellement câlin, toute ronde et qui rit tout le temps. Il m'arrive de lui donner le biberon.

« J'ai envie de m'occuper d'elle de temps en temps, je dois bien ça à Hattie, ai-je dit en la berçant sur mes genoux.

– Oui, je comprends, a dit Mrs. Tilling en souriant, et je me suis prise à rougir en pensant à la chipie égoïste que j'étais, surtout avec Hattie.

– J'aurais peut-être pu être une amie plus gentille pour Hattie, mais au moins, maintenant, je peux aider son bébé.

– Eh bien, tu vas en avoir l'occasion, parce que ta maman a accepté de la prendre en attendant le retour de Victor. Elle vivra donc avec vous au manoir. »

J'ai souri, ravie, et ai serré la petite encore plus fort. Et puis la mémoire m'est revenue. « Et papa ?

– Ne t'inquiète pas, Venetia. Vous n'avez plus rien à craindre de lui maintenant. »

Je me suis alors souvenue de la réflexion qu'avait faite Kitty à propos de Mrs. Tilling : qu'elle devait savoir quelque chose. Voilà qui est bien commode !

Folle de joie, j'ai pressé Rose contre moi. Elle doit venir

vendredi chez nous avec ses affaires, et je pourrai lui donner le biberon tous les soirs.

Le manoir de Chilbury est extrêmement calme en ce moment. Kitty ne sait pas comment s'excuser et elle se met en quatre. Papa est plus absent que jamais et s'est jeté à corps perdu dans l'organisation de la défense de Chilbury contre les nazis. Il organise tous les deux jours des réunions des Volontaires de la défense afin d'exercer son autorité. Nous sommes excessivement soulagées qu'il ait trouvé un exutoire à son énergie.

Maman m'a envoyée me reposer dès mon retour, et elle a enfin compris qu'elle peut confier le petit Lawrence à nounou Godwin, et qu'il ne s'en portera pas plus mal. Après dîner, Kitty et Silvie ont décidé d'apporter le gramophone dans ma chambre, histoire de nous remonter le moral à toutes les quatre. Nous avons écouté les disques que Prim avait prêtés à Kitty avant le bombardement. Elle a voulu les rendre aux sœurs de celle-ci quand elles sont venues chercher ses affaires – enfin, ce qui en restait –, mais elles ont tenu à ce que nous les gardions et en profitions en mémoire de Prim.

Ça a été une soirée douillette, nous quatre assises autour de l'appareil, à choisir entre les disques – il doit y en avoir une quarantaine, dont beaucoup ont été enregistrés en Amérique. Maman nous a apporté du thé, j'avais pris des biscuits au travail, et nous avons donc eu de quoi améliorer l'ordinaire.

« Celui-ci est mon préféré, a dit Kitty en sortant un disque de sa pochette. Prim m'a dit que c'était un de ses préférés aussi, alors j'espère qu'elle nous regarde de là-haut écouter sa musique.

– Qu'est-ce que c'est ? a demandé maman.

– Tu vas voir », a-t-elle dit en le posant et en soulevant l'aiguille.

Après un grésillement, les notes se sont égrenées. C'était

un orchestre qui jouait un morceau américain rapide, assez amusant. Kitty et Silvie l'avaient manifestement écouté, car elles connaissaient toutes les paroles. « Keep young and beautiful », ont-elles chanté en déambulant dans la chambre. Kitty a saisi une serviette de toilette et s'en est servie comme d'un boa.

C'était très amusant, et nous avons bien ri. Après quoi, j'ai trouvé « Blue Moon », que nous avons passé. Le morceau était chanté par trois sœurs américaines. Nous avons chanté aussi pendant que Kitty faisait les harmonies. Quel air magique.

Maman en a choisi un plus ancien, intitulé « Putting on the Ritz ».

« Ça me rappelle quand papa et moi allions au bal. Parfois, certains dansaient le charleston. J'ai toujours eu envie d'essayer », a-t-elle dit timidement.

Kitty et Silvie se sont levées et ont esquissé quelques pas de danse, en avant et en arrière, puis ont tiré maman pour qu'elle se lève et se joigne à elles. Silvie n'était pas mauvaise, mais Kitty si consternante que je me suis sentie obligée de leur montrer comment le danser correctement. Pour une fois, maman ne m'a pas dit de retourner au lit.

« Essayons celui-là », a dit Kitty en mettant un vieux succès anglais que nous aimions toutes, intitulé « Kiss Me Goodnight, Sergeant Major ». Nous avons chanté en chœur, assises sur le bord du lit, bras dessus, bras dessous, et nous balançant en cadence jusqu'à ce que Kitty se penche trop et s'écroule de rire.

« On devrait faire un spectacle ! a-t-elle déclaré, son petit visage s'illuminant. On devrait apprendre toutes les paroles par cœur et monter un spectacle !

– Pourquoi ne les transcris-tu pas ? On pourrait essayer de chanter toutes ensemble avec les disques la prochaine fois », ai-je répondu, espérant que maman n'allait pas jouer les rabat-joie et dire que ce serait trop fatigant pour moi.

Mais elle a déclaré : « Quelle bonne idée ! Nous pourrons peut-être proposer à quelques autres membres de la chorale de nous accompagner.

– Hourra ! s'est exclamée Kitty, et Silvie a applaudi, sautant sur sa chaise.

– Voilà qui pourrait marquer notre résurrection, ai-je dit. Les dames de la chorale de Chilbury deviennent une troupe de chanteuses ! »

Je te tiens au courant de notre projet, si jamais il vient à se concrétiser. Je suis sûre que si Kitty est à la barre, nous aurons du mal à la dissuader.

Je t'embrasse fort,

Venetia

Journal de Mrs. Tilling

Mardi 13 août 1940

Hitler a manifestement résolu de lancer une attaque aérienne décisive contre l'Angleterre, car ces derniers jours, il y a eu une activité folle dans notre ciel et des formations d'avions de combat n'ont cessé de passer en trombe au-dessus de nous. Les Boches ont pris pour cible des bases militaires, et nous redoutons qu'ils ne bombardent Litchfield ou l'aérodrome de Parnham.

Lorsque je suis rentrée à la maison aujourd'hui, Carrington m'attendait, savourant la chaude lumière orangée de la fin d'après-midi. Sa mince silhouette était perchée avec élégance sur le banc de la véranda de devant. Il portait son uniforme, mais avait ôté sa casquette et laissait le soleil lui caresser le visage, fermant les yeux pour ne pas être ébloui.

Il s'est levé en m'entendant et s'est précipité pour m'aider à ranger ma bicyclette.

« Je suis ravie de vous voir, Carrington, ai-je dit, notant avec plaisir son sourire chaleureux. Votre jambe va mieux ?

– Oui, ça suit son cours. Il paraît que je ne pourrai jamais courir normalement, mais je m'estime déjà heureux d'être en vie.

– Vous prendrez bien une tasse de thé, ai-je dit en le faisant entrer. Votre travail à Litchfield Park vous plaît ? »

Nous nous sommes installés dans le petit salon de devant. « On m'a affecté aux renseignements, ce qui est vraiment très intéressant. J'espère pouvoir être envoyé à Londres. »

Une fois le thé prêt je me suis assise en face de lui en attendant de savoir s'il avait des nouvelles pour moi.

« J'ai trouvé deux ou trois choses, a-t-il dit après que je lui ai versé une tasse. Il a fallu que j'aille fureter dans les coins, mais j'ai fini par trouver une piste, quelqu'un qui sait comment ce genre de types procèdent. Et gagné ! Nous avons quelques réponses. » Il semblait tout content de lui. « Mais il faut me promettre de ne jamais répéter à personne ce que je vais vous dire, Mrs. Tilling. C'est vraiment top secret et nous aurions tous des ennuis si quelqu'un découvrait que ce renseignement a été divulgué.

– Bien entendu, me suis-je hâtée de répondre, sachant qu'il devait me faire confiance après l'affaire de la chevalière.

– Slater est un espion. L'un des meilleurs que nous ayons. Il est venu ici pour démanteler un important groupe de renseignement nazi qui gravitait autour de Litchfield Park. Il a percé à jour l'un des membres – le majordome de quelqu'un, je crois – et a fui à Londres avec lui et un autre, où il a découvert l'intégralité d'un réseau d'espions allemands. C'est un héros, en réalité. » Il a pris sa tasse et s'est appuyé au dossier de son fauteuil pendant que je digérais l'information.

Je m'étais donc trompée du tout au tout sur Slater depuis le début. J'avais du moins vu juste sur un point : il cachait bien son jeu ! Tout ce que le colonel m'avait dit le mois dernier m'est revenu brusquement, sur le chagrin qu'aurait Venetia quand il risquerait sa vie une fois de trop. Tout s'éclairait à présent.

« Il est parti le soir du bombardement ?

– Oui, mais cela n'avait rien à voir. Ce soir-là, il est parti brusquement pour Londres avec les deux autres. Ils avaient des raisons de croire que quelqu'un les soupçonnait, une fille. »

Ce devait être Kitty, me suis-je dit, me rappelant sa visite au colonel Mallard.

« Une fois arrivés à Londres, ils ont été mis en contact avec un haut responsable, et Slater a démasqué tout le réseau. Certains d'entre eux sont devenus agents doubles. Donc ils sont de retour sur le terrain, mais travaillent pour nous. »

De multiples questions tournaient dans ma tête. « Si c'était un infiltré, ai-je raison de penser qu'il n'a pas pu dire à la femme en question la moindre chose sur lui-même ou ses activités ?

– En effet.

– Et que c'est la raison pour laquelle elle n'a jamais su à quoi s'en tenir ?

– Exactement. Il a fait semblant de tâter du marché noir pour renforcer sa position. En réalité, il était agent de renseignements, mais se faisait passer pour un espion nazi qui se faisait passer pour un trafiquant au marché noir qui se faisait passer pour un artiste. Un malin.

– Pourquoi devait-il faire du marché noir ?

– Il avait besoin de se procurer des papiers pour les autres de façon illégale afin de leur fournir de la nourriture et des carnets de rationnement. Il fallait qu'il leur rende un service, pour leur prouver qu'il était l'un d'entre eux.

– Alors, que fera-t-il une fois qu'il en aura terminé avec ça ? Pourra-t-il révéler à cette femme le fin mot de l'histoire ?

– Il sera envoyé en mission ailleurs et on ne l'autorisera pas à lui donner des détails. Mais je suis sûr qu'il pourra expliquer un certain nombre de choses. »

La porte de la maison s'est ouverte et des voix nous sont

parvenues du vestibule, donc nous nous sommes aussitôt tus. Bien nous en a pris, car l'instant d'après, Venetia en personne est entrée dans le petit salon, suivie du colonel. Elle était absolument ravissante avec sa robe imprimée de motifs de fleurs de lavande. Ses yeux ont toujours la même expression égarée, et elle est trop mince, mais curieusement, elle a une beauté plus saisissante que quand elle était « la reine des cœurs ». Elle est venue se percher sur l'accoudoir du canapé.

« Le colonel Mallard m'a ramenée en voiture, et je me suis dit que j'en profiterais pour vous saluer, a-t-elle dit avec un beau sourire.

– Je te présente le lieutenant Carrington. Peut-être vous êtes-vous déjà vus à Litchfield Park ? »

Carrington, qui s'était mis au garde-à-vous à l'entrée du colonel, la regardait, captivé. Il a d'abord fixé son visage, puis il l'a examinée de la tête aux pieds. J'ai trouvé assez bizarre que lui, en particulier, puisse se montrer aussi impressionné, mais j'ai alors vu son expression : il paraissait plus stupéfait qu'admiratif.

Elle est restée un moment à bavarder et nous a expliqué comment ils travaillaient, les uns sur les autres dans les longs abris souterrains.

« Les gens se lavent beaucoup plus que d'habitude, car nous sommes dans une telle promiscuité qu'il n'est pas difficile de repérer ceux qui n'ont pas pris de bain. » Elle a ri et Carrington en a fait poliment autant, mais à mon avis, il n'avait rien écouté.

Après le départ de Venetia, j'ai voulu savoir pourquoi il la regardait ainsi.

« Vous connaissiez déjà Venetia ? »

Il a rougi et a regardé ses mains. « J'ai dû la dévisager, non ? Je suis vraiment désolé. » Il a souri. « Voyez-vous, mon père a récemment fait l'acquisition d'un nouveau tableau pour son bureau et – il a hésité, choisissant ses mots avec soin – et en fait, c'est celui d'une femme qui ressemble trait pour trait à Venetia.

– Magnifique ! ai-je dit. J'espère que le peintre l'a flattée.

– Euh, ma foi..., a-t-il dit en étouffant un rire. C'est un nu, voyez-vous. »

J'ai essayé de réprimer mon envie de rire, mais en vain, et quand le colonel nous a rejoints, il nous a trouvés en train de nous esclaffer.

« C'est Slater qui a dû le peindre. Ce que c'est drôle ! Mais où votre père a-t-il bien pu se procurer ça ? ai-je gloussé en le raccompagnant dans l'allée.

– Il l'a acheté à un revendeur, un type à la mine patibulaire nommé Gibbs.

– Ah ! Eh bien, je me demande comment Ralph Gibbs a pu mettre la main dessus. J'imagine mal Slater le lui donnant.

– J'en doute beaucoup. Mais je dois dire que je suis assez impressionné par son talent. Pour un espion, j'entends. »

Nous étions toujours en train de rire lorsque nous sommes arrivés à la route. Carrington avait laissé sa bicyclette appuyée contre le mur à côté de mes rosiers grimpants.

« Merci d'être venu, ai-je dit. Et merci de ces informations. À ceci près que je ne sais pas ce que je dois en faire. Je suppose que je vais les garder pour moi et voir s'il revient.

– Oui, a dit Carrington en montant sur sa bicyclette. La circonspection s'impose. » Il m'a adressé un très charmant sourire et un « Au revoir » avant de s'éloigner.

Je suis rentrée, essayant d'intégrer toutes les nouvelles. Devais-je parler à Venetia de ce que j'avais appris ? J'ai décidé de ne rien faire pour l'instant. Elle paraissait aller mieux et je ne voulais pas faire renaître trop d'espoir chez elle.

Le colonel m'a regardée d'un air entendu quand j'ai regagné le salon.

« Je ne savais pas que vous étiez amie avec le jeune Carrington.

– Si, ai-je répondu en lui jetant un regard en coin. Il est opportun d'avoir des amis placés au bon endroit. »

Journal de Kitty Winthrop

Jeudi 15 août 1940

Cette abominable guerre

Tout a commencé cet après-midi quand Silvie et moi sommes rentrées de notre promenade à cheval. Silvie avait galopé à bride abattue à travers les champs comme si sa vie était en jeu. Nous avons gagné le hall, espérant trouver maman en train de prendre le thé, et donc récolter quelques sandwichs au passage. Le son de sa voix hésitante, puis les accents languissants de Venetia se réverbéraient avec clarté dans le vestibule de marbre, et Silvie et moi avons échangé un petit sourire. La chance était avec nous.

Grossière erreur ! Quand nous nous sommes approchées de la porte entrouverte, j'ai senti sur mon bras la petite main froide de Silvie. Je me suis retournée pour la regarder, perplexe, mais elle a mis un doigt sur ses lèvres et a fait « Chut ! ».

« Je sais, disait maman, je me demande vraiment comment lui annoncer la nouvelle. Je vais te lire ce qu'il m'écrit. » Elle s'est éclairci la gorge, puis nous avons entendu le bruit du papier qu'elle dépliait – une lettre. « “Nous sommes désolés de vous informer que les parents de Silvie ont été découverts. Pendant ces derniers mois, ils étaient cachés dans la grange de voisins, les Dornak.” »

J'ai regardé Silvie et elle a hoché la tête en chuchotant : « C'étaient nos amis. Je jouais avec leur fille. »

« “Mais on les a trouvés, a poursuivi maman, et les Dornak ont été emmenés et fusillés en représailles.” »

Les yeux de Silvie ont quitté les miens et se sont fixés sur le sol. Elle avait le visage blanc comme un linge. Face à toutes ces informations, j'ai décidé de manifester notre présence et l'ai tirée par le bras. Mais elle m'a retenue et m'a jeté un regard si noir que je n'ai pas osé la contrarier.

« “Ses parents ont été emmenés dans un camp de travail pour juifs dans le nord de la Tchécoslovaquie. On n'a aucune information concernant son frère.” »

L'espace d'un moment flou, le visage de Silvie a paru translucide, comme si elle était le pâle fantôme d'une enfant venue du fond des âges. Puis, vive comme l'éclair, elle s'est enfuie. Elle a traversé le hall, la cuisine, est ressortie par la porte de côté et s'est lancée dans l'immensité de la nature, entourée par les verts et les ocres de l'été finissant, silhouette menue sous le vaste ciel bleu. En quelques enjambées, elle a disparu dans les fourrés, telle une petite créature perpétuellement en butte aux attaques.

Nous avons passé le reste de l'après-midi à la chercher.

Les premiers endroits où j'ai cherché Silvie

Elle n'était pas à l'écurie, en train de câliner Amadeus.

Tous les chevaux étaient là, donc elle n'est pas partie galoper quelque part.

Elle n'était pas au barrage sur le ruisseau, ni à côté des ruches.

Ni près du buisson du vieux George dans le bois de Peasepotter.

Maman et Venetia s'étaient précipitées au village pour obtenir de l'aide, et lorsque je suis rentrée à la maison, épuisée et inquiète, Mrs. B. était en train de donner des directives à un groupe de femmes sur la pelouse de devant.

« Aujourd'hui, nous avons une mission vitale, a-t-elle commencé en marchant de long en large. Notre tâche consiste à retrouver avant la fin de la journée cette petite fille sans défense qui nous a été confiée. Nous devons lui montrer que si elle a perdu une famille, elle peut compter sur nous, sa nouvelle communauté, pour veiller sur elle et la protéger de ces brutes nazies » – à ces mots, elle a jeté un regard menaçant vers la côte. « Et lui prouver qu'il y a encore des endroits où des gens bienveillants et comme il faut l'accueillent parmi eux. »

Une série de « Bravo ! », « Bien dit ! » a suivi ces déclarations et Mrs. B. a commencé à crier des ordres comme si elle menait une bataille. « Je couvre le bois de Peasepotter avec vous et vous – elle a désigné du doigt plusieurs femmes qui se sont avancées –, et vous autres, vous passez les champs au peigne fin. Mrs. Quail, vous conduisez ce groupe vers la ferme des Dawkins, et vous, Mrs. Gibbs, vous allez avec le vôtre vers l'est du village. Rendez-vous ici à 16 h 30 pour le thé. »

Sur ce, tout le monde s'est dispersé et je suis restée plantée là, encore essoufflée, les mains sur les hanches, tandis que Venetia me regardait, perplexe.

« Il doit bien y avoir un moyen de deviner où elle est allée, a-t-elle dit à mi-voix, comme si elle se parlait à elle-même. Si tu étais elle, où irais-tu ?

– À l'écurie. Mais je suis déjà allée voir.

– Mettons-nous à sa place. Tu viens d'apprendre que tes parents sont encore en vie et internés dans un camp. Tu es complètement bouleversée car ce que tu redoutais – leur mort – ne s'est pas produit, mais tu crains plus que jamais que ce ne soit la prochaine étape. Ton petit frère a disparu. Les principaux repères de ton monde sont sur le point de s'écrouler, ce qui serait une telle catastrophe que tu n'es pas sûre d'y survivre.

– Je chercherais à aller rejoindre maman, ai-je dit. Je serais incapable de rester sans rien faire, à attendre l'arrivée d'autres mauvaises nouvelles.

– Exactement, a dit Venetia. Moi aussi, je voudrais la rejoindre. »

Je me suis mise à pleurer. C'en était trop. Pauvre Silvie. Elle doit se dire que si elle reste ici, elle risque de ne plus jamais revoir sa famille, et que si elle retraverse l'Europe pour la rejoindre, elle met sa vie en danger. Quelle horreur de devoir faire des choix pareils !

« Elle a dû aller à la gare, ai-je dit entre deux sanglots. Mais je ne suis pas sûre qu'elle sache où aller, quoi faire, ni où trouver l'argent du billet. Il faudrait qu'elle passe par Londres, bien entendu. » J'ai réfléchi, et l'ombre d'une piste a fait surface. « Tom ! me suis-je exclamée. Il vit à Londres. Elle a dû aller lui demander de l'aide. »

Sans rien ajouter, j'ai fait volte-face et me suis élancée, dépassant le bois, contournant le bord du verger et descendant la colline, les bras grands ouverts pour garder l'équilibre, telle une hirondelle plongeant en piqué vers la vallée.

Comme on était jeudi après-midi, tout le monde devait être au travail dans les champs, et les cabanes des cueilleurs de houblon étaient désertes, le bric-à-brac habituel s'entassait au centre du terrain vague devant les cabanes, ainsi que les boîtes de conserve d'un jeu de massacre.

Une brise s'est mise à souffler. On aurait dit une ville fantôme. C'était étrange de penser que d'ici quelques heures, quarante ou cinquante personnes seraient de retour, bavardant et chantant, et se prépareraient pour la soirée.

Je me suis demandé si je ne m'étais pas trompée. Peut-être n'était-elle pas venue ici. En regardant autour de moi, je me suis dit que je n'aimerais pas beaucoup traîner dans les parages. Et si Tom ne pouvait pas l'aider à gagner Londres ? Il n'était lui-même qu'un enfant, au fond.

J'avais l'impression d'être une intruse et j'ai traversé avec précaution le terrain vague, me souvenant que le vieux George avait habité là et craignant qu'il n'y soit encore, prêt à me sauter dessus, un couteau à la main. Un claquement soudain m'a fait sursauter, mais ce n'était qu'une porte battant sous l'effet d'un courant d'air. Je suis allée la fermer correctement, pour plus de sûreté.

C'est alors que je l'ai vue.

J'ai d'abord remarqué ses yeux, énormes et noirs comme ceux d'une souris pétrifiée. Elle était tapie entre deux rangées de cabanes. Alors, elle s'est recroquevillée encore davantage, a reculé dans l'ombre et j'ai entendu un léger froissement avant de comprendre qu'elle avait pris la fuite. J'ai couru à sa suite et me suis alors rendu compte que je pouvais aller très vite, et que mes jambes avaient une puissance que je ne soupçonnais pas. Derrière les cabanes s'ouvrait une longue avenue d'herbe, et j'ai aperçu la jupe bleue et l'arrière d'une jambe qui disparaissaient derrière une autre cabane en direction du terrain vague. J'ai descendu la pente à toute vitesse, puis ai tourné juste à temps pour voir Silvie filer en direction des cabanes de l'autre côté, ouvrir une porte prestement et se précipiter à l'intérieur avant de refermer la porte derrière elle.

Je l'avais piégée.

Hors d'haleine, j'ai marché jusqu'à la cabane où elle se cachait et ai essayé d'ouvrir la porte. Elle était verrouillée.

« Silvie, ai-je dit, ouvre la porte. »

Pas de réponse.

« Silvie, ai-je dit d'une voix plus douce, je veux t'aider. »

Toujours pas de réponse.

« Silvie, je t'en prie, sors de là. Je peux t'aider à rentrer chez toi. Je te promets. »

J'ai entendu un froissement, puis le déclic métallique d'un verrou, et la porte s'est ouverte lentement avec un grincement, laissant échapper une odeur de vêtements sales. Silvie était accroupie sur le sol, et levait vers moi des yeux immenses et rougis, emplis d'une tristesse insupportable.

Je me suis installée à côté d'elle et lui ai passé un bras autour des épaules. Elle a pleuré, secouée par les sanglots, enfouissant sa tête au creux de mon épaule. J'ai regardé l'espèce de friche au-dehors. Quel malheur de naître dans un monde pareil !

« Il faut que j'aille les rejoindre, a-t-elle sangloté. Je ne peux pas faire autrement.

– Je ne sais pas quelle est la meilleure solution », ai-je dit. Devais-je l'aider à s'enfuir ? Mais j'étais coincée car je lui avais promis de le faire. J'avais du mal à imaginer comment on pouvait gagner la Tchécoslovaquie. Cela semblait si loin, si dangereux. Puis m'est venue une illumination : mon seul espoir de la faire rester était de la convaincre des dangers énormes d'une telle expédition. Je me suis donc assise dans l'embrasure de la porte et l'ai tirée à côté de moi. « Je suppose que le meilleur moyen est sans doute d'aller à Douvres et de trouver un bateau qui nous emmènera en France. »

Un frisson a secoué son petit corps. « Mais les nazis ne sont pas en France ?

– Si, ai-je dit lentement. Ça pourrait être difficile de trouver quelqu'un qui accepte de nous emmener – je ne suis pas sûre du nombre de bateaux qui font cette traversée – mais je suis sûre que nous avons des espions qui vont là-bas, s'embarquent clandestinement ou font semblant d'être des contrebandiers.

– C'est quoi, un contrebandier ?

– Un voyou qui vole des choses venant des autres pays. »

Je me suis arrêtée, me demandant si je ne poussais pas un peu. « Il faudrait qu'on évite de se montrer pendant toute la traversée, parce que si on était découvertes, on nous tuerait sans doute.

– Et pour aller de France en Tchécoslovaquie, comment faire ?

– Une fois en France, il faudrait se cacher, probablement dans les fourrés et les bois, parce que si on nous découvrait, on nous emmènerait dans une espèce de camp de travail…

– Alors, je retrouverais ma mère ?

– Non, ils ne nous mettraient pas dans le même.

– Mais une fois qu'ils sauraient qui je suis, ils me mettraient avec mes parents, non ?

– Non, ils aiment séparer les familles. On devrait donc rester cachées, ce qui veut dire qu'on pourrait finir par être affamées et il ne serait pas facile d'acheter à manger. À propos, tu parles français ?

– Non, a-t-elle murmuré, découragée, et j'ai vu que ma tactique commençait à porter ses fruits.

– Nous pourrions sans doute emporter à manger avec nous, mais je ne suis pas sûre qu'on aurait assez pour un mois.

– Un mois ! Tout ce temps pour arriver là-bas ?

– Comment veux-tu que nous prenions le train ou l'autobus ? Il nous faudrait marcher. »

Elle a remis sa tête sur mon épaule et a recommencé à

pleurer. « Jamais nous n'y arriverons ! Nous mourrons toutes les deux. Nous mourrons de faim ou les nazis nous tueront. »

Je l'ai tenue serrée contre moi tandis qu'elle pleurait sur la futilité de ce projet. « Silvie, je suis horriblement triste pour ta famille. »

Elle a pleuré encore un peu, puis a porté un doigt à ses lèvres en faisant « Chut ». La panique dans ses yeux me fendait le cœur. « Je sais ce que mon frère est devenu. » Sa voix était tendue et étouffée par les larmes, et elle a regardé autour de nous, redoutant que quelqu'un puisse nous entendre.

« Dis-moi, ai-je chuchoté.

– Maman l'a donné. » Elle a enfoui son visage entre ses mains et s'est remise à pleurer, la tête rentrée dans les épaules, tremblant sous le coup de toutes ces émotions violentes. « Elle l'a donné à son amie, qui n'est pas juive. »

Je l'ai étreinte de nouveau, et les larmes me sont montées aux yeux.

« Ça a été terrible, elle l'aimait – elle nous aimait – tellement. Il était trop petit pour faire le voyage en train avec moi. Elle savait que c'était sa seule chance. Le jour où elle est rentrée à la maison sans lui, elle a fait comme si tout allait bien. Mais ce n'était pas vrai. Elle a pleuré toute la nuit. C'était la fin du monde pour elle. » Sa voix n'était plus qu'un mince filet, et tout ce qui m'est venu à l'esprit, c'est que ces gens devaient être au comble du désespoir s'ils donnaient leurs enfants pour les sauver.

Je me suis dégagée et l'ai regardée. « Tu sauras toujours que ta mère vous aime, ton frère et toi. Ça, il faut toujours t'en souvenir. Et pense que quand cette horrible guerre sera finie, nous pourrons aller voir l'amie de ta mère et retrouver ton frère. Tu sais où elle habite ? »

Silvie a fait « oui » de la tête.

« Alors, c'est ça qu'il faut faire. La guerre ne va pas durer éternellement. Nous ne pouvons pas la laisser tout nous prendre. »

Silvie s'est blottie contre moi et nous sommes restées ainsi pelotonnées, regardant au-dehors tandis que les nuages se formaient au-dessus de nous, assombrissant le monde comme une ombre sinistre, puis lentement, tranquillement, le crépitement doux des gouttes de pluie a commencé à se faire entendre.

La silhouette noire et échevelée d'un faucon a tournoyé dans la pluie, montant et descendant, les ailes déployées comme deux grandes mains se découpant sur le ciel. Et puis, sans préavis, il a disparu.

Doucement, Silvie s'est mise à chanter. Cela n'a d'abord été qu'un lent chuchotis, puis l'air est devenu plus rythmé, plus apaisant. Sa voix se brisait car elle pleurait en récitant le kaddish, comme si elle pleurait sa propre perte. J'ai joint ma voix à la sienne quand je pouvais répéter les paroles, et nos voix ont résonné étrangement dans l'espace vide autour de nous. Nous aurions tout aussi bien pu être mille ans en arrière et éprouver la même horreur et la même incertitude qu'aujourd'hui.

Peut-être vingt minutes plus tard, peut-être une heure, les cris et les sifflements de cueilleurs de houblon ont retenti sur la colline. Peu après, quelques adolescents sont passés devant nous en courant sur le terrain en friche, Tom en tête, galopant jusqu'à la première cabane puis freinant prestement. Il a levé les mains en l'air en signe de victoire, ce qui était ridicule car les autres avaient au moins un an de moins que lui. C'était presque de la triche.

« Qu'est-ce que vous faites là toutes les deux ? a-t-il demandé en arrivant vers nous au trot.

– On était parties se promener et il s'est mis à pleuvoir, alors on s'est abritées. J'espère que ça ne t'ennuie pas ?

– Non, bien sûr que non », a-t-il dit en regardant les yeux rouges de Silvie, mon bras autour de ses épaules. Il s'est accroupi à côté d'elle, posant sa grande main maigre sur son bras. « Ça va, toi ?

– On a emmené ses parents dans un camp », ai-je dit, me demandant si ce n'était pas une bêtise de révéler ça à Tom, mais quand Silvie a levé les yeux sur lui, les lèvres pincées par le chagrin, je me suis souvenue qu'elle l'aimait bien. Que nous l'aimions bien l'une et l'autre.

« Il faut qu'on rentre, ai-je annoncé en me levant.

– Je vous accompagne, a dit Tom, tout en agitant ses grands abattis autour de nous comme un clown efflanqué. Histoire de vous remonter un peu le moral. »

Sans un mot, Silvie a glissé sa main pâle dans la sienne et il l'a aidée à se relever. Puis il m'a pris la main aussi et nous a conduites vers le manoir.

Il a tenu parole et nous a distraites avec les nouvelles de sa journée : quelqu'un avait trouvé un lapin à moitié décomposé (qu'il nous a décrit jusque dans les plus horribles détails) ; un garçon avait mangé une pomme pleine d'asticots, et une des familles avait dû partir en avance car la mère allait accoucher.

Nous étions un peu requinquées quand nous avons dépassé le verger et tourné le coin du bois de Peasepotter ; dans l'allée, nous avons alors vu un groupe de femmes devant nous, sur la pelouse, assises sur des bancs à boire du thé pendant que Mrs. B. déambulait en prenant des notes sur son bloc. Quand elle nous a vues nous approcher, elle a fait une annonce et tout le monde s'est levé et s'est mis à applaudir et à nous acclamer.

« Tu l'as retrouvée ! s'est écriée Mrs. Quail.

– Bravo », a lancé à son tour l'une des dames couture. Quelqu'un a même promis d'apporter des bonbons.

« On est contents de te retrouver, Silvie ! » a dit Venetia en arrivant, souriante et soulagée.

On nous a donné de chaleureuses tapes dans le dos, puis maman a pris dans ses bras Silvie, qui a aussitôt fondu en larmes à nouveau.

« Il faut nous promettre de rester avec nous, a dit maman, s'agenouillant pour être à son niveau. Et ne plus jamais, jamais te sauver. »

Silvie a hoché la tête et enfoui son visage dans le cou de maman.

« Et papa ? ai-je soufflé à Mrs. Tilling, qui s'était approchée de moi. Jamais il ne laissera Silvie rester.

– Oh, ne te fais pas de souci à son sujet, Kitty. » Elle a souri comme une chatte qui aurait la patte sur un mulot. « Il n'aura plus d'objection à présent. »

J'ai voulu lui poser des questions, mais elle était partie pour annoncer le retour de Silvie, et je suis restée perplexe, me demandant ce qu'il y avait derrière tout ça.

Tom s'est approché à grands pas, interrompant mes pensées. « Tu es une vraie héroïne, finalement, a-t-il dit, si près qu'il me touchait presque.

– Évidemment ! » ai-je dit, un peu piquée. Et puis je me suis souvenue de ma mésaventure récente avec Venetia et Henry.

« Tu le crois vraiment ? »

Il a ri et m'a donné une claque dans le dos qui m'a envoyée valser quelques pas plus loin. « Tu es la meilleure, Kitty. La belle demoiselle qui sauve la mise ! » Et puis il m'a pris la main, qu'il a pressée très fort.

Une du *Kent Times*, dimanche 18 août 1940.

RAID AÉRIEN SUR LITCHFIELD

Hier soir vers 21 heures, douze avions ennemis ont survolé le Kent et ont largué sur la ville de Litchfield une soixantaine de bombes dont la plupart ont dévasté Litchfield Park. Des incendies ont fait rage toute la nuit et on craint de devoir déplorer une centaine de morts et un nombre beaucoup plus important de sans-abri.

Journal de Mrs. Tilling

Dimanche 18 août 1940

Dès que le signal de fin d'alerte a retenti, j'ai enfourché ma bicyclette et me suis dirigée dans la nuit vers Litchfield. Il fallait que je rejoigne l'équipe médicale et aide les blessés, mais j'étais surtout inquiète au sujet des gens que je connaissais. Venetia avait repris le travail et, bien entendu, le colonel était là-bas. Avait-il eu l'imprudence de ne pas descendre aux abris ? Pas plus tard qu'hier soir, il m'a raconté qu'il en avait assez de quitter son bureau quand il avait du travail, et qu'il avait pris l'habitude de ne pas bouger pendant les alertes.

J'ai pédalé vite tout le long du chemin, priant pour qu'il n'ait pas fait cela ce soir : s'il y a eu un jour où il est descendu aux abris, je vous en supplie, mon Dieu, faites que ce soit cette fois-ci.

En arrivant en haut de la colline, j'ai vu la lueur de l'incendie qui ravageait Litchfield Park. On ne pouvait pas le rater. De hautes vagues de flammes montaient à l'assaut du ciel, recouvrant presque l'essentiel du bâtiment principal, et d'autres incendies consumaient les dépendances. Je me suis demandé combien de personnes étaient piégées dans ce brasier et j'ai compris alors qu'avant même d'aller prendre mon travail, il fallait que j'essaie de trouver le colonel.

J'ai franchi les grilles à bicyclette et ai interrogé un homme en uniforme qui regardait la scène.

« Qu'est-ce qui est arrivé au personnel ? Tout le monde a pu sortir ?

– Pas vraiment : l'un des abris s'est effondré et beaucoup de gens sont encore portés disparus, a-t-il répondu, l'air hébété. Et il paraît que certains ne sont pas descendus aux abris, a-t-il ajouté avec consternation.

– Où sont tous les gens qui travaillent ici ? Comment puis-je savoir si mon ami est sain et sauf ?

– On a dit aux gens de rentrer chez eux, ou d'aller dans un des centres d'accueil si leur maison a été bombardée. À l'évidence, beaucoup sont restés pour aider. Qui cherchez-vous ?

– Le colonel Mallard, ai-je répondu. Il est cantonné chez moi. Mais il n'y était pas quand je suis partie.

– Je ne peux pas vous dire que je l'ai vu depuis que la bombe a frappé. Je ne me souviens pas non plus l'avoir vu dans l'abri. » Il a réfléchi un moment et j'avais envie de le secouer sans ménagement. *Réfléchis, mon vieux, réfléchis !*

Mais il s'est borné à secouer la tête.

« Merci », ai-je lancé en faisant demi-tour. Si le colonel était sain et sauf, il avait dû rester pour aider les blessés. Mais où ? Litchfield a beau ne pas être une grande ville, il y avait des centaines de maisons bombardées à évacuer, et Dieu sait où il pouvait se trouver.

J'ai décidé de continuer vers l'hôpital et de le chercher chemin faisant. Pendant que je roulais au milieu d'un désordre indescriptible et dramatique, j'avais peine à supporter la vue du grand nombre de blessés et de sans-abri qui déambulaient dans les rues. C'était un spectacle d'horreur :

les gens pleuraient à côté des bâtiments, sachant peut-être que d'autres étaient écrasés sous les décombres ; des femmes m'arrêtaient pour me demander de l'aide, et j'étais obligée de leur dire que je faisais partie de l'équipe médicale et que je devais me rendre à l'hôpital au plus vite. Je ne pouvais pas m'empêcher de regarder tous les hommes pour voir s'ils n'étaient pas un peu plus grands ou maladroits que la moyenne.

L'hôpital de Litchfield était déjà plein à craquer. J'ai trouvé l'infirmière-chef qui m'a installée à une table de cantine à l'entrée, où j'étais censée évaluer les besoins des patients et les diriger vers tel ou tel médecin ou les traiter moi-même si je le pouvais. On m'a d'autorité attribué une longue file de blessés dont certains présentaient des entailles profondes et perdaient beaucoup de sang, et d'autres des blessures plus sévères. Il y avait un homme souffrant d'une commotion cérébrale, un bébé avec des problèmes respiratoires, une main coupée que j'ai recousue du mieux que j'ai pu. Il y avait bon nombre de blessés souffrant de brûlures sévères, et notamment une pauvre femme dont la jambe était grièvement atteinte. Coincée dans sa maison sous une poutre en feu qui s'était effondrée, elle avait dû attendre l'équipe de sauveteurs.

Le bruit et la panique ambiants étaient à leur comble et l'odeur de suie et de chair brûlée atroce. J'avais l'oreille aux aguets, espérant entendre la voix familière du colonel, et j'ai regardé autour de moi pour voir s'il faisait partie des blessés qu'on amenait sur des brancards. Il y avait tant de monde que je ne voyais que de minces tranches entre les corps qui bougeaient et j'ai dû quitter ma table à une ou deux reprises pour vérifier, car je croyais l'avoir aperçu. Mais il n'était nulle part. J'avais l'impression d'avoir un tourbillon brûlant à la place de l'estomac.

Où était-il ?

Enfin, vers minuit, on m'a accordé une pause et j'ai filé dehors pour reprendre ma bicyclette. Je ne savais pas où aller, je me disais seulement que s'il était en vie, il était encore sur le terrain en train d'essayer d'aider les gens. J'ai roulé de rue en rue, regardant les lieux bombardés, essayant de le repérer dans l'obscurité. J'ai vu des gens qui entraient et sortaient précipitamment des bâtiments détruits, rassemblant des affaires, déménageant des meubles, pillant.

Au bout de dix minutes de pédalage frénétique, l'heure était venue de regagner l'hôpital, et j'ai repris mon trajet en sens inverse à travers un dédale de ruines.

C'est alors que je l'ai vu.

J'ai dû y regarder à deux fois. Son imposante silhouette se détachait sur un incendie qui se déchaînait : une école s'était effondrée et un camion de pompiers essayait de maîtriser les flammes. Je suis descendue en hâte de ma bicyclette, l'ai laissée s'écraser au sol et ai couru vers lui en criant : « Colonel Mallard, colonel Mallard. »

Il a d'abord tourné la tête, puis tout le corps en voyant que c'était moi, et il s'est avancé à grands pas, les bras ouverts et criant mon nom : « Mrs. Tilling ! »

Je me suis précipitée dans la cour de l'école et ai couru de plus en plus vite, puis j'ai brutalement freiné pour m'arrêter juste devant lui, à une trentaine de centimètres, soudain timide et effarouchée.

Allait-il me prendre dans ses bras ?

« J'ai cru que vous étiez mort, ai-je lancé, haletante et dépassée par les événements.

– Je m'en doutais un peu, oui, a-t-il répondu en croisant les bras sur sa poitrine comme si c'était ce qu'il avait l'intention de faire depuis le début. J'ai demandé à Venetia de passer vous prévenir quand elle rentrerait, mais vous deviez déjà être ici, naturellement. Je me trompe ?

– Non, ai-je dit en regardant mes pieds avec un petit rire embarrassé. Vous n'êtes pas blessé, n'est-ce pas ? »

Il a décroisé les bras, s'est avancé vers moi et comme je levais les yeux vers son menton, il m'a prise dans ses bras et m'y a tenue pendant ce qui m'a semblé en même temps mille ans et un millionième de seconde. J'étais incapable de penser, malgré les dizaines de questions qui se bousculaient dans ma tête et dont aucune ne semblait avoir de réponse. Mais la vie ne se réduit pas toujours à des questions et des réponses. Elle est affaire de perceptions et de sentiments, comme la sensation des bras de quelqu'un autour de vous par une nuit froide, devant un bâtiment monstrueux qui brûle. Cela, c'est du réel. Mais après coup, j'ai du mal à retrouver ces impressions. Elles ont disparu, avalées par le passé, évanouies avec l'instant.

Je me suis écartée avant lui ; je savais qu'il prendrait cela mieux que moi. Il a baissé les yeux vers moi et m'a souri, puis a pris l'une de mes mains entre les siennes.

« C'est agréable de savoir que quelqu'un tient assez à moi pour s'inquiéter de mon absence, a-t-il dit en riant.

– Si vous estimez que le fait de courir partout comme un saint-bernard affolé prouve ma sollicitude, je suis ravie, ai-je répondu en riant à mon tour. Et puis Dieu sait qui pourrait être cantonné chez moi la prochaine fois !

– Quand êtes-vous arrivée ici ?

– Vers neuf heures et quart. Litchfield Park était une boule de flammes. J'ai entendu dire qu'un des abris s'était effondré.

– Oui, une catastrophe. Nous avons perdu la moitié de notre équipe de défense aérienne, des gens extraordinaires.

– Mais vous n'étiez pas dans cet abri ?

– Non. Je fais partie de ceux qui ont eu de la chance. J'étais dans un abri différent, de l'autre côté du bâtiment. » Il m'a regardée avec une immense tristesse. « C'est une affaire de hasard, hein ?

– Parfois », ai-je répondu. Puis j'ai répété plus lentement : « Parfois. »

Une déflagration assourdissante a retenti dans l'école en flammes, une bombe peut-être, ou un produit volatil qui venait juste de prendre feu, une bouteille de paraffine, un bidon de peinture ou une chose de ce genre. J'ai vu des hommes sortir en courant, certains avec des vêtements en feu, et nous nous sommes précipités à leur secours.

La nuit a été longue, pénible et difficile. Il a fallu que je retourne à l'hôpital et à mes blessés. Il y régnait une atmosphère différente maintenant, une résignation tranquille, où les grognements et les gémissements de ceux qui souffraient se mêlaient aux ronflements irréguliers de ceux qui dormaient par à-coups. On avait baissé les lumières pour que tout le monde se calme et puisse s'assoupir. Des files de gens et d'enfants allongés sur des couvertures en tout genre, usées ou non, occupaient le sol, et les membres et têtes entourés de pansements blancs se détachaient sur l'obscurité.

« Quel spectacle lugubre, ai-je dit à une collègue infirmière.

– Au moins, ils ne sont pas à la morgue, m'a-t-elle répondu. Il n'y a pas assez de place à l'intérieur, alors on a mis des corps sur le trottoir à l'extérieur. À la fabrique de munitions, ils ont proposé d'en loger dans leur entrepôt, mais il y a des réticences. »

Je suis rentrée à la maison à l'aube en pédalant plus doucement, après avoir quitté un hôpital relativement calme. J'ai fait ma toilette et me suis couchée. Le colonel n'était pas à la maison, et je me suis demandé s'il avait trouvé un endroit où dormir. Il fallait qu'il soit à son poste aujourd'hui, finalement, et qu'il se charge du tas de décombres qui était autrefois Litchfield Park.

Lettre de miss Edwina Paltry à sa sœur, Clara

3 Church Row
Chilbury, Kent

Lundi 19 août 1940

Chère Clara,

Aujourd'hui, on m'a éjectée de l'hôpital car on a besoin de lits pour la nouvelle fournée de blessés. Je tremblais quand on m'a donné de quoi m'habiller. C'est bizarre de me dire que je n'ai plus rien à me mettre, sauf la chemise de nuit légèrement brûlée que je portais en arrivant et ces vieilles pantoufles pourries. La jupe et le corsage de seconde main qu'on m'a fournis étaient très corrects, mais les chaussures, trop étroites, frottent sur mon oignon et me font un mal de chien. Enfin, je ne me suis pas plainte. J'avais bien trop peur de ce qui m'attend dehors.

J'avais bien planifié ma journée dans ma tête. En premier lieu, il fallait que je récupère l'argent que m'a piqué Ralph Gibbs. Sans cela, je n'ai aucun moyen d'échapper à Mrs. Tilling – qui a menacé de me livrer à la police –, ou au général – qui a juré de me tuer.

Mais il fallait que je remette la main sur mon argent avant

que Mrs. Tilling ou le général me voient. Je devais être rapide, calme et résolue.

Bien entendu, je ne m'attendais pas à ce que Ralph Gibbs me le rende sans protester. J'avais décidé de le menacer de le dénoncer à la police comme trafiquant de marché noir et pour omission délibérée du coup de tampon sur les carnets de rationnement, en échange de faveurs sous le manteau.

J'avais aussi des ciseaux. Je les avais volés sur le bureau de l'infirmière à un moment où elle regardait ailleurs : une grosse paire aussi lourde qu'un marteau. S'ils n'étaient pas aussi menaçants qu'un couteau ou un poignard, je savais comment les manier pour produire le meilleur effet. Je n'avais pas l'intention de le tuer ni quoi que ce soit, juste de les brandir pour lui faire comprendre que je ne plaisantais pas. J'avais demandé que ma vieille chemise de nuit, mon carnet de rationnement et mon masque à gaz soient mis dans un sac pour me permettre de les transporter facilement ; j'y ai glissé les ciseaux, dont le poids me donnait un sentiment de sécurité réconfortant.

En sortant dans le matin d'août tiède, j'ai pris une grande inspiration et ai entamé mon périple en prenant le car pour Chilbury. À l'hôpital, on m'avait donné de quoi acheter mon billet, et c'étaient mes derniers sous. J'ai passé mon temps à m'exhorter mentalement à l'action pendant que nous contournions les champs avant de nous arrêter sur la place. Je suis descendue cahin-caha, et me suis dirigée vers la boutique du village. Quand j'ai poussé la porte, les clochettes ont tinté avec force et la silhouette massive de Ralph Gibbs est apparue au comptoir. Il m'a toisée avec malveillance.

Il paraissait différent. Je me souviens de lui comme d'un petit gamin maigrichon toujours à la traîne des plus grands, qui jouait des tours pendables et idiots et se ridiculisait. Il paraissait plus grand, plus costaud, plus musclé et plus farouche. Une longue balafre irrégulière lui barrait la joue d'un vilain trait rouge sous une barbe roussâtre de plusieurs jours. Il avait les yeux entourés de cercles violacés et injectés de sang, et de multiples petites coupures et égratignures sur son visage et ses mains renforçaient cette impression de brutalité.

Il ne m'était pas venu à l'idée que l'armée puisse l'avoir changé, ni que le fait de se battre en première ligne puisse transformer un jeune homme en créature dangereuse. Je me suis souvenue avoir entendu dire qu'il avait eu le cerveau atteint, et que Mrs. Gibbs avait beaucoup de difficultés avec lui. J'avais cru que cela signifiait qu'il était un peu déprimé.

Mais je voyais maintenant exactement le genre de difficultés dont il était question.

« Qu'est-ce que vous revenez faire ici ? » a-t-il grogné.

Je ne me suis pas démontée et lui ai fait face, serrant bien fort mon sac en papier.

« Je veux mon argent, ai-je dit avec plus de détermination que je n'en éprouvais.

– Vous parlez de quel argent, on peut savoir ? » a-t-il demandé d'un ton bourru. Mrs. Gibbs s'est glissée derrière lui et est restée à moitié cachée par la caisse lorsque Ralph a contourné le comptoir d'un pas nonchalant pour venir se planter en face de moi.

« Tu sais exactement de quel argent je parle », ai-je craché. L'envie de sortir les ciseaux me démangeait. « Celui que tu as volé au petit cueilleur de houblon. C'est mon argent, Ralph Gibbs. Il faut me le rendre. » Je hurlais et pleurais en même temps, articulant chaque mot comme si c'était la fin du monde. « J'ai perdu ma maison, j'ai tout perdu. J'ai besoin de mon argent. »

Il est resté planté à me regarder quelques instants, mi-ennuyé, mi-amusé. Puis il a dit : « Sinon ?

– Que veux-tu dire ? ai-je crié.

– Qu'avez-vous l'intention de faire au juste ? » Son ton était désinvolte, comme s'il plaisantait. « Si je ne peux pas – ou ne veux pas – le rendre ?

– Je préviendrai la police que tu fais du marché noir. » J'ai pris un air résolu, comme si c'était mon dernier mot. « Entre ça et la façon dont tu oublies de tamponner les tickets de rationnement de certains clients, tu te retrouveras derrière les barreaux vite fait.

– Vous croyez ça, miss Paltry ? » Il ne paraissait pas impressionné du tout et s'appuyait de la main sur le comptoir tout en regardant les étagères autour de lui. « Je ne crois pas que la police fera une chose pareille sans preuves.

– Je suis bien sûre qu'ils ne tarderont pas à te prendre la main dans le sac, ai-je bredouillé, sentant la situation m'échapper.

– Vous n'avez rien trouvé de mieux, miss Paltry ? » Il m'a regardée d'un petit air narquois et apitoyé. « Vous n'avez vraiment rien trouvé de mieux comme argument ? »

Ça m'a fait sortir de mes gonds. J'ai fouillé dans le sac en papier aussi vite que j'ai pu et refermé la main sur mes ciseaux. « Je vais te faire changer de ton », ai-je dit avec délectation en les brandissant devant son visage.

Il s'est mis à rire, oui, à rire, et a reculé d'un pas. « Vous ne devriez pas faire ça, miss Paltry », a-t-il dit, l'air dégagé.

Je me suis mise à hurler : « Je veux mon argent » et j'ai abattu mon bras pour lui planter les ciseaux dans l'épaule.

« Ah, pas de ça, non ! » a-t-il rétorqué, prompt comme l'éclair, il a saisi la pointe des ciseaux d'une main, mon bras de l'autre, et en deux temps trois mouvements, je me suis retrouvée le bras tordu derrière le dos tandis que les ciseaux tombaient par terre avec un cliquetis impressionnant.

J'ai senti quelque chose de pointu s'enfoncer sous mon

menton, et une douleur vive. Ralph Gibbs était, semblait-il, armé d'un couteau. J'ai poussé un couinement, craignant qu'il ne m'égorge comme un goret. Je me suis tortillée pour échapper à sa prise, mais n'ai réussi qu'à enfoncer un peu plus la lame dans mon cou.

« Je vous ai avertie, Paltry, a-t-il grondé à mon oreille d'un ton menaçant. Quand je m'énerve, je ne me contrôle plus. »

Un discret tintement à la porte l'a fait se retourner en me propulsant devant lui.

Qui crois-tu que c'était ? Mrs. Tilling en personne, qui avait visiblement écouté ce qui se passait dans le magasin et avait essayé de faire le moins de bruit possible en ouvrant la porte.

Pendant une fraction de seconde, nous nous sommes tous figés – Ralph se demandant s'il devait me lâcher, Mrs. Tilling prenant la mesure de la scène, Mrs. Gibbs à son poste d'observation furtif derrière le comptoir, et moi, incapable de me dégager de cette fichue lame sous mon menton.

« Qu'est-ce qui se passe ici ? » a demandé Mrs. Tilling d'une voix coupante comme un rasoir en s'avançant à grands pas vers Ralph, qui a décidé de desserrer son étreinte et a glissé calmement le couteau dans sa poche.

« Rien, a-t-il répondu en se frottant les mains l'une contre l'autre pour effacer les petites gouttes de sang. J'étais juste en train de montrer à miss Paltry deux ou trois leçons que j'ai apprises à l'armée. » Il a gonflé la joue avec sa langue en une mimique désinvolte.

« Tu sembles y être allé un peu fort, a dit Mrs. Tilling d'un ton irrité en s'approchant pour regarder ma coupure. Tu te rends compte que tu l'as fait saigner ?

– Par exemple ! s'est-il exclamé en feignant la surprise. J'ai dû m'emballer dans le feu de l'action. » Il a croisé les bras, la mine rebelle, tiraillé entre deux réactions : celle de l'homme qui avait fait la guerre et celle du petit garçon craintif devant la maman de son copain.

Elle l'a toisé avec réprobation : « Bon, ça suffit maintenant. Je reviendrai plus tard m'occuper de toi. Je suis sûre qu'au commissariat, Richards sera très intéressé en apprenant ça. »

Ralph a semblé se dégonfler comme une baudruche. Allait-elle le dénoncer ? Je l'espérais à moitié : d'un côté, ça serait bien fait pour lui, mais de l'autre, cela signifierait que l'origine de mon argent serait évidemment mise au jour, et que je finirais en prison comme lui. J'ai poussé un long soupir.

Mrs. Tilling s'est tournée vers moi et j'ai eu un mouvement de recul pour me cacher dans l'ombre. « Rentrez donc avec moi, miss Paltry. » Elle avait repris un ton plus léger, plus aimable, ce qui m'a remplie d'appréhension à la perspective de l'épreuve qui m'attendait. « Je vous aiderai à nettoyer cette vilaine coupure. » Sur ce, elle a ramassé les ciseaux et les a mis dans son sac marron, m'a prise fermement par le coude et m'a entraînée manu militari.

Je n'ai pu me dégager avant que nous ayons tourné le coin de la place en direction de la route menant chez elle.

Je me suis arrêtée net, refusant d'aller plus loin. « Lâchez-moi, Mrs. Tilling ! ai-je grogné. Vous ne pouvez pas me forcer à vous suivre.

– Non, en effet. Mais compte tenu de la situation, je crois que vous pourriez comprendre que c'est la meilleure solution. » Elle n'a pas dit qu'elle allait appeler les flics, mais je savais qu'elle pouvait le faire. La petite scène à laquelle elle venait d'assister était une preuve suffisante pour me faire coffrer pour un délit, sinon pour tout ce que j'avais fait.

Je me suis écartée d'elle, consciente cependant de la triste réalité : ma seule chance de m'enfuir était de filer à toute vitesse à la gare, mais compte tenu de ma hanche douloureuse, la mère Tilling aurait beau jeu de m'en empêcher. J'étais bel et bien coincée.

« Oh, bon, d'accord », ai-je dit, et j'ai avancé à côté d'elle en traînant les pieds comme une gamine de cinq ans qui boude.

Au moins, elle m'emmenait chez elle, à l'écart de la route où je pourrais être vue par le général. Je l'ai laissée me reprendre le coude quand j'ai trébuché sur l'allée empierrée menant à sa porte. Elle l'a ouverte en grand et m'a conduite dans son lumineux petit salon de devant, où je me suis effondrée sur le canapé le plus proche, impatiente de soulager ma hanche.

Elle a disparu quelques instants pour revenir avec du thé et des sandwichs, ce qui a ravivé mes soupçons concernant ses motivations. « Pourquoi m'avez-vous amenée ici, Mrs. Tilling ? » ai-je lâché. Elle n'a pas bronché, s'est délicatement assise au bord d'un fauteuil et s'est mise à servir le thé. « Heureusement que je suis arrivée au magasin à temps pour vous tirer d'affaire, a-t-elle dit, ignorant ma question. Une vraie brute, ce Ralph Gibbs, à présent.

– Oui. J'ai eu de la chance que vous arriviez à ce moment-là, c'est sûr, ai-je marmonné.

– La chance n'a rien à voir là-dedans, a-t-elle annoncé, levant les yeux. Je vous ai vue dans le car et me suis doutée que vous iriez là-bas. »

Je me suis redressée, alarmée. « Chez Ralph Gibbs ? » ai-je articulé. Comment diable savait-elle que cet enfoiré de Ralph Gibbs avait mon argent ?

Comme si elle lisait dans mes pensées, elle a laissé tomber : « Kitty me l'a dit. » C'était aussi simple que ça. Elle a des informateurs dans ce satané village. « Ne vous inquiétez pas, a-t-elle dit en prenant sa tasse, je ne vais pas vous livrer à la police.

– Si vous voulez dire que vous allez cesser de m'accuser de je ne sais quel échange de bébés, alors je trouve que ce n'est pas trop tôt », ai-je riposté.

Elle a poussé un long soupir. « Allons, miss Paltry. Je sais que vous l'avez fait, cet échange. J'ai simplement décidé de ne pas intervenir. Maintenant, acceptez-vous mon aide ou pas ? »

Nous sommes restées assises une minute ou deux sans rien dire. Je réfléchissais à toute vitesse pour essayer de déterminer comment elle pouvait m'aider et si elle bluffait ou non. Pendant ce temps, elle mangeait un sandwich au concombre avec le calme le plus exaspérant. En la voyant mastiquer délicatement, j'avais envie de lui envoyer un bon coup de poing sur la bouche.

« Je trouve que vous avez commis une mauvaise action, a-t-elle repris après avoir avalé sa bouchée. Mais c'est fait, et le révéler ferait plus de mal que de bien au bout du compte, surtout aux pauvres bébés. La malhonnêteté de votre stratagème, la duplicité à laquelle il me contraint me déplaisent, mais je ne vois pas d'alternative. Je dois faire passer la stabilité de la communauté avant ma propre intégrité. »

J'ai résisté à l'envie de lever les yeux au ciel en l'entendant pontifier ainsi. Seigneur ! Quelle tête à claques !

« Je me demande parfois si vous avez éprouvé le moindre remords, quand même ? m'a-t-elle demandé, les yeux plissés par la réflexion. Vous ne trouvez pas que c'est mal de donner des bébés à des parents qui ne sont pas les leurs ? »

Je l'ai regardée sans comprendre. Un bébé en vaut un autre, si vous voulez mon avis. Mais je me sentais au-dessous de tout d'avoir raté mon coup. Et pour commencer, j'ai assurément eu tort de mettre un doigt dans cette affaire. J'ai donc affiché un aimable sourire avant de répondre : « Naturellement, c'est mal. C'est ce qui est dit dans la Bible, non ? »

Elle a eu l'air déconcertée, curieusement, puis elle a repris : « Ma foi, les bébés prospèrent chez les Winthrop, c'est le principal. Venetia prend à cœur ses devoirs de marraine et s'occupe en partie de Rose en attendant le retour de Victor, et je dois dire que savoir la petite entourée par sa vraie famille me rend la situation plus confortable.

– Eh bien, je suis très heureuse pour eux tous, et contente que vous mettiez un terme à vos accusations, ai-je dit de façon abrupte. Non qu'il se soit rien passé, hein !

– Allons, allons, miss Paltry. Nous sommes trois à savoir que vous l'avez fait – vous, moi et – elle a marqué une pause en plissant les yeux – le général. Il m'a parlé de votre petite combine. Je sais tout – la rencontre, l'argent, l'échange, la bombe, et vos tentatives maladroites pour récupérer l'argent, que vous avez finalement perdu. » Elle a fait un petit sourire à la miss Marple. « Vous n'avez plus rien à cacher, vous voyez bien. »

Je dois admettre qu'à ce stade, j'avais perdu l'énergie de me battre. C'est tout juste si j'arrivais à respirer, et la peur m'étreignait la gorge comme un serpent qui se serait enroulé autour d'elle.

« Calmez-vous, miss Paltry. » Elle est venue s'asseoir à côté de moi et a posé une main sur mon bras. « Je suis là pour vous aider. »

J'ai pris une grande inspiration, me demandant ce qui allait suivre. « Comment ça ?

– Eh bien, pour commencer, je vous ai trouvé un endroit où loger. Je suis responsable du cantonnement, alors c'est de mon ressort. » Elle a souri et j'ai eu l'impression que cet ennuyeux pilier du SVF était en effet disposé à me donner un coup de main. Elle a sorti des formulaires. « Voici les directives concernant le cantonnement. Pour l'instant, vous serez accueillie chez le pasteur et sa femme. J'ai de quoi commencer à vous équiper : des vêtements et des ustensiles ménagers. D'occasion, mais ils feront l'affaire pour l'instant. »

Je suis restée là à fixer ma tasse d'un œil morne. Qu'est-ce qui se passait ? Pourquoi ne me dénonçait-elle pas ?

« Écoutez, miss Paltry, peut-être pourrions-nous nous y prendre un peu différemment ?

– Que voulez-vous dire ?

– Si vous me racontiez tout ? » Elle s'est arrêtée et m'a regardée bizarrement. « Étant entendu au départ que je ne dirai rien.

– Pourquoi voulez-vous en savoir davantage si vous ne voulez pas me dénoncer ?

– Je veux savoir comment c'est arrivé, comprendre l'ensemble de l'histoire. Je veux savoir la vérité. » La pression de sa main s'est faite plus insistante. « Et en contrepartie, je peux faire en sorte que le général ne vous approche plus. »

Du coup, je me suis redressée. Comment cette petite fourmi pourrait-elle avoir le dessus face à un homme tel que le général ? La question devait se lire sur ma figure, car elle a souri et a dit : « Ne cherchez pas les détails, miss Paltry. Sachez qu'il ne vous ennuiera plus. »

Alors, tout s'est éclairé. Elle le menaçait de tout dévoiler, et c'était pour ça qu'il me menaçait. Soudain, ça a fait « tilt ». Plus Mrs. Tilling en saurait long sur le déroulement de l'affaire, et plus il lui serait facile d'empêcher le général de toucher à un seul de mes cheveux.

Je sais que tu verras ça d'un mauvais œil, Clara, mais je lui ai parlé. Je lui ai tout raconté. Une fois que j'ai commencé à relater comment le général m'a attirée dans son bureau après l'enterrement, tout a suivi très vite et je ne pouvais plus m'arrêter. J'ai continué, et lui ai raconté d'autres choses sur ma vie : comment je me suis trouvée contrainte de voler pour manger et me loger quand je me suis enfuie de chez l'oncle

Cyril et me suis retrouvée à la gare de King's Cross. Comment la Grande Guerre a été une chance pour moi car elle m'a permis de me faire embaucher à l'hôpital St. Bartholomew, où on m'a autorisée à suivre des cours pour devenir infirmière. Comment j'étais toujours fauchée, toujours à court de temps, et sautais sur toutes les occasions qui se présentaient, même si elles étaient louches et minables. Et tandis que je déballais tout, il m'est apparu que j'étais devenue une spécialiste en la matière. Je vivais dans un univers louche et minable.

Louche et minable : voilà ce que j'étais devenue.

Elle n'a rien dit. Elle a seulement hoché la tête et plissé le front de temps à autre, m'offrant sa sympathie, si incroyable que cela soit. Quand j'ai fini, elle m'a tapoté la main calmement et m'a dit que j'étais attendue au presbytère.

Et je vais te surprendre, Clara : pour une fois, je me suis sentie soulagée. J'ai besoin de reposer ma hanche, et Mrs. Quail est une personne qui a le sens pratique ; sans compter qu'elle est bonne cuisinière.

« Je me suis dit que ça vous conviendrait, a dit Mrs. Tilling en rangeant mes affaires dans un sac. Enfin, en attendant que vous trouviez à vous loger.

– Et ils ne sont pas au courant pour… ? » La vérité semblait être devenue si publique à présent, si ostensible, que je n'avais plus aucune prise sur elle.

Mrs. Tilling a ri, discrètement, mais elle a ri tout de même. « Non, personne d'autre ne s'est douté de rien. »

J'ai eu un petit rire nerveux, moi aussi, soulagée d'être libre et en vie par un coup de chance incroyable, et d'avoir un toit au-dessus de ma tête.

J'ai regardé Mrs. Tilling bien en face et lui ai dit : « Merci. »

Elle a dû sentir que ça venait du cœur, car elle a posé sa main fine et chaude sur la mienne et l'a pressée.

« Pourquoi êtes-vous d'aussi bon secours, Mrs. Tilling ?

ai-je dit, me demandant quel avantage elle pouvait bien en tirer.

– Il faut qu'on se serre les coudes et qu'on soit solidaires, miss Paltry, sinon nous n'aurons aucune chance face aux nazis. »

C'est drôle, mais j'avais complètement oublié la guerre.

Elle est restée à sa porte pour me regarder partir. Quand j'ai débouché sur la place en boitant, j'ai vu un spectacle auquel je ne m'attendais pas, celui de mon ancienne maison, maintenant réduite à un monceau de décombres au milieu d'autres monceaux de décombres, autrefois les maisons de Church Row. Ma vie s'était déroulée là pendant des années, et si je n'y avais jamais été très heureuse, ces années-là étaient quand même les miennes.

Un frisson d'horreur m'a parcourue quand j'ai constaté que j'étais attirée malgré moi vers les lieux du sinistre. Ma maison n'était plus qu'un amas de briques et de gravats divers ; des pans de mur se dressaient encore, avec mon papier à rayures bleues et ces horribles carreaux verts de ma cuisine. Un incendie avait réduit à néant la moitié du contenu de ma maison et les pillards avaient fait le reste.

Il y avait encore quelques enfants qui fouinaient dans les décombres et fanfaronnaient quand ils trouvaient quelque chose. L'un d'entre eux a brandi un fragment de photographie encore accroché à un bout de cadre.

« Donne-moi ça ! ai-je crié en l'arrachant au petit voleur. C'est à moi. Et maintenant, file ! » Je les ai dispersés en moulinant des bras et distribuant des tapes à chacun. « Tous autant que vous êtes, allez-vous-en de chez moi ! »

Je dois avouer qu'après leur départ, je me suis effondrée sur le sol et ai pleuré. Tout ce que je possédais se trouvait dans cette maison. Maintenant c'était détruit, brûlé, ou volé.

J'ai regardé le bout de photographie que je tenais à la

main. C'est celle que j'ai de toi avec maman et moi, moins d'un an avant sa mort. Tu avais environ seize ans et moi douze. Nous étions heureuses et innocentes, ignorantes du monde épouvantable dans lequel nous vivons. Nous étions à Birnham Wood, dans le jardin. Je voyais la maison au coin, les pignons sur lesquels poussait la glycine. Maman l'adorait, cette glycine. Je me suis demandé comment j'avais pu m'éloigner autant de ce moment-là. Pouvais-je encore être la même que cette fille sur la photographie ? Qu'est-il advenu de moi ?

Au bout d'une heure de recherches où j'ai retrouvé une cuiller et une fourchette, des barrettes, un bibelot cassé, et cette statuette représentant un couple qui danse et que j'aimais tant, j'ai entendu une voix derrière moi sur le trottoir.

« Miss Paltry, ça va ? »

C'était le pasteur, qui était venu pour m'emmener chez lui. Je me suis alors avisée qu'il s'était mis à pleuvoir : de grosses gouttes s'écrasaient autour de nous et elles sont devenues plus drues tandis que nous traversions la place pour gagner le presbytère.

Il m'a conduite à la chambre confortable qu'ils avaient préparée pour moi, « tout spécialement pour notre invitée sage-femme ». Après que je me suis installée, nous avons fait un dîner de poisson et j'ai écouté à la radio les nouvelles de la guerre, de la bataille d'Angleterre, des avions allemands larguant des bombes sur le sud-est de notre pays, et il m'est soudain apparu que tout ceci était précieux et que nous avons beaucoup de choses à protéger.

Me voici donc dans l'endroit le plus improbable, à t'écrire cette lettre assise dans mon lit douillet tandis que la pluie tombe de l'autre côté de ma fenêtre. J'éprouve le besoin de noter tout cela ce soir afin que de pouvoir recommencer de zéro demain, entamer un nouveau jour, prendre un nouveau départ.

Je sais que tu vas m'en vouloir, Clara, et je sais que tu as le projet de venir me dire ta façon de penser. Mais sois gentille, abstiens-toi. Ma hanche me fait souffrir et j'ai besoin de me reposer un moment ; ensuite, il faudra que je gagne de l'argent avec quelques accouchements et que je me trouve un petit logement.

Après ça, je m'occuperai de Ralph Gibbs. Je te garantis une chose, Clara, je récupérerai mon argent d'une manière ou d'une autre.

À bientôt,

Edwina

Notice accrochée sur le tableau d'affichage de la mairie du village de Chilbury, lundi 19 août 1940.

Toutes les personnes qui veulent se joindre
à la Chorale des dames de Chilbury
pour un concert unique donné en soutien
aux sans-abri de Litchfield samedi prochain
sont invitées à venir à la répétition ce soir à la salle
des fêtes du village à dix-neuf heures précises.

Mrs. Tilling et Kitty Winthrop

Lettre de Venetia Winthrop à Angela Quail

Manoir de Chilbury
Chilbury, Kent

Lundi 19 août 1940

Chère Angela,

Mon bureau ayant disparu sous les bombes, on me transfère à Londres. Le bombardement a été effroyable, beaucoup de gens sont à la rue et un grand nombre de ces superbes bâtiments de style Tudor ont été détruits. Je me sens terriblement coupable d'être aussi impatiente de partir, mais j'ai besoin de prendre du recul et de me changer les idées.

Je me languis toujours d'Alastair, mais je ne digère toujours pas qu'il m'ait quittée comme il l'a fait. Plus j'y pense et plus j'ai le sentiment que deux hommes très différents coexistaient en lui : un espion et un salaud d'un côté, et de l'autre l'Alastair que je connaissais, un homme doux, intelligent et bon. Je me demande s'il est quelque part et s'il pense à moi.

Entre-temps, Kitty s'est mis en tête de nous faire donner un concert pour les gens qui ont été bombardés à Litchfield. L'idée lui est venue un jour où nous chantions en famille sur des disques, à la maison, et où maman a suggéré que nous fassions la même chose avec la Chorale des dames de Chilbury. Je pourrais plaisanter en disant que les habitants de Litchfield ont besoin de réconfort, pas d'une rupture des tympans, mais je m'abstiendrai parce que je suis sûre qu'ils vont adorer. On n'a pas beaucoup de cadeaux agréables à faire aux gens de nos jours, compte tenu de tout ce qui est rationné ou interdit, mais chanter, ça, on peut toujours. C'est étonnant à quel point cela vous requinque. Prim nous disait qu'entre le sang qui circule mieux dans tout le corps, et le surplus d'air dans les poumons, chanter nous donne la sensation d'être intensément vivant. Pauvre Prim ! C'est triste de donner ce concert sans elle. L'idée lui aurait beaucoup plu.

Mrs. Tilling s'est occupée de nous trouver une salle paroissiale à Litchfield ce samedi qui vient, et Kitty et moi avons préparé des affiches colorées à placarder dans toute la ville. Elles pensent qu'on peut compter sur environ soixante-dix personnes et nous commençons à avoir le trac.

Nous avions une répétition ce soir, et nous sommes arrivées en nous demandant comment tout se passerait. Les salles paroissiales sont très différentes des églises et la musique que nous devions chanter ne ressemblait guère à l'« Ave Maria ». Mais nous étions tout excitées. Quel meilleur moyen de nous réconforter après avoir déblayé les décombres de Chilbury d'abord, puis ceux, beaucoup plus conséquents, de Litchfield ?

« Bonsoir tout le monde, a lancé allègrement Mrs. Tilling. Commençons par prendre nos places, si vous voulez bien. Tout le monde sur la scène. » Elle a agité les mains pour nous inviter à nous dépêcher puis a entrepris de nous placer. « Les sopranos à droite, les altos à gauche », a-t-elle crié. Puis elle a entrepris de mettre les plus petites devant et de repousser les grandes – dont une Mrs. B. interloquée – à l'arrière. Après quoi elle a quitté la scène en courant pour admirer son œuvre de loin et est revenue plusieurs fois pour faire de petits ajustements.

« Parfait ! » a-t-elle annoncé enfin, avant de nous distribuer à chacune quelques feuilles. C'étaient les chefs-d'œuvre de Kitty et Silvie. Elles avaient réussi à faire tenir les paroles de nos vingt chansons sur deux feuilles de papier, qu'elles avaient recopiées en de nombreux exemplaires.

Nous avons commencé par chanter sur les disques, comme nous l'avions fait au manoir, et nous avons beaucoup trébuché sur les paroles.

« Ne vous inquiétez pas si vous ne parvenez pas encore à prononcer les mots en mesure, a dit Mrs. Tilling. L'important pour l'instant, c'est d'arriver au bout. N'oubliez pas que vous pouvez vous entraîner chez vous, et nous aurons une répétition de l'ensemble mercredi. »

Kitty chante un solo formidable « Somewhere over the Rainbow ». Elle a fait un sans-faute lors de la répétition, ce qui n'est pas étonnant car nous n'entendons que ça à la maison depuis dimanche.

Après quoi, Mrs. Tilling s'est avancée et a dit : « J'aimerais aussi demander à Venetia de chanter un solo. Tu veux bien faire ça pour nous ? »

Prise de court, j'ai bafouillé : « Ma foi, je vais essayer. »

Elle m'a donné la partition de la chanson que nous avions chantée à la maison la semaine dernière, « Blue Moon ». Mes mains ont tremblé quand j'ai vu les paroles. Elles parlent d'une fille qui, comme moi, se retrouve seule et attend un nouvel amour. Cette dernière partie ne me ressemble pas, et j'ai senti les larmes me monter aux yeux. Je ne veux pas de nouvel amour, je veux retrouver Alastair. Je sais que c'est un scélérat, et que je devrais souhaiter ne jamais revoir son visage, mais je n'arrive pas à l'oublier. Je ne veux pas l'oublier.

« Tu n'es pas obligée de chanter si tu n'en as pas envie,

Venetia, a dit Mrs. Tilling d'une voix douce en tendant la main pour me reprendre la feuille.

– Non, ai-je dit en me redressant. C'est bon. »

Et j'y suis arrivée. Mrs. Quail a joué l'introduction et j'ai chanté ces notes basses d'une voix claire qui a empli la salle. À la fin, tout le monde a applaudi et acclamé, donc je dois m'en être tirée convenablement. Je me suis entraînée à la maison, et je crois que tout sera au point samedi.

Après cela, je prendrai le chemin de Londres et nous nous amuserons comme au bon vieux temps. Avec un peu de chance, j'oublierai Alastair. Cela ne t'ennuie pas que j'habite chez toi en attendant de me trouver un logement ?

Je t'embrasse,

Venetia

Lettre du colonel Mallard à sa sœur, Mrs. Maud Green, à Oxford

Ivy House
Litchfield Road
Chilbury, Kent

Mardi 20 août 1940

Chère Maud,

Mon service va devoir être transféré à Londres car une bombe a détruit pratiquement tous nos bureaux. Ma table de travail est en miettes et j'ai peine à imaginer l'état dans lequel je serais si j'y avais été assis. Nous devons déménager dès qu'on aura trouvé où nous loger. On m'a dit que nous étions déclarés prioritaires, donc cela se fera peut-être dès la semaine prochaine.

Je ne l'ai pas encore annoncé à ma logeuse, Mrs. Tilling. Je suis certain qu'elle sera contrariée de devoir chercher un nouveau pensionnaire pour sa chambre, même si je me doute qu'après le bombardement de Litchfield Park et du fait que le Kent soit en première ligne, elle n'aura aucun mal à trouver un remplaçant. Je crois que ma compagnie va lui manquer, et je ne sais pas trop comment lui annoncer la nouvelle. Nous sommes devenus très bons amis, entre nos dîners de fortune dans la cuisine et nos descentes à la cave pendant les raids aériens. J'avoue que nos petites conversations vont me manquer.

Pendant ce temps, la guerre continue et nous ne devons pas reculer d'un pouce. J'écrirai quand j'aurai une nouvelle adresse à te donner. Embrasse les filles pour moi.

Baisers,

Anthony

Journal de Mrs. Tilling

Mercredi 21 août 1940

La Chorale des dames de Chilbury va donner une nouvelle représentation ! Nous devons chanter en concert à Litchfield ce samedi. L'annulation de la finale des chœurs avait contrarié bon nombre d'entre nous, mais voilà que nous avons une scène sur laquelle nous produire. C'est à Kitty que nous devons cette merveilleuse idée.

La répétition s'est bien déroulée, mais j'espère que certaines continueront à s'entraîner chez elles d'ici samedi. Nous avons l'intention de commencer à dix-neuf heures. Nous chanterons une heure seules, puis nous passerons à des airs que tout le monde connaît et peut reprendre en chœur, comme « It's a Long Way to Tipperary » et « We're Going to Hang Out the Washing on the Siegfried Line ». À l'église, on nous a dit qu'on trouverait peut-être de quoi nous offrir un thé après la représentation, mais je n'y compte guère. Ensuite, ma foi, retour à la maison, et à la réalité.

Le colonel doit déménager à Londres, sans doute la semaine prochaine ou celle d'après. Il me l'a annoncé hier au dîner, à la table de la cuisine. Tout ce que nous avions à manger, c'était de la soupe de queue de bœuf avec du pain et du beurre. Mais c'était très secondaire.

« Je préférerais vraiment rester ici, vous savez, a-t-il dit, l'air plutôt déconfit. Je me suis habitué à être chez vous et je m'y plais bien.

– Ma foi, moi aussi je me suis habituée à vous avoir ici.

– Ah bon ?

– Oui.

– Alors je vais vous manquer ?

– Bien sûr que oui. » J'ai continué à manger ma soupe, bien qu'il ait posé sa cuiller.

« Vous m'écrirez ? a-t-il demandé d'un ton retenu.

– Bien sûr. J'adore écrire. J'espère que vous me répondrez et me direz comment ça se passe à Londres, si nous allons gagner cette guerre, ce genre de choses.

– C'était une vraie question, a-t-il dit plus bas, avec sérieux.

– C'était une vraie réponse. »

Nous nous sommes regardés quelques instants. Ma cuiller est restée à mi-chemin entre l'assiette et ma bouche, et brusquement, j'ai eu l'impression que nous étions sur une sorte de champ de bataille. Il était clair qu'il m'appréciait et moi aussi, je l'appréciais. Nous avions fini par nous apprivoiser et nous rapprocher. Le réconfort et le soutien, les conversations animées et les plaisanteries, la conscience fugace de l'attirance, de l'amour, même. Je savais qu'il éprouvait tout cela lui aussi. Cette toile s'était tissée autour de nous deux en même temps : chaque initiative de l'un avait réduit la distance avec l'autre, et vice versa.

Il a sorti un paquet pour moi, un « cadeau de remerciement pour m'avoir logé », pour reprendre ses mots. J'ai défait l'emballage en papier journal et découvert une robe de chambre bleue et moelleuse.

« Merci, ai-je dit, gênée, en pensant à ma vieille défroque

marron et me demandant comment il avait pu se procurer une aussi jolie chose en pleine guerre.

– Oh, ce n'est rien. J'ai seulement remarqué que votre vieille robe de chambre était, ma foi…, vieille », a-t-il murmuré, gêné lui aussi.

Après dîner, nous sommes allés nous installer dans le petit salon et avons écouté les nouvelles à la radio. Après quoi, j'ai mis quelques disques prêtés par Kitty venant de la collection de Prim. Le premier s'intitulait « Cheek to cheek », ce charmant numéro de danse interprété par Fred Astaire. À ma grande surprise, dès les premiers accords, le colonel s'est levé et m'a invitée à en faire autant, là, dans mon salon.

Je me suis d'abord mise à rire. « Ne soyez pas ridicule.

– Mais pourquoi ? Quand avons-nous l'occasion de danser par les temps qui courent ? Et Dieu sait quand elle se représentera. »

Je me suis dit qu'il allait habiter à Londres et que peut-être quelque chose pourrait lui arriver. La catastrophe évitée de justesse à Litchfield m'avait donné un choc. J'avais commencé à me dire que l'un après l'autre, tous les êtres auxquels je tenais risquaient de m'être arrachés. Il a dû voir ma tête car il a dit : « Allons, au diable les idées noires, profitez du moment présent. »

Il m'a tendu la main et m'a attirée vers lui, avant de me faire valser galamment. J'ai eu un petit rire nerveux. Contre toute attente, il était bon danseur, pour un homme aussi grand et imposant. Il avait le pied léger et me conduisait avec adresse tandis que nous tournions, une main ferme sur ma taille et l'autre refermée sur ma main, qui semblait toute petite. Je suis de taille moyenne, si bien que j'avais les yeux à hauteur de sa poitrine. Nous devions offrir un spectacle comique, à tournoyer dans la petite pièce peu éclairée, absorbés dans notre bulle.

Quand le morceau a été fini, nous sommes restés debout au milieu du salon auquel les reflets rouge sombre des rideaux et du tapis donnaient une intimité chaleureuse. Il s'est écarté de moi et m'a regardée de sa hauteur en penchant un peu la tête sur le côté et j'ai deviné qu'il allait m'embrasser.

Saisie par la panique et troublée, j'ai reculé. Non que je n'aie jamais pensé à lui de cette façon-là. Ou que je n'aie jamais rêvé de l'embrasser. Mais je n'avais jamais cru que cela pourrait arriver pour de bon. J'étais donc dans tous mes états. Et si, en me voyant réagir ainsi, il croyait que je n'en avais pas envie ? Qu'arriverait-il s'il n'essayait plus jamais de m'embrasser ?

J'ai donc cessé de paniquer, me suis rapprochée de lui et, mettant mes bras derrière son cou, j'ai attiré sa tête vers moi. Au début, le baiser a été un peu maladroit, mais ça s'est vite arrangé et ça valait la peine. J'ai été envahie par une incroyable sensation de félicité et de force. Je n'aurais jamais cru qu'un baiser pouvait être aussi divin. Je devais avoir oublié et bien rangé tout ça dans un compartiment de mon esprit avec une grande étiquette : *Ne pas ouvrir.*

Le compartiment est ouvert, maintenant, et le verrou a bel et bien sauté.

Nous avons continué à nous embrasser un moment. Je crois qu'il devait apprécier tout autant que moi car je lui ai vu une lueur rêveuse dans l'œil. Il était tard, et je n'avais pas passé beaucoup de temps à étudier la musique pour le concert.

Les événements ont vraiment pris une tournure inattendue. Peut-être s'est-il dit que comme il partait, il était temps de faire le point sur la situation. Peut-être voulait-il s'assurer de mes sentiments à son égard. Peut-être qu'après avoir frôlé la mort dans le bombardement de Litchfield il a pris conscience de ses propres sentiments. Peut-être qu'il n'a jamais osé passer à l'action et que son départ prochain lui a facilité les choses. Quoi qu'il en soit, je suis contente qu'il l'ait fait. Quoi qu'il arrive désormais, la soirée d'hier sera toujours à nous, un morceau de paradis dans le chaos du monde.

Journal de Kitty Winthrop

Samedi 24 août 1940

Le récital de chansons de Litchfield

Nous n'avions pas eu assez de répétitions, au moins deux sopranos avaient une mauvaise toux et n'avaient pas pu venir, et quand nous sommes arrivées, la salle était aussi miteuse et sale que celle d'une demeure abandonnée.

Nous avons eu un moment de découragement.

« Bon, eh bien c'est une chance que nous soyons arrivées de bonne heure, a dit Mrs. Tilling en regardant dans les placards, à la recherche de balais. Et l'une de vous a-t-elle pensé à apporter des décorations ? »

Mrs. B. était venue avec les fanions colorés de la fête en l'honneur du départ de Henry, et elle a commencé à les distribuer en donnant des ordres. « On a intérêt à se dépêcher si cette salle doit être prête pour un concert à sept heures ce soir. »

Nous avons donc accéléré le mouvement et je dois avouer qu'à sept heures moins le quart, l'endroit avait plus fière allure. Les banderoles rouges, blanches et bleues égayaient vraiment la salle et nous avons fabriqué des guirlandes en papier journal pour faire un peu plus de volume. Nous avons disposé des rangées de chaises pour le public, puis sommes allées prendre nos places sur le côté de la scène et avons attendu, nous chuchotant des conseils de dernière minute pour combattre le trac.

Mais la salle est restée déserte.

La voix tonnante de Mrs. B. a retenti dans le coin des altos. « Combien d'affiches as-tu mises, Kitty ? » Comme si c'était entièrement de ma faute que personne ne se soit encore pointé.

« Beaucoup plus que vous ! » a répliqué Mrs. Tilling du tac au tac. Nous nous sommes toutes mises à rire. C'était drôle de voir Mrs. Tilling clouer le bec à Mrs. B.

Mais l'horloge a continué à égrener les minutes, et toujours personne. Nos rangées de chaises prenaient un air tristement déplacé, tandis que le gardien de l'église circulait, marteau en main, pour bricoler dans les coins. Il était sept heures moins cinq. Je n'arrivais pas à croire que personne ne voulait nous entendre. J'avais collé mes affiches sur les lampadaires de la ville.

« Je vais juste dire deux mots au gardien, a annoncé Mrs. Tilling. Peut-être que l'église a annulé et oublié de nous prévenir. » Elle a descendu les marches quatre à quatre, a pris l'allée centrale au trot et disparu dans le hall d'entrée.

« On aurait pu espérer qu'ils auraient la courtoisie de nous le faire savoir ! » a dit Mrs. B. en reniflant avec dédain, comme si toute cette affaire n'était pas digne d'elle.

D'un seul coup, nous avons entendu à l'entrée un vacarme frénétique et une foule considérable a fait irruption ; certains ont même couru pour venir s'installer dans les premiers rangs. Le gardien avait dû oublier d'ouvrir la porte. Les bavardages s'enflaient en véritable cacophonie, les gens se hélaient une fois qu'ils avaient réussi à trouver un siège ou lorsqu'ils reconnaissaient un voisin. Il y avait beaucoup d'uniformes militaires, mais le gros de l'assistance était composé de femmes, comme nous en avions pris l'habitude ces derniers temps. Je n'en revenais pas de voir le public aussi excité. Tous ces gens étaient venus juste pour nous entendre ! Je n'en menais pas large. Pourquoi avais-je accepté de chanter un solo ? Étais-je vraiment taillée pour une carrière sur scène ?

Enfin, quand la salle a été pleine à craquer, le gardien a fermé la porte et fait signe à Mrs. Tilling que le moment était venu de commencer. Elle s'est levée, s'est avancée d'un pas décidé jusqu'au centre de la scène, et a levé les bras pour nous faire signe de nous mettre debout et de prendre nos places.

Après quelques instants de confusion, où Mrs. Gibbs a marché sur le pied de Mrs. B., nous étions installées. Mrs. Tilling a promené un regard serein autour de la vaste salle, attendant que tout le monde cesse de parler. Des « chut » ont retenti et peu à peu le volume des voix a décru puis s'est tu complètement, d'autant que j'ai vu Mrs. Tilling arrêter sur un ou deux fauteurs de troubles un regard à les faire rentrer sous terre.

Puis elle a reporté son attention sur nous, a discrètement donné à Mrs. Quail le signal pour qu'elle commence l'introduction de notre première chanson. C'était un merveilleux morceau de jazz intitulé « Summertime » et nous nous sommes toutes mises à nous balancer légèrement en chantant, sensibles à l'ambiance rêveuse qu'il engendrait. Nous prenions tant de plaisir à chanter que nous en avions presque oublié le public, je crois, ces centaines de personnes qui nous écoutaient, se balançant ou marquant la mesure du pied, oubliant un moment les bombes, le sang et les cadavres.

À la fin, les applaudissements ont éclaté, et même quelques

coups de sifflet admiratifs. Nous avons souri, ravies, puis avons vu que Mrs. Tilling indiquait à Venetia que c'était son tour de chanter « Blue Moon ». Venetia aurait voulu que je passe la première, mais Mrs. Tilling avait insisté : « Tu as une telle présence sur scène, Venetia. Je tiens à ce que tu chantes au début. »

« Bonne chance, lui ai-je soufflé en allant avec les autres membres du chœur me mettre sur le côté. Tu vas bien t'en tirer, Venetia. »

Et elle est restée seule au centre de la scène. Elle paraissait intimidée, ce qui lui allait très bien : ses grands yeux bleus regardaient la foule, sa robe jaune frémissait légèrement et ses cheveux blonds ondulés balayaient ses épaules. Sa bouche soigneusement maquillée était entrouverte car avec le trac, sa respiration était précipitée. En entendant l'introduction, elle a écarté les doigts de chaque côté de sa jupe et chanté les premières notes de « Blue Moon », d'une voix timide et un peu étouffée, mais elle a repris de l'assurance après les premières paroles. Elle s'en tirait très bien. Elle chantait devant cette salle comble.

J'ai regardé les visages qui souriaient et prenaient du plaisir et je l'ai sentie gagner en assurance, laisser libre cours à sa voix, qui a résonné, emplissant la salle. Avant que je m'en rende compte, elle avait attaqué le second couplet, balançant doucement les hanches et souriant.

Puis j'ai remarqué une silhouette vaguement familière.

L'homme était debout dans le fond, légèrement sur la droite. Au début, je ne le distinguais pas assez pour le reconnaître. Son apparence avait changé. Il avait les cheveux plus courts, des vêtements plus ordinaires. Était-ce une apparition ?

Il a souri et lui a adressé un clin d'œil, lent et mesuré,

et j'ai compris que c'était réellement lui. Qu'il était vivant. Qu'il était venu la retrouver.

Elle a cessé de chanter. Les mots se sont figés sur ses lèvres tandis qu'elle le regardait. J'ai vu sa bouche à lui bouger, articulant des mots silencieux. *Je t'aime.* Et elle a répondu de la même manière *Je t'aime moi aussi* par-dessus les têtes.

Mrs. Quail a continué à jouer, bien que Venetia ait cessé de chanter. J'ai réagi aussitôt et me suis précipitée vers la scène pour reprendre là où elle s'était arrêtée. Elle m'a regardée avec des yeux bouleversés avant de se diriger vers l'escalier. J'ai chanté tandis qu'elle traversait la foule, qui s'écartait pour la laisser rejoindre Mr. Slater.

Ils sont restés face à face, à quelques dizaines de centimètres, jusqu'à ce que quelqu'un donne un petit coup de coude à Venetia ; alors ils se sont tombés dans les bras en s'embrassant comme dans les films. Jamais je n'avais rien vu de plus romantique. Tous ceux qui les entouraient les ont acclamés et bientôt, toute la salle était en liesse. Dans ce monde désolé, il nous reste au moins une chose : l'amour.

Il lui a pris la main et l'a guidée jusqu'à la porte, puis ils ont disparu ensemble dans l'obscurité.

J'ai continué à chanter, songeant à ma solitude, à la fin de mon avenir avec Henry. Comment ai-je pu être amourachée au point de commettre une action aussi stupide et infantile ? Cela semble ridicule aujourd'hui.

Alors, j'ai pensé à toutes les personnes merveilleuses qui m'entourent : maman est soudain redevenue elle-même, Venetia est maintenant mon amie, Silvie fait partie de la famille, comme Rose, et même le jeune Tom, avec son adoration pour moi, peut être considéré comme un nouvel ami. Et puis, il y a la chorale, qui est presque comme une famille d'amies et de voisines, toutes solidaires. Tu vois bien que je ne suis plus toute seule, cher journal. Aucun d'entre nous ne l'est.

La foule a hurlé de plaisir quand la chanson s'est achevée. Il m'a fallu une bonne minute pour m'apercevoir que c'était moi qu'on applaudissait – j'avais complètement oublié mon trac.

« Et maintenant, nous passons directement à ton solo, Kitty », a dit Mrs. Tilling en se tournant pour faire signe à Mrs. Quail d'attaquer l'introduction. Sans transition, je me suis trouvée en train de sourire, attendant le moment d'attaquer. C'était cette merveilleuse chanson qui vous transporte : « Over the Rainbow ».

Après le spectaculaire envol des premières notes, le public a acclamé pour manifester sa joie et je n'ai pu m'empêcher de sourire pendant toute la chanson. Les mots coulaient, fluides, et emplissaient la salle d'un espoir chaleureux et lumineux.

La fin a été saluée par un tonnerre d'applaudissements. Les gens sifflaient, acclamaient, et j'avais les larmes aux yeux. J'avais fait un tabac !

Le reste de la chorale est venu m'entourer pour me féliciter tout en préparant ses feuilles pour la suite du concert. Mrs. Tilling a pris sa baguette et nous a dirigées pendant le morceau suivant, encore une chanson de jazz, et nous nous sommes mises à nous trémousser en cadence pendant que la foule reprenait les refrains. On s'est bien amusées ! Ensuite, tout le monde a chanté en chœur et nous avons terminé avec une version exubérante de « There'll Always Be an England ».

« Tu avais raison, Kitty, a dit Mrs. Tilling tandis que les applaudissements continuaient, salut après salut. Rien de tel qu'une bonne chanson pour nous remonter le moral à tous.

– Merci, Mrs. Tilling, d'avoir repris la direction de la chorale. »

Il y a eu encore des rappels et Mrs. B. s'est agitée et est venue donner un coup de coude à Mrs. Tilling. « Si on leur chantait encore un morceau ? »

Mrs. Tilling nous a regardées et a vu que nous ne demandions pas mieux. « Mais pourquoi pas ? a-t-elle dit en levant sa baguette une dernière fois. Nous prendrons “The World Will Sing Again”. »

Cette chanson, nous ne l’avions répétée que quelques fois, mais c’était l’une des plus émouvantes qui soient quand on pensait à tous les endeuillés, car elle leur redonnait de l’espoir. Mrs. Tilling a attendu qu’un silence complet soit revenu dans la salle avant de lever sa baguette pour le signal du départ. Nous avons chanté avec simplicité, laissant parler d’eux-mêmes les mots qui associaient l’espoir à la détresse, les sourires courageux aux rêves brisés, et annonçaient que la nuit noire serait vaincue par une aube nouvelle. Ce fut un moment magique. On aurait entendu une mouche voler tant le public était silencieux. Respectueux, je dirais, de tous ceux qui avaient perdu un proche, ou de ceux dont les êtres chers étaient au loin, en danger.

Lorsque nous avons terminé, il y a eu un long silence, une prière peut-être, avant que des applaudissements se fassent entendre, doucement d’abord, puis s’enflant peu à peu comme une marée montante. Il n’y a eu ni acclamations ni sifflements cette fois, juste le bruit dense de centaines de personnes manifestant leur soutien à ceux qui pleuraient un être cher, à ceux qui ne savaient pas comment continuer à vivre.

Les applaudissements finis, nous sommes allées voir si des rafraîchissements avaient été servis – ce qui n’était pas le cas – et rencontrer le public. Tout Chilbury était venu, y compris Henry (que Venetia et moi avons surnommé l’Horrible Henry), en grande conversation avec une femme en uniforme qui ressemblait à un bulldog particulièrement hargneux.

« C’est lady Constance Worthing, la fille de lady Worthing, a soufflé Mrs. Tilling d’une voix où l’on sentait trembler l'envie de rire. Je suis surprise que Henry ait cédé aux désirs de Mrs. B.

– Il sort avec elle ? » J'étais sidérée. Elle ne ressemblait pas du tout à son type de femme. Je ne pouvais même pas être jalouse !

« Un mariage rendrait leurs deux familles très puissantes. L'argent des Brampton et le titre des Worthing, a-t-elle dit avec un petit sourire narquois, et j'ai bien compris qu'elle trouvait la chose ridicule. Mais tu as vu là-bas ? »

J'ai suivi son regard et ai aperçu Ralph Gibbs avec notre ancienne bonne Elsie en personne. « Ils sortent ensemble ? ai-je demandé à nouveau.

– On dirait ! » Nous les avons observés tandis qu'il se penchait pour lui chuchoter à l'oreille quelque chose qui les a fait rire tous les deux, ce sur quoi elle lui a pris le bras et l'a conduit vers la porte. Qui aurait cru qu'une aussi jolie fille voudrait fréquenter une aussi vilaine brute ?

Les gens sont venus nous féliciter, tous disant que la soirée avait été merveilleuse et combien ils étaient heureux d'être venus. Une femme m'a parlé de sa maison en ruine. Ses quatre enfants et elle s'entassaient chez des voisins depuis les bombardements. Les couvertures sont devenues une denrée plus rare que les côtes de porc, et sont en train de se transformer en produits échangeables, comme des shillings ou de l'argenterie. J'ai décidé de faire une collecte dans Chilbury et Mrs. Quail s'est proposée pour m'aider.

Tom était là, les cheveux peignés pour une fois, et assez bien de sa personne. « Tu es une championne, Kitty. Tu as tout organisé et chanté magnifiquement. Bravo !

– Tu as aimé ?

– Tout le monde a adoré », a-t-il déclaré, et les gens qui nous entouraient ont commencé à m'acclamer. C'était assez embarrassant.

« J'avais raison, hein ! a poursuivi Tom.

– À quel sujet ? ai-je dit, me demandant ce qui allait venir.

– Tu es devenue la grande héroïne, finalement. »

Je me suis penchée vers lui et lui ai fait la bise.

Là-dessus, papa est apparu, sortant de nulle part. « Qu'est-ce qui se passe ici ? a-t-il grogné. Il est temps de partir, Kitty. Allez, viens, on n'a pas que ça à faire. Où sont passés Venetia et ce type de malheur ? J'aurai deux mots à leur dire quand je leur mettrai la main dessus. J'aurais dû l'abattre quand l'occasion s'est présentée.

– Je ne savais pas que vous viendriez nous écouter chanter, ai-je dit, regrettant qu'il soit là.

– Il fallait bien que je vienne pour mesurer l'étendue des dégâts, a-t-il mugi. Mais finalement, vous n'avez pas été si mauvaises », a-t-il poursuivi avec un petit rire. Il a jeté un coup d'œil alentour, peut-être pour voir si maman ou Mrs. Tilling n'étaient pas dans les parages. « Cela dit, j'espère que tes ambitions se limitent aux spectacles de charité locaux, ma petite demoiselle. Il serait assez malvenu qu'une Winthrop monte sur la scène, vois-tu. »

Je lui ai adressé le sourire ambigu du chat du Cheshire : « Ne vous en faites pas, papa, je suis toujours votre petit chou », ai-je lancé en plongeant dans la foule pour m'esquiver.

Finalement, Venetia m'a appris deux ou trois petites choses.

Lettre de Venetia Winthrop à Angela Quail

Manoir de Chilbury
Chilbury, Kent

Mercredi 28 août 1940

Chère Angela,

Alastair est revenu, il est vivant ! Je n'en reviens pas et suis obligée de me pincer pour m'assurer que ce n'est pas un rêve.

Tout est arrivé le soir de notre concert. Tu ne le croiras jamais : j'étais seule au milieu de la scène, en train de chanter « Blue Moon », tout le monde était ravi ! Le public se balançait au rythme de la musique, souriait, et je commençais à m'habituer à être là et à chanter plus fort quand mes yeux ont atterri par hasard sur un homme debout dans le fond. Au début, j'ai cru avoir rêvé, puis je me suis dit que ce devait être quelqu'un qui lui ressemblait, mais plus mes yeux revenaient sur lui et plus ma conviction grandissait.

C'était Alastair.

Il regardait tranquillement, un sourire vague aux lèvres, comme à son habitude, et j'ai senti quelque chose en moi céder d'un coup sec. J'ai cessé de chanter, cessé de respirer, comme si j'avais vu un mirage. Dieu merci, Kitty est venue à la rescousse et a repris la chanson là où je m'étais arrêtée. Je me suis trouvée en train de traverser la scène, d'en descendre par le petit escalier, et de fendre la foule comme si le reste des gens avait disparu. Il n'y avait plus que lui et moi, marchant l'un vers l'autre, les yeux dans les yeux, puis il m'a prise dans ses bras tout ce qu'il y a de plus réels.

Nous avons raté le reste de la représentation car nous avons disparu à l'extérieur pour nous promener. La soirée était douce et tiède, l'odeur des bâtiments calcinés flottait encore dans l'air, et une lune presque pleine était accrochée, songeuse, dans la zone violette au-dessus de l'horizon.

« Tu as bien choisi ta chanson », a dit Alastair en me prenant la main. Une extraordinaire sensation de bonheur m'a envahie. Je sais que j'aurais dû être circonspecte, mais je ne pouvais pas maîtriser mes émotions. J'avais été privée de quelque chose d'absolument vital, qui venait de m'être rendu, et je me rappelais maintenant ce que c'était d'être heureuse.

« "Blue Moon…", ai-je dit en regardant la lune sans pouvoir retenir un petit sourire. Et maintenant, tu es là. Tu m'as trouvée seule. Sur une scène, si incroyable que cela puisse paraître.

– Tu étais impressionnante », a-t-il dit en me guidant vers un petit parc où il y avait un bassin et des bancs, des cygnes qui nageaient par deux, recourbant leur cou pour nicher leur tête dans leurs plumes, prêts à s'endormir. Nous nous sommes assis en nous tenant la main, comme un vieux couple en vacances.

« Alastair, ai-je dit à mi-voix en regardant sa main qui tenait la mienne, posée sur mes genoux. Où étais-tu ?

– J'avais un travail à faire, malheureusement, a-t-il chuchoté en enfouissant la tête dans mes cheveux. Je ne voulais pas partir et je ne me doutais pas que je devrais filer aussi vite.

– Cela avait un rapport avec le nazi dans le bois, non ? Tu as eu peur de te faire prendre ?

– Non, Venetia. » Il a souri et a embrassé ma main. Puis il m'a tout raconté, mais comme il m'a fait jurer le secret, je ne peux rien te dire, ma petite Angela ! Sache seulement qu'il n'est pas le traître que je croyais. En fait, il est plutôt du côté des bons.

Quand il s'est tu, j'ai passé les doigts sur le col de son manteau, plus élimé que les vêtements que j'avais l'habitude de lui voir porter. « Mais pourquoi m'as-tu laissée ?

– Je n'avais pas le choix : je devais suivre Proggett. C'est lui qui m'a mené aux autres. Il me fallait être sûr de les coincer tous.

– Et les coups de feu dans le bois cette nuit-là…

– Ah, ça ? C'était une bagarre entre le vieux George et Proggett. Comme je suivais celui-ci, j'ai tout vu. » Puis il a ajouté avec un sourire : « Tous deux tirent comme des pieds, alors ils n'avaient aucune chance de se blesser. Après ça, ils ont pris la fuite. » Il a marqué une pause et regardé ma main. « Je n'ai même pas pu te dire au revoir, mais j'avais toujours eu l'intention de revenir dès que possible. Crois-moi, Venetia, je ne serais pas parti s'il ne s'était pas agi d'un cas de force majeure.

– Tu es un sacré comédien, tout de même, pour jouer à l'artiste. Ça faisait partie de ta préparation pour ce travail ? Ça et séduire les beautés locales ?

– Dis donc, Venetia, c'est toi qui m'as séduit, rappelle-toi ! Moi, j'essayais de rester professionnel et de garder mes distances. » Il m'a adressé un sourire entendu.

J'ai eu soudain le sentiment de ne pas connaître du tout cet homme. Enfin, si, je le connais sous un angle, mais je suis dans l'ignorance totale des détails de sa vie. Là, petit à petit, il s'est dévoilé. Il est originaire du Somerset et a été envoyé en pension, puis est allé à Cambridge, où il a fait des études – je te le donne en mille – de philosophie. C'est là qu'il a été contacté afin de « travailler pour son pays », pour reprendre ses propres mots.

« J'ai déménagé à Londres, m'a-t-il dit. J'ai un appartement à Bloomsbury où je me pose entre deux missions. Celles-ci sont beaucoup plus fréquentes depuis le début de la guerre. Nous avions deviné des années avant que la guerre n'éclate que ça tournerait mal quand nous avons vu s'intensifier l'armement et l'espionnage allemands. Franchement, à partir de 1936 environ, la guerre a paru inévitable. Bien entendu, le gouvernement ne nous a pas écoutés – il s'est mis à rire –, mais il nous écoute, maintenant. »

J'ai absorbé tout ceci dans une certaine confusion, surtout quand il a commencé à me parler plus précisément de sa vie : des parents âgés et stricts, un goût prononcé pour la pêche, un jumeau mort enfant, ce qui a créé chez lui un malaise permanent par la suite « comme si j'étais toujours en manque ».

« C'est exactement ce que j'ai éprouvé pour toi, ai-je dit, ayant du mal à retrouver mes marques avec ce nouveau venu. Je me demande si je sais qui tu es. En clair : qui est mon Alastair Slater, l'homme que j'aimais ?

– Je suis toujours là, Venetia, a-t-il dit en me prenant dans ses bras. Je suis toujours celui qui t'aime, toi, la vraie Venetia. Je suis toujours celui qui aime préparer des dîners aux chandelles pour toi, qui adore la peinture, la poésie, qui adore faire ton portrait. Je suis toujours l'homme qui veut t'aimer et te chérir à partir d'aujourd'hui. » Il s'est interrompu, s'est reculé et m'a regardée.

« Mais il y a une chose qu'il faut que tu saches. »

Je me suis écartée à nouveau. « Quoi encore ?

– Mon vrai nom n'est pas Alastair Slater. C'est l'identité qu'on m'a attribuée pour cette mission.

– Alors, quel est ton vrai nom ? Mr. Personne ?

– Non, c'est John…

– John MacIntyre, avons-nous dit ensemble, avant d'éclater de rire.

– Comme ton grand-père », ai-je repris. Et j'ai sorti le pendentif cabossé que je portais sous ma robe au bout d'une chaîne. « J'ai souvent pensé à lui, tu sais. »

Alors, j'ai commencé à lui raconter tout ce qui s'était passé depuis son départ, et il a été horrifié et empli de remords.

« Si seulement j'avais su ! Tu n'aurais pas eu à supporter tout ça. Je suis infiniment désolé de ne pas avoir été ici, désolé que tu te sois trouvée obligée de te tourner vers ce salopard. » La lumière de la lune se reflétait dans ses yeux. « Pourras-tu me pardonner un jour ? » Il a pris ma main, l'a retournée et m'a embrassé la paume. « Venetia, ma chérie, me feras-tu l'honneur de m'épouser ? » a-t-il demandé avec dans les yeux un sérieux qui m'a ramenée à l'instant où nous étions cachés derrière l'arbre, où ses doigts et les miens étaient entrelacés, et où il avait posé sur moi un regard si intense et si triste.

Mon cœur s'est brisé et j'ai secoué la tête avec lenteur. « Nous sommes en guerre et nous avons l'un et l'autre à mener notre vie. Et de toute façon, il faut que je fasse plus ample connaissance avec vous, Mr. MacIntyre. » Sur ces paroles, je me suis levée, lui ai tendu la main, et nous avons continué notre promenade côte à côte, veillant à ne pas déranger les cygnes.

Depuis, nous avons passé toutes nos journées ensemble. Il est en permission afin de recevoir des instructions concernant sa prochaine mission. Il lui est interdit de dire où il va. C'est à l'étranger et il m'assure que ce n'est pas dangereux, mais j'ai du mal à le croire. En fait, où n'est-on pas en danger ? Il est logé dans une caserne à Litchfield et passe beaucoup de temps au manoir de Chilbury – maman dit qu'elle n'y voit pas d'objection parce que c'est bon pour ma santé.

Nous partirons tous les deux la semaine prochaine, lui pour sa destination secrète, moi pour Londres. J'ai hâte de te retrouver, Angie, et d'être libre de vivre ma vie. Je redoute l'idée de quitter Alastair – je veux dire John, bien entendu –, aussi devrons-nous être très occupées, toutes les deux. C'est tout pour aujourd'hui, ma chère Angie. À la semaine prochaine,

Je t'embrasse,

Venetia

Journal de Silvie

Mercredi 28 août 1940

Il y a eu un concert de chant et tout le monde a participé. On a chanté des chansons idiotes comme « Run, Rabbit, Run » et « Knees up, Mother Brown ». Pour celui-là, il a fallu danser. Mrs. Tilling n'était pas douée, mais Mrs. B. a été très bonne. On a ri, parce que c'était très drôle.

Le général a dit que je pouvais rester, alors je fais partie de la famille. J'appelle Mrs. Wintrop tatie Lavinia et Venetia et Kitty sont mes nouvelles sœurs à présent. Tout le monde est très gentil avec moi, surtout les dames de la chorale. Mrs. Poultice me donne toujours une pomme avec un gentil sourire.

Je pense beaucoup à mes parents. Je voudrais les rejoindre. J'ai envie de les voir, de les embrasser. C'est dur. Je rêve d'eux et je me réveille en pleurant. Kitty vient avec ses livres de géographie et ses cartes et nous faisons des projets pour notre voyage après la guerre.

J'espère qu'elle va bientôt finir.

Journal de Mrs. Tilling

Mercredi 28 août 1940

Ces derniers jours ont été incroyables ! Samedi dernier, c'était le premier récital de chansons donné par la Chorale des dames de Chilbury, et nous avons remporté un franc succès. Le Mr. Slater de Venetia est revenu et ils ont eu des retrouvailles extraordinaires en plein concert, ce qui a ajouté un élément théâtral à la soirée. Depuis, ils sont pratiquement inséparables, mais elle doit partir à Londres la semaine prochaine et lui à l'étranger.

Carrington assistait au concert, et lui aussi doit partir à Londres. Il en est extrêmement heureux et il m'a dit en confidence : « Quel bonheur de ne plus avoir mon père sur le dos ! », ce qui m'a fait rire.

Autre détail amusant : lady Worthing était là avec son effroyable fille, lady Constance, une vraie mère-j'ordonne qui fait de la concurrence à Mrs. B. Celle-ci a l'œil sur elle comme belle-fille, pour la simple raison qu'elle a un titre, bien entendu. C'est hilarant de penser à Henry avec elle. J'ai eu l'occasion d'échanger quelques mots avec elle après le concert.

« Je me suis toujours dit que se marier, c'était un peu comme prendre un nouveau chien », a-t-elle claironné d'un ton sans réplique. Il faut le temps de les dresser à coups de fouet avant de pouvoir leur faire faire ce que vous leur demandez. » Là-dessus, elle s'est tapé allègrement sur les cuisses et j'ai été obligée de pincer les lèvres pour ne pas m'esclaffer.

J'avais hâte de raconter ça au colonel quand je suis rentrée, mais il n'était pas là. Je me suis dit qu'il devait travailler tard, mais la solitude de la maison sans lui m'a refroidie et ma petite histoire a perdu tout son sel. J'ai décidé de faire un sérieux rangement dans la cuisine plutôt que de monter me coucher en broyant du noir, et je me suis bientôt retrouvée assise à la table de la cuisine en me demandant comment j'allais pouvoir supporter son absence. Lorsqu'il a franchi la porte à une heure du matin, j'étais au trente-sixième dessous.

« Qu'est-ce qui se passe ? » a-t-il demandé en entrant dans la cuisine. Il s'est penché et m'a embrassée sur la joue. « Vous avez eu de mauvaises nouvelles ? » a-t-il poursuivi, espérant que je n'avais pas reçu un télégramme concernant David. Alors, je me suis remise à pleurer.

« Si je recevais un télégramme à propos de David, qui aurais-je à côté de moi une fois que vous serez parti ? ai-je sangloté. Maintenant, je vais rester seule avec mes pensées dans cette vieille baraque. Elles vont me tuer, vous savez. Elles vont assaillir mon cerveau et l'envahir pour ne plus me laisser voir que le pire et m'empêcher de faire quoi que ce soit.

– Mais non, vous vous en sortirez, a-t-il dit en tirant une chaise et en s'asseyant de façon à pouvoir me passer un bras autour des épaules. Vous êtes une femme forte, Mrs. Tilling.

– Mais je ne veux pas toujours être celle qui est forte. Qui peut l'être à l'époque horrible où nous vivons ? Je n'en peux plus de toujours tout refouler, de faire bonne figure et de vivre un calvaire derrière un semblant de sourire. Je ne vais plus y arriver, tout simplement. »

Nous avons gardé le silence une ou deux minutes. Il me

caressait l'épaule et je regardais dans le vide, profitant une dernière fois avant son départ de l'impression de chaleur et de réconfort que me donnait sa présence.

« Alors pourquoi ne pas m'accompagner ? a-t-il demandé le plus naturellement du monde, comme s'il me proposait un pique-nique ou une journée à la plage.

– Ne soyez pas ridicule, ai-je marmonné.

– Je ne vois pas pourquoi vous dites non. Vous savez, on m'a trouvé un bel appartement à Londres et il y aura toute la place. On manque d'infirmières partout en ce moment, alors vous trouverez du travail sur place. Ça sera un nouveau départ. Une aventure. Il faudra qu'on se marie, évidemment, mais ça sera facile.

– Ne soyez pas ridicule.

– Regardez-moi, Margaret. » Jamais il ne m'avait appelée par mon prénom jusque-là, et ça m'a fait un drôle d'effet, comme s'il parlait à la vraie femme que je suis, celle qui est à l'intérieur et pas celle qui court partout pour remonter le moral des gens et arranger les choses. « Je suis sérieux. Vous feriez mon bonheur si vous m'épousiez. Voilà plusieurs mois que nous vivons ensemble le plus agréablement du monde, alors pourquoi s'arrêter là ? Je vous aime. »

J'ai soudain eu du mal à respirer, alors j'ai décidé qu'il était grand temps de nettoyer le placard sous l'évier. J'ai repoussé la chaise dans un grincement sonore et ai fait deux enjambées vers l'évier, me suis mise à quatre pattes et ai commencé à tout sortir.

« Et vous, vous ne m'aimez pas ? » Il est venu s'accroupir à côté de moi pour m'aider à extraire un antique seau en métal assez crasseux et tout percé.

« Bien sûr que si, ai-je répondu en dégageant avec précaution un pot contenant des bougies. Mais on ne peut pas se marier comme ça. Et David ? S'il me trouve partie quand il rentrera à la maison ?

– C'est un homme à présent, même si pour vous, il restera toujours votre petit garçon. Il peut toujours venir à la maison. Vous ne pouvez pas rester ici à l'attendre.

– Et vos filles ?

– Elles vous adoreront. Comme tout le monde. »

Je me suis levée pour prendre un vieux chiffon pour essuyer les étagères du placard ; puis me suis agenouillée à nouveau afin de le nettoyer à fond et à grand renfort d'huile de coude.

« Et moi ? Mon indépendance ? Le village où j'ai toujours vécu ? Ivy House ?

– Nous pourrons revenir ici après la guerre si vous voulez. » Il a pris mes mains dans les siennes, me faisant lâcher le chiffon qu'il a jeté par terre. « Je ne veux pas régenter votre vie. Je veux juste en faire partie. Vivre avec vous, comme nous l'avons fait. Deux personnes heureuses ensemble. » Il a pris une grande inspiration et a mêlé ses doigts aux miens. « Il y a la guerre, et tout semble aller de mal en pis dans le monde. On ne peut pas savoir ce qui va arriver à chacun. Il faut saisir le bonheur qui est à notre portée tant qu'il est encore temps. »

Je l'ai regardé un long moment.

« J'ai besoin de temps pour réfléchir. Je ne fais pas partie de ces gens qui sautent à pieds joints dans la nouveauté. » Je me suis appuyée contre lui, ai passé les mains autour de son cou et l'ai attiré à moi. « Ceci dit, ai-je ajouté après une petite pause, surprise par l'évidence de ce que j'éprouvais, je ne suis pas sûre de pouvoir vous laisser partir. »

Nous sommes restés assis un moment, sur le sol de la cuisine, à nous tenir les mains et à nous embrasser, à parler de tout – de la guerre, de David, de ses filles – jusqu'à ce que les sirènes retentissent vers deux heures du matin, et que nous quittions la cuisine pour la cave.

Journal de Kitty Winthrop

Vendredi 6 septembre 1940

Un mariage inattendu

Nous venons de vivre une semaine extraordinaire ! Mrs. Tilling a fait preuve d'un esprit de décision sidérant, et a épousé le colonel hier dans notre petite église avant de disparaître à Londres avec lui. Je sais que les mariages éclairs sont courants en ce moment, puisqu'on ne sait pas si on sera encore là d'une semaine à l'autre, mais une initiative aussi directe de la part de Mrs. Tilling m'a impressionnée. Pendant la cérémonie, elle s'est avancée une dernière fois pour diriger la chorale. Elle avait choisi le cantique « All Creatures of Our God and King[1] » et un sourire magnifique a illuminé son visage tandis que nous chantions ces paroles :

Toi le soleil incandescent aux rayons d'or,
Toi la lune d'argent à la douce lumière.

1. Cantique du début du XXe siècle, sur des paroles de saint François d'Assise. Le titre signifie « Vous toutes, créatures de notre Seigneur et notre Roi ».

Maman a organisé une sorte de pot d'honneur pour eux après l'église : quelques sandwiches au concombre et un gâteau qui ressemblait à du carton, comme d'habitude. Mais il y avait une ambiance chaleureuse, comme si notre chorale sentait que c'était à elle en quelque sorte que Mrs. Tilling devait d'avoir trouvé un second souffle.

« C'est ce que nous devons faire par les temps qui courent, Kitty, a-t-elle déclaré en m'embrassant quand elle m'a dit au revoir. Il faut que tu saches où tu es à ta place dans ce monde, où tu es le mieux, où tu peux apporter un plus. Et n'aie pas peur du changement.

– Mais vous apportez un plus ici, à Chilbury, lui ai-je dit. Vous n'avez pas besoin d'aller à Londres.

– J'ai fait ce que je pouvais ici, et maintenant, l'heure est venue pour moi d'aller donner un coup de main ailleurs. » Elle a eu un sourire que je ne lui avais jamais vu – pas son habituel sourire plein de sollicitude, ni son sourire poli, mais un sourire qui venait de beaucoup plus loin, qui ressemblait à un soleil puissant perçant les nuages d'un ciel d'orage.

« Vous allez nous manquer. Vous m'écrirez, promis ?

– Promis. Et toi, fais en sorte que la chorale continue. Je te fais confiance, tout en sachant que c'est beaucoup demander à une fille de treize ans.

– Presque quatorze, ai-je rétorqué. Et j'ai des ambitions pour la chorale, pour qu'elle élargisse ses activités et progresse. Il va falloir s'accrocher ! »

La Chorale des dames de Chilbury

Après le départ de Mrs. Tilling, la chorale a voté pour que je me charge de l'organisation des concerts, ce qui est un honneur extraordinaire. À son grand soulagement, Mrs. B. a été choisie pour être le chef de chœur, si bien qu'elle et moi faisons équipe et nous rendons dans les villes bombardées pour proposer nos services. Et, si incroyable que cela puisse paraître, le maire de Douvres nous a demandé de donner une représentation dans sa ville ! Ils ont eu plus que leur part de bombardements et des centaines de personnes sont maintenant sans abri. Mrs. Quail et moi avons commencé à faire une collecte de couvertures pour eux.

Je suis sûre qu'il y aura d'autres endroits qui auront bientôt besoin de nos couvertures et de nos chansons, parce que les avions nazis traversent la Manche en cortège ininterrompu pour nous bombarder, et nos Spitfires les combattent avec acharnement. Il paraît que plus nous en abattons et moins il y a de chances qu'ils nous envahissent. Alors nous mettons toute la gomme.

Le village s'agrandit

Maintenant que nous avons deux bébés au manoir de Chilbury, maman et la nounou n'arrêtent plus. Maman est ravie, bien entendu. Ce sont presque des jumeaux, vu qu'ils sont nés le même jour, à ceci près qu'ils ne pourraient pas être plus différents : Rose, toujours rieuse et angélique, et Lawrence, menu et imprévisible. Silvie s'occupe d'eux elle aussi ; elle dit que ça lui rappelle l'époque où elle prenait soin de son petit frère. Elle a toujours son air mélancolique, mais elle parle davantage et s'est farouchement attachée à maman. Nous avons passé pas mal de temps, elle et moi, à préparer notre expédition à travers l'Europe après la guerre pour retrouver ses parents et son frère. Elle a dit qu'elle me ferait visiter son ancienne maison et les alentours, et elle a commencé à m'en raconter plus long sur sa vie. Comme tout était merveilleux avant que cette guerre n'éclate.

Nouvelles du magasin

Les nouvelles allaient bon train ce matin au magasin du village. Ralph Gibbs a acheté Tudor Grange, la vieille demeure de l'autre côté de la place. Elle doit avoir coûté un paquet, et personne ne sait où il a trouvé l'argent, parce que le marché noir ne rapporte tout de même pas tant que ça. Il joue les seigneurs du village à présent, et Mrs. Gibbs dit qu'elle va vendre le magasin. Elsie ne lâche plus Ralph d'une semelle, on comprend mieux pourquoi. Je ne peux pas m'empêcher de me demander si tout ça a un rapport avec l'argent qu'on avait trouvé avec Tom.

La nouvelle venue

Nous avons une autre nouvelle venue au village, et en plus c'est un personnage. Elle a une crinière ondulée qui lui arrive aux épaules, coiffée en arrière comme si elle avait passé trop de temps sur une falaise très ventée ou qu'elle avait subi un choc violent. Elle est plus vieille que Venetia – elle a même peut-être la trentaine – et plus grande aussi. Elle porte une jupe en tweed et arpente le village en regardant tout d'un air aussi intéressé que décidé, comme un cheval indocile.

« Je suis journaliste, nous a-t-elle dit d'une voix nasillarde aux accents aristocratiques. J'essaie de dénicher des faits divers authentiques en arrière-plan des combats. Des histoires qui montrent comment nous autres femmes, restées seules dans de petits coins comme celui-ci, réussissons à nous débrouiller par nous-mêmes et à faire face aux ravages de la guerre. Comment nous nous serrons les coudes pour participer à l'effort de guerre. »

Je me suis donc dépêchée d'aller me présenter. « Je me propose de vous faire visiter notre village, ai-je annoncé en lui prenant le bras et la conduisant d'autorité vers les ruines de Church Row. Comme vous voyez, nous avons été en première ligne cet été !

– C'est là que les bombes sont tombées ? a-t-elle demandé en chaussant ses lunettes à monture noire et en sortant un carnet de son grand sac à main.

– Oui. Deux femmes ont été tuées et une troisième grièvement blessée. L'une des deux premières était notre nouveau chef de chœur, une femme exceptionnelle, et l'autre, notre merveilleuse maîtresse d'école. Dieu merci, son bébé a été sauvé. »

Son visage s'est tourné vers moi, comme mû par un ressort. « Mais c'est passionnant ! » Elle a regardé autour d'elle et m'a tirée vers le petit banc de bois à côté du bassin aux canards. Le soleil de septembre colorait d'une lumière dorée les feuilles jaunissantes.

« Racontez-moi ça. Ça s'est produit à quelle heure ?

– Vers onze heures et demie du soir.

– C'était une nuit claire ?

– On voyait le croissant de lune, je crois. »

Elle est restée quelques instants figée en se parlant toute seule à voix basse. « Un ciel noir et sombre, une lune argentée, les étoiles qui scintillent comme un millier de témoins innocents.

– Comme c'est beau, ai-je soupiré. Ça doit être merveilleux de pouvoir écrire comme ça.

– Je pourrai vous apprendre, si vous avez le temps », a-t-elle dit, et je suis restée clouée sur place à mon tour en la regardant se lever et commencer à faire le tour du bassin en jouant avec son stylo. « Mais d'abord, je voudrais que vous me disiez en détail comment les femmes affrontent la guerre.

– Ma foi, nous ne nous en sortions pas si bien que ça jusqu'à l'arrivée d'un nouveau chef de chœur, une femme. Grâce à elle, nous avons recommencé à chanter. Elle a ressuscité la chorale et en a fait un ensemble exclusivement féminin : la Chorale des dames de Chilbury. Cela semblait une idée complètement improbable au départ, mais nous avons gagné un concours et avons pris conscience que nous étions meilleures que les autres et que nous pouvions nous transformer en spectacle de variétés bénévole, ou tout ce que nous voulons. Et ensuite, nous avons commencé à constater qu'il y avait beaucoup de choses que nous faisions mieux par nous-mêmes, ou avec l'aide les unes des autres, et ensemble, nous sommes devenues plus énergiques, meilleures. Comme une force avec laquelle il faut compter. »

La femme m'a observée, puis son regard s'est porté sur l'église délabrée.

« La Chorale des dames de Chilbury. Ça sonne bien. »

J'ai hoché la tête en souriant.

« Oui. Le groupe de femmes le plus génial qui soit. »

REMERCIEMENTS

Ma joviale grand-mère, Mrs. Eileen Beckley, avait une mine d'histoires cocasses sur la guerre, certaines désopilantes ou lestes, d'autres évoquant des réalités tristes, voire effroyables. Mais l'ensemble de ses anecdotes montrait la façon dont les femmes devenaient solidaires, travaillant ensemble et gardant leur bonne humeur, pour former le solide Front de l'intérieur qui a joué un rôle si crucial pendant la guerre. Je lui suis infiniment reconnaissante, ainsi qu'à ces femmes qui ont continué le combat sous les bombes en affrontant le chagrin. Ce livre leur est dédié.

Au début de la guerre, une organisation connue sous le nom de Mass Observation s'est constituée et a encouragé les gens ordinaires à tenir un journal intime et à l'envoyer au siège, qui en publierait certains dans un bulletin d'information. Ces journaux ont comblé de nombreuses lacunes dans ma façon d'appréhender la guerre, notamment celui de Nella Last, et je la remercie ainsi que ses consœurs de nous avoir permis non seulement de nous faire une idée de leur vie, mais aussi de leur mentalité et de leur cœur. Les correspondances, les biographies, les mémoires ont également fourni des détails sur la période, et j'en remercie les auteurs, ainsi que tous ceux qui m'ont parlé personnellement de la guerre. Un grand nombre d'ouvrages consacrés aux femmes pendant la guerre ont fourni la toile de fond de ce livre, ainsi que des articles écrits à l'époque où il se situe. *Henrietta's War*, de Joyce Dennys, contient des récits très spirituels écrits alors par une journaliste, et a été un précieux indicateur de la façon de parler et de voir de l'époque.

Lorsque ce livre a pris forme, une multitude de personnes m'ont aidée à le mener à terme. Ma profonde reconnaissance va à mon groupe de lectrices préférées, Barb Boehm, Emmy Nicklin et Julia Rocchi, qui ont formulé des critiques pertinentes et fourni du vin en abondance pour fluidifier les échanges. Je remercie mes professeurs à l'université John Hopkins, notamment Mark Farrington, dont l'intuition pour tourner une intrigue, camper des personnages et agencer un récit, est légendaire, ainsi que David Everett, Ed Perlman, et Michelle Brafman. D'autres concours m'ont été apportés chemin faisant, sous la forme d'anecdotes personnelles ou d'informations supplémentaires : que soient remerciés ici Irene Mussett, Jerry Cooper, David Beckley, Chris Beckley, Louise et Charlie Hamilton Stubber, Tomas Ryan, Cheryl Harnden, Colin Berry, Breda Corrish, Annie Cobbe, Elaine Cobbe, Lorraine Quigley, Seth Weir, Douglas Rogers et Grace Cutler.

Dès mon premier contact avec ma fabuleuse éditrice chez Crown, Hilary Rubin Teeman, j'ai été sidérée par sa compréhension intuitive du livre. Sa vision et ses talents éditoriaux exceptionnels ont fait de *La Chorale des dames de Chilbury* le livre qu'il est aujourd'hui. Un immense merci à vous pour votre travail et votre professionnalisme. Tous mes remerciements vont aussi à la directrice des éditions Crown, Molly Stern, ainsi qu'à toute l'équipe éditoriale, notamment Annsley Rosner, Rachel Meier, Maya Mavjee, David Drake, Kevin Callahan, Rachel Rokicki, Dyana Messina, Amy J. Schneider, Patricia Shaw, Heather Williamson, Sally Franklin, Anna Thompson, avec une mention spéciale à Rose Fox pour toute l'aide qu'elle m'a apportée. Merci également à Mark Wiggins pour l'extraordinaire illustration de la jaquette.

Cassie Browne, mon excellente éditrice chez Borough Press, m'a émerveillée par sa capacité à exploiter pleinement le potentiel d'un livre. Merci pour votre perspicacité et votre intuition, elles m'ont été précieuses. Un grand merci aussi à Kate Elton et Suzie Dooré, ainsi qu'à l'équipe magnifiquement accueillante et enthousiaste de chez Harper Collins : Ann Bissell, Sarah Benton, Katie Moss et l'excellente Charlotte Cray. Pour l'ingénieuse couverture, toute ma gratitude va au célèbre illustrateur Neil Gower.

Mon merveilleux agent, Alexandra Machinist, de chez ICM, associe à la sagacité éditoriale un instinct sans faille et un charme fou. Merci pour votre compétence et vos conseils d'une pertinence acérée. Merci également à la précieuse Hillary Jacobson.

Ma reconnaissance particulière à Karolina Sutton, mon agent brillant et exceptionnel chez Curtis Brown à Londres, pour son immense talent et son soutien. Toute ma gratitude va aussi à la dynamique Sophie Baker, mon agent chargé des droits de traduction chez Curtis Brown à Londres, et à mes éditeurs dans le monde, notamment Martin Breitfeld chez Kiepenheur & Witsch en Allemagne, et Anne Michel chez Albin Michel en France.

Enfin, merci à ma sœur, Alison Mussett. Grâce à ta voix rassurante à l'autre bout du fil, à tes idées précieuses et tes relectures au rasoir, ce livre est le tien autant que le mien. Je ne saurais dire tout ce que je te dois. Ma plus profonde reconnaissance aussi à ma mère, Joan Cooper, pour son soutien indéfectible et son œil acéré de lectrice. Enfin, un énorme merci à toute ma famille, à Lily et Arabella et à mon merveilleux mari, Pat, sans qui ce livre n'aurait jamais été écrit.

Composition : Nord Compo
Impression : CPI Brodard et Taupin en février 2018
Éditions Albin Michel
22, rue Huyghens, 75014 Paris
www.albin-michel.fr
ISBN : 978-2-226-32596-9
N° d'édition : 22166/01 – N° d'impression : 3026986
Dépôt légal : mars 2018
Imprimé en France